DUMONT

Lokalreporterin Thea Dombrowski hat sich mit ihrer Tochter inzwischen halbwegs in Wartenburg eingelebt. Was daran liegen mag, dass in der idyllischen Kleinstadt mehr passiert, als sie gedacht hätte. Als Thea eines Morgens zu Recherchezwecken einen Jäger begleitet, machen sie eine schockierende Entdeckung: Ein Mann wurde in seinem am Waldrand gelegenen Haus auf brutale Weise ermordet. Spuren deuten darauf hin, dass der Mann in der rechten Szene aktiv war. Vor einiger Zeit wurden die Bewohner eines Flüchtlingsheims in der Gegend bedroht – könnte hier ein Zusammenhang bestehen? Die Stimmung in der Stadt heizt sich auf, bei sogenannten Montagsspaziergängen wird gegen die »Lügenpresse« gehetzt. Thea ist alarmiert. Kurze Zeit später verschwindet auch noch Benjamin Ullreich, der Sohn ihrer Nachbarin, spurlos. Offenbar hat sich Benjamin intensiv mit dem NSU und dem Heilbronner Polizistenmord auseinandergesetzt. Spätestens jetzt ist klar, dass schnell etwas passieren muss, damit die Situation nicht völlig außer Kontrolle gerät …

Conny Schwarz ist das Pseudonym des Autorenduos Kristin Uhlig und Martin Maurer. Beide sind in Süddeutschland aufgewachsen, schreiben Drehbücher für Film und Fernsehen und leben, mit einigen Unterbrechungen, seit fast zwanzig Jahren in Berlin. Im DuMont Buchverlag erschien bislang ›Das Mädchen im Feuer‹ (2014).

CONNY SCHWARZ

DER DUNKLE SEE

KRIMINALROMAN

DUMONT

Von Conny Schwarz ist im DuMont Buchverlag außerdem erschienen:
Das Mädchen im Feuer

FSC
www.fsc.org
MIX
Papier aus verantwortungsvollen Quellen
FSC® C083411

Originalausgabe
Mai 2015
DuMont Buchverlag, Köln

Umschlag: Lübbeke Naumann Thoben, Köln
Umschlagabbildung: © plainpicture / R. Wolf
Satz: Fagott, Ffm
Gesetzt aus der Aldus, der Verdana und der DIN
Druck und Verarbeitung: CPI – books GmbH, Leck
Gedruckt auf säurefreiem und chlorfrei gebleichtem Papier
Printed in Germany
ISBN 978-3-8321-6309-9

www.dumont-buchverlag.de

Der dunkle See

Post by nanotermite at 4:26 pm

Jetzt hilft nur noch Artikel 20 Absatz 4 des Grundgesetzes der Bundesrepublik Deutschland.

(1) Die Bundesrepublik Deutschland ist ein demokratischer und sozialer Bundesstaat

(2) Alle Staatsgewalt geht vom Volke aus. Sie wird vom Volke in Wahlen und Abstimmungen und durch besondere Organe der Gesetzgebung, der vollziehenden Gewalt und der Rechtsprechung ausgeübt.

(3) Die Gesetzgebung ist an die verfassungsmäßige Ordnung, die vollziehende Gewalt und die Rechtsprechung sind an Gesetz und Recht gebunden.

(4) Gegen jeden, der es unternimmt, diese Ordnung zu beseitigen, haben alle Deutschen das Recht zum Widerstand, wenn andere Abhilfe nicht möglich ist.

Die Ordnung ist schon beseitigt. Andere Abhilfe ist nicht möglich. Also los, solange es Absatz 4 noch gibt.

I

Während sie den Flur entlangging und die Holzdielen unter ihren Füßen knarzten, erinnerte sich Rahina daran, dass sie sich fest vorgenommen hatte, das alte Haus zu mögen, obwohl es ihr von Anfang an unheimlich gewesen war. Es schien lebendig zu sein. Es machte Geräusche, und auch wenn ihre Mutter ihr immer wieder erklärte, dass es das Holz war, das knackte, und die alten Leitungen und der Regen, der gegen die Fenster schlug, blieb Rahina davon überzeugt, dass das Haus lebte. Aber sie hatte sich an die Geräusche gewöhnt. Sie waren besser als die Explosionen und das Knattern der Maschinengewehre.

Eine Neonröhre war ausgefallen, das Ende des Flurs lag im Dunkeln. Aus dem zweiten Stock drangen Schreie. Das war Alimas behinderter Sohn, dessen Namen sie nicht kannte und den sie noch nie zu Gesicht bekommen hatte, da er das Zimmer nie verließ. Jeden Abend, nachdem er gegessen hatte, begann er zu schreien. Zumindest sagte ihre Mutter, dass er es war, der schrie. Vielleicht stimmte das gar nicht, vielleicht war es das Haus. Die Leute hier nannten es »Adler«, weil es früher mal ein Gasthaus gewesen war. Und schrien Adler etwa nicht? Genau wie die Möwen vor der Küste Griechenlands, deren Rufe ihr immer noch in den Ohren hallten. Sonst war ihr von der Überfahrt nicht viel in Erinnerung geblieben, nur dass bei einem der vielen Bootswechsel ihr Koffer im Wasser versunken war und dass ihre Mutter irgendwann ein Päckchen Süßstoff gefunden hatte, das sie – verzweifelt, wie sie war – unter das Meerwasser mischte und ihr in einem Becher zu trinken gab. Und dann das Kreischen der Möwen, die über dem Boot kreisten. Daran erinnerte sich Rahina ganz genau, denn beim Anblick der Vögel war ein Lächeln über das Gesicht ihrer Mutter gegangen. »Wir haben es geschafft«, hatte ihre Mutter gesagt, »da vorne ist Griechenland.« Aber Rahina hatte kein Land gesehen. Sie war zu schwach gewesen, um ihre Augen lange offen zu halten.

Am Ende des Flurs, im Halbdunkel, saß eine getigerte Katze. Rahina hatte sie hier noch nie gesehen. Die Katze blickte ihr aufmerksam entgegen, ganz so, als hätte sie auf sie gewartet. Rahina stellte das Spülmittel ab, das sie aus der Gemeinschaftsküche mitgebracht hatte, um die Katze mit beiden Händen streicheln zu können. Doch bevor sie die Katze erreicht hatte, sprang diese auf und war mit einem Satz bei der Treppe. Dort wandte sie sich noch einmal zu Rahina um und sah sie einen Moment lang auffordernd an, bevor sie mit lässiger Eleganz die Stufen hinunterlief. Rahina folgte ihr ins Erdgeschoss. Die Katze strich bereits an der Eingangstür entlang und miaute erwartungsvoll. Rahina öffnete die Tür und ließ sie ins Freie. Die Abendluft, die ihr entgegenschlug, war mild und roch so verführerisch, dass Rahina nach draußen trat. Seit sie in Deutschland angekommen war, hatte sie nur Kälte, Regen und Schnee erlebt. Jetzt freute sie sich auf den Sommer.

Die Katze schlich an den Mülltonnen vorbei zur Hausecke, wo sie plötzlich wie angewurzelt stehen blieb, den Schwanz steil in die Höhe gereckt. Sie schien etwas entdeckt zu haben. Und dieses Etwas schien ihr nicht zu gefallen. Rahina kniff die Augen zusammen und starrte in die Richtung, in die auch die Katze blickte. Hinter dem Gasthof stieg die Wiese leicht bis zum Waldrand an. Und plötzlich war da ein Lichtschein hinter dem Haus, der vorher nicht da gewesen war.

Rahina zögerte. Es war bestimmt schon halb neun. Ihre Mutter und ihre kleine Schwester warteten sicher auf sie. Sie waren mit den Verwandten, die in ihrem Dorf in der Nähe von

Aleppo zurückgeblieben waren, zum Skypen verabredet. Immer wenn sie mit ihnen sprach, erhoffte sich Rahina einen Hinweis darauf, was mit ihrem Vater geschehen war, aber bis jetzt war sie noch jedes Mal enttäuscht worden. Plötzlich hörte Rahina aufgeregte Rufe aus dem Haus, und im selben Moment jagte die Katze in großen Sprüngen davon. Rahina ging langsam auf die Hausecke zu. Als sie an den Mülltonnen vorbeikam, stach ihr plötzlich ein Geruch in die Nase, der schlimmer war als der Gestank faulender Abfälle. Der Geruch von Zerstörung und Gefahr, beängstigend und vertraut zugleich.

Ihr Herz begann unkontrolliert zu schlagen. Trotzdem ging sie weiter. Die aufgeregten Stimmen im Gebäude wurden lauter. Fenster flogen auf, Schritte hallten durchs Haus.

Und dann sah sie es: Auf der Wiese, keine hundert Meter vom Haus entfernt, brannte ein Feuer. Aber es war kein gewöhnliches Feuer. Das, was dort brannte, war ein Kreuz. Es war riesig, mindestens dreimal so groß wie sie selbst. Wie eine Fackel ragte es in den Himmel, und trotz der Entfernung spürte Rahina die sengende Hitze der Flammen auf ihrem Gesicht.

II

Am Himmel über den Baumkronen prangten die Sterne, was schön aussah, aber nichts half, denn im Wald war es kalt und dunkel, und es roch modrig. Eigentlich hatte Thea erwartet, dass die Luft hier draußen in den Stunden zwischen Nacht und Morgen besonders klar und rein wäre. Dem war aber nicht so. Es roch nach nassem Hund. Wahrscheinlich irgendwelche gammligen Pilze. Und Erde und Moos und namenloses Gestrüpp, dessen Zweige ihr entgegenzischten wie Schrapnelle und ihr die Haut aufritzten, weil Karl, der wie ein Panzer vor ihr her durchs Unterholz brach, es nicht für nötig erachtete, sie festzuhalten. Zweimal kurz hintereinander hatten dornige Ranken sie voll im Gesicht erwischt. Da sie sich eine Verletzung ihres einzigen funktionstüchtigen Auges verdammt noch mal nicht leisten konnte, hatte sie den Abstand zu Karl vergrößert. Nun aber musste sie aufpassen, dass sie ihn in der Dunkelheit nicht aus ebendiesem Auge verlor, denn er ging, das Gewehr über der Schulter, mit strammem Tempo voran, auf eine Laterne zu, die plötzlich weit hinten im Wald schimmerte, urinfarben, kränklich, und gar keine Laterne war, sondern der untergehende Mond. Kurzum: Frühmorgens in der Dunkelheit im Wald herumzuirren war für einäugige Menschen ein einziger Stress. In den USA hätte man wahrscheinlich jemanden dafür verklagen können, dass der Wald nicht behindertengerecht eingerichtet war und grauenhaft uneben, aber hier – keine Chance. Nicht mal Zeit für einen Kaffee hatte Karl ihr gelassen. Sie war gewissermaßen direkt aus dem Bett in seinen Suzuki gestiegen, nur um sich sagen zu lassen, dass er sie mit diesem Schuhwerk – er meinte ihre Cowboystiefel – nicht mitnehmen würde, worauf sie sich Utes schicke Gummistiefel im Zebradesign geborgt hatte. Karl hatte zwar verächtlich das Gesicht verzogen, dann aber den Motor angelassen und war losgefahren, also schienen die Gummistiefel irgendwie okay zu sein. Was aber definitiv nicht okay war, aus Theas Sicht zumindest, war die Uhrzeit. Schon bei der ersten Kontaktaufnahme hatte sie festgestellt, dass Karl in Sachen Jagd generell keinen Spaß verstand, erst recht nicht, was die Aufbruchszeit anbelangte. »Um halb fünf geht's los«, hatte er gesagt, und Thea hatte keinen weiteren Versuch gestartet, ihn davon abzubringen. Mit Fanatikern war nicht zu verhandeln, das wusste sie, und blöderweise wollte sie etwas von ihm und nicht umgekehrt. Halb fünf also. Und das alles ohne Kaffee, denn dafür war einfach keine Zeit gewesen. In der Eile hatte sie blind in die Augenklappenkiste gegriffen und die mit dem grimmigen Totenkopf erwischt, was gut zu ihrer Stimmung passte, wahrscheinlich aber ziemlich albern aussah. Wurscht. Hier waren nur Karl und der Wald, sonst niemand, selbst der Mond war mittlerweile verschwunden. Oder hatten sie die Richtung gewechselt?

Irgendwas schlug gegen ihr Knie, dann gab der Boden unter ihrem linken Fuß nach, und sie wäre fast der Länge nach hingeknallt. Offenbar hatte sie, ohne es zu bemerken, vor Schreck aufgeschrien, denn Karl wandte seinen roten Kopf zu ihr um und zischte. »Pscht!«

»Ist es noch weit?«, flüsterte sie.

»Na-ha«, raunte Karl und stapfte weiter. Auf den Mond zu, der plötzlich doch wieder da war.

Aha, dachte Thea, na dann.

Sie nahm sich vor, in den Redaktionssitzungen künftig aufmerksamer zu sein. Bloß nicht wieder in so eine Situation geraten. »Lasst uns mal eine Reportage über Jäger machen«, hatte Steffen Scheufler vor drei Wochen vorgeschlagen. »Jeder verbindet doch irgendwas mit Jägern, aber was genau die machen, wie die Abläufe sind, wie sich das anfühlt auf dem Hochsitz, wenn die Beute ins Visier gerät, kurz vor dem Abdrücken, das weiß keiner.« Und nach einer kurzen Pause hatte er noch angefügt: »Oder wisst ihr zum Beispiel, was passiert, wenn die Wildsau geschossen ist?« Triumphierend hatte er in die Runde geschaut, aber weder Thea noch Rainer wussten eine Antwort. Thea, weil sie die Frage nicht verstand, Rainer sah aus, als ginge es ihm ähnlich, nur Janina, die auch dabei war, sagte vorsichtig: »Dann … ist sie tot?«

»Bingo!«, sagte Steffen Scheufler, und Janina strahlte.

»Aber«, fuhr er fort, »jetzt geht's doch erst richtig los. Jetzt liegt die Wildsau also da …«

»Tot«, ergänzte Janina.

»Genau. Tot. Wisst ihr, was eine ausgewachsene Wildsau wiegt?«

Keiner wusste es, Steffen auch nicht, und Janina schätzte, so dreihundert Kilo. Einig war man sich jedenfalls darüber, dass eine ausgewachsene Wildsau schwer war. »Und wie kriegt der Jäger das dreihundert Kilogramm schwere Viech jetzt aus dem Wald raus?« Steffen blickte von einem zum anderen. »Zerlegt er die Sau? Holt er seine Kollegen zu Hilfe?«

»Oder einen Kran?«, schlug Janina vor.

»Wir wissen es nicht, genau so wenig wie unsere Leser. Also machen wir eine Reportage darüber.« Im Rausch des Triumphes war Steffen Scheufler unausstehlich.

»Sehr gut«, hatte Rainer gesagt. »Ist gebongt.«

Super. Eine echte Scheufler-Idee. Zunächst hatte er sich dahintergeklemmt, hatte Karl angerufen, den Jagdpächter, hatte Termine ausgemacht und dann, ganz plötzlich, keine Zeit mehr gehabt, und die ganze Sache war an Thea hängen geblieben. Wieder mal. Thea hatte das Gefühl, dass sich das in letzter Zeit häufte. Der ganze Schwachsinn blieb immer an ihr hängen. Sie musste das in der nächsten Sitzung ansprechen. Sie musste sich wehren. Sie musste …

Peng – ein Schlag gegen das Schienbein, und sie lag auf dem Waldboden, der einen unangenehmen Geruch ausdünstete, aber zum Glück weich war. Was für eine Scheiße das alles! Sie rappelte sich hoch und richtete die Augenklappe, die ein wenig verrutscht war. Das Schienbein schmerzte, ansonsten schien aber alles heil geblieben zu sein. Das Hindernis, das sie in der Dunkelheit nicht gesehen hatte, entpuppte sich als quer liegender Ast, den sie mit einem bösen Blick bedachte, dem aber, wie ihr schnell klar wurde, kein Vorwurf zu machen war. Ein Ast hatte alles Recht der Welt, im Wald herumzuliegen, wie er wollte. Sie war das Problem. Sie war hier fehl am Platz. Als sie endlich wieder aufrecht stand und sich umsah, umgab sie Dunkelheit in allen Varianten – und Karl war verschwunden.

Die Panik kam schlagartig. So laut sie konnte, schrie sie »Kaaarl! Hiiilfe!« in Dunkelheit und Stille hinein, in der Hoffnung, dass irgendetwas zurückkäme. Und tatsächlich: »Pscht! Ruhe, verdammt!«, zischte es von schräg oben, und als Thea hinaufsah, schwebte dort, etwa drei Meter über ihr, Karls zorniges Gesicht.

»Sind Sie komplett irre?«

In ihrer Erleichterung hätte sie Karl umarmen mögen, auch wenn er ebenso ungehalten wie unerreichbar zu sein schien. »Was machen Sie denn da oben?«

»Dreimal dürfen Sie raten«, brummte Karl. »Kommen Sie endlich hoch!«

Da wurde Thea klar, dass Karl es sich bereits auf dem Hochstand bequem gemacht hatte. Auf dem Hochstand, der sich keine zwei Meter entfernt von ihr befand und den ihr Auge jetzt, da sie sich darauf konzentrierte, aus der Dunkelheit herauszulösen und in einen Sinnzusammenhang zu bringen vermochte. Die Welt fügte sich, wenn auch schemenhaft, wieder zusammen. Was eben noch Panik war, verwandelte sich plötzlich in Euphorie. »Ich komme!«, jauchzte Thea und machte sich an den Aufstieg. »Bin gleich da-ha!«

»Pscht!«, machte Karl.

Als sie kurz darauf neben ihm Platz genommen hatte, fühlte sie sich wach und unternehmungslustig wie lange nicht, und um das Eis endgültig zum Schmelzen zu bringen, stieß sie Karl den Ellbogen in die Rippen und flüsterte launig: »Bin gespannt, ob der Hochstand uns beide trägt.«

»Der Hoch*sitz*«, berichtigte Karl.

»Warum nicht *-stand*?«

»Weil's ein Sitz ist.«

Karl war eine harte Nuss. Gut, dachte sie, dann würde sie eben schweigen und auf dem Hoch*sitz* der Dinge harren. Ähnliches schien Karl vorzuhaben, denn er öffnete seinen Rucksack und holte eine Thermoskanne und zwei Plastiktassen hervor. Als er den Schraubverschluss der Kanne geöffnet hatte, strömte ein derart betörender Kaffeeduft durch den Wald, dass Thea ganz warm ums Herz wurde. Gerührt beobachtete sie, wie Karl mit leicht zitternder Hand beide Tassen füllte. Eine reichte er Thea. Offenbar war Karl nur äußerlich ein wenig unnahbar, in seinem tiefsten Inneren aber ein ganz famoser Kerl.

»Danke«, sagte Thea und nahm die Tasse in Empfang, wärmte zunächst ihre Hände daran, pustete vorsichtig, um die dampfende Flüssigkeit mundgerecht abzukühlen, und nahm dann einen tüchtigen Schluck. Der Kaffee war gut – was möglicherweise daran lag, dass er zu einem erheblichen Teil aus Rum bestand. Wenn man sich von der Überraschung erholt und ein wenig daran gewöhnt hatte, schmeckte er sogar sehr gut, fand Thea.

»Hervorragend«, ließ sie Karl wissen. Aber der reagierte nicht.

Nach der zweiten Tasse dämmerte es. Innerhalb von Sekunden schienen alle Tiere des Waldes gleichzeitig zu erwachen. Es tirilierte und jubilierte, knisterte und raschelte, dass es eine Freude war, es war ein geradezu magischer Moment, und zum ersten Mal an diesem Tag verstand Thea, was Karl und seine Jägerkollegen an ihrem Hobby liebten.

»Ist das schön«, sagte sie ergriffen.

»Gell«, sagte Karl und schenkte Kaffee nach. Thea, ein Lächeln auf den Lippen und von Wärme durchströmt, ließ den Blick schweifen – und da entdeckte sie es: Mitten auf der Lichtung, ein Nebelfeld wie eine Schleppe hinter sich herziehend, stand ebenso anmutig wie majestätisch ein Reh. O mein Gott, dachte Thea, jetzt wird es ernst.

Erneut rammte sie Karl den Ellbogen in die Rippen.

»Da vorne. Auf der Lichtung«, flüsterte sie.

Karl stellte die Thermoskanne auf den Boden und nahm den Feldstecher zur Hand. Schweigend und ohne eine Miene zu verziehen, beobachtete er das Reh. Er beobachtete und beobachtete.

Als Thea gefühlte zehn Minuten später ihre Tasse geleert und weder Karl noch das Reh eine entscheidende Bewegung gemacht hatten, war sie irritiert. Die Jägerei hatte sie sich anders vorgestellt. Sie hätte erwartet, dass Karl sofort nach ihrem Hinweis das Gewehr anlegen und schießen würde. Oder war er so erfahren, dass er davon ausgehen konnte, dass das Tier einfach stehen bleiben und hin und wieder ein wenig grasen würde?

»'tschuldigung«, sagte Thea, »darf ich mal was fragen?«
»M-hm.«
»Wollen wir das Reh jetzt schießen?«
»Das ist ein Rehbock.«
»Okay. Schießen wir den jetzt?«
»Nein.«
»Warum nicht?«
»Weil es verboten ist.« Karl beobachtete unverdrossen weiter. Thea versuchte zu verstehen. »Es ist verboten, auf das Reh zu schießen?«
»Auf den Rehbock. Ja.«
»Warum?«
»Weil die Saison erst morgen losgeht. Am ersten Mai.«
»Wir dürfen heute überhaupt nichts schießen?« Das musste sie erst mal sacken lassen. »Ich bin um halb fünf aufgestanden, und Sie sagen mir jetzt, dass wir überhaupt nichts schießen dürfen?« Thea hätte Karl am liebsten vom Hochsitz gestoßen.
»Doch, Überläufer zum Beispiel.«
»Überläufer?«
»Überläufer darf man schießen.«
»IHR SCHIESST AUF MENSCHEN?«
Da setzte Karl das Fernglas ab und sah Thea mitleidig an. Mit einer gewissen Milde in der Stimme, als spräche er zu einem sehr alten oder sehr begriffsstutzigen Menschen, begann er ihr zu erklären, dass Überläufer die Bezeichnung für Schwarzwild beiderlei Geschlechts im zweiten Lebensjahr sei, so wie Jungtiere bis zum Alter von einem Jahr Frischlinge hießen. Thea schöpfte wieder Hoffnung und erkundigte sich, wo denn die Überläufer wären, die sie jagten, worauf Karl sagte, es sei sehr unwahrscheinlich, dass Schwarzwild hier auftauche, wo doch der Bock da vorne auf der Lichtung stehe. Entweder – oder. Und dann erklärte er Thea, dass dieser Rehbock da vorne auf

der Lichtung sein Rehbock sei, den er sich schon lange ausgeguckt und den er bereits über Wochen beobachtet habe, dieses unfassbar stattliche Exemplar, dieses Bild von einem Bock, den er, sobald die Saison eröffnet wäre, vor die Flinte zu bekommen hoffte. Er sprach so voller Begeisterung und Poesie, dass Thea beinahe bereit war, ihren Ärger zu vergessen. Trotzdem musste sie noch einmal nachhaken.

»Das heißt, ich kann davon ausgehen, dass wir heute kein Tier erlegen werden?«

»Sehr wahrscheinlich nicht.«

»Okay, dann würde ich Sie bitten, mir einfach ein paar Fragen zu beantworten, schließlich sitze ich hier, weil ich eine Reportage über die Jagd schreiben soll. Sie verstehen mein Problem.«

»Ja.«

»Darf ich mal das Gewehr in die Hand nehmen und wenigstens durchs Zielfernrohr gucken? Damit ich den Lesern einigermaßen schildern kann, wie sich das anfühlt.«

Karl reichte ihr das Gewehr und ließ sie gewähren. Sie sah sich den auf der Lichtung grasenden Rehbock an. Wahrhaftig eine majestätische Erscheinung.

»Was würde denn passieren, wenn wir den heute schon schießen würden?«

»Dann machen wir uns strafbar. In Baden-Württemberg ist das eine Ordnungswidrigkeit.«

»Also wie Falschparken oder so?«

»Ja.«

»Ist da nicht die Versuchung groß, doch mal verfrüht zuzuschlagen, gerade wenn man so verliebt in ein Tier ist wie Sie?«

»Was wollen Sie damit sagen?«

»Ich mein ja nur. Es ist doch denkbar, dass sich einer ihrer

Jagdkollegen ebenfalls genau diesen Rehbock ausgeguckt hat und natürlich schneller sein will als Sie.«

»Das ist in der Tat ein Problem«, sagte Karl und starrte düster zur Lichtung hinüber. »Aber das ist mein Bock, das schwör ich Ihnen. Ich werde alles dafür tun, dass ich derjenige bin, der ihn erwischt.« Er klang so entschlossen wie ein Feldherr, der zu allem bereit ist. Thea war beeindruckt. Da vernahm sie ein Rauschen und einen Luftzug an ihrem rechten Ohr, und etwas schlug auf ihre Schulter. Sie zuckte zusammen, und mit einem gewaltigen Knall löste sich ein Schuss. Thea ließ vor Schreck das Gewehr fallen. Die Vögel verstummten, und der eben noch so ruhig grasende Rehbock stob mit großen Sätzen davon.

»Sind Sie wahnsinnig?«, schrie Karl.

»Irgendwas hat mich an der Schulter erwischt!«

Karl tauchte ab, hob etwas vom Boden des Hochsitzes auf und hielt es Thea vor die Nase. »Das hier.«

Es war ein Tannenzapfen.

»Ich nehm nie mehr irgendwelche Zivilisten mit auf die Jagd«, schimpfte Karl. »Nie mehr!«

»Es tut mir leid«, sagte Thea kleinlaut. Sie fühlte sich schrecklich. Gern hätte sie Karl noch irgendetwas Versöhnliches gesagt, aber sie fand die richtigen Worte nicht, also sah sie schweigend zu, wie Karl, zitternd vor Wut, seine Sachen zusammenpackte und sich an den Abstieg machte. Und langsam wurde sie sauer. Der soll sich mal nicht so anstellen, dachte sie, war ein blödes Missgeschick, okay, aber es war ja nichts Schlimmes passiert. Also bitte.

Im selben Moment gab es einen noch gewaltigeren Knall, der sich anhörte wie das verspätete Echo des Schusses, was aber natürlich nicht sein konnte. Er kam aus der Richtung, in die der Rehbock geflüchtet war.

Oh Gott, dachte Thea, bitte nicht!

Karl blieb wie angewurzelt stehen, die Augen vor Entsetzen weit aufgerissen. Erst als die letzten Schallwellen verklungen waren, setzte er sich wieder in Bewegung, kletterte mit hoher Geschwindigkeit die Leiter hinunter, schnappte sich das Gewehr, das in einem Gebüsch am Fuß des Hochsitzes lag, und stürmte in die Richtung, aus der der Knall gekommen war.

Bitte lass es was ganz anderes gewesen sein, dachte Thea. Dann stieg sie mit zittrigen Knien die Leiter hinab und rannte hinter Karl her, der bereits einen gehörigen Vorsprung hatte.

Sie konnte nicht sagen, wie lange sie durch den Wald gestürmt waren oder welche Strecke sie zurückgelegt hatten; auch hatte sie keine Ahnung, wo sie sich befanden, sie hatte die Orientierung verloren. Irgendwann aber blieb Karl plötzlich stehen. Thea schloss zu ihm auf, und als sie schwer atmend neben ihm stand, begriff sie, warum er angehalten hatte. Etwa fünf Meter vor ihnen versperrte eine mannshohe Betonmauer den Weg, die oben mit gerolltem Stacheldraht bewehrt war. Fetzen einer Plastiktüte hatten sich darin verfangen und flatterten im Wind.

»Wo sind wir hier?«, fragte Thea.

»Müsste Bielafingen sein.« Karl klang ratlos. Er schien diese Mauer auch zum ersten Mal zu sehen. Ein Trampelpfad führte an ihr entlang. Plötzlich, ohne ein Wort zu sagen, setzte sich Karl in Bewegung und folgte dem Pfad nach links.

»Karl?«, rief Thea. »Wohin gehen Sie?«

Keine Antwort. Während Thea hinter ihm her stolperte, entdeckte sie die Schmierereien auf dem Beton: Hakenkreuze in allen Größen, manche von ihnen durchgestrichen, »Nazis raus« daneben, aber auch »Paul liebt Anna« und verschiedene Herzen. Nach kurzer Zeit hörte sie Stimmen. Karl war stehen geblieben und schien sich mit jemandem zu unterhalten, den Thea nicht sehen konnte. Schnell ging sie weiter. Die Mauer war zu

Ende. In einem gepflegten Garten standen ein Mann und eine Frau um die siebzig. Die Frau trug einen Morgenrock und Hausschuhe, der Mann war barfuß. Er hatte sich lediglich eine Jacke übergeworfen. Darunter trug er einen Schlafanzug. Beide waren aschfahl im Gesicht. Aber was Thea am meisten alarmierte, war Karl. Er schien schlagartig um Jahre gealtert zu sein. Mit hängenden Schultern, den Oberkörper nach vorn gebeugt, als könnte er die Last seines Kopfes kaum tragen, stand er da und stützte sich auf sein Gewehr. Thea trat zu ihm. Von hier aus war das Grundstück hinter der Mauer einzusehen. Von dem des älteren Ehepaars war es durch einen niedrigen Maschendrahtzaun getrennt. Thea folgte Karls Blick und war überrascht, wie wenig von dem stattlichen Rehbock übrig geblieben war. Eigentlich nichts. Nur Fellfetzen, blutige Fleischklumpen und ein paar Knochen. Aber selbst die waren nicht mehr am Stück. Blut und Fleischbrocken klebten an der Betonmauer, und ein paar Innereien lagen im Kräuterbeet der Nachbarn, zwischen Rosmarin und Thymian. Der Rehbock war regelrecht pulverisiert worden.

»Wie ist das passiert?«, fragte Karl mit tonloser Stimme.

»Ich weiß es nicht«, sagte der Nachbar im Schlafanzug.

»Wir haben den Knall gehört«, setzte die Frau hinzu, »und als wir rauskamen, war alles schon so.«

»Sie haben niemanden gesehen?«, bohrte Karl nach. Beide schüttelten den Kopf.

»Aber irgendwer muss ja geschossen haben.«

Thea schaute sich um. Das Grundstück hinter der Mauer sah verwildert aus. Das Gras war kniehoch, und an einem rostigen Gestell hing eine Schaukel, deren Plastiksitz einmal rosa gewesen, nun aber völlig ausgebleicht war und sachte im Wind schwang. Dahinter stand ein verwahrloster Flachdachbau, von dem der Putz abblätterte, eine Satellitenschüssel auf dem Dach.

Das Gebäude war so niedrig, dass es hinter der Mauer nicht zu sehen gewesen war. Auf der selbst gezimmerten Veranda stapelte sich irgendwelcher Elektroschrott. So etwas kannte Thea von ihren Ausflügen ins Nachwende-Brandenburg, aber nicht aus dem properen Wartenburger Land. Das einzige bisschen Farbe an dem grauen Gebäude rührte von einem Fransenvorhang, dessen bunte Plastikfäden im Wind flatterten. Die Verandatür dahinter schien offen zu stehen. Karl hatte das ebenfalls bemerkt, denn er fragte: »Wer wohnt da?«

»Jürgen«, sagte der Mann.

»Was ist das für einer, der Jürgen?«, hakte Karl nach.

»Mehr so ein Zurückgezogener«, sagte der Mann.

»Wir haben nicht viel mit ihm zu tun«, ergänzte die Frau.

»Lebt der alleine hier?«, fragte Karl mit Blick auf die Schaukel.

»Ja«, antwortete der Mann, »aber ich glaub nicht, dass er da ist.«

»Die Verandatür steht jedenfalls offen«, sagte Karl und kletterte über den Maschendrahtzaun.

»Was soll denn das?«, rief Thea. Aber Karl war bereits drüben und lud das Gewehr nach.

»Jetzt machen Sie mal keinen Quatsch!«

Aber Karl reagierte nicht, sondern pirschte, das Gewehr im Anschlag, auf das Haus zu.

»Karl! Stopp!« Thea kletterte ebenfalls über den Zaun, was mit den blöden Gummistiefeln gar nicht so einfach war. Als sie schließlich auf der anderen Seite angekommen war, hatte Karl bereits die Veranda erreicht.

»Warten Sie doch mal!«, rief Thea, während sie hinter ihm herrannte. »Ich glaube nicht, dass Jürgen das Reh erschossen hat, und wenn, dann mit einer Panzerfaust. So oder so sollten Sie da nicht reingehen.«

Aber Karl war schon im Haus verschwunden. Scheiße, dachte Thea, was jetzt? Sie trat auf die Veranda, die mit schmutzigen Kunststoffwellplatten überdacht war. Rechts vom Eingang stand ein Kühlschrank, darauf eine Mikrowelle und daneben eine Waschmaschine. Alle Geräte waren alt und verdreckt. Einen Moment lang stand Thea unschlüssig da. »Hallo«, rief sie schließlich, »Karl?«

Keine Antwort. Kein Geräusch war zu hören. Nach kurzem Zögern atmete sie tief durch, schob die Plastikstreifen beiseite und trat in das Zimmer, das hinter der Tür lag. Es war das Wohnzimmer. Dunkel war es hier, wie in einer Höhle, und obwohl die Tür offen gestanden hatte, roch es nach kaltem Zigarettenrauch, der sich in den Gardinen, den Vorhängen und in den abgewetzten Sofabezügen festgesetzt hatte. Der Boden war mit schweren Teppichen bedeckt, und auf der linken Seite stand eine Schrankwand aus dunklem Holz. Alles trug dazu bei, den Raum nicht eben heller wirken zu lassen. Auf einem Bord der Schrankwand entdeckte Thea ein gerahmtes Foto. Es zeigte fünf Männer mit kurz geschorenen Haaren, die um einen Tisch herum saßen, anscheinend in einem Café. Drei von ihnen trugen Camouflage-Uniformen, die anderen waren in Zivil. Die beiden im Vordergrund hielten mit ernsten Mienen eine schwarze Fahne mit dem rot-weißen Wappen Kroatiens in die Kamera, was Thea merkwürdig fand. Sie kam aber nicht dazu, sich darüber Gedanken zu machen, denn noch merkwürdiger war die gegenüberliegende Wand, die vollgehängt war mit Heiligenbildern und Waffen. Thea fühlte sich von Minute zu Minute unwohler. Plötzlich meinte sie, ein Wimmern zu vernehmen. Ein Tier möglicherweise, vielleicht eine Katze.

»Hallo?«, rief Thea. Aber das Geräusch war verstummt. Sie ging weiter, auf eine Milchglastür zu und trat auf einen Flur mit Linoleumbelag. Rechts neben der Tür saß, an die Wand gelehnt, Karl. Er hielt mit beiden Händen das Gewehr umklammert und starrte sie aus großen Augen an, aber er schien sie nicht wahrzunehmen.

»Karl!«, rief Thea. Sie trat zu ihm, aber er sah durch sie hindurch. Ein Geräusch kam aus seiner Kehle, das zunächst wie ein Röcheln klang, dann aber in das Wimmern überging, das sie zuvor bereits gehört hatte.

»Was ist passiert?«, flüsterte Thea und beugte sich zu ihm hinunter. Aber Karl antwortete nicht. Äußerlich schien er in Ordnung zu sein, sie konnte jedenfalls keine Verletzungen erkennen, trotzdem war seine Welt komplett aus den Fugen. Erneut gab er einen wimmernden Laut von sich und deutete vage den Flur hinunter.

Thea sah etwas auf dem Boden liegen. Langsam ging sie darauf zu und erkannte, dass es sich bei den Schlieren auf dem Fußboden, die sie im dämmrigen Licht zunächst für eine aparte Maserung des Linoleums gehalten hatte, um verschmiertes Blut handelte. Und der Gegenstand, der dort lag, war eine abgetrennte Hand.

Dahinter ging der Flur in eine Diele über. In der Luft hing ein Geruch, den sie von ihrer Tätigkeit beim Roten Kreuz in Afrika kannte – der Geruch von geronnenem Blut. Thea hielt sich die Nase zu. Durch die Stille drang ein merkwürdiges Geräusch zu ihr, ein dunkles Sirren, unregelmäßig, immer wieder unterbrochen und mit jedem Schritt lauter werdend. Sie blickte in die Diele und begriff, dass das Geräusch von einer Wolke Schmeißfliegen herrührte. Was hier in einem See aus Blut auf dem Boden lag, war sehr wahrscheinlich mal ein Mann gewesen. Wahrscheinlich Jürgen.

Hatte Karl ihn so zugerichtet? Thea verwarf den Gedanken sofort wieder, denn dieser Tote war ganz offensichtlich nicht erschossen worden, sondern erstochen oder erschlagen oder beides. Und er lag mit Sicherheit schon einige Stunden hier.

Sie machte kehrt und fischte ihr Handy aus der Jackentasche. Während sie die Nummer der Polizei wählte, wurde ihr die seltsame Distanz bewusst, die sie zu den Ereignissen um sich herum verspürte. Es war, als betrachtete sie einen mäßig spannenden Film im Fernsehen, der nichts mit ihr zu tun hatte. Auf die routinierten Fragen des Beamten antwortete sie ebenso routiniert und präzise. Erst als er wissen wollte, wo sie sich befand, kam Thea ins Schlingern. Sie vermute, in Bielafingen, sagte sie und bot an, die Nachbarn zu fragen, aber der Beamte sagte, das sei nicht notwendig, sie solle einfach ihr Handy eingeschaltet lassen. Verwirrt beendete Thea das Gespräch, doch dann fiel ihr ein, dass die Polizei ihren Aufenthaltsort wahrscheinlich per GPS bestimmen konnte, was unter diesen Umständen ein beruhigendes Gefühl war.

Sie überlegte kurz, in die Diele zurückzugehen und sich die Leiche näher anzusehen, doch dann hörte sie Karl wieder wimmern und dachte: eins nach dem anderen. Sie half Karl auf, führte ihn auf die Veranda und lehnte ihn an den Kühlschrank. Dann schnappte sie sich einen Stuhl und eine Decke aus dem Wohnzimmer, stellte den Stuhl auf die Veranda, setzte Karl darauf und legte ihm die Decke um die Schultern. Als sie aufblickte, bemerkte sie, dass die Nachbarn noch immer am Zaun standen oder vielmehr schon wieder. Denn der Mann hatte sich in der Zwischenzeit umgezogen, jedenfalls trug er keinen Schlafanzug mehr. Da ihr nichts Besseres einfiel, lächelte sie und winkte den beiden zu, bevor sie wieder zurück ins Haus ging.

Sie begann mit der abgetrennten Hand und arbeitete sich dann weiter voran in Richtung Diele. Mit dem Handy fotografierte sie jedes Detail, wobei sie darauf achtete, möglichst nicht in die Blutlachen zu treten. Gut, dass sie Gummistiefel anhatte. Trotz des vielen Blutes war zu erkennen, dass der Mann einen Bart trug und schütteres Haar hatte. Sie schätzte ihn auf Mitte vierzig. Auf diese Weise ging sie durch das ganze Haus zurück bis ins Wohnzimmer und fotografierte jedes noch so kleine Detail. Dann klingelte ihr Handy. Daniel war dran. »Wo bist du?«, fragte er.

»Ich weiß nicht, wo ich bin«, sagte Thea, »hab ich doch deinem Kollegen schon gesagt.«

»Ich meine: Wo im Haus bist du?«

»Hinten, auf der Veranda.«

»Bleib da. Wir sind gleich bei dir.«

Da konnte Thea bereits die Martinshörner hören, die schnell näher kamen. Sie machte ein letztes Foto, dann trat sie auf die Veranda. Karl saß noch immer reglos auf seinem Stuhl. Thea, die fand, dass sie irgendetwas tun sollte, klopfte ihm aufmunternd auf die Schulter und sagte: »Wird schon.« Sie steckte sich eine Zigarette an und blinzelte durch den Rauch in den Garten. Inzwischen war es hell geworden, und alles deutete darauf hin, dass dieser Tag der erste wirklich schöne Frühlingstag werden würde, nachdem es fast den gesamten April hindurch geregnet hatte. Schmetterlinge tanzten im Garten, Insekten schwirrten umher, man konnte der Natur beim Explodieren zugucken. Thea mochte das nicht, es ging ihr zu schnell. Da bog Daniel um die Ecke. Wie froh sie war, ihn zu sehen! Sie war sich nicht sicher, ob es an seiner bodenständigen Persönlichkeit lag oder eher an dem Umstand, dass sie sich schon seit ihrer Jugend kannten. Jedenfalls fühlte sie sich in seiner Anwesenheit sofort sicher und geborgen. Kurz bevor er die Veranda erreicht hatte, blieb er wie angewurzelt stehen und starrte die blutverschmierte Betonmauer an.

»Ist er das?« Daniel sah bestürzt aus.

»Nein, das ist ein Reh«, sagte Thea.

»Ein Reh*bock*!«, sagte Karl, der kurz darauf von einem freundlichen Sanitäter untergehakt und weggeführt wurde. Hinter Daniel tauchten vier Beamte in weißen Overalls auf. Thea erklärte ihnen, wo sie hinmussten. Es war ein unbeschreiblich gutes Gefühl, all das Chaos an Männer zu übergeben, die Ruhe ausstrahlten, die sich mit einem Kopfnicken verständigten, die mit jeder Geste signalisierten, dass sie wussten, was sie taten, und deren Profession es war, die Ordnung der Dinge wiederherzustellen. Nach nichts sehnte sich Thea in diesem Moment mehr. Daniel war vor sie getreten und blickte sie mitfühlend an. Aber das Tollste war: Unter seiner Lederjacke trug er eine blaue Strickjacke mit Reißverschluss und Ton-in-Ton-Karomuster, die ihm die Seriosität eines englischen Fernsehinspektors verlieh. Beim Anblick dieser Strickjacke begriff Thea, dass jetzt alles gut werden würde. Sie schnippte die Zigarettenkippe ins kniehohe Gras und brach in Tränen aus. Daniel nahm sie in den Arm und drückte sie an sich. »Schsch«, machte er, »alles okay.« Ja, dachte Thea, alles okay, ganz bestimmt, und ihre Tränen versickerten in den blauen Karos auf seiner Brust.

Kurz darauf war sie es, die in eine Decke gehüllt auf dem Stuhl saß. Während sie die Männer in den weißen Overalls beobachtete, die vor der Mauer mit den Überresten des Rehbocks beschäftigt waren, versuchte sie, all die Fragen, die Daniel ihr stellte, so gewissenhaft wie möglich zu beantworten. Sie erzählte ihm auch von den Fotos, die sie im Haus gemacht hatte. Daniel, der eben noch so freundlich und besorgt gewesen war, sah sie plötzlich finster an und sagte: »Du hast Fotos gemacht?«

»Ja. Hab ich doch eben …«

»Du bist also«, unterbrach er sie, »durch meinen Tatort gestiefelt und hast möglicherweise Spuren verwischt, um Fotos zu machen?« Und nach einer kurzen Pause fügte er noch hinzu: »Mann, Thea!«

Thea beeilte sich zu sagen: »Ich habe nichts angefasst. Ehrlich.« Aber es geriet ziemlich kläglich. Sie wollte gerade zu einer wortreichen Verteidigungsrede ansetzen, da wurde Daniel von einem der Overallmänner zur Mauer gerufen. Also schwieg sie und wartete zerknirscht, bis er wieder zu ihr zurückkehrte und seine Befragung fortsetzte. Sie verabredeten, dass Thea die Fotos auf ihren Rechner laden und sie dann den Ermittlern zur Verfügung stellen würde. »Und natürlich nichts veröffentlichen ohne meine Zustimmung, klar?«, sagte Daniel. Es klang sachlich und kühl.

»Klar«, sagte Thea kleinlaut und wünschte sich nichts so sehr, als dass er wieder freundlich und besorgt wäre.

»Danke«, sagte Daniel, »das war's erst mal.« Dann fügte er noch hinzu: »Und lass dich bitte ärztlich untersuchen. Mit einem Schock ist nicht zu spaßen.«

»Ich hab keinen Schock.«

»Das sagen die meisten, die einen Schock haben.«

Thea lächelte ihm zu. »Danke für deine Fürsorge. Ist aber echt nicht nötig. Ich steige jetzt in mein Auto und fahr nach Hause.«

»Das wird schwierig, Thea.«

»Wieso?«

»Weil dein Auto nicht hier steht. Jedenfalls nicht, wenn der Morgen halbwegs so ablief, wie du es mir geschildert hast.«

»Stimmt«, sagte Thea, der jetzt wieder einfiel, dass sie ja mit Karls Suzuki-Jeep unterwegs gewesen war, der nun irgendwo im Wald herumstand. Daniel nahm sein Funkgerät zur Hand und sprach hinein: »Michi, kommst du mal.« Kurz darauf trat Michi zu ihnen und tippte sich grüßend an die Uniformmütze. Daniel bat ihn, Thea nach Hause zu fahren. Während Thea hinter Michi her durchs Gras stapfte, fiel ihr auf, dass sie jegliches Zeitgefühl verloren hatte.

»Wie spät ist es denn?«, fragte sie.

»Kurz nach sieben«, antwortete Michi freundlich.

So früh am Tag, dachte Thea, unglaublich. Immerhin, sie würde genau rechtzeitig nach Hause kommen, um mit Mari zu frühstücken und sie in den Kindergarten zu bringen. Als sie auf die abgesperrte Einfahrt zugingen, beobachtete Thea einen Wagen mit dem orangefarbenen Logo der Firma Redel, der im Schritttempo die Wohnstraße entlangfuhr und hinter einem Streifenwagen anhielt. Eine Frau Ende vierzig mit blonden Strähnchen im Haar stieg aus und ging auf eine Polizistin zu, die das Flatterband in die Höhe hielt, damit Michi und Thea darunter durchschlüpfen konnten. Die blondierte Frau war sichtlich beunruhigt und erkundigte sich, ob etwas passiert sei. Michi verwies sie an seine Kollegin, die die Personalien der Frau aufnahm.

Als sie Michis Streifenwagen erreicht hatten, wandte sich Thea noch einmal zu dem Flachdachgebäude um. Noch lag es im Schatten der Bäume, aber die Vögel zwitscherten, und die Schmetterlinge tanzten, und außer dem Flatterband wies nichts auf das Grauen hin, das sich hinter der verwitterten Eingangstür verbarg.

Post by amanschlag at 2:43 pm

Die Lügenpresse analysiert sich wund und kapiert mal wieder gar nichts. Jasper von Altenbockum am 14.03.2015 in der F. A. Z.:

»RECHTE, LINKE, PEGIDA –
WOHER KOMMT DER HASS?«

Tja, woher nur?

»Politikern, Verwaltung und Journalisten schlägt eine Verachtung entgegen, die nicht rational erklärbar ist.«

Doch. Fragt uns. Wir erklären's euch!

»Aber es fühlt sich doch so an, als laufe etwas grundverkehrt.«

Ach nee, echt?

»Wie ein schleichendes Gift sickern eine Feindseligkeit, ein Bürgerkrieg der Worte und manchmal auch schon der Taten in unser Leben, die sich gegen alles richten, was unseren Staat und unsere Gesellschaft ausmacht.«

Bürgerkrieg! Hossa!

»Die Kluft zwischen den Repräsentanten des Staates und großen Teilen der Gesellschaft wurde in den vergangenen Jahren als das Reich der ›Wutbürger‹ beschrieben. Neu ist jetzt, dass die Wut an die Wurzeln geht und das ganze ›System‹ gleich mit verachtet und auch beseitigen will.«

Unbedingt! Der Rechtsstaat muss wiederhergestellt werden!

»Die Angst geht wieder um in Deutschland: vor dem Euro, vor dem Krieg, vor der Technik, vor der großen weiten Welt, vor der Zukunft; noch mehr aber, noch eingefleischter, noch irrationaler, vor der Politik.«

Falsch! Wir haben keine Angst. Wir haben Mut. Mut, uns zu wehren. Wir sind das Volk! Die Einzigen, die Angst haben, seid ihr Pressehuren. Und das zu Recht!

Post by misteryöz at 3:10 pm

»Wir haben euch gewarnt. Wir haben euch gesagt, dass wir euch beobachten. Wir haben euch gesagt, dass wir über 80 Millionen sind. Wir haben euch gesagt, dass wir nicht mehr zusehen werden, wie ihr und die Medien uns verarscht. Wir haben euch gesagt, dass wir nicht dumm sind. Wir haben keinen Bock mehr auf diese Scheiße!«

(Frei nach HoGeSa)

III

»Gibt's eigentlich noch echte Hexen?« Mari kippelte auf ihrem Stuhl, ließ den Löffel los und sah gespannt dabei zu, wie er im Joghurt versank.

»Halt doch mal still!« Ute stand vor ihr, einen schwarzen Kajal in der Hand, und versuchte, Maris Kindergesicht in das einer bösen, alten Hexe zu verwandeln.

»Gibt's noch Kaffee?«, fragte Thea. Ute reichte ihr die Kanne über den Tisch und malte Mari noch eine dritte Warze auf die Wange.

»Gibt's jetzt noch Hexen oder nicht?«

»Das ist so eine Sache mit den Hexen«, setzte Ute an und erzählte vom finsteren Mittelalter, von Nachbarschaftsstreitigkeiten und Neid. Als sie bei der katholischen Kirche angekommen war, schweiften Theas Gedanken ab. Die grauenhaften Bilder des frühen Morgens suchten sie heim: das kniehohe Gras, die Schrankwand, die Leiche in der Diele. Das viele Blut. Erst jetzt, mit einem gewissen Abstand und Maris fröhlichem Geplapper im Hintergrund, wurde ihr das ganze Ausmaß des Grauens bewusst. Unter welchen Umständen war jemand in der Lage, einen Menschen derart zuzurichten? Man musste nicht psychologisch geschult sein, um zu erkennen, dass dies kein normaler Mord war. Andererseits – was war schon ein normaler Mord? Gab es das überhaupt? Außerdem war immer noch unklar, wie der Rehbock nun eigentlich zu Tode gekommen war. Nur zwei Dinge schienen sicher zu sein: Der Bock war nicht durch eine Gewehrkugel gestorben, sondern in die Luft gesprengt worden, wodurch auch immer, und Jürgen Degener war es nicht gewesen, der hatte ein Alibi.

Ihr Blick fiel durch die geöffnete Terrassentür in den Garten. Es war viel zu hell, alles grünte und blühte und warf mit Farben um sich, die Vögel machten Krach, und über Nacht hatten wie auf Kommando Millionen von Insekten den Garten geentert und zickzackten vor dem Fenster umher. Sie hasste das. Sie hasste es wirklich. Und plötzlich wurde ihr klar, dass ihr Grauen vor den Ereignissen des heutigen Morgens nicht allein von der blutüberströmten Leiche herrührte. Da war noch etwas anderes. Die Bilder in Degeners Wohnung hatten Erinnerungen an das wachgerufen, wovor sie aus Berlin geflüchtet war und was sie seit ihrer Ankunft in Wartenburg zu verdrängen versuchte: ihr Leben mit Maris Vater, der Kroate war.

Sie hatten sich in Sarajevo kennengelernt, wo sie einen Sommer lang für das Institutional Development Programme des Roten Kreuzes tätig gewesen war. Wie im Rausch hatten sie sich gemeinsam durch die Sommernächte des wiedererwachenden Sarajevo treiben lassen. Die Aufbruchsstimmung in der vom Bürgerkrieg gezeichneten Stadt hatte Theas Sinne vernebelt, und als Vladan vorgeschlagen hatte, zusammen mit ihr nach Berlin zu gehen, war sie so verliebt gewesen, dass sie, ohne lange nachzudenken, Ja gesagt hatte. Bald darauf war Mari zur Welt gekommen und Thea in einem fünf Jahre dauernden Albtraum gefangen, dem sie erst mit ihrer Flucht nach Wartenburg entkommen war.

»Mama!« Mari stand vor ihr und sah sie vorwurfsvoll an.

»Was denn?«

»Wie findest du meine Verkleidung? Hab ich dich jetzt schon zwei Mal gefragt.«

»Du siehst großartig aus, Schatz!« Thea beugte sich vor und schloss Mari in die Arme.

»Müssen wir nicht in den Kindergarten?«, fragte Mari.

Thea sah auf die Uhr: halb neun. Sie verscheuchte die Gedanken an Vladan und die schlimme Zeit, drückte ihrer Tochter einen Kuss auf die Stirn und sagte: »Ja, wir müssen los!«

»Guck mal, Zitronenfalter!« Mari zeigte begeistert in Richtung Rhododendron, wo sich tatsächlich drei Zitronenfalter vergnügten und Thea mit ihren hektischen Bewegungen sofort Kopfschmerzen bereiteten.

»Super!«, sagte sie.

»Ist deine Mama heute wieder ironisch«, sagte Ute spitz. »Noch 'ne Warze?«

Aber Mari schüttelte den Kopf und fragte: »Was heißt ironisch?«

»Ironisch heißt, dass deine Mama Zitronenfalter eigentlich doof findet«, sagte Ute, woraufhin Mari Thea verständnislos ansah. »Wieso findest du Zitronenfalter doof?«

»Ich find die doch gar nicht doof.«

»Ha!«, sagte Ute, und Thea dachte, doch, es gibt sie noch, die echten Hexen. Ute hatte natürlich sofort gespürt, dass mit Thea etwas nicht stimmte, spätestens seit sie das Blut an ihren Zebra-Gummistiefeln entdeckt hatte. Aber Thea hatte ihr nur zugeraunt, dass sie ihr später berichten werde, nicht jetzt, wo Mari umhersprang und alles mitbekommen würde.

»Komm, Schatz, Zähne putzen!«, rief sie Mari zu.

»Wo ist der Hut?«, fragte Mari.

»Welcher Hut?«

»Na mein Hexenhut.«

»Auf dem Küchentisch«, meinte sich Thea zu erinnern.

»Da ist er aber nicht!«, rief Mari und stürmte an Thea vorbei in die Diele. Gleich würde sie in Tränen ausbrechen. Sie hatte sich so auf die Walpurgisnachtfeier im Kindergarten gefreut. Und jetzt war der Hut weg.

»So ein Hut verschwindet doch nicht einfach, Schatz«, versuchte Thea sie zu beruhigen. Mari war im Wandschrank abgetaucht und schien dort alles auf den Kopf zu stellen. Man hörte es rumpeln.

»Es sei denn, er ist weggehext worden«, stellte Ute nüchtern fest.

Schluchzen aus dem Wandschrank.

»Danke!«, zischte Thea ihrer Mutter zu, aber die gab die verfolgte Unschuld und wusste überhaupt nicht, was sie nun schon wieder falsch gemacht haben sollte.

Der Hut fand sich schließlich im ersten Stock auf Theas Bett wieder, und sowohl Ute als auch Mari waren felsenfest davon überzeugt, dass nur Thea ihn da hingelegt haben konnte.

»Warum soll ich denn den Hut mit hochnehmen? Ist doch Quatsch.«

Aber Thea war verunsichert. Beide, ihre Mutter wie ihre Tochter, bedachten sie mit einem Blick, der irgendwo zwischen Besorgnis und Befremden lag. Sollte sie tatsächlich den Hut mit sich herumgetragen haben, ohne etwas davon mitzubekommen? Das hielt sie für ausgeschlossen – bis dann auch der Autoschlüssel verschollen war und sich, nachdem sie das ganze Haus auf den Kopf gestellt hatten, schließlich auf dem Dach des Volvos wiederfand, wo er die ganze Nacht über gelegen haben musste.

Ute tätschelte ihr den Rücken und sagte: »Na ja.«

Als sie um zwanzig nach neun in den Kindergarten stürmten und den Morgenkreis durcheinanderbrachten, der als Moment der Ruhe und Einkehr zur Vorbereitung auf den Tag gedacht war, sah Frau Oberle Thea an, als hätte sie gerade fünfzehn Kindern die Hexenhüte geklaut und vor dem Kindergarten verbrannt. Thea versuchte den Vorwurf wegzulächeln und drückte ihrer Tochter einen dicken Kuss auf die Wange. »Tschüss, Schatz, feiert schön.«

Draußen war es hell, und die Vögel wüteten. Thea ließ sich erschöpft auf den Fahrersitz des Volvos fallen und zündete sich eine Zigarette an. Ihr persönlicher Morgenkreis. Sie war regelmäßig fix und fertig, nachdem sie Mari im Kindergarten abgeliefert hatte, auch wenn sie davor nicht schon durch den Wald und über Leichen gestolpert war. Nein, auch im normalen Alltag setzte sie der Kindergarten unter enormen Stress, und sie überlegte ernsthaft, ob Aufwand und Ertrag hier noch in einem gesunden Verhältnis standen. Irgendwie war die Zeit ohne Kindergarten entspannter gewesen. Aber klar – das lag natürlich daran, dass sich Ute um Mari gekümmert hatte, wenn Thea arbeiten musste, und sie wusste genau, dass sie das Ute keinen Tag länger hätte zumuten können. Vielleicht sollte sie Frau Oberle mal einen Blumenstrauß mitbringen oder sie auf eine Tasse Kaffee einladen? Irgendwie hatte sie das Gefühl, gut Wetter machen zu müssen.

Ihr Blick fiel in den Rückspiegel. Ein schwarzer Mercedes-Benz SUV rauschte heran und machte vor dem Kindergarteneingang eine Vollbremsung. Die Fahrertür wurde aufgerissen, und Claudia Redel sprang aus dem Wagen. Sie ging um das Fahrzeug herum und half einem Zauberer beim Aussteigen. Klein Raimund. Thea beobachtete, wie Claudia Redel ihren Sohn hinter sich herzerrte, der mit seinem Zauberstab in der Luft herumfuchtelte. Entweder beschwerte er sich über irgendwas, oder er versuchte, den SUV wegzuzaubern.

Als sie im Gebäude verschwunden waren, war Theas Laune ein wenig besser. Die waren noch später dran als sie! Was für eine sympathische Frau. Sie überlegte, ob sie auf Claudia Redel warten sollte, aber nach den grauenhaften Ereignissen heute Morgen war ihr nicht nach Small Talk. Außerdem wartete in der Redaktion Arbeit auf sie. Also warf sie die Zigarette aus dem Fenster und startete den Motor.

Janina stand vor dem Eingang der Redaktion des Wartenburger Anzeigers und rauchte. Sie trug ein Leopardenminikleid, bei dem sich schwer sagen ließ, wo ihre solariumgebräunte Haut aufhörte und der Leopard anfing.

»Boah, endlich Frühling!«, sagte sie und blinzelte in die Sonne.

»Ist es nicht noch ein bisschen frisch für den Leoparden?« Thea bekam schon beim Anblick des Kleids eine Gänsehaut.

»Nö, passt schon.« Janina zauberte eine Schachtel Lucky Strike aus ihrem Ausschnitt und streckte sie Thea entgegen. Thea nickte ihr dankend zu und nahm sich eine Zigarette. Schweigend standen sie nebeneinander und rauchten, dann fragte Janina betont beiläufig: »Und?«

Klar, sie wussten natürlich alle schon Bescheid. Ein Mord sprach sich in Wartenburg schnell herum. Ein derart brutaler zumal. Thea suchte nach den richtigen Worten, um zu beschreiben, was sie erlebt hatte, aber es ging nicht. Sie hatte einen dicken Kloß im Hals. Also gab sie auf und zuckte nur stumm die Achseln.

»So schlimm?«, fragte Janina und sah sie mitfühlend an.

»Ja.«

»Du Arme«, sagte Janina. »Ich mach mal Kaffee.« Sie schnippte ihre Kippe in den Gully und verschwand im Redaktionsgebäude. Auf ihre Art hatte sie ein erstaunliches Fingerspitzengefühl. Thea war gerührt und bemerkte zunächst gar nicht, dass ihr die Tränen über die Wangen liefen, und als sie es dann doch bemerkte, dachte sie, verdammt, was ist bloß los? Hatte sie vielleicht doch einen Schock erlitten? War sie traumatisiert? Oder waren die Erinnerungen an Vladan Schuld? Sie wischte sich mit dem Ärmel ihrer Jacke die Tränen aus dem Gesicht, zog an der Zigarette und beschloss, sich durchchecken zu lassen, falls es nicht besser wurde. Sie sah hinauf in die Sonne, die vollkommen ungerührt am Himmel stand und tat, als wüsste sie von nichts. Beneidenswert.

Als sie in die Redaktion kam, warteten bereits alle am Konferenztisch. Janina lächelte ihr aufmunternd zu, rief »Yippie!« und schenkte Kaffee ein. Sie war ein Schatz.

»Morgen!«, grüßte Thea in die Runde und nahm Platz.

»Dann erzähl mal.« Rainer Hägele, der Redaktionsleiter, knetete seine fleischigen Hände und sah sie erwartungsvoll an. Steffen Scheufler, dem sie das alles zu verdanken hatte, kritzelte irgendwas auf ein Stück Papier, und Thea, die hoffte, dass sie nicht wieder in Tränen ausbrechen würde, atmete tief durch und begann zu erzählen. Sie tat das sehr ausführlich, begann beim Vorfahren des weißen Suzuki-Jeeps vor Utes Haus um kurz vor halb fünf, erwähnte die Tatsache, dass Karl sie gezwungen hatte, das Schuhwerk zu wechseln, und spürte, dass ihr das Referieren scheinbar unwichtiger Details dabei half, Ordnung in ihre Gedanken zu bringen. Trotz ihrer Detailversessenheit hörten Rainer, Steffen und Janina aufmerksam zu. Nur an einigen wenigen Stellen hakten sie nach und stellten Fragen wie: »Was soll das heißen, ›der Rehbock ist explodiert‹?«

Als sie dann aber das Haus mit den Heiligenbildern und den Waffen schilderte und minutiös beschrieb, wie sie zunächst den wimmernden Karl und dann die übel zugerichtete Leiche gefunden hatte, sah sie ihren Kollegen an, wie betroffen sie waren. Als Thea ihren Bericht beendet hatte, saßen sie schweigend da, bis Steffen Scheufler sich räusperte und mit belegter Stimme »Mannmannmann!« sagte. Janina tätschelte Theas Arm.

»Danke für den ausführlichen Bericht«, sagte Rainer, und in seiner Stimme schwang eine gehörige Menge Respekt mit. »Wie willst du denn jetzt vorgehen?«

»Ich glaube, dass man zunächst einmal herausfinden muss, was dieser Jürgen Degener für ein Typ war.« Denn schon während ihres Berichts hatte sich herausgestellt, dass weder Rainer noch Steffen Scheufler Degener kannten, was ungewöhnlich war. Sie kannten sonst alle und jeden. Steffen meinte sich zwar zu erinnern, den Namen im Zusammenhang mit irgendwelchen rechten Gruppen schon mal gehört zu haben, Genaueres konnte er aber nicht sagen.

»Ich werde heute auf jeden Fall noch mal mit Daniel Seiler sprechen, der die Ermittlungen leitet«, sagte Thea. Dass der ihr wegen ihres Verhaltens am Tatort gerade den Kopf gewaschen hatte, erwähnte sie nicht. Ging schließlich keinen ihrer Kollegen was an. Rainer entschied, dass sich Thea zunächst hauptsächlich um diesen Fall kümmern sollte. Die Reportage über die Jagd würden sie zurückstellen.

»Okay«, sagte Rainer und wandte sich an Steffen Scheufler, »jetzt du.«

Scheufler sah jedem der Anwesenden reihum in die Augen, um sich zu vergewissern, dass er die maximale Aufmerksamkeit hatte, dann sagte er: »Es gibt Neues vom Adler in Haidthausen.«

Schon wieder der Adler, dachte Thea. Noch bevor die Flüchtlinge dort eingezogen waren, hatten sie immer wieder darüber berichtet. Es hatte von Anfang an Probleme mit den Anwohnern gegeben. Eine Bürgerinitiative hatte sich bereits im Vorfeld gegen die Unterbringung von bis zu vierzig Flüchtlingen mitten im alten Ortskern gestemmt. Angeblich nicht aus Fremdenfeindlichkeit, sondern aus Sorge um die Flüchtlinge und deren menschenwürdige Unterbringung. Jedenfalls hatte man nach heftigen Auseinandersetzungen zwischen Gemeinde und Landratsamt die Zahl schließlich auf dreiundzwanzig Flüchtlinge begrenzt, die im Dezember eingezogen waren. Danach war Ruhe eingekehrt. Die Bürgerinitiative war verstummt, und an ihre Stelle waren mehrere Hilfsinitiativen der örtlichen Bevölkerung getreten. Es gab ehrenamtlichen Deutschunterricht für die Flüchtlinge, Sach- und Kleiderspenden wurden herangeschafft und sogar drei Gebrauchträder aus Mitteln der evangelischen Kirchengemeinde, damit die Flüchtlinge im vier Kilometer entfernten EDEKA in Herrnsdorf einkaufen gehen konnten. Auch darüber hatte Scheufler ausführlich berichtet. Thea konnte sich noch gut an die Fotos der strahlenden Haidthausener erinnern, die stolz die Fahrräder präsentierten. Alles schien sich in Wohlgefallen aufgelöst zu haben. Doch nun drehte Steffen Scheufler seinen Laptop um, sodass die anderen den Bildschirm sehen konnten.

»Dieses Foto hier ist gestern Abend gegen neun Uhr von einem der Flüchtlinge im Adler aufgenommen worden.« Das Foto auf dem Bildschirm war ein wenig unscharf, aber das Motiv war trotzdem klar zu erkennen: Es zeigte ein brennendes Kreuz.

»Was soll das?«, fragte Thea.

»Das ist noch völlig unklar«, sagte Steffen. »Ich war gestern noch dort und hab mit den Flüchtlingen gesprochen. Das Kreuz stand etwa fünfzig Meter vom Wohnheim entfernt auf der Wiese. Die Flüchtlinge waren natürlich alle verängstigt und aufgelöst. Aber keiner hat irgendwen gesehen oder irgendwas Verdächtiges bemerkt. Die Polizei hat Ermittlungen aufgenommen.«

»Ist das irgendwie der Kuckucksclan oder so ein Schwachsinn?« Janina hatte den Kopf schief gelegt und betrachtete das Foto.

»Ku-Klux-Klan«, berichtigte Steffen.

»Sag ich doch«, maulte Janina.

»Bei einem brennenden Kreuz ist das natürlich eine berechtigte Assoziation«, fuhr Scheufler fort, und Thea dachte, sagenhaft, wie gespreizt der quatschen kann.

»Zumal wir so was hier in der Gegend ja schon mal hatten«, ergänzte er.

Thea erinnerte sich dunkel, dass da mal was gewesen war, aber zu der Zeit hatte sie in Berlin oder im Ausland gelebt und hatte sich nicht damit befasst. »Kannst du noch mal kurz zusammenfassen, was da Sache war?«, bat sie.

»Direkt hier ums Eck, in Schwäbisch Hall, war der Sitz der deutschen Sektion der European White Knights of the Ku-Klux-Klan«, erklärte Scheufler. »Der Verein existierte von 2000 bis Ende 2002 und hatte etwa zwanzig Mitglieder.«

»Eine Karnevalstruppe«, schnaubte Rainer verächtlich. »Die haben oben auf der Geyersburg ihren Schabernack getrieben, mit Feuer und Kapuzen und dem ganzen Kram.«

»Hier.« Steffen Scheufler präsentierte der Runde ein paar Bilder von der Geyersburg. »Das ist die ulkige Variante«, sagte er. »Weniger ulkig ist, dass Achim Schmid, der Gründer und Anführer V-Mann des Baden-Württembergischen Verfassungsschutzes gewesen ist. Und gerade befasst sich der hiesige NSU-Untersuchungsausschuss mit der Geschichte, weil sich nämlich herausgestellt hat, dass zwei Polizisten Mitglieder des Ku-Klux-Klans waren, die, wie die 2007 in Heilbronn angeblich vom NSU ermordete Michèle Kiesewetter, bei der Bereitschaftspolizei Böblingen ihren Dienst taten. Einer der beiden war ihr Vorgesetzter.«

»Der totale Wahnsinn«, kommentierte Rainer.

»Dieser V-Mann Corelli gehörte auch dazu«, fuhr Steffen fort. »Das ist der, der später, kurz bevor er in Sachen NSU vernommen werden sollte, an Blitzdiabetes gestorben ist.«

»Wenn sich ein Tatort-Autor so was ausdenken würde, wäre er sofort seinen Job los.« Ranier schüttelte den Kopf. »Irre. Einfach irre.«

»Wie auch immer«, sagte Steffen Scheufler. »Irgendjemand bedient sich hier bewusst oder unbewusst der Symbole des Ku-Klux-Klans. Und wir können sicher davon ausgehen, dass das nicht freundlich gemeint war.«

Rainer beschloss, dass Scheufler in Haidthausen vorbeifahren und mit den Anwohnern sprechen sollte. »Und heute Nachmittag«, sagte er und blickte Scheufler an, der sich sofort wegduckte, »muss noch jemand zur Maihocketse der Industrie- und Handelskammer Tauffenbach.«

Scheufler begann sofort, eine Liste von Terminen herunterzubeten, die zum großen Teil ausgedacht waren, wie Thea vermutete. Scheufler war einfach faul wie die Nacht.

»Wen soll ich denn sonst schicken?«, fragte Rainer und spielte den Verzweifelten. »Thea fällt ja nun aus …«

Scheufler schlug vor, einen der Freien zu aktivieren, aber das fand Hägele auch doof, und so diskutierten sie eine Weile hin und her, bis es Thea schließlich zu bunt wurde. »Alles klar. Ich fahre.«

»Echt, Thea. Das können wir dir doch nicht zumuten«, sagte Hägele, aber die Erleichterung in seiner Stimme verriet, dass er das sehr wohl konnte.

»Bist du sicher, du schaffst das?« Auch Scheufler tat besorgt. Elender Heuchler, dachte Thea und nickte. Sie hatte die Wahl: Entweder saß sie hier noch eine weitere halbe Stunde fest und hörte Scheufler und Hägele beim Rumdiskutieren zu, oder sie biss in den sauren Apfel, übernahm selbst die Tour nach Tauffenbach und machte sich mit ihrer Tochter einen schönen Nachmittag auf der Maihocketse. »Aber dann hab ich was gut bei euch. Und ich geh früher!«

Rainer und Steffen nickten eifrig, und Thea zog sich an ihren Schreibtisch zurück. So lief es immer, dachte sie, deshalb saß sie dann am Ende mit den Scheißjobs da. Egal, dafür hatte sie jetzt ihre Ruhe – und das Bedürfnis, sich zu erkundigen, wie es Karl ging. Sie griff zum Telefon, erreichte ihn aber weder auf dem Festnetz noch mobil. Vermutlich war er noch im Krankenhaus. Sie überlegte kurz, ob sie dort anrufen sollte, fand das dann aber übertrieben. Sie würde es später noch mal probieren.

Dann verband sie das Handy mit ihrem Rechner und überspielte die Fotos, die sie am Tatort gemacht hatte. Sie wunderte sich selbst darüber, wie viele es waren. Obwohl es sie einiges an Überwindung kostete, verbrachte sie die nächste Stunde damit, die Fotos zu sichten. Sie entdeckte Details, die ihr vor Ort gar nicht aufgefallen waren. Kein Wunder, in der blutverschmierten Diele war ihre Aufmerksamkeit auf andere Dinge gerichtet gewesen als beispielsweise auf den Fanschal des VfB-Stuttgart, den sie jetzt am oberen Rand eines Fotos entdeckte. Er trug die Aufschrift »furchtlosundtreu«, die Thea unangenehm anwehte. Es war das neue Motto, das sich der Verein 2014 zugelegt hatte. Thea hatte die Diskussion darüber verfolgt, ob es eine gute Idee war, sich eines Spruchs zu bedienen, mit dem im Ersten Weltkrieg Angehörige württembergischer Regimenter in den Tod gezogen waren und der sich unter Neonazis jeglicher Couleur heute noch größter Beliebtheit erfreute. Das wenigstens war nicht ihr Problem, befand Thea, sondern das des VfB-Managements.

Am merkwürdigsten kam ihr aber die Wand mit den Heiligenbildern und den Waffen vor. Was für eine absurde Mischung. Zwischen all den Ikonen entdeckte sie eine Plakette, die sie zunächst für einen dieser Andenkenteller hielt, die man in Souvenirläden kaufen konnte. Es war aber nur ein rundes

Stück Metall, auf dem ein angebissener Apfel zu sehen war, der entfernt an das Apple-Logo erinnerte, nur dass er knallrot war und ein Loch hatte, aus dem ein orangener Tropfen auf einen gleichfarbigen Klecks fiel. Über dem Apfel stand »Vinkovci«, und am unteren Rand der Plakette waren die Worte »Vrata Hrvatske« zu lesen. Thea spürte sofort, wie sich ihr Magen verkrampfte. Das war Serbokroatisch, die Sprache von Maris Vater, die sie selbst allerdings nur mäßig beherrschte. Eigentlich kannte sie nur ein paar Brocken. Thea zwang sich, nicht an Vladan zu denken, und versuchte, sich auf die Plakette mit dem Apfel zu konzentrieren. Hvratska, so viel wusste sie jedenfalls, bedeutete Kroatien, und Vrata hieß Tür oder Tor. Auch Vinkovci hatte sie irgendwo schon einmal gehört. Aber wo? Ein Ortsname vielleicht? Vinkovci, Tor nach Kroatien. Ja, das ergab Sinn.

Mit Googles Hilfe fand Thea heraus, dass Vinkovci eine 35.000-Einwohner-Stadt im Osten Kroatiens war und »Vrata Hvratske«, »Tor nach Kroatien«, ihr Beiname. So weit, so gut. Blieb immer noch die Frage, was Jürgen Degener aus Bielafingen mit dem Tor Kroatiens zu tun hatte. Thea gab auf gut Glück »Vinkovci Vrata Hrvatske« in die Suchmaschine ein, und Google lieferte als erste Treffer zwei Youtubevideos. Das eine war eine Art Fotoalbum. Mit kroatischem Hip-Hop unterlegt, waren Fotos von jungen Männern in Uniformen zu sehen. Sie posierten mit verschiedenen Waffen vor zerstörten Gebäuden. Das zweite Video zeigte dieselben Männer. Sie hielten ihre Waffen in die Kamera und sprachen teils englisch, teils französisch. Ein blonder mit schmalem Gesicht legte sich zwei Finger der linken Hand auf die Oberlippe und streckte den rechten Arm zum Hitlergruß in die Höhe. Die Kamera schwenkte um. Eine hinkende Gestalt kam ins Bild, und Thea erschrak bei ihrem Anblick, denn ihr Kopf schien der eines Insekts zu sein. Erst als die Gestalt näher kam, erkannte Thea, dass sie eine Gasmaske trug. Im Hintergrund war eine menschenleere Straße zu sehen, gesäumt von ausgebombten Häusern.

»Ist das 'ne Gasmaske?«, fragte eine Stimme in Theas Rücken.

Thea fuhr herum. Hinter ihr stand Janina und starrte auf den Bildschirm.

»Mann, Janina! Hast du mich erschreckt!«

»Sorry, wollt ich nicht.« Janina lächelte entschuldigend. »Was guckst du denn da für schreckliche Sachen?«

»Weiß ich selbst noch nicht genau.«

»Hat das was mit heute Morgen zu tun?«

»Ja.«

»Aha.« Eine Weile stand Janina schweigend da. Sie schien in die Betrachtung des Bildschirms versunken zu sein. Als Thea unruhig zu werden begann und eben fragen wollte, was sie denn für Janina tun könne, sagte die: »Gasmasken haben irgendwie was Unheimliches.«

»Stimmt«, sagte Thea und fragte sich, was mit Janina los war.

»Ich könnte dir unter das Video einen Link bauen, und wenn du den anklickst, kriegst du eine Liste mit allen Gasmaskenherstellern weltweit«, schlug Janina vor.

»Ich brauch aber keine Gasmaske.«

»Sag das nicht. Wenn jetzt die Russen kommen. Oder die Islamisten.«

»Dann wären Tarnkappen besser.«

»Dann bau ich dir einen Link zu Tarnkappenherstellern. Weltweit.«

»Was heißt denn, du ›baust einen Link‹? Kannst du so was?«

Da strahlte Janina wie die Sonne und sagte mit stolz geschwellter Brust: »Ja, hab ich gerade gelernt.«

Da fiel bei Thea endlich der Groschen, und sie erinnerte sich daran, dass Janina nun schon seit zwei Wochen ihre IT-Fortbildung absolvierte. »Na klar, die Fortbildung!«, sagte Thea halbherzig. »Wie läuft's denn so? Erzähl mal.« Das war eher rhetorisch gemeint, aber offenbar hatte es Janina genau darauf abgezielt. Sie erzählte und erzählte, und als Thea ihr nach zehn Minuten aus purer Verzweiflung den Rücken zudrehte, in der Hoffnung, sie würde das Zeichen richtig deuten, schloss Janina ihren Vortrag mit den Worten: »Und deswegen müssen wir hier was machen.«

»Was müssen wir machen?«

»Hast du mir nicht zugehört?«

Ertappt.

»Doch, aber …«

»Wir sind hier immerhin eine Zeitungsredaktion. Hier gehen sensible Daten über den Tisch. Deshalb müssen wir dringend was unternehmen.«

»Und was schlägst du da so vor?«, fragte Thea, die noch immer keine Ahnung hatte, wovon Janina redete.

»Punkt eins: Die gesamte Redaktion, also wir alle, kommuniziert nur noch verschlüsselt. Am besten mit Pietschiepie.

»Mit was?«

»Prettey Good Privacy. Ein Verschlüsselungssystem. Kurz Pietschiepie.«

»Aha.«

»Punkt zwei: die Serversicherheit. So wie's im Moment läuft, geht's gar nicht. Hier kann im Prinzip jeder ran. An alles. Immer, und …«

»Du, Janina?«

»Ja?«

»Können wir das vielleicht ein andermal … Ich bin hier gerade mitten in was drin.«

»Klar«, sagte Janina. »Ich würde das gern bei der nächsten Konferenz mal vorschlagen und wollte nur sichergehen, dass du mich unterstützt.«

»Na klar. Mach ich«, sagte Thea und hoffte inständig, dass das Thema damit beendet wäre. Tatsächlich lächelte ihr Janina glücklich zu und sagte: »Supi. Dann geh ich mal wieder.« Sie tat es, und Thea wandte sich wieder dem Bildschirm zu.

Unter dem Video stand auf Französisch: »Croatie 1991 Vinkovci/Mala Bosna – HOS 6e Bataillon«. Es war zwar schon ein paar Jahre her, seit Thea in Sarajevo gewesen war. Was die HOS war, wusste sie aber immer noch sehr gut. Im Jugoslawienkrieg war sie der paramilitärische Arm der kroatischen Faschisten gewesen, deren Aufgabe Anfang der Neunzigerjahre die Verteidigung und Eroberung kroatischer Gebiete war. Berühmt und berüchtigt wurde die HOS unter anderem dadurch, dass in ihren Reihen Söldner und Rechtsradikale aus ganz Europa kämpften, Leute wie die Hitlergruß-und-Gasmasken-Jungs auf dem Video.

Über den Youtubeaccount gelangte Thea auf die Facebookseite eines gewissen Raymond Leroux, der sich mit größter Selbstverständlichkeit als Söldner und ehemaliger HOS-Kämpfer präsentierte. Er hatte ein Fotoarchiv auf seiner Seite angelegt. Es war ein wildes Sammelsurium aus Karikaturen und Fotomontagen. Thea entdeckte Putin mit einer langen Pinocchionase, dazwischen immer wieder Fotos von Uniformierten mit Waffen. Der neueste Post lautete: »Croatian volunteers ready to departure. May the gods make you strong brothers and come home victorious«.

Einen Augenblick lang starrte Thea verwirrt auf den Post. Ein paar Klicks weiter, und sie begriff, in welchen Krieg die hier verabschiedeten kroatischen Freiwilligen zu ziehen gedachten: Sie waren Mitglieder des berüchtigten Asow-Regiments, das die Ukraine im Kampf gegen die prorussischen Separatisten unterstützte und als ultranational und rechtsextrem galt. Wie schon der Jugoslawienkrieg zog offenbar auch der Ukrainekonflikt jede Menge ausländischer Freiwilliger aus rechten Kreisen an.

Thea versuchte Ordnung in ihre Gedanken zu bringen. Da war einmal das Foto: die Männer in Uniform vor der kroatischen Flagge, gerahmt und präsentiert wie ein Familienfoto. Dazu die ominöse Plakette an der Wand, die sie auf die Videos des Franzosen gebracht hatte. Reichte das, um auf eine Verbindung zwischen Degener und diesem Leroux zu schließen? War Degener selbst einer jener Söldner, die im Jugoslawienkrieg gekämpft hatten? Und wenn ja – hatte das etwas mit seinem Tod zu tun?

Eine Weile saß Thea regungslos vor dem Computer und starrte den Bildschirm an. Sie bekam den Gedanken an Vladan nicht mehr aus dem Kopf. Die wenigen Bilder von Krieg und Gewalt hatten ausgereicht, um die ständige Atmosphäre der Bedrohung wieder aufleben zu lassen, die ihre gemeinsame Zeit mit Vladan geprägt hatte. Es hatte lange gedauert, bis sie begriffen hatte, dass sein Hass, seine ständig wechselnden Stimmungen, seine Brutalität nichts mit ihr zu tun hatten, sondern damit, dass der Krieg ihn zerstört hatte. Sie war mit einem traumatisierten Mann zusammen, dem sie nicht helfen konnte. Und sie hatte eine kleine Tochter, die sie vor ihm und seinen Launen beschützen musste.

Nachdenklich klickte sich Thea durch die Fotos. Und plötzlich wurde ihr klar, dass sie mit alldem nichts mehr zu tun haben wollte. Sie wollte nichts wissen von Kroatien und HOS-Söldnern, von Faschisten und Rechtsextremen, von Krieg und Gewalt. Sie wollte nicht an das Leben erinnert werden, das sie mit aller Kraft hinter sich zu lassen versuchte. Sie würde Daniel ihre Fotos übergeben und ihm berichten, was sie über Degener herausgefunden hatte, und damit wäre die Sache für sie erledigt. Und sie würde Steffen Scheufler bitten, die Berichterstattung über den Fall für sie zu übernehmen. Das würde er kaum ablehnen können, sie hatte etwas gut bei ihm.

Thea trennte ihr Handy vom Rechner und schnappte sich ihre Jacke. Auf dem Flur lief sie Steffen Scheufler in die Arme. Er sah sie zwar ziemlich verdutzt an, als sie ihm ihre Bitte vortrug, willigte aber anstandslos ein. Das war die Hauptsache.

Zehn Minuten später betrat sie das mächtige Fachwerkgebäude unten am Fluss, in dem sich das Polizeirevier befand. Es war hübsch anzusehen, aber dringend renovierungsbedürftig. Außen schau, innen mau, so hätte man es in Berlin wohl ausgedrückt. Aber hier war Wartenburg und nicht Berlin, und so sprach man lieber von »Sanierungsstau« und plante seit drei Jahren einen aufwendigen Neubau.

Der Empfangstresen war verwaist, einige Beamte, die Thea nicht kannte, standen am Ende des Flurs zusammen. Thea meinte ihre fiebrige Anspannung zu spüren. Endlich löste sich eine junge Polizistin aus der Gruppe und trat zu ihr. Daniel war, wie die Beamtin sagte, »voll im Stress«, was sich Thea nach den Ereignissen heute Morgen gut vorstellen konnte. Erst als Thea ihr sagte, dass sie den Toten aufgefunden und Fotos gemacht hatte, die sie für die Ermittlungen zur Verfügung stellen wollte, wurde sie zu Daniel vorgelassen.

Er telefonierte. Die Anstrengung hatte zwei tiefe Falten in seine Stirn gegraben, und er verzog keine Miene, als er Thea bedeutete, auf dem Stuhl vor seinem Schreibtisch Platz zu nehmen. Wieder einmal staunte Thea, was aus dem gehemmten, etwas exzentrischen Teenager geworden war, an den sie sich noch so gut erinnern konnte. Daniel strahlte eine Ernsthaftigkeit und Professionalität aus, die sie beinahe ein wenig einschüchterten. Vielleicht war er aber auch immer noch sauer wegen ihres Verhaltens am Tatort. Inzwischen war ihr das egal. Bald würde sie mit diesem Fall nichts mehr zu tun haben. Endlich legte Daniel auf.

»Entschuldige«, sagte er, »die Spurensicherung.«

»Sind die denn immer noch vor Ort?«

»Ja. Wird auch noch ein Weilchen dauern, wie's aussieht.«

Bevor sie nachhaken konnte, klingelte das Telefon erneut. Mit einer Geste des Bedauerns nahm Daniel den Hörer ab. Erst sagte er »Ja«, dann sagte er »Nein«, dann legte er auf.

»Bitte. Was kann ich für dich tun?«

Thea reichte ihm ihr Handy. »Sind glaub ich ein paar ganz interessante Fotos drauf.«

»Dann hat sich deine Aktion wenigstens gelohnt«, sagte Daniel und gab es an einen jungen Kollegen weiter, mit dem Auftrag, die Fotos vom Tatort zu überspielen. »Du kannst es dann gleich wieder mitnehmen«, wandte er sich wieder an Thea. »Aber eines muss klar sein: keine Veröffentlichung ohne Absprache mit mir.«

»Klar«, sagte Thea, »hast du ja schon gesagt. Ist gespeichert.« Sie wollte gerade ansetzen und Daniel von ihrer Kroatiensöldner-Entdeckung berichten und ihm mitteilen, dass sie sowieso nicht mehr für die Berichterstattung zuständig war, als erneut das Telefon klingelte.

»Och nö«, sagte Thea, die die Sache gern hinter sich gebracht hätte.

Daniel starrte das Telefon einen Moment lang böse an, dann stand er auf und griff nach seiner Jacke, die hinter ihm über der Stuhllehne hing.

»Lass uns einen Spaziergang machen.«

»Kannst du denn hier so einfach weg?«

»Ja.« Daniel grinste. »Der Chef kann alles.«

Sie gingen den Uferweg entlang. Auf den Bänken am Fluss, unter den zartgrünen Vorhängen der Trauerweiden, saßen Mütter mit ihren Babys, und auf der Liegewiese spielten ein paar junge Menschen Frisbee. Studenten der nahe gelegenen Fachhochschule, vermutete Thea. Sämtliche Rentner Wartenburgs schienen nur darauf gewartet zu haben, sich endlich wieder in voller Montur auf die Räder zu schwingen und unbedarfte Fußgänger über den Haufen zu fahren. Die Frühlingssonne strahlte erbarmungslos vom Himmel, und über dem Wasser tanzten die Insekten. Wo man auch hinsah, tobte der Frühling.

Es war entsetzlich.

Thea versuchte, sich aufs Wesentliche zu konzentrieren. Sie erzählte Daniel von den Verbindungen, die sie zwischen Degener und der rechten Söldnerszene hergestellt hatte. Als sie beim HOS-Bataillon von Raymond Leroux angelangt war, hakte er nach, ansonsten ließ er sie erzählen und hörte konzentriert zu. Als sie geendet hatte, schwieg er einen Moment lang, dann fragte er unvermittelt: »Woher kannst du Kroatisch?«

»Ich kann nur ein paar Brocken.«

»Aber woher?«

»Weil Maris Vater Kroate ist.« Thea ärgerte sich sofort. Sie war so überrumpelt von Daniels Frage gewesen, dass ihr die Antwort herausgerutscht war, bevor sie überhaupt nachgedacht hatte.

Wie erwartet hakte Daniel nach: »Der, vor dem du nach Wartenburg geflüchtet bist?« Er wich einem Skater im Rentenalter aus, der gefährlich schlingernd auf sie zugerollt kam.

»Ja, genau der«, sagte Thea und hoffte, dass das Thema damit beendet war. Aber Daniel ließ nicht locker.

»Du warst in Kroatien?«

»In Sarajevo, ja.«

»Und was hast du da gemacht?«

»Ich habe fürs Rote Kreuz gearbeitet. Aufbauhilfe.«

»Dort hast du Maris Vater kennengelernt?«

Thea nickte stumm.

»Und wann seid ihr dann nach Berlin?«

Jetzt reichte es Thea. »Können wir bitte wieder über erfreulichere Dinge sprechen … wie rechtsextreme Söldner und blutverschmierte Dielen und so was.«

»Klar«, sagte Daniel, »kein Problem.« Nach einer kurzen Pause fügte er noch hinzu: »Sorry. Ich wollte dir nicht zu nahe treten.«

Bist du aber, dachte Thea, lächelte jedoch nur und sagte: »Alles gut.«

»Okay«, sagte Daniel. »Jürgen Degener könnte also Kontakt gehabt haben zu rechtsextremen Söldnerkreisen, die in der Vergangenheit auf kroatischer Seite gekämpft haben und derzeit im Ukrainekonflikt mitmischen. Richtig?«

Thea nickte. »Ja. Das wollte ich dir eigentlich nur mitteilen. Das war's dann für mich.«

»Wie?«, fragte Daniel verblüfft. »Du willst gar nicht wissen, wie der Stand der Ermittlungen ist?«

»Nö. Steffen Scheufler ist dafür zuständig.« Daniel schwieg und musterte sie prüfend, also fügte sie noch hinzu: »Freu dich, der latscht dir bestimmt nicht durch deine Tatorte.«

»Du gibst doch nicht freiwillig so eine Story aus der Hand«, sagte Daniel.

Mist. Er kannte sie einfach zu gut. »Ich sag mal so: zu viel Kroatien und zu viel Gewalt. Keine gute Mischung.«

Diesmal war Daniel feinfühlig genug, nicht weiter nachzuhaken. Er warf einen Blick auf die Uhr und sagte: »Ich fürchte, ich muss zurück.«

Also drehten sie um und gingen zurück zum Polizeirevier, wo der junge Beamte Thea ihr Handy zurückgab.

»Richte deinem Kollegen Scheufler doch bitte aus, dass die Pressekonferenz nicht vor Montag stattfinden wird«, sagte Daniel. »Erst mal müssen wir irgendwie Ordnung in das ganze Durcheinander bringen.« Sie verabschiedeten sich, und als Thea wieder in die grelle Frühlingssonne trat, fühlte sie sich erleichtert. Sie war raus aus der Sache. Plötzlich verspürte sie das Bedürfnis nach etwas Süßem und steuerte auf das Café Detmold zu. Da fiel ihr Karl wieder ein, und sie versuchte noch einmal, ihn zu erreichen. Diesmal hatte sie Glück, Karl ging ran. Thea erkundigte sich, wie es ihm ging. Er schien sich zu freuen und erzählte ihr, dass er das Krankenhaus gerade verlassen habe und nun zu Hause auf der Couch liege. Seine Frau kümmere sich um ihn.

»Das ist gut«, sagte Thea, »dann bin ich ja beruhigt.«

»M-hm«, sagte Karl.

»Brauchen Sie irgendwas?«

»Na-ha.«

»War schlimm, nicht wahr?«

»Ja. War schlimm.«

Dann wünschten sie einander alles Gute, und Thea legte auf.

Als Thea gegen halb vier nach Hause kam, hatte Ute Mari bereits aus dem Kindergarten abgeholt. Thea war froh, so kam sie immerhin um ein weiteres Zusammentreffen mit Frau Oberle herum. Die Walpurgisfeier schien ein voller Erfolg gewesen zu sein. Mari jedenfalls schilderte begeistert jedes Detail.

»Was hältst du davon«, unterbrach Thea sie schließlich, »wenn wir zusammen zum Maibaumsetzen gehen?«

»Was ist ein Maibaum?«, fragte Mari.

»Du weißt nicht, was ein Maibaum ist?« Ute sah Mari schockiert an.

»Woher soll sie das denn wissen?«, fragte Thea. »Sie ist im Prenzlauer Berg aufgewachsen.«

»Da kannst du mal sehen.«

»Was? Was kann man da sehen?«

»Bisschen deutsche Kultur darf das Kind schon mitbekommen, oder ist ein Maibaum schon zu völkisch?«

Ruhig bleiben, dachte Thea, ganz ruhig. Lass dich nicht in irgendwelche Scheindebatten reinziehen, die es nicht wert sind. Sie atmete durch, zählte bis drei und sagte freundlich: »Ich hab doch gar nichts gegen Maibäume.«

»Dann ist ja gut«, sagte Ute und wandte sich an Mari. »Beim Maibaum ist es nämlich wie mit der Bibel. Wenn man die Bibel nicht kennt, kommt man in unserem Kulturkreis nicht weit. Deshalb gehen wir jetzt alle zusammen zum Maibaumsetzen.«

Genau das hatte Thea eigentlich vermeiden wollen. »Ich dachte, ich nehme Mari mit und du hast mal einen Moment Ruhe … einfach mal Zeit für dich.«

»Soll ich zu Hause bleiben? Wenn du mich nicht dabeihaben willst, sag es ganz offen.«

»Nein, ich freue mich natürlich, wenn du mitkommst«, sagte Thea, blickte in den Garten, in dem die Kirschbäume um die Wette blühten, und beschloss, möglichst gar nichts mehr zu sagen. Das Telefon klingelte. Ute ging ran. Thea hörte sie »Ja« sagen und »Nein« und »Weiß nicht«. Ute schien nicht nach Plaudern zumute zu sein. »Moment«, sagte sie schließlich, trat zu Thea und reichte ihr das Telefon. Dazu grimassierte sie etwas, das Thea nicht zu deuten vermochte. Sie nahm das Telefon entgegen.

»Hallo?«

»Hallo Thea, ich bin's. Dein Vater.«

»Papa!« Mist. Siedend heiß fiel ihr ein, dass sie für Sonntag verabredet waren. Sie war nun schon seit fast einem Jahr zurück in Wartenburg und hatte es noch immer nicht geschafft, ihren Vater, der im nahe gelegenen Stuttgart wohnte, zu besuchen. Das wollten sie nun endlich nachholen – und sie hatte vergessen, ihn zurückzurufen.

»Ich wollte mal hören, ob es klappt am Wochenende?«

»Ja, klappt, wir freuen uns!« Das war nur zur Hälfte wahr. Zu lange hatte Thea ihren Vater nicht gesehen. Und zu unerfreulich waren die Erinnerungen. Sie spürte eher Anspannung als Freude. Aber das musste sie ihm ja nicht auf die Nase binden.

»Und du bringst Mari mit?« Thea zuckte innerlich zusammen, als er den Namen auf der hinteren Silbe betonte. Aber woher sollte er es auch besser wissen?

»Ja, natürlich«, sagte sie.

»Schön.«

Sie vereinbarten, dass Thea und Mari gegen elf zu einem späten Frühstück vorbeikommen würden.

»Mögt ihr Eier?«, fragte er. Hörte sich merkwürdig an, zu intim irgendwie, aber sie antwortete artig: »Klar, mögen wir.«

»Schön, dann mach ich Rührei.«

Sie verabschiedeten sich. Thea legte auf. Als sie sich umdrehte, standen Ute und Mari vor ihr. Beide waren bereits ausgehfertig und sahen sie erwartungsvoll an.

»Wollen wir?«, fragte Ute. Kein Wort zum Telefonat mit ihrem Exmann.

Als sie in Tauffenbach ankamen, war der Umzug bereits in vollem Gange. Der prächtig geschmückte Maibaum wurde von einem Traktor durch den ganzen Ort in Richtung Marktplatz gezogen. Vorneweg spazierte die Blaskapelle. Thea fiel ein, dass sie die Kamera im Wagen vergessen hatte. Also schickte sie Ute mit Mari voraus und ging noch mal zurück zum Volvo.

Es waren ziemlich viele Leute unterwegs, kein Wunder bei dem Wetter, und es dauerte eine ganze Weile, bis Thea Ute und Mari wiedergefunden hatte. Anschließend fragte sie sich zum Präsidenten der Industrie- und Handelskammer durch und führte ein kurzes Interview, das im Wesentlichen darauf hinauslief, dass »alles subber« war. Weil Thea dem Mann nicht durch kritisches Nachfragen die Laune verderben wollte, ließ sie das so stehen. Irgendwie gefiel es ihr, dass einfach mal »alles subber« war, auch wenn es sich dabei nur um die Industrie- und Handelskammer Tauffenbach handelte. Scheiße gab's wahrlich genug auf der Welt, und Wartenburg hatte heute eine Extraportion davon abgekriegt. Am Ende gab der Mann ihr noch eine Handvoll Lollis für Mari mit, und Thea beschloss, dass die Industrie- und Handelskammer Tauffenbach samt ihrem Präsidenten eine sehr positive Rolle in ihrem Artikel spielen würde. Journalismus konnte so einfach sein.

Der Maibaum wurde hier noch auf traditionelle Weise aufgestellt, nämlich mithilfe von Holzstangen und Muskelkraft, und nicht, wie in anderen Gemeinden mittlerweile üblich, mit einem Kran. Mari war sichtlich begeistert, fragte viel, und Ute erklärte geduldig. Thea machte ein Foto nach dem anderen, bis sie sicher war, genug Material für einen Artikel beisammenzuhaben. Schließlich stand der Baum. Jubel, Beifall, eine Musikkapelle begann zu spielen, und Ute sagte: »Ich hol uns mal was zu trinken.« Mari wollte Ute tragen helfen, und Thea besetzte drei Plätze an einem Biertisch.

Verstohlen sah sie sich an den Nachbartischen um. Lauter weinselige Menschen, die zufrieden an ihren Gläsern nippten und gut gelaunt mit den Füßen zu den Klängen der »stimmungsvollen Unterhaltungsmusik« wippten. Keiner hier sah so aus, als ob er imstande wäre, seinen Nachbarn abzumurksen. Und trotzdem war es passiert.

Bevor sie sich weiter in dunkle Gedanken verstricken konnte, kam Ute mit zwei Gläsern Wein zurück und beschwerte sich, dass hier nur das »Heilbronner Dreckszeug« verkauft wurde, aber Thea fand, dass man das ganz gut trinken konnte. Mari hatte sich eine Cola erbettelt, und Thea beschloss, großzügig darüber hinwegzusehen. Wider Erwarten wurde es ein richtig netter Nachmittag, und Thea war froh, dass Ute mitgekommen war. Mari schlürfte ihre Cola und betrachtete immer wieder den stattlichen Maibaum in der Mitte des Platzes. »Das muss man doch mal gesehen haben«, sagte Ute, und Thea musste zugeben, dass da was dran war. Konnte aber auch an den zwei Gläsern vom Heilbronner Dreckszeug liegen, die sie mittlerweile intus hatte und die sie milde stimmten.

Als sie aufbrechen wollten, stellten sie fest, dass alle Hunger hatten, und Thea holte dreimal Bratwurst. Sie wollte eben in die Wurst beißen, als ihr Handy klingelte. Es war Steffen Scheufler. Mit gewichtiger Stimme teilte er ihr mit, er habe gerade mit Daniel Seiler telefoniert. Bei der Tatwaffe, das sei inzwischen klar, handele es sich um ein Katana, ein traditionelles Samuraischwert, das Jürgen Degener selbst gehört und das in der Diele an der Wand gehangen hatte. »Der Täter hat also nur zugreifen müssen«, sagte Steffen Scheufler, »was zusammen mit der Auffindungssituation ganz klar für eine Affekttat spricht.«

»Steffen«, unterbrach Thea, »das ist jetzt deine Story. Du musst mir das nicht alles erzählen. Außerdem würde ich wahnsinnig gern meine Bratwurst essen.«

Das schien Steffen jedoch egal zu sein, denn er fuhr fort: »Aber jetzt kommt's: Die KTU hat auf dem Schwert keinerlei fremde Fingerabdrücke gefunden.« Er machte eine Pause, um seinem Satz mehr Nachdruck zu verleihen. »Das heißt, der Täter hat sehr wahrscheinlich Handschuhe getragen, was darauf schließen lässt, dass die Tat doch geplant war.«

Ehe Thea etwas entgegnen konnte, sagte Scheufler: »Der Rehbock ist übrigens in eine Sprengfalle geraten.«

Eine Sprengfalle im Garten! Jürgen Degener schien nicht ganz dicht gewesen zu sein. Oder krank. Wenn er tatsächlich im Jugoslawienkrieg gekämpft hatte, dachte Thea, war er vielleicht auch traumatisiert. Genau wie Vladan.

»Du, Steffen, ich muss Schluss machen«, sagte sie. Aber Steffen erzählte, er sei bei seiner Recherche auf kroatische Webseiten gestoßen, und bat sie, ein paar Sätze für ihn zu übersetzen. Das war also der Grund für seinen Anruf. Mit ziemlich harschen Worten machte sie ihm klar, dass sie mit der Degener-Story nichts mehr zu tun haben wolle. »Bitte lass mich damit in Ruhe!« Dann legte sie auf.

»Huch«, sagte Ute, »dem hast du's aber gegeben.«

»War ich zu hart?«, fragte Thea erschrocken und überlegte sofort, ob sie Steffen Scheufler zurückrufen und sich bei ihm entschuldigen sollte. Aber dann dachte sie, nichts da, jetzt ist Feierabend, und biss in ihre Bratwurst.

Es war schon fast neun, als sie endlich zu Hause ankamen. Als Thea die Türklinke umfasste, um die Haustür zu öffnen, griff sie in etwas Weiches, Ekliges. »Igitt!« Sie roch an ihrer Hand. Es war Zahnpasta.

»Da haben sie sich ja mal was einfallen lassen«, sagte Ute und erklärte der verdutzten Mari, dass einige Jugendliche die Walpurgisnacht auf ihre eigene Art feierten: indem sie viel Alkohol tranken und bescheuerte Streiche ausheckten. »Besonders originell sind die nie«, erklärte Ute, »eigentlich ist es immer dasselbe: Autos mit Klopapier umwickeln und Türklinken mit Rasierschaum beschmieren. Oder eben mit Zahnpasta.«

»Ha-ha«, sagte Mari. Sie bestand darauf, an Theas Hand zu schnuppern. »Eigentlich ganz lecker«, stellte sie fest. Thea ging ins Badezimmer und wusch sich das klebrige Zeug von den Händen. Mari stellte sich neben sie ans Waschbecken und putzte Zähne.

»Jetzt weißt du, was ein Maibaum ist«, sagte Thea.

Mari nickte und bearbeitete ihre Schneidezähne.

»Und? Wie findste?«

»Fuper!«, sagte Mari, und der gesamte Spiegel war mit Zahnpastaschaum besprüht. Da klingelte es an der Haustür.

»Wer if daf?«, fragte Mari, die wieder die Zahnbürste im Mund hatte.

»Keine Ahnung, vielleicht kriegt Oma noch Besuch? Spül mal aus, Schatz, und dann ab ins Bett! Ich komm gleich nach.«

Mari spülte den Mund aus und flitzte nach oben. Thea sah nach Ute. Sie war in der Küche und öffnete gerade eine Flasche Wein.

»Hast du Besuch?«

»Nee, wieso?« Ute sah sie verwirrt an.

»Weil's gerade geklingelt hat.«

»Ach so … Das war nix. Klingelstreich. Idioten. Nimmst du auch ein Glas?«

»Gern.«

Thea ging nach oben und sagte Mari Gute Nacht. Als sie wieder nach unten kam, lag Ute auf dem Sofa, hatte die Beine hochgelegt und arbeitete an einem Kreuzworträtsel. Auf dem Couchtisch standen zwei gefüllte Weingläser und eine riesige Schale Erdnussflips. Sie hatten gerade angestoßen, als es ein weiteres Mal an der Tür klingelte. Thea wollte aufstehen, aber Ute winkte ab: »Lass. Das ist nur wieder ein Klingelstreich.«

»Geht das jetzt die ganze Nacht so? Die machen mir noch Mari wach.«

Ute zuckte mit den Schultern. »Idioten halt. Spätestens um elf sind die alle betrunken. Dann ist Ruhe.«

»Das hat Spaß gemacht, mit dir und Mari, das Maibaumsetzen«, sagte Thea.

»Na siehste«, sagte Ute und schlug vor, dass sie doch morgen alle zusammen in die »Experimenta« nach Heilbronn gehen könnten. »Das ist bestimmt was für Mari.«

Es klingelte wieder.

»Jetzt ist aber gut!« Thea stürmte zur Tür und riss sie auf. Vor ihr stand Frau Ullreich, die Nachbarin. Sie hatte gerötete Augen, die Wimperntusche lief in schwarzen Rinnsalen über ihre Wangen. Sie sah furchtbar aus.

»Hallo Thea«, sagte sie und versuchte zu lächeln. »Ich hoffe, ich störe nicht.«

Thea war sofort klar, dass etwas passiert sein musste. Ohne Not wäre Frau Ullreich in so einem Zustand niemals auf die Straße gegangen. Thea bat sie ins Haus und schloss die Tür hinter ihr.

Auch Ute erkannte den Ernst der Lage sofort. Sie erhob sich, als ihre Freundin ins Wohnzimmer trat, und sagte: »Setz dich, Elke. Ich hole ein Glas.«

Als Ute mit dem Weinglas zurückgekommen war und eingeschenkt hatte, begann Frau Ullreich stockend: »Ich weiß nicht, was ich machen soll … ich habe solche Angst. Den ganzen Tag hab ich zu Hause gesessen. Ich musste mal raus, mit jemandem reden.« Sie nahm einen Schluck Wein. Thea und Ute wechselten einen Blick. Frau Ullreich stellte das Weinglas ab und atmete tief durch: »Benni ist verschwunden.« Benjamin war der jüngste Sohn der Ullreichs, das Nesthäkchen. Er hatte gerade Abitur gemacht.

»Seit wann?«, fragte Thea.

»Seit gestern.«

Ute umfasste tröstend Frau Ullreichs Arm. Bei anderen Leuten konnte sie sehr einfühlsam sein. »Hast du nachgesehen, ob was fehlt?«

»Wie meinst du das?«

»Na ob was von seinen Sachen fehlt. Vielleicht ist er nur zu einem Freund und …«

»Der Schlafsack und sein Rucksack sind weg«, sagte Frau Ullreich.

»Na siehst du. Alles halb so wild. Morgen ist Benni wieder da, wirst du sehen.«

»Irgendwas ist passiert«, beharrte Frau Ullreich. »Er würde nicht einfach weggehen, ohne Bescheid zu geben. Würde er nie machen.«

»Hast du schon seine Freunde angerufen?«

»Natürlich. Ich habe den ganzen Tag herumtelefoniert. Keiner weiß was. Keiner hat ihn gesehen.«

»In dem Alter macht man solchen Blödsinn«, sagte Ute, »und denkt nicht daran, dass Eltern sich Sorgen machen.«

Frau Ullreich schüttelte unwillig den Kopf, sagte aber nichts. Es schien, als hätte sie keine Lust mehr, sich Beschwichtigungen anzuhören. Eine Pause entstand. Dann sagte Ute: »Wenn du davon überzeugt bist, dass etwas passiert ist – warum rufst du dann nicht die Polizei? Oder hast du schon?«

Frau Ullreich schüttelte den Kopf. »Nein, habe ich nicht.«

Sie nahm einen Schluck Wein und fuhr fort: »Hat auch keinen Sinn. Benni ist achtzehn. Er ist erwachsen. Die Polizei wird mir also sagen, dass er tun und lassen kann, was er will, und dass er sich bei seinen Eltern nicht abmelden muss.«

»Aber«, überlegte Ute, »wenn du dir solche Sorgen machst, werden die doch was unternehmen, oder nicht?«

»So einfach ist das nicht«, sagte Thea, »das ist eine rechtliche Geschichte. Erwachsene haben nun mal das Recht, ihren Aufenthaltsort frei zu wählen. Die Polizei kann nur etwas tun, wenn Gefahr für Leib oder Leben besteht. Gibt es dafür irgendwelche Anhaltspunkte?«

»Nein.« Frau Ullreich begann zu schluchzen. »Aber ich weiß trotzdem, dass was passiert ist. Er würde sonst nicht einfach so verschwinden.« Sie presste die verschränkten Arme auf den Bauch, als hätte sie starke Schmerzen, und beugte den Oberkörper nach vorn. Sie wurde von einem Heulkrampf geschüttelt, gab aber keinen Laut von sich. Thea überlegte, wie es ihr wohl gehen würde, wenn Mari plötzlich verschwunden wäre. Schon der Gedanke daran war kaum auszuhalten. Sie wechselte einen Blick mit ihrer Mutter, die hilflos neben ihrer Freundin saß. Schließlich legte Ute ihr die Hand auf die Schuler und streichelte ihr beruhigend über den Rücken. »Schsch«, machte sie. Genauso tröstete sie Mari immer, wenn die sich das Knie blutig geschlagen hatte.

»Wenn du so davon überzeugt bist«, sagte Ute mit belegter Stimme, »vielleicht wäre es dann doch richtig …« Sie wandte sich an Thea. »Du kennst doch Daniel gut. Vielleicht kann der ja helfen? Zumindest einen Rat geben. Kannst du den nicht mal anrufen?«

»Wer ist Daniel?«, fragte Frau Ullreich. Sie schien sich wieder etwas gefangen zu haben.

»Daniel Seiler«, erklärte Thea. »Kriminalhauptkommissar hier in Wartenburg. Kenn ich noch aus der Schule.«

»Seiler, natürlich.« Frau Ullreich nickte. »Ich kenne die Mutter.«

»Wäre das eine Idee?«, hakte Ute nach.

»Nein. Auf keinen Fall«, sagte Frau Ullreich bestimmt. Ute und Thea blickten sie erstaunt an.

»Aber eben hast du doch noch gesagt …«, setzte Ute an, aber Frau Ullreich unterbrach sie: »Günter will das nicht.«

Günter war ihr Mann. Ingenieur und beruflich viel unterwegs. Und wenn er hier war, mähte er den Rasen. Mehr wusste Thea nicht von ihm.

»Warum will er das nicht?«, fragte Ute.

»Hat keinen Sinn, sagt er. Er argumentiert genau wie Thea. Die Polizei kann eh nichts machen.« Frau Ullreich fügte die Sätze aneinander wie auswendig gelernt, und Thea hatte das Gefühl, dass noch etwas anderes dahinterstecken musste. Da erhob sich Frau Ullreich ruckartig. »Es ist schon spät.« Sie umarmte Ute und sagte: »Vielen Dank fürs Zuhören, ihr habt mir sehr geholfen.« Dann reichte sie Thea die Hand, um sich zu verabschieden. »Danke, Thea.« Sie schien es plötzlich eilig zu haben, nach Hause zu kommen.

»Wo ist denn Ihr Mann?«, fragte Thea. »Ist der drüben im Haus?«

»Nein, der ist geschäftlich in Frankreich. Er kommt erst morgen zurück.«

»Das heißt, du bist ganz allein zu Hause«, stellte Ute fest. »Möchtest du die Nacht hierbleiben? Ich richte dir gern das Gästezimmer.«

»Nein, vielen Dank. Wenn Benni nach Hause kommt, möchte ich da sein.«

»Können wir sonst irgendwas für dich tun?«, fragte Ute.

Frau Ullreich blickte stumm von Ute zu Thea. Die Entschlossenheit, die sie eben noch an den Tag gelegt hatte, war plötzlich wieder verschwunden. Sie schien etwas sagen zu wollen, aber schließlich schluckte sie nur. Und dann begann sie wieder zu weinen. »Entschuldigung«, sagte sie und versuchte verschämt die Tränen wegzuwischen, aber sie hörten nicht auf zu fließen. Thea und Ute standen hilflos da und wussten nicht, was sie tun sollten. Thea hatte das Bedürfnis, zum Weinglas zu greifen, um wenigstens etwas in der Hand zu haben, aber sie ließ es auf dem Couchtisch stehen. Es gab Situationen, die ausgehalten werden mussten. Und plötzlich sagte Frau Ullreich: »Vielleicht gibt es doch etwas …« Ihre Stimme zitterte. »Ich habe den ganzen Tag nach irgendeinem Hinweis darauf gesucht, wo Benni sein könnte. Aber vielleicht habe ich etwas übersehen. Ich kann einfach nicht mehr klar denken. Thea, du bist doch Journalistin.«

»Na ja, eigentlich …«

»Egal. Du weißt, wie man recherchiert. Du weißt, wie die Polizei arbeitet. Vielleicht fällt dir ja irgendwas auf … Würdest du mit mir rüberkommen?«

»Klar, kein Problem.« Thea versuchte sich ihre Überraschung nicht anmerken zu lassen. An Ute gewandt, sagte sie: »Würdest du dann hierbleiben, wegen Mari?«

»Natürlich«, sagte Ute.

Die Nacht war mild. Von der Hauptstraße, die unten am Hang entlangführte, drang das Grölen einer Gruppe Jugendlicher zu ihnen herauf. Schweigend stiegen sie die Treppe hinunter, die, von einem rabiaten Stadtplaner wie eine Schneise durch das gesamte Wohngebiet geschlagen, die Häuser oben am Hang mit der Hauptstraße im Tal verband.

Das Haus der Ullreichs befand sich zwei Grundstücke weiter unten. Von Utes Haus konnte man direkt in ihren Garten schauen. Als sie auf die Haustür zugingen, reagierte der Bewegungsmelder, und Licht flammte auf. Frau Ullreich steckte den Schlüssel ins Schloss, und Thea bemerkte, dass ihre Hand zitterte. Obwohl sie das letzte Mal vor geschätzten fünfundzwanzig Jahren hier gewesen war, kam ihr das Haus doch merkwürdig vertraut vor. Was auch daran lag, dass alle Räume exakt so angelegt waren wie bei Ute: rechts die Küche, geradeaus das Wohnzimmer mit Blick übers Tal.

»Gehen wir gleich runter?«

Thea nickte und folgte Frau Ullreich die geflieste Treppe hinunter. Sie hätte sich hier blind zurechtgefunden. Wie bei Ute befanden sich im Untergeschoss die Waschküche, ein großer Vorratsraum und eine Einliegerwohnung.

»Das ist sein Reich«, sagte Frau Ullreich und ging voran. Ein Flur führte geradewegs auf eine separate Eingangstür zu. Links vom Flur lagen das Bade- und ein kleines Schlafzimmer. Den großen Raum rechts nutzte Benni offenbar als Arbeits- und Wohnzimmer. Ein Schreibtisch stand am Fenster, ein großes, bequem aussehendes Sofa gegenüber an der Wand. Das Zimmer hatte einen direkten Zugang zum Garten. Ziemlich luxuriös für einen Achtzehnjährigen, fand Thea, und als hätte Frau Ullreich ihre Gedanken erraten, sagte sie: »Er hat eben das Glück, dass seine älteren Geschwister schon lange aus dem Haus sind. Deswegen hat er jetzt Platz.«

Bennis Geschwister waren mindestens zehn Jahre älter als er und hatten selbst schon Familie. Als Kind hatte Thea ein paarmal mit ihnen gespielt, wenn niemand Besseres aufzutreiben gewesen war. Benni war der Nachzügler. Thea war ihm immer mal begegnet, wenn er aus der Schule nach Hause kam. Er war einer von der Sorte Teenager, die mit gesenktem Blick und hängenden Schultern an einem vorbeischlurfen und mit jeder Geste signalisieren, wie scheiße sie alles finden. Thea hatte sogar Verständnis dafür. In Wartenburg erwachsen zu werden war kein Spaß, das wusste sie aus eigener Erfahrung.

»Und in der Küche hat er sein Fotolabor eingerichtet«, sagte Frau Ullreich. »Die braucht er ja sonst nicht. Essen tut er immer bei uns oben.«

Soweit Thea das im Schein der roten LED-Beleuchtung beurteilen konnte, war das Labor ziemlich gut ausgestattet.

»Fotografie ist seine große Leidenschaft«, sagte Frau Ullreich, »besonders Schwarz-Weiß.«

»Ich dachte, die Generation ist nur noch digital unterwegs und möglichst bunt«, sagte Thea.

»Benni nicht. Schau dich in Ruhe um.«

Das Schlafzimmer war spartanisch eingerichtet. Ein Lattenrost auf dem Boden, eine Matratze darauf, das war das Bett. Das Bettzeug war akkurat zusammengelegt, alles war aufgeräumt. Benni schien ein auf Ordnung bedachter junger Mann zu sein, es sei denn, seine Mutter räumte ihm heimlich hinterher. Das traute sich Thea aber nicht zu fragen. Nur der Schrank passte nicht ins Bild. Die Tür stand offen, und einige wahllos herausgerissene Kleidungsstücke lagen davor auf dem Boden verstreut. Vielleicht ein Zeichen dafür, dass Benni überstürzt aufgebrochen war?

Im Wohn- und Arbeitszimmer fiel ihr zunächst nichts weiter auf, bis auf die Tatsache, dass es auch hier extrem ordentlich war. Kein Vergleich dazu, wie sie mit achtzehn gehaust hatte. Sie ging zum Bücherregal und ließ ihren Blick über die Buchrücken wandern: Cory Doctorow, »Little Brother – Homeland«. Hm. Sagte ihr nichts. Das nächste Buch dafür umso mehr: Paul Auster, »Die New-York-Trilogie.« Dazu ein paar Schulbücher und jede Menge Computerspiele.

Schließlich fiel ihr Blick auf eine Reihe großformatiger Schwarz-Weiß-Fotos, die neben dem Bücherregal mit Stecknadeln an die Wand gepinnt waren. Sie trat näher. Es waren insgesamt fünf Aufnahmen, fein säuberlich übereinandergehängt, die Kanten wie mit dem Lineal ausgerichtet.

»Was sind das für Fotos?«

»Irgendein Schulprojekt«, sagte Frau Ullreich.

Thea knipste die Schreibtischlampe an und richtete sie auf die Fotos, um sie besser betrachten zu können.

Auf dem ersten Bild war eine unscheinbare Doppelhaushälfte zu sehen. Ein Neubau, wie er in jeder deutschen Kleinstadt hätte stehen können. Das nächste zeigte eine hohe, efeuumrankte Mauer, eine Burgruine offenbar. Auf einem dritten war eine Straße oder ein Parkplatz abgebildet, im Hintergrund ein mit gerolltem Stacheldraht bewehrter Zaun, der auf der rechten Seite von Kletterpflanzen überwuchert war. Es folgten ein weiterer Parkplatz, diesmal im Wald, und ein fensterloses Backsteingebäude mit Graffiti.

Auf keinem der Fotos war ein Mensch zu sehen. Die Bilder übten eine eigenartige Faszination auf Thea aus, denn obwohl die Motive entweder nicht als solche zu erkennen oder zumindest unscheinbar waren, hatte man trotzdem den Eindruck, dass Benni die Bilder sorgfältig komponiert hatte. Ganz sicher handelte es sich nicht um zufällig entstandene Schnappschüsse.

»Was sind das für Motive?«

»Ich weiß es nicht«, sagte Frau Ullreich. »Benni hat wenig über seine Fotoarbeiten gesprochen.«

In diesem Moment wurde Thea bewusst, dass sie eines der Motive sehr wohl kannte. Die efeuumrankte Mauer. Die Ruine. Aus leicht veränderter Perspektive hatte sie dieses Bild schon einmal gesehen. Und zwar heute Morgen. Sie richtete die Lampe direkt auf das Foto. Es gab keinen Zweifel: Das war die Geyersburg. Steffen Scheufler hatte ihnen die Fotos gezeigt, als er über den hiesigen Ku-Klux-Klan-Ableger gesprochen hatte.

»Ist was damit?« Frau Ullreich klang besorgt.

Die Geyersburg. Der Ku-Klux-Klan. Hatte Benni irgendetwas damit zu tun? Und plötzlich kam Thea ein weiterer Gedanke.

»Wann genau war Benni das letzte Mal hier?«, fragte sie.

»Gestern Nacht. Wohl, um ein paar Sachen zu holen«, sagte Frau Ullreich. »Das habe ich aber nicht mitbekommen. Ich habe erst heute Morgen festgestellt, dass drüben«, sie deutete Richtung Schlafzimmer, »der Schrank offen war.«

Am Abend, so gegen neun Uhr, hatte das Kreuz vor dem Flüchtlingswohnheim gebrannt, überlegte Thea, und irgendwann in der Nacht hatte Benni, offenbar in großer Eile, ein paar Sachen eingepackt und war abgehauen, ohne eine Nachricht zu hinterlassen. Gab es eine Verbindung zwischen dem brennenden Kreuz und Bennis Verschwinden? Und eventuell sogar zwischen Benni und dem Ku-Klux-Klan?

»Thea, bitte!« Frau Ullreich sah sie flehend an. Offenbar hatte sie mitbekommen, dass Thea plötzlich wie elektrisiert war. Aber den Grund dafür konnte ihr Thea unmöglich mitteilen.

»Was denkst du?«, hakte Frau Ullreich nach.

»Ich weiß nicht, was ich denken soll«, wich Thea aus, »aber ich verspreche Ihnen, dass ich dranbleibe.«

»Hast du denn irgendeine Idee?« Verzweifelt suchte Frau Ullreich nach einem Strohhalm, an den sie sich klammern konnte, und Thea hätte ihn ihr nur zu gern gereicht. Aber was sie zu bieten hatte, war kein Lichtstreif am Horizont, sondern Anlass zu noch größerer Sorge. Thea musste ihre Überlegungen für sich behalten. Es ging nicht anders.

»Kann ich diese Fotos mitnehmen?«, fragte sie.

Frau Ullreich zögerte. Thea sah ihr an, dass es ihr schwerfiel, sich von den Fotos zu trennen. Also holte sie ihr Smartphone aus der Tasche und sagte: »Kein Problem. Ich fotografiere sie einfach ab, wenn's Ihnen recht ist.«

Frau Ullreich nickte und wirkte erleichtert. Thea ging auf Nummer sicher und machte vorsichtshalber von jedem der Schwarz-Weiß-Bilder gleich mehrere Aufnahmen. Plötzlich sagte Frau Ullreich: »Jetzt hast du ja doch so ein Smartphone!«

»Ja, wieso?« Thea sah verwirrt auf.

»Weil du doch neulich noch gesagt hast, dass du so was nicht willst, weil man dich überall orten und überwachen kann.«

»Stimmt.« Jetzt erinnerte sich Thea. Sie hatte Frau Ullreich einen langen Vortrag über die Gefährlichkeit dieser Hightechgeräte gehalten. Offenbar war er nicht ohne Wirkung geblieben.

»Ich hab das alte verloren«, versuchte sich Thea zu erklären, »und man kriegt ja nichts anderes mehr … und außerdem bin ich der inkonsequenteste Mensch auf der Welt.«

Frau Ullreich lächelte. Immerhin, dachte Thea. Sie machte die letzten beiden Fotos und ärgerte sich über sich selbst. Ein Fähnchen im Wind war sie. Ohne Haltung, aber dafür mit neuem Smartphone.

Als das erledigt war, bat sie noch um ein Foto von Benni und erkundigte sich nach seinen Freunden. Zu ihrer Verwunderung konnte Frau Ullreich keine Namen nennen. Von seinen alten Kumpeln, die sie bereits angerufen hatte, schien keiner mehr viel Kontakt zu Benni gehabt zu haben. Er habe sich in der letzten Zeit ziemlich zurückgezogen, sagte Frau Ullreich. Allerdings sei er bis vor einem halben Jahr noch mit einem Mädchen aus seiner Schule zusammen gewesen.

»Wie hieß die denn?«, fragte Thea.

»Julia. Julia Werner.«

»Und warum haben sie sich getrennt?«

»Keine Ahnung.«

Frau Ullreich schien nicht besonders viel von ihrem Sohn zu wissen. Trotzdem machte Thea noch einen Vorstoß: »Wie denkt Benni denn politisch?«

»Wie meinst du das?«

»Na ist er mehr links oder mehr rechts?«

»Er war politisch nie besonders interessiert. Bis dann der Friese kam mit seiner Geschichts-AG.«

»Friese?«

»Thomas Friese. Er war ab der Elften sein Geschichtslehrer.«

»Und von da an hat sich Benni für Politik interessiert?«

»Mehr als vorher jedenfalls. Aber mit links und rechts hatte das alles nichts zu tun, glaub ich.«

Mit Frau Ullreich war wirklich nicht viel anzufangen, fand Thea. Sie wollte sich gerade verabschieden, als ihr Blick auf den Schreibtisch fiel. Irgendetwas stimmte damit nicht. Dann wusste sie, was sie irritierte: Darauf stand ein Bildschirm, dessen Anschlusskabel traurig und verwaist herunterhingen. Der dazugehörige Rechner fehlte.

»Wo ist denn Bennis Computer?«

Frau Ullreich starrte den Schreibtisch an. »Weg.« Sie zuckte hilflos die Achseln. »Das hatte ich noch gar nicht bemerkt.«

»Wie? Sie haben noch gar nicht mitbekommen, dass der Computer fehlt?«

»Nein. Erst jetzt, wo du's sagst …« Frau Ullreich wirkte völlig verwirrt.

Gemeinsam stellten sie die eine oder andere Theorie auf, weshalb der Computer nicht mehr an seinem Platz war, aber keine schien wirklich schlüssig zu sein. Schließlich gaben sie auf. Thea versprach Frau Ullreich, sie sofort zu informieren, falls sie irgendwelche Neuigkeiten hätte. Sie gingen nach oben und verabschiedeten sich voneinander.

Nachdenklich ging Thea die Treppen zur Mozartstraße hinauf. Was für ein Tag! Erst hatte sie die Leiche eines Mannes gefunden, der Verbindungen zu ehemaligen Kroatiensöldnern hatte. Ausgerechnet. Dadurch waren ihre Erinnerungen an Maris Vater wieder hochgespült worden. Dann hatte sie von der Kreuzverbrennung vor dem Flüchtlingswohnheim erfahren, und nun war auch noch Benni verschwunden. Erst jetzt wurde ihr bewusst, wie beklemmend die Atmosphäre bei den Ullreichs gewesen war. Die Einliegerwohnung hatte etwas seltsam Unpersönliches ausgestrahlt. Ganz so, als ob Benni nicht erst gestern verschwunden wäre, sondern sich schon länger von seinem Elternhaus verabschiedet hätte. Die Geyersburg, das brennende Kreuz vor dem Flüchtlingswohnheim, der Ku-Klux-Klan. In diesem Moment wurde Thea klar, dass sie nicht nur mit Frau Ullreich nicht über ihre Vermutungen und Gedanken sprechen konnte, sondern auch sonst mit niemandem. Schon gar nicht mit Ute. Obwohl sich Thea gern mit ihrer Mutter beraten hätte, die ja immer gut informiert war über alles, was in Wartenburg passierte. In diesem Fall musste sie ihren Verdacht für sich behalten. Ute und Frau Ullreich waren befreundet, und Ute hatte viele Vorzüge, aber besonders verschwiegen war sie nicht. Außerdem durfte Thea Benni auf keinen Fall voreilig verdächtigen. Bis jetzt war die einzige Verbindung zwischen Benni und dem Ku-Klux-Klan das Foto, das er von der Geyersburg gemacht hatte. Und es gab einen gewissen zeitlichen Zusammenhang zwischen dem brennenden Kreuz vor dem Flüchtlingswohnheim, einem Symbol des Ku-Klux-Klans, und Bennis Verschwinden. Das war's auch schon. Es war zu wenig, um daraus ernsthafte Schlüsse zu ziehen, aber genug, um der Sache nachzugehen. Und Thea hatte auch schon eine Idee, wo sie ansetzen konnte. Sie würde Ute und Mari überreden, auf dem Weg zur »Experimenta« beim Flüchtlingswohnheim vorbeizufahren. Sie würde den Flüchtlingen das Foto von Benni zeigen, das Frau Ullreich ihr mitgegeben hatte. Vielleicht hatte ihn ja jemand gesehen. Allerdings, überlegte Thea weiter, hatte ihr schöner Plan einen kleinen Haken: Wie um alles in der Welt sollte sie Bennis Foto im Flüchtlingsheim herumreichen, ohne dass Ute Wind davon bekäme?

Dass es keine zu unterschätzende Aufgabe werden würde,

Ute aus der Sache rauszuhalten, wurde Thea spätestens klar, als sie die Haustür hinter sich geschlossen hatte.

»Na-ha?«, rief Ute aus dem Wohnzimmer, und Thea konnte dem Klang ihrer Stimme entnehmen, dass sie nicht lockerlassen würde. Elke Ullreichs Verzweiflung war Ute offenbar sehr zu Herzen gegangen. Sie wollte ihrer Freundin unbedingt helfen. Es tat Thea in der Seele weh – zu gern hätte sie Ute in ihre Überlegungen mit einbezogen. Aber sie blieb standhaft.

Post by gerhardboeden at 6:47 am

Hier ein Auszug aus einem Interview von Thomas Eipeldauer mit NSA-Whistleblower Willliam Binney, nach 37 Jahren bei der NSA am 31.10.2001 ausgestiegen, weil:

»Es gab also einen Wechsel von legitimer Geheimdienstarbeit zur Überwachung aller Individuen weltweit. Und das ist nichts anderes, als eines der fundamentalen Prinzipien des Totalitarismus zu übernehmen: wissen zu wollen, was jeder Einzelne in deinem Land tut, damit du ihn unter Kontrolle halten kannst.«

Und weiter unten fragt Eipeldauer:

»Wenn man also Bürger der Vereinigten Staaten ist oder irgendeine Form von Kommunikation mit einem US-Bürger unterhält, kann man sicher sein, dass die E-Mails und Telefonate von der NSA gespeichert werden?

Ich würde es nicht darauf beschränken.

Also wenn man irgendwo auf dem Planeten …

Ja, wenn man irgendjemand irgendwo auf diesem Planeten ist, der irgendjemanden anruft, ja, dann ist das der Fall …

So wie Sie dieses Vorgehen beschreiben, ist offenkundig, dass es sich dabei um eine Art Parallelstaat handelt …

Ja, eine Art geheime Regierung …

Ist eine solche Struktur nicht eine riesige Gefahr für eine Demokratie?

Deshalb sage ich ja: Wir haben keine Demokratie, wir leben in einem Polizeistaat. Denn all das geht ja im Geheimen vor sich, selbst das Gericht, das entscheiden soll, was verfassungsmäßig ist und was nicht, macht das geheim. Und die Regierung erstellt im Geheimen Interpretationen von Gesetzen, die es ihnen erlauben, alles zu tun, was sie wollen. Das ist eine geheime Regierung, und das hat mit Demokratie nichts zu tun.«

Das ganze Interview ist nachzulesen auf http://www.hintergrund.de/201405193102/politik/welt/qwir-leben-in-einem-polizeistaatq.html

Post by amanschlag at 2:53 pm

Und nie vergessen: Was in Amerika passiert, passiert hier auch. Deutschland ist nicht souverän!

IV

Am nächsten Morgen wurde Thea durch laute Stimmen geweckt. Sie kamen aus dem Wohnzimmer. Thea erkannte Maris Lachen und hörte Ute, die ebenfalls gut gelaunt zu sein schien. Und eine tiefe Männerstimme. Thea brauchte einen Moment, aber dann wusste sie: Rudi Redel war zu Besuch. Das passte ihr gar nicht. Nichts gegen Rudi persönlich, aber am liebsten wäre sie sofort zum Flüchtlingsheim aufgebrochen, und nun würde sie höflichkeitshalber doch noch ein wenig Small Talk mit Rudi machen müssen. Andererseits war es ohnehin ratsam, sich nicht anmerken zu lassen, wie wichtig ihr das Flüchtlingsheim war. Ute mit ihren feinen Antennen würde sofort Verdacht schöpfen und Thea nicht mehr vom Haken lassen. Also besser möglichst entspannt wirken und den Vorschlag, beim Adler in Haidthausen vorbeizufahren, beiläufig fallen lassen. Würde schwierig werden, erkannte Thea. Sie fühlte sich alles andere als entspannt. Erst mal duschen, dann Kaffee, dann Rudi, beschloss sie. Nachdem sie sich angezogen hatte, wählte sie die Augenklappe mit dem Playboy-Bunny, weil die Strasssteine so schön glitzerten. Schien ihr für einen Feiertag angemessen.

Als sie, eine Tasse mit dampfendem Kaffee in der Hand, ins Wohnzimmer trat, wirbelte Rudi, der sein neongelbes Radlerdress trug, gerade Mari durch die Luft. Sie schrie vor Vergnügen.

»Achtung, fertig, los!«, rief Rudi und ließ Maris Hände los. Sie wurde aufs Sofa geschleudert, wo sie lachend liegen blieb.

»Morgen Thea!«, rief Rudi. Er kam schwer atmend auf sie zu und umarmte sie. »Alles klar? Schicke Augenklappe.«

»Danke.«

»Noch einen Kaffee?«, fragte Ute. Aber Rudi winkte ab: »Danke, wenn ich jetzt noch einen Kaffee trinke, krieg ich 'nen Herzkaschper.«

»Noch mal Rumschleudern!«, rief Mari.

»Nein, Mari, sorry«, sagte Rudi, »ich brauch eine Pause.«

»Sonst kriegt er nämlich einen Herzkaschper«, ergänzte Thea, und Rudi sagte: »Genau.« Und nachdem er einen Moment lang durchgeschnauft hatte: »Ich wollte einfach mal wieder vorbeischauen. Ich mach gleich 'ne kleine Tour mit dem Bike, und da dachte ich, passt doch.« Er lachte laut – worüber, war unklar –, und Thea war gespannt, was nun kommen würde. Rudi schaute zwar öfter mal »einfach so« vorbei, aber meistens stellte sich dann heraus, dass doch eine bestimmte Absicht dahintersteckte. Immerhin war Rudi der größte Arbeitgeber in der Region und Redel Enterprises Weltmarktführer in Sachen Mess- und Regeltechnik. Vor ein paar Jahren hatte Rudi von seinem Vater nicht nur die Firmenleitung, sondern auch die damit einhergehenden gesellschaftlichen Verpflichtungen übernommen, und dazu zählte auch die Rolle des Hausfreunds der Dombrowskis. Wirklich »einfach so« war er bis jetzt noch nie vorbeigekommen, und das, obwohl sich Thea und er schon seit ihrer Kindheit kannten.

Diesmal schien es zunächst anders zu sein. Rudi war in Plauderlaune. Er erkundigte sich nach Maris und Theas Kindergartenerfahrung, und schnell waren sie beim Thema Pünktlichkeit und Frau Oberle gelandet. Als Mari mit Ute in die Küche gegangen war, berichtete Rudi mit gedämpfter Stimme, er habe letzte Nacht geträumt, ein dicker Kater säße auf seiner Brust. Er war schwerer und schwerer geworden, und er, Rudi, hatte keine Luft mehr bekommen. Er hatte versucht, ihn zu verjagen, aber der Kater hatte ihn ausgelacht und war mit seinem Kopf immer näher gekommen und hatte plötzlich das Gesicht von Frau Oberle gehabt. Da war Rudi schweißgebadet aufgewacht. Thea kam ins Grübeln. Rudi leitete immerhin einen internationalen Konzern mit fünftausend Mitarbeitern. Wenn Frau Oberle es schaffte, diesen Mann in seine Albträume zu verfolgen, lief definitiv etwas schief. Aber ihren Kindern, da waren sie sich einig, schien der Kindergarten samt Frau Oberle gutzutun.

»Was soll's?«, sagte Rudi achselzuckend. »Muss man halt den einen oder anderen Albtraum in Kauf nehmen. Gehen wir in den Garten, eine rauchen?«

Aha, dachte Thea, also doch. Von wegen »einfach so«. Sie holte ihre Zigaretten und ging mit Rudi nach draußen. Kaum hatte sie Rudis Zigarette angesteckt, sagte er: »Schreckliche Sache, das in Bielafingen.«

Also daher wehte der Wind.

»Allerdings«, sagte Thea.

»Bist du gut damit klargekommen? Ich mein, muss man ja erst mal verkraften. Das ganze Blut und so.«

»Du bist also informiert?«, fragte Thea.

»Ich weiß nur, was in der Zeitung stand«, sagte Rudi und blies einen Rauchkringel in die morgendliche Frühlingsluft.

»Heute ist Feiertag, Rudi. Da gab's keine Zeitung.«

»Ach. Echt? Dann hab ich's woanders gelesen«, sagte Rudi und grinste. Zufrieden ließ er den Blick über die Dächer Wartenburgs schweifen, das sich in der warmen Maisonne räkelte und langsam erwachte.

»Schön«, sagte er schließlich voller Inbrunst.

Aber Thea, die jetzt gern mal gewusst hätte, was er eigentlich von ihr wollte, wurde langsam ungeduldig.

»Du, Rudi, wir wollten eigentlich heute noch in die ›Experimenta‹, und …«

»Super! War ich auch gerade mit Raimund. Die haben da ein ganz fantastisches Ding, echt unglaublich …«

»Sagst du mir bitte einfach, was du von mir willst?«

»Ich will nichts von dir, Thea, ehrlich. Ich wollte nur mal nach euch schauen.«

»Rudi!«

»Okay, pass auf. Folgendes: Du bist doch beim Anzeiger sicher zuständig für die Berichterstattung im Bielafinger Mordfall.«

»Nein.«

Rudi sah sie einen Moment lang überrascht an, dann machte er eine wegwerfende Handbewegung und sagte: »Egal, aber du hast die Leiche gefunden.«

»Ja.«

»Vielleicht hab ich da einen interessanten Hinweis für dich.«

Thea sah ihn skeptisch an. Sollte sie ihm sagen, dass er seine Hinweise für sich behalten sollte? Dass sie nicht interessiert war? Möglicherweise würde das Fragen provozieren, die sie ungern beantworten würde. Vermutlich war es besser, sich erst einmal anzuhören, was er überhaupt wollte.

»Also?«, fragte sie. »Was soll ich für dich tun?«

»Okay, pass auf. Ich hab gerade ein paar Meinungsverschiedenheiten mit dem Betriebsrat. Da gibt's eine Fraktion, die stänkert so ein bisschen rum … Würde jetzt zu weit führen. Ist auch egal. Die Rädelsführerin kannte jedenfalls das Mordopfer.«

Thea erinnerte sich an den Redel-Firmenwagen, der an jenem Morgen vor Degeners Haus gehalten hatte, und an die Frau, die ausgestiegen war.

»Hat die so blonde Strähnchen?«, fragte sie.

»Genau«, sagte Rudi. »Petra Singer.«

»Und was soll ich bei der?«

»Du gehst dahin, sagst, dass du im Mordfall Degener recherchierst und stellst ihr ein paar Fragen. Und dann verwickelst du sie in ein Gespräch und erkundigst dich nach ihrer Arbeit und ob sie noch zufrieden ist. So halt. Alles ganz harmlos. Und fragst vielleicht, wie die Stimmung im Betriebsrat so ist.«

»Ich soll diese Petra Singer für dich ausspionieren? Du willst mich auf deinen Betriebsrat ansetzen?«

»Quatsch. Von Spionieren hat hier keiner was gesagt.«

»Du bist echt dreist, Rudi!«

»Jetzt mach mal nicht so empört. Ich hab dir gerade einen Tipp gegeben, bei wem du für deine Recherchen anklopfen solltest. Und dafür könntest du mir doch nachher von dem Gespräch berichten. Mehr ist es nicht.«

»Doch! Und außerdem recherchiere ich nicht in der Sache!«

»Und ich würde euch wahnsinnig gern«, Rudi kramte in der Seitentasche seines Trikots herum, »bisschen was in die Kaffeekasse tun. Für euren ›Experimenta‹-Ausflug.« Er hielt plötzlich fünf Fünfzigeuroscheine in der Hand und lächelte Thea zu. Thea glaubte nicht richtig zu sehen. »Willst du mich jetzt bestechen, oder was?«

»Nein, das ist für euren Ausflug.«

Thea wusste überhaupt nicht, wie sie sich verhalten sollte. »Das ist albern und geschmacklos und total … unwürdig.«

»Findest du?« Rudi blickte sie aus unschuldigen Rehaugen an und hielt die Geldscheine in die Höhe. Sie flatterten lustig im Frühlingswind. »Ich würde sie dir gern geben, aber wenn du das so unwürdig findest …«

»Komm Rudi, steck das Geld weg und wir vergessen alles.«

»Bei drei lass ich los!«

»Bis du jetzt völlig gaga?«

»Eins …«

Die Scheine flatterten zwischen Rudis Fingerspitzen. Der Wind schien stärker zu werden.

»Zwei …«

Was immer er damit bezweckte – er konnte doch nicht ernsthaft glauben, dass sie ihm den Gefallen tun und sich nach dem Geld verrenken würde, das sie allerdings tatsächlich gut brauchen konnte. Aber das kam natürlich überhaupt nicht infrage. Sie bestechen und auf seinen Betriebsrat ansetzen! Das war das Allerletzte! Eine derartige Geschmacklosigkeit. Thea verschränkte die Arme vor der Brust.

»Drei. Und hoppla!« Rudi ließ die Geldscheine los. Sie flogen durch die Luft, aber nicht besonders weit. Ein Schein blieb im Rhododendron hängen, einer am Rosenstrauch, einer lag einfach im Gras. Eigentlich waren alle noch im Garten, soweit Thea das überblickte. Zumindest bis zum nächsten Windstoß.

»So«, sagte Rudi und schaute auf seine Breitling Avenger, »jetzt muss ich auch mal wieder. Und ich schlage vor, wir sehen das ganz locker. Wenn's für dich Sinn ergibt, mit der Singer zu sprechen, dann tu's. Wenn nicht, dann lass es. Tschüss, Thea. Schönen Tag!« Damit verschwand er im Haus. Thea hörte noch, wie er sich von Mari und Ute verabschiedete. Noch immer stand sie mit verschränkten Armen da und schaute hinunter ins Tal. Der Wind frischte auf. Aus den Augenwinkeln sah Thea die Geldscheine, die nervös flatterten, als bereiteten sie sich auf den Abflug vor. Es war eine absurde Situation, fand Thea, aber sie hatte sie nicht verschuldet, oder? Sie war standhaft geblieben und hatte auf das unmoralische Angebot reagiert, wie eine erwachsene Frau reagieren musste.

Allerdings lagen jetzt fünf Geldscheine in ihrem Garten, und wenn sie nicht gleich handelte, waren sie weg. Und wer weiß, wem sie dann noch etwas nutzten? Vielleicht den Falschen, vielleicht dem Zahnarzt, der eh schon alles hatte, und möglicherweise gar niemandem, weil der Wind sie einfach forttrug, in den Fluss vielleicht oder ins Moor oder in einen Vulkankrater, wo sie verbrannten. Sie wollte gerade zum Sprung ansetzen, als Mari in den Garten trat und mit sich überschlagender Stimme rief: »Mama! Da hängt Geld im Gebüsch!« Thea fuhr herum. »Das gibt's ja gar nicht!«, rief sie. »Schnell, bevor es davonfliegt!«

Unter Jauchzen und Kreischen fingen Mari und Thea die Geldscheine ein. Einer wirbelte davon und wurde durch den Garten getragen. Mari und Thea jagten ihm hinterher, und als sie ihn schließlich gefangen hatten, hörten sie oben an der Straße eine Fahrradklingel. Thea sah auf und erblickte Rudis Kopf über der Hecke. Er winkte ihr grinsend zu und rief: »Schönen Ausflug! Bis bald!«

»Komm, Schatz«, sagte Thea zu Mari, »jetzt haben wir aber genug rumgeklönt.« Sie gingen ins Haus, und während Mari Ute von dem rätselhaften Fund im Garten erzählte, machte Thea sich fertig. Gegen halb zehn waren sie bereit zum Aufbruch. Bis zu diesem Moment hatte Thea noch keine Idee, wie sie Ute und Mari dazu bringen sollte, sie zum Flüchtlingsheim in Haidthausen zu begleiten, und zwar so, dass Ute keinen Verdacht schöpfte. Als sie den Volvo aufschloss, kam ihr der faule Steffen Scheufler in den Sinn, und plötzlich wusste sie, wie sie vorgehen würde. Scheufler musste jetzt herhalten. Sie holte demonstrativ ihr Smartphone aus der Tasche, schaute darauf und sagte laut: »Ach, Mist!«

»Was denn?«, fragte Ute, die eben die Haustür hinter sich zuzog.

»Arbeit. Ich muss einen Kollegen vertreten.

»Och nö!« Mari, die es sich bereits im Auto bequem gemacht hatte, sah derart enttäuscht aus, dass sich Thea beeilte zu sagen: »Ist nicht schlimm, Schatz. Wenn ihr mich kurz begleitet.«

»Wo musst du denn hin?«, fragte Ute.

»Nach Haidthausen. Zum Flüchtlingswohnheim.«

»Ist doch fast auf dem Weg«, sagte Ute und zu Mari gewandt: »Da fahren wir doch mit der Mama zusammen hin, oder?«

»Au ja«, sagte Mari und lächelte bereits wieder.

Ging ja leichter als gedacht, fand Thea und nahm hinter dem Lenkrad Platz.

Haidthausen war ein kleines und, wie Thea zugeben musste, ziemlich malerisches Dorf. Eingebettet in Wiesen und Felder, lag es in der hügeligen Landschaft und schien sich seiner Schönheit bewusst zu sein. Die Bauerngärten, die schmucken alten Häuser, die sorgfältig renoviert worden waren – hier stimmte einfach alles. Das Einzige, was nicht passte, war der Trupp Jugendlicher, der auf dem Platz vor der Kirche herumlungerte. Sechs Jungs, zählte Thea, so zwischen sechzehn und zwanzig. Einige hatten Bierflaschen in der Hand, alle sahen übernächtigt aus und starrten auf etwas, das am Boden lag. Erst als sie direkt an ihnen vorbeifuhren, konnte Thea erkennen, dass es sich um eine dürre, mit Flatterband geschmückte Birke handelte.

»Was machen die mit dem Baum?«, fragte Mari.

»Das ist der Haidthausener Maibaum«, erklärte Ute.

»Und warum liegt der da rum und steht nicht?«

»Weil den wahrscheinlich die Jungs vom Nachbardorf umgehauen haben.«

»Wieso?«

Während Ute Mari die hiesigen Bräuche erklärte, fiel Thea ein, dass sie gar nicht genau wusste, wo der Adler eigentlich lag. Aber Ute wusste es.

»Geradeaus und dann rechts«, sagte sie.

Das ehemalige Gasthaus Adler war ein wuchtiger dreistöckiger Bau mit Jägerzaun und Ligusterhecken drum herum. Dahinter schien das Grundstück direkt in die Wiese überzugehen, die bis hoch zum Waldrand reichte. Man hätte es für das idyllischste Flüchtlingswohnheim Deutschlands halten können, wenn man nicht, wie Thea, wusste, dass irgendwo auf dieser Wiese das brennende Kreuz gestanden hatte. Thea stellte den Volvo am Straßenrand ab, und sie stiegen aus. Eine Ruhe lag über dem Ort, wie es sie nur an Feiertagen gibt. Während sie auf das Haus zugingen, vergewisserte sich Thea, dass sie das Foto von Benni in der Tasche hatte. Über dem Eingang hing noch das alte Wirtshausschild, die Darstellung eines prächtigen goldenen Adlers, und Mari beschloss auf der Stelle, dass sie Hunger hatte und hier unbedingt etwas essen wollte.

»Hast du nicht eben erst gefrühstückt?«

»Schon, aber ich hab trotzdem Hunger.«

»Das ist aber schon lange kein Gasthaus mehr, Schatz. Deswegen wohnen ja jetzt die Flüchtlinge dadrin.«

»Ich hab trotzdem Hunger.«

Die Debatte wurde jäh unterbrochen, denn plötzlich tauchten wie aus dem Nichts fünf Männer vor ihnen auf, zwei Schwarze, die anderen arabisch aussehend. Ziemlich jung alle und ziemlich finster, wie Thea fand. Auch Mari schien das so zu empfinden, denn sie drückte sich eng an Theas Beine. Einer der Schwarzen hielt ein Brecheisen in der Hand und sprach sie auf Englisch an. »What do you want here?«

Doch noch bevor Thea antworten konnte, wurde die Tür geöffnet, und eine kleine, stark geschminkte Dame, die eine Küchenschürze trug, stürmte heraus, rief »Ute!« und fiel ihrer Mutter um den Hals.

»Mensch, Hanna! Was machst du denn hier?« Ute wirkte überrascht, schien sich aber zu freuen.

»Kommt erst mal rein«, sagte Hanna, nachdem Ute ihr Thea und Mari vorgestellt hatte, und an die fünf Männer gewandt:

»It's okay, they are friends.« Daraufhin nickten ihnen die Männer zu und verzogen sich.

»Die sind natürlich alle nervös nach der Sache gestern«, erklärte Hanna, die, wie Thea erfuhr, mit Nachnamen Liebig hieß und die Frau des hiesigen Zahnarztes war. Während sie den Flur entlang in Richtung Gastraum gingen, erklärte Ute Thea, woher Hanna und sie sich kannten, von verschiedenen ehrenamtlichen Aufgaben nämlich, für die sie sich zusammen engagiert hatten. »Und jetzt bist du hier gelandet?«, fragte Ute, und dem Ton ihrer Stimme entnahm Thea, dass sie neidisch war. Sie hatte das schon ein paarmal erlebt – es gab innerhalb der besseren Wartenburger Gesellschaft eine Art Wettbewerb, bei dem am besten dastand, wer sich am erfolgreichsten sozial engagierte. Treibende Kräfte waren dabei die Rotarier und der Golfklub. Dort liefen die Fäden zusammen.

»Guck mal, die Katze!«, rief Mari, und tatsächlich kam ihnen eine getigerte Katze entgegengeschlendert, die sofort zu schnurren begann, als Mari sie streichelte. »Und da ist ja auch Rahina«, sagte Hanna. Ein hübsches Mädchen mit großen, dunklen Augen kam auf sie zu. Offenbar war es der Katze gefolgt. Es war ein bisschen älter als Mari, schätzte Thea, vielleicht sieben oder acht.

»Komm mal her, Rahina«, sagte Hanna, »wir haben Besuch.« Und zu Mari sagte sie: »Sie spricht schon ein bisschen Deutsch. Vielleicht könnt ihr ja was zusammen spielen.« Die beiden Mädchen musterten einander kurz, sahen verlegen weg und beugten sich beide über die Katze. Zunächst streichelte jede die Katze für sich, ohne die andere zu beachten, aber das Zeichen war klar: Es war die Vorbereitung zur Kontaktaufnahme. Wie einfach das bei Kindern funktioniert, dachte Thea. Beneidenswert.

»Ich bin drinnen, ja?«, rief Thea ihrer Tochter zu, aber die nickte nur und streichelte die Katze versonnen weiter.

Die ehemalige Gaststube war noch original erhalten. Einige Tische waren in der Mitte des Raumes zu einer langen Tafel zusammengestellt worden, an der mehrere Frauen saßen. Sie schnitten Gemüse. Offenbar wurde hier ein großes Mahl vorbereitet. Hanna stellte Ute und Thea vor. Die Frauen lächelten ihnen freundlich zu, konnten aber nicht verbergen, dass sie befremdet waren. Thea vermutete, dass die Augenklappe mit dem Playboy-Bunny etwas damit zu tun haben könnte. Möglicherweise war sie nicht die beste Wahl, wenn man Vertrauen zu Menschen aus muslimischen Ländern aufbauen wollte. Aber dann dachte sie, scheiß drauf, man kann nicht immer auf die Befindlichkeiten anderer Rücksicht nehmen. Ich bin Leitkultur. Müssen sie mit klarkommen.

Aber am besten schien sich Ute in der Situation zurechtzufinden. Sie hatte sich sofort ein Messer und ein Brettchen geschnappt und neben die Frauen gesetzt. Jetzt schnitt sie eine Paprika und unterhielt sich nebenbei mit Händen und Füßen. Sie erklärte allen, die es hören wollten, dass ihre Tochter vom Anzeiger käme und einen Artikel über sie schreiben würde, und Hanna Liebig sagte, das sei aber merkwürdig, Steffen Scheufler sei doch gestern bereits hier gewesen.

»Ach so?« Ute sah Thea scharf an. Aber bevor sie nachhaken konnte, betrat ein Mann mit langem Bart und Holzfällerhemd den Raum und reichte allen ringsum die Hand. Er sah aus wie ein Waldarbeiter, aber Frau Liebig raunte Thea zu: »Das ist Pfarrer Kühn. Am besten sprechen Sie mit ihm.«

Nachdem Thea einen Blick in den Flur geworfen hatte, wo Mari inzwischen mit Rahina Fangen spielte, setzte sie sich zu Pfarrer Kühn, der sie freundlich lächelnd willkommen hieß.

Eine dunkelhäutige Frau ihres Alters, deren hübsches, offenes Gesicht von einem geblümten Kopftuch umrahmt wurde, reichte ihr stumm lächelnd eine Schüssel mit Gebäck.

Thea bedankte sich, und Pfarrer Kühn begann zu erzählen. Er habe sich von Anfang an bemüht, sagte er, den Kontakt zwischen den Flüchtlingen und der örtlichen Bevölkerung herzustellen, was, wie er zugab, nicht immer ganz einfach gewesen sei.

»Das Misstrauen war riesig. Sie müssen sich vorstellen: Haidthausen hat knapp zweihundert Einwohner. Und hier sollten ursprünglich vierzig Flüchtlinge einziehen. Das wären auf einen Schlag zwanzig Prozent Ausländeranteil gewesen.«

Er selbst habe sich von Anfang an für die Akzeptanz der Flüchtlinge engagiert. Mit Erfolg: Inzwischen gebe es eine breite Unterstützung im Dorf. Ganze Wagenladungen voller Kleidung seien gespendet worden, Spielsachen für die Kinder, Hausrat, drei Fahrräder und sogar ein Flachbildfernseher.

Während Kühn erzählte, beobachtete Thea durch die Fenster die jungen Männer, die ihnen vor dem Eingang entgegengetreten waren. Sie standen auf der Wiese und rauchten. Offenbar hielten sie vor dem Haus Wache.

»Und es gibt insgesamt acht Ehrenamtliche, die Deutschstunden geben«, führte Pfarrer Kühn die Erfolgsgeschichte weiter. Überhaupt sei das Miteinander von Flüchtlingen und Ortsansässigen vorbildlich.

»Und wie erklären sie sich dann, was gestern passiert ist?«, hakte Thea nach.

Bis jetzt hatte Kühn das brennende Kreuz noch mit keinem Wort erwähnt. Er verstummte prompt und rührte einen Moment lang in seiner Teetasse. Dann sagte er langsam und mit Bedacht: »Ich habe keine Ahnung, was da passiert ist. Nur so viel weiß ich: Das war niemand aus dem Dorf.«

»Was macht Sie da so sicher?«

»Ganz einfach. In einem Kaff mit zweihundert Einwohnern können Sie nichts geheim halten. Alles, wirklich alles, spricht sich hier innerhalb von vierundzwanzig Stunden herum. Glauben sie mir. Wenn es jemand aus Haidthausen gewesen wäre, dann wüsste ich das.«

»Und wer war es dann?«

»Woher soll ich das wissen?« Kühns Miene wurde plötzlich hart. »Es gibt leider einige Idioten hier in der Region, die zu sowas fähig wären.«

»Es gab ja hier wohl mal eine Sektion des Ku-Klux-Klans?«

Aber Kühn winkte ab. »Am Ende sind es alles nur Spinner, die sich irgendwelche Namen geben.«

»Immerhin haben diese Spinner den Leuten hier einen Riesenschreck eingejagt«, gab Thea zu bedenken. Eine Pause entstand. Sie blickte nach draußen, wo noch immer die Männer beieinanderstanden.

»Die Jungs da draußen. Was ist mit denen los?«

Kühn folgte ihrem Blick. Als er die Gruppe vor dem Haus stehen sah, verfinsterte sich seine Miene. »Die haben sich jetzt da natürlich reingesteigert.«

»In was?«

»Sie sind der Meinung, dass nur sie selbst für ihre Sicherheit sorgen können.«

»Das heißt, sie sind so 'ne Art Bürgerwehr?«

»So was in der Art«, sagte Kühn. Ihm war anzumerken, dass er keinerlei Lust hatte, über dieses Thema zu sprechen. Es passte wohl nicht in seine Erfolgsgeschichte, dass sich die Flüchtlinge nicht hundert Prozent sicher fühlten. Aber Thea bohrte nach.

»Machen die das erst seit dem Vorfall gestern, oder spielen sie schon länger Polizei?«

»Polizei spielen ist wirklich übertrieben«, sagte Kühn, »aber sie fühlen sich schon die ganze Zeit mit verantwortlich, sagen wir's mal so.«

Wenn dem so war, überlegte Thea, dann musste sie diesen Jungs Bennis Foto zeigen. Denn dann waren sie diejenigen, die vielleicht etwas von den feindlichen Angreifern mitbekommen hatten. Am ehesten sie. Abgesehen davon, dass sie weder Pfarrer Kühn noch Hanna Liebig das Foto zeigen konnte, denn Pfarrer Kühn hatte sicher recht, wenn er behauptete, dass sich hier alles innerhalb von vierundzwanzig Stunden herumsprach. Sie durfte Benni auf keinen Fall einem Verdacht aussetzen.

»Aber das Wichtigste ist doch«, fuhr Kühn eifrig fort, »dass die Mehrheit der Leute hier positiv denkt.« Er wollte sich die Erfolgsstory einfach nicht kaputtreden lassen. Und Thea verstand ihn.

»Es ist einfach nicht in Ordnung, dass ein kleiner Haufen Irrer das Image einer ganzen Region zerstört. Hier sind wahnsinnig viele Leute bereit, mitzuhelfen. Selbst wenn manche aus dem Ort erst Angst vor den vielen Fremden hatten.«

»Und wie sehen das die Betroffenen selbst?«, fragte Thea.

»Sprechen Sie zufällig Italienisch?«

»Ein bisschen. Ja«, sagte Thea überrumpelt.

Kühn beugte sich über sie hinweg und sprach die dunkelhäutige Frau an, die ihr das Gebäck gereicht hatte. »Senait! La signora parla italiano.«

»Vero?« Senait drehte sich zu Thea um und lächelte gewinnend. Wie sich herausstellte, stammte sie aus Eritrea, wo das Italienische früher Amtssprache gewesen war. Thea kramte ihr eingerostetes Volkshochschulitalienisch heraus und begann eine etwas stockende Unterhaltung mit Senait, die auf Theas Fragen freundlich, aber ausweichend reagierte. Es war offensichtlich, dass sie jede Kritik an Deutschland geflissentlich vermeiden wollte. Das Gespräch lief dann auch im Wesentlichen darauf hinaus, wie froh sie war, hier zu sein, und dass sie bisher nur gute Erfahrungen mit den Leuten aus dem Dorf gemacht hatte. Das Kreuz gestern? Dort, wo sie herkam, waren viel schlimmere Dinge passiert.

Ihre Tischnachbarn, Familienangehörige von Senait, die ebenfalls aus Eritrea stammten, sagten mehr oder weniger dasselbe. Keiner wollte etwas Negatives über die Unterkunft, über Haidthausen oder Deutschland im Allgemeinen sagen. Alle lobten die Hilfsbereitschaft der Leute und wichen aus, wenn Thea nach dem brennenden Kreuz am Vorabend fragte. Ob das ihre ehrliche Meinung war oder eher der Diplomatie geschuldet, konnte Thea nicht recht einschätzen. Sie beschloss, es dabei zu belassen, und probierte höflich das eine oder andere Gebäck, das ihr angeboten wurde. Mit einem Blick hinüber zu Ute vergewisserte sie sich, dass ihre Mutter abgelenkt war.

»Wo sind denn die Toiletten?«, erkundigte sie sich bei Pfarrer Kühn.

»Den Flur entlang, Richtung Ausgang, dann rechts.«

Thea bedankte sich, stand auf und ging nach draußen. Auf dem Flur tobten immer noch, ausgelassen und fröhlich, Mari und Rahina herum.

»Wo gehst du hin?«, rief ihr Mari zu.

»Bin gleich wieder da«, sagte Thea.

Kaum war sie aus dem Haus ins Freie getreten, sah sie die Männer wieder. Sie standen jetzt ein paar Meter rechts des Eingangs, rauchten und unterhielten sich. Als sie Thea bemerkten, verstummten sie. Thea steckte sich eine Zigarette an und ging auf die Männer zu. Sie standen in einer Rauchwolke, deren Geruch eindeutig darauf schließen ließ, dass sie keine normalen Zigaretten rauchten, sondern Marihuana.

»Hi«, sagte Thea.

Die Männer sahen sie erstaunt an. Auf Englisch erkundigte sich Thea, ob sie vorgestern, als das Kreuz auf der Wiese gebrannt hatte, etwas Auffälliges beobachtet hätten. Die Männer warfen sich Blicke zu, die Thea nicht recht deuten konnte. Der Schwarze mit dem Brecheisen fragte schließlich, was genau sie meine.

»Habt ihr beobachtet, wer das Kreuz angezündet hat?«, fragte Thea.

Wieder tauschten die Männer Blicke, dann schüttelten sie einhellig die Köpfe. Da holte Thea das Bild von Benni aus ihrer Tasche und zeigte es ihnen. Aber wieder schüttelten sie nur die Köpfe. Auch Theas weitere Versuche, irgendetwas über die Geschehnisse aus den Männern herauszubekommen, verliefen im Sand. Es war sinnlos. Sie hatten entweder nichts gesehen oder wollten nicht darüber sprechen. Beides war denkbar. Thea steckte das Foto zurück in die Tasche und verabschiedete sich.

Mari und Rahina waren nicht mehr im Flur, sondern hatten sich an den Tisch in der ehemaligen Gaststube gesetzt und halfen Ute beim Gemüseschneiden. Thea hatte das Gefühl, dass sowohl Ute als auch Mari gern noch hiergeblieben wären, nur sie, Thea, fühlte sich auf einmal ziemlich fehl am Platz. Ausgerechnet. Vielleicht lag's ja wirklich am Playboy-Bunny.

Es war schon fast Mittag geworden, als sie schließlich aufbrachen. Im Auto erzählte Mari, dass sie Rahina total nett fand, und Ute fragte: »Und weshalb waren wir jetzt wirklich da?«

Es war einfach sinnlos, Ute irgendetwas vormachen zu wollen. Aber im Moment half das alles nicht. Sie konnte ihr das mit Benni nicht erzählen. Deshalb guckte sie unschuldig und fragte: »Wie meinst du das?«

»Dein Kollege war schon da. Also ging es nicht um einen Artikel. Worum dann?«

»Natürlich ging es um einen Artikel. Die Sache ist interessant genug für uns, dass wir da zu zweit dranbleiben.«

Ute sagte nichts, schaute nur skeptisch. Sie glaubte ihr kein Wort.

Wie erwartet, war der Zubringer nach Heilbronn vom Feiertagsverkehr völlig verstopft. Während Mari und Ute andächtig Harry Rowohlts Märchenonkelstimme lauschten, die »Pu der Bär« vorlas, beschäftigte Thea noch immer die Frage, ob es denkbar war, dass Benni in irgendeiner Form mit der Kreuzverbrennung zu tun hatte. Und je mehr sie darüber nachdachte, umso überzeugter war sie, dass ihr die Männer vor dem Flüchtlingswohnheim nicht die Wahrheit gesagt hatten. Irgendetwas hatten die beobachtet. Vermutete sie jedenfalls.

Trotz des guten Wetters war der Andrang enorm. Sämtliche Familien im Umkreis von hundert Kilometern schienen sich ausgerechnet die »Experimenta« als Ausflugsziel ausgesucht zu haben. Wahrscheinlich, weil sich hier so gut das Angenehme mit dem Nützlichen verbinden ließ und der pädagogische Anspruch der Ausstellung den Eltern künftiger Weltmarktführer, Raumfahrer und Nobelpreisträger perfekt ins Konzept passte. Es war brechend voll und der Lärmpegel gigantisch. Thea bekam Kopfschmerzen, bevor sie überhaupt drin waren. Während sie sich in die Schlange vor den Kassen einreihten, blätterte Thea im Prospekt der Ausstellung. Die Sponsorenliste, unterteilt in »Premiumpartner« und »Exponatssponsoren«, bestärkte sie in dem Verdacht, dass es sich bei dem ganzen Rummel hier am Ende doch wieder nur um eine ausgeklügelte Imagekampagne der hiesigen Wirtschaft handeln könnte.

Aber als sie endlich im ersten Ausstellungssaal angekommen waren und Thea zur Freude ihrer Tochter mithilfe eines Fahrrads einen Mixer in Betrieb setzte, fand sie das Konzept plötzlich doch gar nicht so schlecht. Zu dritt stellten sie sich in einer Art Röhre auf ein Eisenpodest, um ins Innere des Erdkerns zu reisen. Mari drückte auf einen großen Knopf, das Podest begann zu brummen und zu vibrieren, und an den Wänden um sie herum flitzten die einzelnen Erdschichten als Bildprojektionen vorbei. Wie in einem Aufzug ging es tiefer und tiefer hinab. Mari kreischte vor Vergnügen, Ute wurde schlecht, und sie hatten jede Menge Spaß.

Das Beste aber war das »Spielwerk« im vierten Stock des Gebäudes. Hier konnte man Quatsch machen, ohne »ganz nebenbei« erklärt zu bekommen, wofür das Ganze gut war. Und hier war es naturgemäß am vollsten. Ute, Mari und Thea quetschten sich zu einer achtköpfigen Großfamilie in einen kleinen Raum, in dem auf einer Videowand die Schrittfolgen diverser Volkstänze vorgeführt wurden, die anschließend nachgetanzt werden mussten. Nachdem sie einander zehnmal zu einer Art finnischer Polonaise die Hände auf die Schultern gelegt und im Raum herumgehüpft waren, waren sie alle k. o., aber glücklich. Während die praktisch veranlagten Schwaben unter den Besuchern ihre Tupperdosen mit klein geschnittenem Gemüse und Thermoskannen mit ungesüßtem Früchtetee auspackten, kaufte Thea drei maßlos überteuerte Magnum Mandel in der Cafeteria, die sie genüsslich draußen in der Maisonne mit Blick auf den Neckar verspeisten.

Gegen sechs waren sie wieder in Wartenburg. Thea hatte lange hin und her überlegt, ob sie Rudi das Geld zurückbringen oder die Scheine einfach hinter die Windschutzscheibe seiner S-Klasse klemmen sollte. Aber dann wurde ihr klar, dass beides keinen Sinn hatte. An die S-Klasse kam sie nicht heran, die stand in der Garage, und persönlich überreichen konnte sie Rudi das Geld auch nicht. Sie kannte ihn gut genug, um zu wissen, dass er es nicht annehmen würde. Also steckte sie die Scheine in einen Briefumschlag und ging zu Fuß die paar Meter hinauf zu Rudis Haus. Sie wollte den Umschlag eben in den Briefkasten stecken, als die Haustür aufsprang. Rudi stand im Türrahmen, kaute an einem Landjäger herum, den er wie eine Waffe in der Hand hielt, und grinste sie an. »Na, wie war's in der ›Experimenta‹?«

»Toll«, sagte Thea und streckte ihm den Umschlag entgegen.

»Was soll ich damit?«, fragte Rudi.

»Du sollst es nehmen. Es ist dein Geld.«

Rudi biss von seinem Landjäger ab, kaute und sagte nichts.

»Das ist alles sehr albern, Rudi. Bitte nimm einfach dein Geld.«

»Das ist nicht mein Geld.«

»Rudi, bitte!«

Als er noch immer keine Anstalten machte, den Umschlag anzunehmen, steckte Thea ihn kurzerhand in den Briefkasten. »Schau gelegentlich mal rein«, sagte sie, »ich glaube, die Post war da. Ich wünsch dir einen schönen Abend. Grüß deine Frau.« Als sie sah, dass Rudi sich bereits von innen am Briefkasten zu schaffen machte, drehte sie sich um und ging die Treppen hinunter.

»Thea!«, ertönte Rudis Stimme hinter ihr. »Du hattest recht! Die Post war tatsächlich da.«

Als Thea sich zu ihm umdrehte, kam er ihr strahlend entgegen, den Landjäger in der einen, den Umschlag in der anderen Hand. »Aber der Brief ist für dich. War wohl falsch adressiert.« Er steckte ihr den Umschlag in die Jackentasche.

»Hör endlich auf mit dem Scheiß«, sagte Thea, die allmählich sauer wurde. »Das ist doch Kindergarten.«

»Schsch!«, machte Rudi. »Nicht das K-Wort. Sonst krieg ich wieder Albträume.« Er umarmte Thea und küsste sie auf die Wange. »Tschüss, schönen Abend.« Er drehte sich um und ging zurück ins Haus.

»Das ist Nötigung, Rudi!«, rief sie ihm nach.

Die Tür fiel hinter ihm ins Schloss. Einen Moment lang stand Thea unschlüssig auf der Treppe. Was für ein verdammter Dickschädel! Dann steckte sie das Geld ein, ging zurück in die Mozartstraße und stieg in den Volvo.

Das Haus der Singers lag am Ortsausgang im Schatten von Möbel Höffner. Dahinter begann das Industriegebiet. Es war ein Fertigbau mit Erker und glasierten Ziegeln. Thea hatte Glück, denn die Frau mit den blonden Strähnchen im Haar war im Garten und zupfte nicht vorhandenes Unkraut. Thea beschloss, direkt in die Offensive zu gehen.

»Frau Singer?«

»Ja?« Die Frau erhob sich und sah Thea misstrauisch an.

»Ich bin Thea Dombrowski vom Anzeiger und würde mich gern einen Moment mit Ihnen unterhalten. Es geht um den Mord an Jürgen Degener.«

»Ha!«, sagte Frau Singer nur. Es war mehr ein Husten. Ziemlich abfällig jedenfalls. Ohne ein weiteres Wort und als wäre Thea Luft, fuhr sie fort, Unkraut zu jäten. Thea war aus dem Konzept.

»Äh … Frau Singer?«

»Warum soll ich wohl mit Ihnen reden wollen?«, fauchte Frau Singer. Sie raffte ihre Arbeitsgeräte zusammen, drehte sich um und stürmte in Richtung Haus, in dem sie jeden Moment verschwinden würde, wenn Thea nicht etwas einfiele. Sie probierte es mit der Wahrheit.

»Bitte, Frau Singer! Ich habe den Toten gefunden.«

»Sie waren dort?« Frau Singer blieb unvermittelt stehen und sah Thea unsicher an. Offenbar wusste sie nicht, wie sie sich verhalten sollte. Thea witterte ihre Chance. »Es war furchtbar. Ich bin da völlig unvorbereitet reingestolpert. Überall Blut.«

Einen Moment lang zögerte Frau Singer, dann sagte sie »Wiedersehen« und verschwand mit ihren Gerätschaften im Haus.

Was war denn das jetzt? Thea war perplex. Während sie noch vor dem Grundstück stand wie bestellt und nicht abgeholt, hörte sie hinter sich eine Stimme: »Die redet nicht mit Ihnen, brauchen sie gar nicht weiter versuchen.«

Thea wandte sich um. Eine kräftige Mittfünfzigerin mit breitem Gesicht und pflegeleichtem Kurzhaarschnitt lud auf der gegenüberliegenden Straßenseite ihre ALDI-Einkäufe aus dem Kofferraum ihres Opels und sah sie prüfend an. »Sie sind doch vom Anzeiger oder nicht?«

»Ja, schon«, sagte Thea, wurde aber sofort wieder unterbrochen, denn die Frau wollte wissen, ob sie tatsächlich diejenige war, die den toten Jürgen Degener gefunden hatte. Offenbar hatte sie alles mitgehört.

»Kennen Sie Degener denn?«, fragte Thea verwundert.

»Nur von Petra. Paarmal war er ja bei ihr.«

»Und woher kannten die beiden sich?«, fragte Thea. Wenn sie sich hier so umschaute, gab es kaum gegensätzlichere Lebenswelten als die von Jürgen Degener und Petra Singer.

»Na die sind doch zusammen im Wagida-Orgateam. Oder besser waren.«

»Im was?«, fragte Thea und erfuhr, dass Petra Singer und einige Mitstreiter in Wartenburg einen Montagsspaziergang nach Dresdner Pegida-Vorbild organisieren wollten. Wagida eben. Kommenden Montag sollte es losgehen. Thea erinnerte sich daran, dass sie in der Redaktion letzte Woche darüber gesprochen hatten. Steffen Scheufler war der Meinung gewesen, allein die Existenz einer solchen Initiative in Wartenburg wäre berichtenswert, aber Rainer befand, es wäre besser, keine schlafenden Hunde zu wecken. Das Ganze würde sich mangels Zuspruch von selbst erledigen. Er wollte auf keinen Fall Werbung für die Bewegung machen. Also hatten sie beschlossen, erst mal nicht zu berichten und abzuwarten, wie sich die Sache entwickeln würde.

»Die wollten sich das alles nicht mehr bieten lassen«, sagte die Frau und schloss den Kofferraum.

»Was alles?«

»Na alles.«

An der Stelle, das spürte sie, kam sie nicht weiter, also fragte Thea: »Und Degener war mit im Organisationsteam?«

»Ja, er hat Petra seine Hilfe angeboten.«

»Und woher wissen Sie das alles?«

»Von Petra.«

»Aha. Das heißt, Sie sind befreundet?«

»Ja.«

»Aber Sie haben offenbar kein Problem, mit der Presse zu reden.«

»Nö. Solange ich nicht lesen muss, was ihr hinterher schreibt. Aber das muss ich ja nicht. Wir haben den Anzeiger schon lange abbestellt.«

»Na dann«, sagte Thea. Jetzt erst fiel ihr der wunderschöne Kirschbaum mit seinen prachtvollen Blüten auf, der neben der Garageneinfahrt stand.

»Ist das Ihrer?«, fragte Thea, geblendet von so viel Schönheit.

»Ja.«

»Der ist ja wunderschön!«

»Nächste Woche kommt der weg.«

»Wieso das denn?«, fragte Thea betroffen.

»Da sitzen immer die Vögel drin.«

Thea warf der Frau einen ungläubigen Blick zu. Wollte die sie verarschen?

»Die kacken uns immer das Auto voll«, erklärte die Frau »Aber jetzt ist Schluss damit. Baum weg, Vögel weg, ausgekackt. Haben die vom Ordnungsamt auch so gesehen.«

Triumph lag in ihrem Blick.

Thea wünschte ihr einen schönen Abend und verabschiedete sich.

Während sie sich eine Zigarette anzündete und langsam zurück zu ihrem Wagen schlenderte, überlegte sie, was sie Rudi berichten sollte. Viel hatte sie nicht zu bieten. Er hatte einen harten Brocken im Betriebsrat sitzen, aber das wusste Rudi wahrscheinlich selbst am besten. Sie hatte sich bemüht, mehr war nicht drin gewesen.

Post by nanotermite at 11:03 am

Hier ein paar Ausschnitte aus Leserkommentaren zum unsäglichen »Woher kommt der Hass«-Artikel, in dem sich die F. A. Z. fragt, woher das Misstrauen der Bürger gegenüber Politik und Medien kommt.

Lars Harmann (kaesesemmel) – 15.03.2015 10:11
»Also zumindest der ›Hass‹ auf Journalisten ist erklärbar. Wobei das Wort Hass vielleicht übertrieben ist. Tiefe Enttäuschung trifft es wohl eher. Denn wenn Zeitungen so schreiben, als gäbe es kein anderes Medium, um sich umfassend zu informieren, dann fühlt sich der Leser/Bürger für dumm verkauft. Heutzutage kann ich jede Behauptung einer Zeitung durch Recherche im Internet gegenprüfen. Und wenn ich zum Ergebnis komme, da schreibt jemand Unsinn, und das dauerhaft, dann darf ich mir natürlich auch die Frage stellen, warum oder in welchem Interesse er dies tut. Ich will jetzt nicht unbedingt auf das Thema Russland/USA eingehen, obwohl es exemplarisch für dieses Phänomen ist. Aber als vierte Gewalt im Staate (die die Medien nicht mehr sind, da sie bloß noch ein Annex der Regierung darstellen) sollten sie aufklären und nicht aufwiegeln. Das erwarten die Bürger und Leser von Ihnen, und das ist auch ihr gutes Recht.«

Gerhard Hornig (kolokasimebrizoles) – 15.03.2015 10:14
»Wie kann man als denkender Bürger noch Respekt für ein System haben, welches einerseits von der EU fremdbestimmt ist, und dort, wo es noch eigenständig handeln könnte, ständig gegen den Willen der Mehrheitsgesellschaft

handelt ... Dass man in einer Demokratie von der Mehrheit überstimmt werden kann, ist schon schwierig zu verdauen, dass die Gewählten aber einfach gegen den Wählerwillen agieren, ist nicht mehr zu akzeptieren.«

Ellis Müller (women) – 15.03.2015 08:41

»Es sind aber auch die Diffamierungen der letzten Zeit, die den Leuten das Hassen erleichtern. Jeder, der die allgemeingültige Mainstreammeinung hinterfragt, ist irgendein Extremist. Was wir derzeit erleben, ist eine DDR 2.0.«

Herbert Grumbel (hgfn) – 15.03.2015 08:20

»Der Hass speist sich aus der völligen Machtlosigkeit des Bürgers. Die Bürger wollen bei bestimmten Themen mitreden. Beispiel: TTIP wird nahezu im Geheimen durchgepeitscht. Was ist an diesem Vorgang demokratisch? Wenn die Bürger das Gefühl haben, es ist nicht gut, den Einfluss Amerikas auf unser Wirtschaften und sogar auf unsere gesellschaftlichen Entscheidungen und die Gesetzlichkeit noch zu erhöhen, dann darf die Politik nicht anders handeln, als es der Bürger will. Andernfalls entsteht Frust, der sich letztlich als Verachtung der Politiker darstellt. Ein ganz normaler Vorgang bei Menschen, die sich nicht ernst genommen fühlen.«

Ottmar Müller (GillesdR) - 15.03.2015 10:11

»Herr von Altenbockum, machen Sie doch einmal den Selbstversuch! ... Erleben Sie, wie Berichte z. Bsp. aus der Ukraine so gar nicht mit dem übereinstimmen, was Sie aus anderen Medien oder von Bekannten hören! Oder begeben sich in die

Gebiete, in denen die USA, die NATO die Demokratie herbeibomben! Erleben Sie das Leid und Elend der Bevölkerung vor Ort, wenn ›demokratische Sicherheitskräfte‹ wie das Bataillon Asow dort die Bevölkerung terrorisieren und hören dann, wie unsere Politiker dort ihre ›Werte‹ verteidigen!«

So geht das ewig weiter. Und wohlgemerkt: Das ist die F. A. Z. Hier spricht die sogenannte Mitte der Gesellschaft. Wir werden immer mehr!

Post by gerhardboeden at 2:35 pm

Danke nanotermite, schöne Zusammenstellung. Deutschland wacht auf!

V

Ob es am gestrigen ersten Mai lag oder an den vielen Events im Ländle, keiner wusste genau, warum der Verkehr an diesem Sonntagmorgen derart zum Erliegen gekommen war, auch der Moderator des SWR-Verkehrsfunks nicht, der pflichtschuldig die lange Liste der Staus mit exakter Kilometerlänge abarbeitete. Alle Welt schien sich dazu verabredet zu haben, noch eindrucksvollere Staus als an jedem beliebigen Werktag zu produzieren. Als sie sich gegen Mittag im Stop-and-go der Stuttgarter Stadtgrenze näherten, war ganz Baden-Württemberg bereits lahmgelegt, sagte der Verkehrsfunkmann, dessen Stimme Thea mittlerweile fast so vertraut vorkam wie die ihrer Tochter. Thea fluchte und griff zum dritten Mal zum Handy, um ihrem Vater Bescheid zu geben, dass es später werden würde. Um elf Uhr waren sie zum Frühstück verabredet gewesen. Vor dreizehn Uhr würden sie nicht in Stuttgart sein. Was für ein Schwachsinn! Eigentlich hatten sie mit dem Zug fahren wollen, aber nachdem sich Thea die Verbindung angesehen hatte, hatten sie die Idee aufgegeben. Da Wartenburg seit Jahren keinen eigenen Bahnhof mehr hatte, hätten sie erst mit dem Auto nach Crailsheim fahren müssen, dann mit dem Bummelzug nach Heilbronn, dort eine halbe Stunde Aufenthalt und dann Heilbronn-Stuttgart. Sie hätten für die knappen hundert Kilometer drei Stunden gebraucht. Im Nachhinein wäre das aber sehr viel eleganter gewesen als dieser Autobahnirrsinn. Im Nachhinein war man eben immer schlauer. Nur Mari schien es zu gefallen. Sie hörte bereits die dritte Ritter-Rost-CD hintereinander und war guter Dinge. Immerhin.

Gegen halb zwei waren sie endlich auf dem Sonnenberg angekommen und bogen in die Feuerreiterstraße ein. Mari stieg aus dem Wagen und sah sich forschend um.

»Sieht aus wie bei Oma«, stellte sie schließlich ein wenig enttäuscht fest. Sie hatte sich die ganze Fahrt über wie verrückt auf die Feuerreiterstraße gefreut, weil der Name so toll klang, und nun handelte es sich um eine ziemlich normale Wohnstraße. Zumindest auf den ersten Blick.

»Das ist hier zehnmal teurer als bei Oma«, erklärte Thea, während sie auf das Haus zugingen, »das ist Stuttgart, Halbhöhenlage, hier wollen alle wohnen.«

»Echt?« Mari sah sich skeptisch um.

»Zumindest alle Stuttgarter.«

Aber Mari hatte schon recht, die Ähnlichkeit mit dem Wartenburger Südhang war nicht von der Hand zu weisen. Hier aber schien alles noch eine Spur distinguierter zu sein. Der Reichtum wurde nicht ganz so offen zur Schau gestellt, wirkte dadurch aber umso mächtiger. Eine gepflegt aussehende Katze mit rotem Halsband überquerte die Straße und blinzelte gelangweilt in ihre Richtung. Thea meinte, selbst der Katze ein gewisses großbürgerliches Selbstverständnis anzusehen.

»Ist Opa reich?«, fragte Mari und rührte damit an den Kern der dombrowskischen Familienfolklore. Theas Vater hatte beim alten Redel, Rudis Vater, eine kometenhafte Karriere gemacht. Er war vom einfachen Ingenieur in die Geschäftsführung des Redel-Werkes, heute Redel Enterprises, aufgestiegen und zum engsten Vertrauten des alten Redel geworden, zu seinem Freund und Berater. Dann musste etwas vorgefallen sein, über das bis heute keiner der Beteiligten sprach, wobei Ute beteuerte, die Hintergründe tatsächlich nicht zu kennen. Nur die Auswirkungen waren unumstritten: Theas Vater wurde in die Redel-Dependance nach Stuttgart versetzt und bald darauf entlassen.

Offenbar mit einer stattlichen Abfindung. Und die Ehe von Theas Eltern ging in die Brüche. Damals war Thea sechzehn Jahre alt gewesen. Nachdem ihr Vater ausgezogen war, hatte sich der alte Redel rührend um sie und Ute gekümmert, und sein Sohn Rudi setzte die Tradition auf seine Weise fort.

»Verhungern tut Opa jedenfalls nicht«, sagte Thea und klingelte an der Haustür. Ein Summen ertönte. Als Thea und Mari in den Hauseingang traten, stand ein Mann mit geöffneten Armen in der Wohnungstür. »Na endlich!«

Thea zögerte. Aus seiner Stimme schloss sie zwar, dass der Mann ihr Vater war, aber wäre sie ihm irgendwo auf der Straße begegnet, sie hätte ihn nicht erkannt. Der Mann, der vor ihnen stand, war kahlköpfig und trug einen Bart, der ihm bis zur Brust reichte. Bei ihrem letzten Zusammentreffen, das nun auch schon wieder an die zehn Jahre her sein musste, hatte er die Haare noch auf dem Kopf getragen. Mari spürte Theas Unsicherheit. Sie war stehen geblieben und sah ihre Mutter fragend an. Thea legte ihr die Hand auf die Schulter, schob sie sanft vorwärts und versuchte nicht zuletzt, sich selbst zu überzeugen, als sie mit betont fester Stimme sagte: »Guck mal, das ist dein Opa!«

Aber wirklich sicher, dass sie Mari dem richtigen Mann in die Arme schickte, war sie erst, als sie ihm nahe genug war, um seine Augenbrauen genauer betrachten zu können. Die waren noch genauso dicht und buschig wie früher. Thea erinnerte sich, dass sie als Kind – sie musste etwa in Maris Alter gewesen sein – oft auf dem Schoß ihres Vaters gesessen und mit ihrem Puppenkamm versuchte hatte, diese Augenbrauen zu bändigen. Immer vergebens. Mari ging auf ihren Opa zu und streckte ihm höflich die Hand entgegen. »Hallo, ich bin Mari.«

»Hallo, Mari«, sagte Theas Vater und beugte sich zu seiner Enkelin hinunter. »Ich bin Opa Manfred und freue mich sehr, dich kennenzulernen. Ich hoffe, du magst Rührei.«

»Na klar«, sagte Mari und lächelte. Auch Thea schien es zunächst angebracht zu sein, dem Mann mit dem Bart, ganz wie Mari, die Hand entgegenzustrecken und zu sagen: »Guten Tag, ich bin Thea.« Aber weiter kam sie mit ihren Überlegungen nicht, denn ihr Vater hielt sie bereits in den Armen und drückte sie an sich. »Mensch, Thea«, sagte er, »ich kann dir gar nicht sagen, wie sehr ich mich freue.« Seine Stimme zitterte ein wenig, sein Bart kitzelte an ihrem Hals – und Thea kamen die Tränen. Von ihren eigenen Gefühlen überrumpelt, umklammerte sie ihren Vater und heulte wie ein Schlosshund.

»Was ist denn los, Mama?« Mari klang besorgt.

»Nichts, Schatz, alles gut.« Thea versuchte zu lächeln und wischte sich die Tränen aus dem Gesicht.

»Wir haben uns einfach so lange nicht gesehen«, sagte ihr Vater zu Mari.

»Warum nicht?«, fragte Mari.

»Tja …« Thea und ihr Vater sahen einander an und schienen beide gleichermaßen ratlos zu sein. Jedenfalls blickte Mari verwirrt von einem zum anderen und sagte: »Wisst ihr das nicht?«

»Das ist ein bisschen kompliziert …«, setzte Manfred an, aber Mari unterbrach ihn: »Also ich weiß genau, warum ich meinen Vater so lange nicht gesehen habe. Weil er spinnt.«

»Aha«, sagte Manfred, »ich glaube, es gibt viel zu erzählen. Jetzt kommt erst mal rein.«

Das Erste, was Thea in den Sinn kam, als sie die Wohnung betrat, war: »riecht nach altem Mann«, was zwar nicht freundlich, aber leider zutreffend war, und während ihr Vater sie durchs Haus führte, fiel ihr die Unordnung auf, die sie von ihm so gar nicht kannte. Sie hatte ihn als ordnungsliebend bis zur Pingeligkeit in Erinnerung. Aber hier lag an allen Ecken und Enden irgendwelcher Kleinkram herum: eine schmutzige Socke neben dem Bett, ein zusammengeknülltes Papiertaschentuch neben dem Sofa. Kleinigkeiten, aber genau deshalb so irritierend.

Ihr Vater schien von all dem nichts zu bemerken. Nach dem Rundgang lotste er sie an den reich gedeckten Frühstückstisch. »Greift zu, Kaffee kommt gleich! Und Rührei natürlich auch.«

»Ich helf dir Rührei machen!«, rief Mari.

»Dann komm mit.« Manfred reichte Mari die Hand. Mari umfasste sie, und gemeinsam gingen sie in die Küche. Thea sah ihnen nach. Offensichtlich fühlte sich Mari wohl mit Opa Manfred. Schön, dachte Thea. Sie selbst brauchte noch ein wenig Zeit, aber sie war froh, hier zu sein. Das war mehr, als sie heute früh noch zu hoffen gewagt hatte. Nach der Trennung ihrer Eltern hatten sie und ihr Vater kein besonders gutes Verhältnis gehabt. Sie hatte sich bitter im Stich gelassen gefühlt und ihm lange nicht verziehen, dass er einfach weggezogen war und sie in Wartenburg zurückgelassen hatte. Und als der Groll irgendwann endlich verklungen war, hatten sie sich auseinandergelebt und wohnten weit voneinander entfernt.

Ihr Blick schweifte über den Tisch. Er war vollgestellt mit allen möglichen Köstlichkeiten, aber auch hier herrschte ein gewisses Durcheinander: Messer und Gabel lagen krumm und schief neben ihrem Teller, die Tasse stand irgendwo in weiter Ferne. Wenn Mari hin und wieder den Tisch deckte, sah er hinterher genauso aus.

Die beiden kamen mit einer großen Pfanne voller Rührei zurück, stolz wie die Spanier.

»Deine Tochter ist eine ganz große Köchin«, sagte Manfred zu Thea, und Mari strahlte wie eine Schneekönigin. Beim Servieren fielen Manfred immer wieder kleine Rühreistückchen vom Löffel. Er schien es nicht zu bemerken, bis Mari laut auflachte und rief: »Opa! Du verlierst dauernd Rührei!«

»Ehrlich?« Manfred klang erschrocken. Er beugte sich nach

vorn und suchte den Tisch nach dem verlorenen Rührei ab, wie ein Bussard, der über seiner Beute kreist. Aber er fand nichts und wirkte plötzlich hilflos. Da begriff Thea, dass ihr Vater nicht unordentlich geworden war, sondern dass er einfach nicht mehr gut sah. Während sie noch überlegte, ob sie ihn darauf ansprechen sollte, erwies sich ihre Tochter als wesentlich pragmatischer. Sie zeigte ihrem Opa einfach, wo die verlorenen Rühreistückchen lagen, und sammelte sie für ihn auf. Die beiden machten sich einen Spaß daraus, und Manfred wirkte erleichtert, die unangenehme Situation hinter sich gebracht zu haben. Deshalb beschloss Thea, ihn zunächst nicht auf seine Augen anzusprechen.

Während sie frühstückten, versuchten Thea und ihr Vater, sich gegenseitig wenigstens die wichtigsten Ereignisse der letzten Jahre zu erzählen. Es gelang nur bedingt. Zum einen war die Zeitspanne, die es abzudecken galt, einfach zu groß, zum anderen wollte Mari auch mitreden, was die Sache zusätzlich verkomplizierte. Dennoch hatte Thea das Gefühl, ihrem Vater so nahe zu sein wie zum letzten Mal in ihrer Kindheit, und sie fragte sich, was sie davon abgehalten hatte, ihn früher zu besuchen. Als Mari schließlich immer ungeduldiger wurde, wandte sich Manfred ihr zu und fragte: »Wie wär's denn jetzt mit einem Ausflug zum Wasen? Da ist nämlich gerade Frühlingsfest. Was meinst du, Mari?«

»Gibt's da einen Maibaum?«

Manfred sagte, dass wisse er nicht hundertprozentig, könne er sich aber gut vorstellen, und er erklärte Mari, was es mit dem Wasen auf sich hatte. Mari war begeistert und wollte sofort aufbrechen. Ganz so schnell ging es aber nicht. Thea bestand darauf, ihrem Vater zumindest beim Abräumen des Tisches zu helfen. Thea beobachtete ihn ganz genau. Er hatte seine ritualisierten Bewegungsabläufe. Er wusste genau, welcher Gegenstand wo hingehörte, aber als Thea ihm aus zwei Metern Entfernung das Honigglas entgegenhielt und ihn fragte, wo sie das hinstellen sollte, stand er einen Moment lang hilflos vor ihr, dann sagte er barsch: »Gib einfach her, ich räum's dann weg.« Als er sich unbeobachtet glaubte, hielt er sich das Honigglas ganz nah vor die Augen. Auch Mari hatte das gesehen und fragte: »Hast du schlechte Augen, Opa?«

Manfred stand da wie ein kleiner Junge, der beim Nasepopeln erwischt worden war. Es war ihm sichtlich unangenehm, und er tat Thea leid.

»Ein bisschen«, murmelte er, »das ist so, wenn man älter wird.«

»Setz dir doch eine Brille auf«, schlug Mari vor. Sie streichelte Manfreds Arm, als wäre er eine kranke Katze, und Thea überlegte, wie es mit ihrem Vater weiterginge, wenn sich sein Zustand verschlechterte. Was, wenn er eines Tages überhaupt nichts mehr sehen konnte? Aber sie kam nicht dazu, ihre Gedanken auszusprechen, denn Manfred sagte: »Jetzt geht's aber los!« Seine Stimme klang betont unternehmungslustig. Thea half ihrem Vater dabei, seine Jacke zu finden und anzuziehen, und als sie aus dem Haus traten, ging Thea der Spruch vom Einäugigen und dem Blinden durch den Kopf. Vater und Tochter Dombrowski zusammen unterwegs – ein tolles Gespann.

Eine halbe Stunde später standen sie vor dem Riesenrad auf dem Cannstatter Wasen, und Manfreds Vergangenheit als Ingenieur ließ sich nicht mehr verleugnen. Er erklärte Mari, die mit Zuckerwatte in der Hand neben ihm stand, dass es sich hierbei um ein von Elektromotoren angetriebenes transportables Modell der Firma Kocks in Bremen handle, dessen äußerer Ring durch massive Speichen mit der Nabe verbunden sei, was den fünf Tage dauernden Aufbau erleichtere, wohingegen bei stationären Riesenrädern die Fundamente in den Boden betoniert werden und der äußere Ring durch Stahlseile mit der Nabe verbunden werde.

»Boah«, staunte Mari. »Das kannst du mit deinen schlechten Augen alles sehen?«

»Manche Dinge muss man nicht sehen, manche Dinge weiß man einfach. So, und jetzt gehen wir da rüber, und ich erkläre dir das Konstruktionsprinzip der Geisterbahn.«

»Ich glaube«, schaltete sich Thea ein, »Mari würde lieber Geisterbahn *fahren*.«

»Na gut, wenn ihr meint.« Manfred sah befremdet aus.

»Ich muss aber erst Pipi«, sagte Mari.

Ihrem Gesichtsausdruck nach zu urteilen, war es dringend. Sie irrten durch die Schluchten des Vergnügungsparks, vorbei am Autoscooter und einer Krake, die einen Höllenlärm machte und an ihren langen Armen kreischende Teenager durch die Luft schleuderte. Unwillkürlich musste Thea an Rudi in seinem gelben Radlerdress denken, wie er am Vortag die lachende Mari im Kreis gewirbelt hatte. Der Wasen füllte sich – und als sie endlich einen Toilettenwagen gefunden hatten, war der leider geschlossen. Ohne Hinweis auf einen Defekt oder eine Alternative.

»Ich muss aber ganz dringend!«

»Komm, Schatz.« Thea zog Mari zum Rand des Festgeländes. Manfred stolperte ihnen hinterher. Wenn, dann dort, dachte sie, Toilettenhäuschen sind ein Randphänomen. Aber dort war nichts. Hinter einer traurigen Pommesbude trudelte das Gelände einfach aus. Ein bisschen Müll hier, ein paar struppige Gräser dort. Thea entdeckte eine geöffnete Schranke, die verloren herumstand, und eine Leitplanke. Aber es sah nicht so aus, als ob es hier viel zu beschränken oder zu leiten gäbe. Und kein Busch. Nirgends.

»Ich puller gleich ein!«

»Hinter die Leitplanke, komm!« Sie riss Mari die Zuckerwatte aus der Hand und drückte sie ihrem irritierten Vater in die Hand.

»Da kann man aber unten durchgucken!«

»Keine Sorge, Schatz. Das macht keiner. Und ich stell mich davor. Als Sichtschutz.«

Mari war nicht überzeugt, wusste aber, dass sie keine Wahl hatte, und kauerte sich hinter die Leitplanke. Thea sah sich nach ihrem Vater um, der ein paar Schritte zurückgeblieben war und die Zuckerwatte wie eine Fackel in die Höhe hielt, den Kopf leicht schief gelegt, als würde er einer Melodie lauschen, die nur er hörte. Nach all den Jahren, in denen sie ihrem Vater gegenüber erst Wut und dann Gleichgültigkeit empfunden hatte, war da plötzlich eine nie da gewesene Zärtlichkeit. Während sie in ihrer pubertären Kränkung verharrt hatte, war ihr Vater alt geworden, ohne dass sie es mitbekommen hatte. Sie musste sich abwenden, um nicht loszuheulen.

Sie ließ den Blick über die schmale Straße schweifen, die direkt vor ihr schnurgerade am Rande des Wasens entlangführte. Parallel zur Straße verlief ein Zaun, oben mit Stacheldraht bewehrt und weiter rechts von Kletterpflanzen überwuchert. Thea war verwirrt. Sie war noch nie in ihrem Leben hier gewesen, trotzdem hatte sie diese Straße schon mal gesehen, die Leitplanke, den Zaun mit dem Stacheldraht … Das Foto! Das Schwarz-Weiß-Foto in Bennis Zimmer! Entgeistert starrte Thea den Zaun an. Es gab keinen Zweifel: Ganz in der Nähe musste Benni gestanden haben, als er das Foto geschossen hatte. Sie kramte ihr Smartphone aus der Tasche und rief Bennis Foto auf. Es war tatsächlich irgendwo hier aufgenommen worden. Und in diesem Moment wurde Thea klar, um welchen Ort es sich handelte: Er war in den letzten Monaten immer wieder in Zeitungen zu sehen gewesen. Sie hatte ihn auf dem Foto nicht sofort erkannt, weil etwas Entscheidendes darauf fehlte: der ausgebrannte Peugeot, in dem im September 2013 genau hier der einundzwanzigjährige Florian Heilig verbrannt war, kurz bevor er einen Termin mit dem LKA hatte, um im Zusammenhang mit dem Polizistenmord in Heilbronn und dem NSU auszusagen.

»Wahnsinn«, flüsterte Thea.

»Mama!«

Thea reagierte nicht. Sie starrte noch immer auf die Stelle, an der Florian Heilig gestorben war. Drei Meter vor ihr etwa hatte sein Peugeot gestanden. Sie erinnerte sich an all die Ungereimtheiten im Zusammenhang mit seinem Tod, die nach und nach bekannt geworden waren und die die Selbstmordthese, von der die Polizei zunächst ausgegangen war, immer unwahrscheinlicher hatten klingen lassen.

»Mama, ich brauch ein Tempo!«

»Entschuldige, Schatz.« Thea reichte Mari ein Papiertaschentuch und ging auf den Zaun zu.

»Wo gehst du hin?«

»Nur mal gucken.«

»Das ist die Teststrecke von Daimler Benz«, ließ sich plötzlich Manfred vernehmen, der die Zuckerwatte angeekelt von sich hielt. »1956 eingeweiht, 1967 durch eine Steilkurve für Schnellfahrtests und Dauerlauferprobung ergänzt. Gleichzeitig kommt ein Brückenbauwerk dazu, mit Auf- und Abfahrrampen speziell für Nutzfahrzeuge, die Steigungen zwischen fünf und siebzig Prozent bieten.«

Tatsächlich. Hinter dem Zaun war eine weitere Straße zu sehen die, von rot-weißen Leitplanken eingerahmt, aussah wie eine Rennstrecke.

»Plus Waschbrett-, Rüttel-, Schlagloch- und Verwindungsstrecken vom Allerfeinsten.«

»Papa?«

»Was denn?«

»Weißt du auch, was vor dem Zaun passiert ist?«

»Vor dem Zaun?«

»Ja.«

Manfred sah sich verwirrt um. »Was soll denn vor dem Zaun sein? Die Straße führt, glaube ich, zum Campingplatz … aber sonst?«

»Die Florian-Heilig-Geschichte, mit der sich der NSU-Untersuchungsausschuss gerade befasst hat? Hast du das mitbekommen?«

Manfred verneinte, was Thea verwunderte, denn er war immer ein interessierter Bürger und intensiver Zeitungsleser gewesen. Konnte es an seinen Augen liegen? Wie schlimm war es eigentlich um ihn bestellt?, überlegte Thea. Sie erzählte ihm, dass sich Florian Heilig hier im Alter von nur einundzwanzig Jahren aus Liebeskummer angeblich selbst verbrannt habe, nachdem er mehrfach angedeutet hatte, dass er wisse, wer Michèle Kiesewetter in Heilbronn umgebracht habe. Als sich dann herausstellte, dass die Polizei nur in Richtung Suizid ermittelt hatte, dass sie weder die Familie noch die Freundin befragt und offenbar weder sein Handy noch seinen Computer ausgewertet hatte, obwohl es zahlreiche Hinweise gab, dass Florian bedroht worden war, war das Misstrauen gegenüber den ermittelnden Behörden immer größer geworden.

Manfred hörte interessiert zu, dann sagte er: »Schlimm.«

»Gehen wir?«, fragte Mari, die inzwischen die Zuckerwatte vertilgt hatte. »Ich möchte Geisterbahn fahren.«

Später am Nachmittag, während der Fahrt zurück auf den Sonnenberg, erklärte Manfred die städtebaulichen und verkehrstechnischen Veränderungen, die Stuttgart 21 mit sich bringen würden, aber Thea hörte nicht zu. Bennis Fotos gingen ihr nicht mehr aus dem Kopf. Gab es einen Zusammenhang zwischen den einzelnen Motiven? Bisher hatte sie nur den Cannstatter Wasen und die Geyersburg identifizieren können. Bei der Geyersburg hatte sie zunächst an den Ku-Klux-Klan gedacht. Über die Tatsache, dass Michèle Kiesewetters Vorgesetzter Mitglied des Ku-Klux-Klans gewesen war, ließ sich, wenn man wollte, eine Verbindung herstellen. Hatte sich Benni mit dem Heilbronner Polizistenmord befasst? Die Sache wurde immer merkwürdiger und immer beunruhigender. Natürlich hatte sie keine Ahnung, ob die Fotos irgendetwas mit Bennis Verschwinden zu tun hatten. Aber allein die Tatsache, dass er einen Ort fotografiert hatte, an dem ein junger Mann, der damals nur wenig älter gewesen war als Benni heute, auf schreckliche Art ums Leben gekommen war, fand Thea ziemlich unheimlich. Sie musste herausfinden, was auf den anderen Fotos zu sehen war. Und sie beschloss, gleich nach ihrer Rückkehr nach Wartenburg noch mal mit Frau Ullreich zu sprechen. Vielleicht konnte sie ja doch weiterhelfen.

Ihr Vater breitete zum Abschied die Arme aus: »Schön, dass ihr hier wart. Das können wir gern öfter machen.« Er umarmte erst Mari, dann Thea, die »Sehr gerne« sagte und es auch so meinte. Sie drückte ihrem Vater einen Kuss in den Bart und stapfte mit Mari zum Wagen. Ihr Vater blieb vor dem Haus stehen und winkte ihnen nach. Mari winkte so lange zurück, bis die Feuerreiterstraße zu Ende und ihr Opa nicht mehr zu sehen war.

Zurück in Wartenburg, übergab Thea ihre Tochter an Ute. »Macht doch schon mal Badewanne.«

Mari sprudelte sofort los und erzählte von Opa, vom Frühlingsfest, der Geisterbahn und Opas schlechten Augen. Ute hörte schweigend zu, erst als Mari fragte: »Warum wohnt der Opa nicht mehr bei dir?«, sagte sie knapp: »Weil es so besser ist.« Und an Thea gewandt: »Bitte denk dran: Ich muss gleich los, Klaus ist schon da.«

Mist, Utes Tangokurs hatte Thea völlig vergessen. Klaus Leidolf, der schüchterne Schulamtsleiter, den Thea sehr mochte, war Utes Tanzpartner.

»Ich beeile mich!«, rief Thea und stürmte die Treppen hinunter zu den Ullreichs. Auf ihr Klingeln hin öffnete Frau Ullreich die Tür und sah sie mit einem Blick an, der sie alarmierte.«

»Ist Benni … ist er wieder aufgetaucht?«

»Pscht!«, flüsterte Frau Ullreich. »Ist gerade schlecht.«

»Wer ist da?«, rief eine Männerstimme aus dem Wohnzimmer. Günter war also von seiner Dienstreise zurück.

»Nur Thea. Von oben!«, antwortete Frau Ullreich über die Schulter.

Günter brummte etwas vor sich hin, das Thea nicht verstehen konnte.

»Benni ist nicht aufgetaucht?«, fragte Thea nochmals.

»Nein.«

»Ich habe ein paar Fragen zu den Fotos. Ich war nämlich heute …«

»Ich wäre dir dankbar, wenn du dich nicht mehr darum kümmern würdest, Thea.«

»Was?« Thea sah Frau Ullreich ungläubig an. Meinte sie das ernst?

»Aber Benni ist doch immer noch weg, oder?«

»Ja, aber Günter und ich … ich war einfach ein bisschen hilflos … und hysterisch, als ich zu euch kam. Ich würde dich wirklich bitten, nichts weiter in der Sache zu unternehmen.«

»Aber …«, setzte Thea noch mal an, doch sie wurde sofort wieder unterbrochen.

»Bitte, Thea!« Das klang jetzt ziemlich scharf und ließ keinen Widerspruch zu.

»Wenn Sie meinen«, war das Einzige, was Thea herausbrachte.

Frau Ullreich verzog den Mund zu einem dünnen Lächeln, sagte: »Tschüss. Und grüß deine Mutter«, und weg war sie.

Völlig verdattert blieb Thea vor der geschlossenen Tür zurück. Dann wandte sie sich um. Was war hier los?, überlegte sie, während sie die Treppe hinauf zu Utes Haus stieg. Frau Ullreich hatte ihr klipp und klar zu verstehen gegeben, dass sie nicht wünschte, dass Thea weiter nach Benni suchte. Aber sie hatte bereits so viel Beunruhigendes herausgefunden, dass sie es geradezu fahrlässig fand, der Sache nicht nachzugehen. Was, wenn Benni tatsächlich in Gefahr war? Es war ihr völlig unverständlich, dass Frau Ullreich sie nicht wenigstens angehört hatte. Sie hatte ihr doch gesagt, dass sie neue Erkenntnisse hatte, aber Frau Ullreich hatte sie nicht einmal ausreden lassen. Dabei war es so eindeutig, dass hier etwas nicht stimmte. Sie beschloss, sich heute Abend, wenn Mari im Bett wäre, Bennis Fotos nochmals vorzunehmen und die Motive unter dem Aspekt durchzugehen, dass sie etwas mit dem Heilbronner Polizistenmord zu tun haben könnten. Und morgen würde sie zum Sophie-Scholl-Gymnasium gehen, das Benni bis zum Abi besucht hatte. Zwei Namen hatte ihr Frau Ullreich vorgestern genannt, den von Julia Werner, Bennis Exfreundin, und den von Thomas Friese, dem Lehrer. Es waren nur zwei Namen, aber besser als nichts. Sie würde versuchen, mit den beiden zu sprechen, und sie hoffte inständig, dass sie mehr über Benni wussten als seine Mutter.

Als sie das Haus betrat, standen Ute und Klaus Leidolf bereits in der Diele. Leidolf half Ute in den Mantel.

»Na endlich!«, sagte Ute, und Klaus Leidolf streckte Thea die Hand entgegen, lächelte freundlich und sagte: »Freut mich sehr, Sie mal wiederzusehen, Thea.« Er war einfach ein netter Kerl, dachte Thea, als sie seine Hand schüttelte.

»Ich hoffe, Sie haben sich mittlerweile einigermaßen eingelebt bei uns in der Provinz«, fuhr Leidolf lächelnd fort.

»Mein Gott, sie ist hier aufgewachsen«, unterbrach Ute, »und anstatt große Reden zu schwingen, solltest du deine Schnürsenkel zubinden und dann *vámonos, señor!*, wir sind spät dran.«

Leidolf bekam einen roten Kopf und schaute beschämt auf seine glänzend polierten Schuhe. Der Schnürsenkel des rechten Schuhs war tatsächlich offen.

»Das sollte ich wohl noch beheben«, murmelte er und schlich zur Treppe.

»Besser ist es«, sagte Ute und an Thea gewandt: »Und ihr kommt hier klar?«

»Ja natürlich.« Thea war verwirrt über diese Frage. »Ich mein, ich wohne hier, oder?«

»Na dann ist ja gut«, sagte Ute. Als Leidolf seine Schnürsenkel gerichtet hatte, zogen sie los, und Thea sah ihnen perplex nach. Wieder einmal hatte Ute es geschafft, alle mit ein paar kleinen, beiläufigen Bemerkungen aus dem Konzept zu bringen. Machte sie das gezielt, oder war ihr gerade nichts Besseres eingefallen?

Thea legte sich zum Gutenachtsagen neben Mari ins Bett. Sie unterhielten sich über Zuckerwatte und Geisterbahnen, und Thea fand, dass der Tag mit ihrem Vater wirklich nett gewesen war. Es war gut, dass sie ihn endlich besucht hatten.

Sobald Mari eingeschlafen war, setzte sich Thea an ihren Rechner und googelte »Florian Heilig«. Sie klickte auf das erstbeste Foto, das ihr die Suchmaschine ausspuckte. Obwohl es in Farbe war, war unverkennbar, dass es sich um dasselbe Motiv handelte. Cannstatter Wasen. Der Zaun mit dem Stacheldraht, die rechte Seite von Kletterpflanzen überwuchert, im Bildvordergrund war sogar ein Teil der Leitplanke zu erkennen. Aber auf diesem Foto war noch mehr zu sehen: Vor dem Zaun stand der schwarze Peugeot. Die Kofferraumklappe und die Motorhaube standen offen, die Fensterscheiben schienen allesamt heruntergelassen oder nicht vorhanden zu sein. Die obere Hälfte und das Dach des Wagens hatten eine andere Farbe. Ab Mitte der Türen etwa war das Fahrzeug schmutzig grau, als hätte jemand Spachtelmasse auf dem schwarzen Untergrund verrieben. Nur der rechte Kotflügel war unversehrt geblieben. Zwei Männer standen hinter dem Fahrzeug und blickten durch die Windschutzscheibe ins Wageninnere. Einer der Männer trug einen weißen Overall und hatte die rechte Hand ans Ohr gelegt. Er schien zu telefonieren. Der Asphalt vor dem Wagen war von einer weißen Schicht bedeckt, die Thea zunächst für Schnee hielt. Doch dann erkannte sie, dass es sich um Löschschaum handelte. In zwei Armen war das Löschwasser zusammengelaufen und hatte auf dem Asphalt einen See gebildet.

Benni hatte den Ort fotografiert, an dem Florian Heilig gestorben war. Warum? Und gab es eine Verbindung zu den anderen Fotos? Der einzige Zusammenhang, der sich zwischen dem Foto von der Geyersburg und dem vom Cannstatter Wasen herstellen ließ, war der Polizistenmord von Heilbronn. Mit diesem Gedanken im Kopf sah sich Thea jedes Schwarz-Weiß-Foto nochmals genau an. Mit dem unscheinbaren Einfamilienhaus konnte sie, sosehr sie auch hin und her überlegte, nichts anfangen. Ebenso wenig mit dem Foto des Waldparkplatzes. Wenn es denn überhaupt einer war. Es war eigentlich nur eine mit Schotter bedeckte Fläche zu sehen und Wald drum herum. Der Ausschnitt war so gewählt, dass die Schotterfläche nicht genau zu bestimmen war. Hätte auch eine Straße sein können. Konnte überall sein. Thea vermochte auf dem Foto keinen Hinweis zu entdecken, der eine nähere Bestimmung oder eine örtliche Eingrenzung möglich gemacht hätte. Blieb noch das Foto von dem Backsteingebäude mit den Graffiti. Und plötzlich hatte sie eine Idee. Sie gab »Polizistenmord Heilbronn« in die Suchmaschine ein, und sofort bekam sie Bilder vom Tatort geliefert. Bingo! Das war's! Das Foto zeigte das Trafohäuschen auf der Heilbronner Theresienwiese, wo am 25. April 2007 die Polizistin Michèle Kiesewetter erschossen und ihr Kollege Martin Arnold durch einen Kopfschuss schwer verletzt worden war. Eine Tat, die dem NSU zugeschrieben wurde. Jahrelang hatte man bei der Suche nach den Tätern im Dunkeln getappt, hatte lange Zeit ein Phantom gejagt, dessen DNA man am Tatort sichergestellt hatte. Doch dann musste man feststellen, dass es sich bei der vermeintlichen Serienmörderin um eine Angestellte der Firma handelte, bei der die Spurensicherung ihre Wattestäbchen bezog, und dass sie beim Verpacken die Stäbchen mit ihrer eigenen DNA verunreinigt hatte.

Dann brannte am 4. November 2011 das Wohnmobil in Stregda, in dem neben den Leichen von Uwe Mundlos und Uwe Bönhardt auch die Dienstwaffen von Kiesewetter und Arnold gefunden wurden. Der Polizistenmord von Heilbronn schien gelöst: Bönhardt und Mundlos hatten nicht nur die beispiellose Mordserie an neun Menschen mit ausländischen Wurzeln zu verantworten, sie hatten auch Kiesewetter und Arnold bei ihrer Mittagspause überrascht und mit Kopfschüssen getötet beziehungsweise schwer verletzt.

Die Polizisten, so hieß es von offizieller Seite, seien Zufallsopfer gewesen, Vertreter des verhassten Staates, denen man anschließend die Dienstwaffen als Trophäen abgenommen hatte. Eine Theorie, die von vielen Seiten bestritten wurde und sogar dazu geführt hatte, dass es inzwischen starke Zweifel an der Neutralität der Ermittler gab.

Thea überlegte. Beide Todesfälle hingen ganz klar miteinander zusammen. Und wenn man bedachte, dass der Vorgesetzte von Michèle Kiesewetter Mitglied im Schwäbisch Haller Ku-Klux-Klan gewesen war, dann ließ sich auch das Foto von der Geyersburg damit in Verbindung bringen. Blieb die Frage, was auf den anderen Bildern zu sehen war. Gab es auch hier einen Bezug zum Mord auf der Theresienwiese? Wenn ja, welchen? Und vor allem: Warum interessierte sich ein achtzehnjähriger Abiturient so brennend für diese Angelegenheit, dass er offenbar persönlich zu den Schauplätzen gereist war, um seine Fotos zu machen?

Ob die Tatsache, dass sich Benni mit dem Polizistenmord beschäftigt hatte, etwas mit seinem Verschwinden zu tun hatte, war unklar, aber sie machte es noch mysteriöser.

Noch lange saß Thea am Computer und las sich fest. Auch was den Polizistenmord anging, schien vieles ungeklärt zu sein. Als sie hörte, dass Ute unten die Haustür aufschloss, sah sie auf die Uhr. Es war kurz nach Mitternacht, und sie verspürte eine bleierne Müdigkeit. Heute würde sie das Rätsel nicht mehr lösen, also schaltete sie den Computer aus und ging ins Bett.

Am nächsten Morgen klappte es. Pünktlich um neun verabschiedete sie sich im Kindergarten von Mari und warf Frau Oberle einen triumphierenden Blick zu. Die aber hatte mit einem renitenten rothaarigen Jungen zu kämpfen, der nicht verstehen wollte, warum er keine Marmelade auf den Sitzflächen der Stühle verteilen durfte, weshalb sie Thea gar nicht beachtete. Möglicherweise hatte sie nicht einmal mitbekommen, dass Thea pünktlich gewesen war. Das ging nicht, fand Thea. Wer weiß, wann sie es wieder Punkt neun schaffen würde? Also trat sie zu Frau Oberle, lächelte und sagte: »So. Ich geh dann mal wieder. Ich wünsche Ihnen einen schönen Tag.«

Frau Oberle versuchte gerade dem brüllenden Rothaarigen das Marmeladeglas zu entwinden. »Ebenso«, sagte Frau Oberle, ohne Thea anzusehen. Stattdessen sprach sie mit ruhiger Stimme auf den Rothaarigen ein: »Wenn du mir das Marmeladeglas jetzt gibst, machen wir gleich ein ganz tolles Frühstück. Wollen wir?«

»Nein!«, brüllte der Junge.

»Findest du es nicht besser, die Marmelade aufs Brötchen zu tun als auf die Stühle, Marvin?«

»Nein!«

»Was werden denn die anderen Kinder sagen, wenn sie keine Marmelade bekommen? Meinst du nicht, die sind dann traurig?«

»Nein!«

Thea wurde nervös. Das konnte stundenlang so weitergehen. Sie musste etwas unternehmen. Also rief sie laut: »Oh mein Gott!« Und als Frau Oberle endlich von Marvin abließ und sie verwirrt ansah, deutete sie auf die Uhr an der Wand und sagte: »Es ist erst 9.02 Uhr!«

Leider blieb die gewünschte Wirkung aus, denn der rothaarige Teufel erkannte sofort, dass Frau Oberle abgelenkt war, und nutzte die Gelegenheit. Er schleuderte die Marmelade mit voller Wucht gegen die Wand. Splitterndes Glas. Schreie. Sauerei. Thea hasste Kinder, die sich andauernd in den Vordergrund spielen mussten. Sie warf Mari eine Kusshand zu und eilte durch den Flur zur Tür. Thea hatte sie fast erreicht, als die Tür aufflog, und Claudia Redel mit Raimund im Schlepptau in die Kita stürmte.

»Mist«, sagte Claudia Redel gehetzt, »fast pünktlich ist auch zu spät.«

»Ich finde, fast pünktlich ist ziemlich gut.«

»Stimmt auch wieder.« Claudia Redel lächelte Thea zu. »Schönen Tag!« Und schon war sie mit Raimund um die Ecke verschwunden.

Auf dem Weg zur Redaktion beschloss Thea, Rainer Bennis Fotos vorzulegen. Zumindest die beiden, deren Motiv sie bis jetzt noch nicht hatte bestimmen können. Sie überlegte kurz, ob sie ihm die anderen auch zeigen sollte, damit er den Kontext herstellen konnte, aber sie entschied, es nicht zu tun. Es würde zu viele Fragen provozieren.

»Morgen!«, rief Thea, als sie die Redaktionsräume betrat. Keine Antwort.

»Sind die alle unterwegs?«

»Keine Ahnung.« Janina zuckte mit den Schultern. »Ich mach mal Kaffee.« Sie verschwand in der Küche. Thea ging den Flur hinunter. Scheufler saß an seinem Schreibtisch. Rainer stand hinter ihm, die Arme über der Brust verschränkt. Beide starrten auf den Computerbildschirm. Es waren die ernsten Mienen ihrer Kollegen, die Thea alarmierten.

»Morgen«, sagte sie noch einmal.

Rainer blickte auf. »Komm mal her.« Seine Stimme klang belegt. »Mach noch mal Start«, sagte er zu Steffen Scheufler. Thea trat zu den beiden und spähte über Steffens Schulter. Auf dem Bildschirm startete ein Video. Musik setzte ein, Heavy Metal von der lauten, aggressiven Sorte. Die Kamera zeigte den Flur einer Wohnung. Rechts eine Garderobe, an der ein Wildledermantel und ein Damenjackett an einem Kleiderbügel hingen. Links eine Tür, dahinter eine Toilette mit Mosaikfliesen. Die Kamera zoomte ans Ende des Flurs, hinein in einen großen offenen Wohnbereich. Offenbar befand man sich in einer Art Loft mit hohen Decken und einer Glasfront, die über die ganze Breite des Raumes ging. Langsam tastete sich die Kamera voran. Das Appartement war schick, die Möbel neuwertig und alles so unpersönlich, dass Thea das Ganze für einen Werbeclip gehalten hätte, wäre da nicht die brüllend laute, hämmernde Musik gewesen, die dem Ganzen etwas Bedrohliches gab. Ein Flachbildfernseher kam ins Bild, eine anthrazitfarbene Sitzgruppe, eine silberne Bogenlampe. Auf dem gläsernen Couchtisch lagen verstreut ein paar Zeitungen und Bücher. Die Kamera wackelte, richtete sich einen Moment lang auf den Boden, dann zog sie sie nach oben, strich an den Buchrücken entlang, verharrte auf einer Buchstütze in Form eines goldenen Engelsflügels, der wie eine Flamme in die Höhe züngelte.

»Was soll das?«, fragte Thea.

Aber Rainer legte nur den Finger auf die Lippen und machte »Pscht«, was völlig unnötig war, denn außer dem Kreischen des Sängers gab es nichts, was man hätte verstehen müssen. Die Kamera geisterte weiter durch den Raum, um einen Kamin herum, der als Raumteiler diente, in einen Essbereich mit einem langen klobigen Holztisch. Kirsche, vermutete Thea. Jedenfalls etwas, das teuer aussah. Über einem Stuhl hing nachlässig ein Kleidungsstück, ob Strickjacke oder Pulli, konnte Thea nicht genau erkennen.

»Kann mir mal bitte jemand erklären, was hier los ist?« Thea wurde langsam ungeduldig.

»Moment noch«, raunte ihr Rainer zu.

Plötzlich baute sich ein Schriftzug über dem Video auf. In blutroten Buchstaben stand da geschrieben: »Watching you«. Und die Schrift blieb stehen, während sich die Kamera unbarmherzig in eine offene Küche mit glänzend lackierten rostroten Wandschränken weiterfraß. Ein Weinregal kam ins Bild, eine Edelstahl-Espressomaschine, eine riesige Hightech-Saftpresse.

Die Kamera wanderte weiter. Um die Ecke. In einen weiteren Flur. Das Bild wurde dunkel, man konnte kaum mehr etwas erkennen. Dann eine Tür. Dahinter ein nahezu quadratischer Raum. An der linken Wand ein Vitrinenschrank mit akkurat aufgereihten Aktenordnern. Vorn, am Fenster, ein Schreibtisch, davor ein Bürosessel. Alles wirkte funktional und unpersönlich. Die Kamera bewegte sich auf das Fenster zu. Im Garten vor dem Fenster stand ein Baum. Seine Blätter bewegten sich im Wind. Jetzt kam der Schreibtisch groß ins Bild. Neben einem zugeklappten Laptop stand eine halb leere Kaffeetasse. Offensichtlich ein Souvenir, mit einem stilisierten Foto der Golden Gate Bridge und dem gelben Schriftzug »San Francisco«, und die erste und einzige Stilverirrung im gesamten Appartement. Das Bild wurde schwarz. Einen Moment lang blieb nur noch die rote Schrift – »Watching you!« – stehen, dann verschwand auch sie. Das Video war zu Ende.

Schweigen im Raum. Thea blickte in die Gesichter ihrer Kollegen. Die beiden sahen betroffen und ratlos aus. Steffen Scheufler fand als Erster die Sprache wieder. Er wandte sich zu Rainer Hägele um und fragte: »Was machen wir?«

Rainer zuckte hilflos mit den Schultern und sagte: »Ich verstehe immer noch nicht, wie das technisch möglich ist.«

»Erklärt ihr mir jetzt bitte mal, was hier los ist?«, fragte Thea.

»Dieses Video«, begann Rainer Hägele, »ist heute Morgen um halb neun …«

»8.27 Uhr!«, berichtigte Steffen Scheufler.

»… 8.27 Uhr auf unsere Website hochgeladen worden.«

»Auf die Website vom Anzeiger?«, fragte Thea.

»Ja«. Rainer nickte. »Wir haben es jetzt erst entdeckt.«

Steffen Scheufler bearbeitete die Maustaste. Das Video war nun klein auf der Website des Wartenburger Anzeigers zu sehen.

»Das Problem ist«, fuhr Rainer fort, »wir haben keine Ahnung, wie es dahin kommt.«

»Ich hab das ganz bestimmt nicht hochgeladen«, sagte Steffen Scheufler. Er wirkte empört. Er war für die Onlineinhalte des Anzeigers verantwortlich und schien sich persönlich angegriffen zu fühlen.

»Aber wenn es Steffen nicht war …«, setzte Thea an.

»Jemand muss sich von außen in unser System gehackt haben«, unterbrach Scheufler, »es gibt keine andere Erklärung.«

»Wer hackt sich in unser System, um so ein Video bei uns einzustellen? Das ergibt doch überhaupt keinen Sinn«, gab Rainer zu bedenken.

Janina kam herein. Sie hielt die Kaffeekanne in die Höhe wie die Freiheitsstatue ihre Fackel und rief gut gelaunt: »Käffchen?« Aber sie erntete nur abwehrendes Kopfschütteln.

»Was'n hier los? Totentanz?« Janina blickte erstaunt in die Runde. Aber keiner beachtete sie.

»Was war das überhaupt für eine Wohnung auf dem Video?«, nahm Thea den Faden wieder auf. »Wisst ihr, wo das gedreht worden ist?«

»Keine Ahnung«, sagte Rainer Hägele. Scheufler zuckte nur mit den Schultern. »Eigentlich ist da ja gar nichts zu sehen«, warf er ein. »Ein paar Räume in einem Haus. Wer dreht so ein Video und stellt es dann bei uns online? Mit welcher Absicht?«

»›Watching you!‹. Klingt wie eine Drohung«, sagte Thea.

»Okay. Aber was hat das mit uns zu tun? Warum auf unserer Website?«, fragte Steffen.

»Das ist die entscheidende Frage«, sagte Rainer Hägele. Die konnte jedoch keiner von ihnen beantworten. Also berieten sie, was nun zu tun war. Sollten sie die Polizei verständigen? Bis auf die Tatsache, dass ein Unbefugter in ihr System eingedrungen war, konnten sie keine Straftat erkennen, und Rainer Hägele fand es schließlich angemessener, die Polizei erst mal außen vor zu lassen. Schließlich musste die Öffentlichkeit nicht unbedingt erfahren, dass der Anzeiger gehackt worden war.

»Wir klären das erst mal intern«, entschied Rainer. »Aber wir müssen natürlich rausfinden, ob unsere Daten noch sicher sind. Kümmerst du dich darum, Steffen?«

Steffen versprach, das zu tun, gab aber gleich zu bedenken, dass seine technischen Fähigkeiten dafür nicht ausreichten und dass da ein Spezialist ranmüsse.

»Ich ruf gleich Thomas an«, sagte Rainer.

»Wer ist Thomas?«, fragte Thea.

»Der Spezialist«, antwortete Scheufler.

»Quatsch, Spezialist, ich mach das.« Das war Janina. Alle Blicke richteten sich ungläubig auf sie.

»Und wie bitte schön willst du das machen?«, fragte Steffen, der sich offenbar in seiner Ehre als bisher einziger Onlineredakteur des Anzeigers gekränkt fühlte.

»Ich geh mal davon aus, das ist Javascript, oder?«

»Höchstwahrscheinlich. Ja«, sagte Scheufler zögernd. Er schien sich aber nicht sicher zu sein.

Janina dafür umso mehr: »Also nehm ich mir den Quellcode der Seite vor, lösche den entsprechenden OnClickEventhandler und fertig ist der Lack.«

Alle waren einen Moment lang sprachlos. Die Investition in Janinas IT-Kurs schien sich gelohnt zu haben. Dann fragte Hägele an Steffen gewandt: »Irgendwelche Einwände?«

»Äh. Nö«, sagte Scheufler, der offenbar immer noch versuchte, zu begreifen, was Janina gerade von sich gegeben hatte.

»Okay. Dann schlage ich vor, Janina übernimmt die Website. Und wir machen mal Redaktionssitzung.« Alle waren einverstanden. Aber bevor Janina ans Werk ging, sagte sie noch: »Jetzt dürfte ja auch dem Letzten klar geworden sein, dass wir dringend was in Sachen IT-Sicherheit tun müssen. Ich hab mir noch mal ein paar Gedanken gemacht und finde, wir sollten TOR nutzen. Das ist einfach am sichersten.«

Alle starrten sie an wie ein Alien. Keiner sagte etwas.

»TOR? Nie gehört?« Janina blickte entsetzt in die Runde.

»TOR! Wie diese indische Gottheit, nur ohne H!« Als sich

noch immer keiner rührte, schüttelte sie ungläubig den Kopf, sagte: »Na das kann ja was werden mit euch Pflaumen«, und stapfte nach draußen.

Die Redaktionskonferenz konnte beginnen. Die Aufgabenverteilung für den Tag wurde besprochen. Steffen Scheufler würde weiter über den Mordfall in Bielafingen berichten. Die Pressekonferenz, die Daniel bereits angekündigt hatte, war auf elf Uhr angesetzt. Scheufler war anzusehen, wie wichtig er sich fühlte. Aber Thea beneidete ihn nicht. Sie würde gleich im Anschluss zu einem Ortstermin auf den Recyclinghof fahren, um sich die neuen Richtlinien für private Mischabfälle präsentieren zu lassen.

»Dann wünsche ich frohes Schaffen«, sagte Rainer und erklärte die Redaktionssitzung für beendet. Alle erhoben sich, Rainer klemmte sich seine Papiere unter den Arm und ging hinüber zu seinem Arbeitsplatz. Thea folgte ihm eilig. »Rainer! Hast Du mal 'ne Minute?«

»Eigentlich nicht.«

»Bitte, ganz kurz.«

»Worum geht's denn?« Er ließ sich in seinen Bürostuhl fallen. Das Gestänge ächzte. Thea holte ihr Handy aus der Tasche und zeigte ihm Bennis Schwarz-Weiß-Bilder, zunächst das des Einfamilienhauses. Rainer blickte mit gerunzelter Stirn auf das Display. »Was soll das?«, fragte er schließlich. »Willst du dir 'ne Immobilie anschaffen?«

Offenbar konnte er mit dem Foto nichts anfangen. Thea zeigte ihm das nächste, das vom Waldparkplatz. Aber Rainer zuckte ratlos mit den Schultern.

»Was sind denn das für Fotos? Da ist ja überhaupt nix drauf.«

»Fällt dir zu den Motiven irgendwas ein?«, hakte Thea nach.

»Was soll mir dazu einfallen? Außerdem sind das keine Motive.«

Okay, dachte Thea, einen Versuch war's wert gewesen.

»Alles klar, Rainer, das war's schon. Vielen Dank.«

Rainer sah sie ungläubig an. »Was ist denn heute los?«, fragte er. Da klingelte Theas Handy. Es war Daniel. Er sagte, er habe noch ein paar Fragen an sie, und wollte wissen, ob sie sich gleich bei der Pressekonferenz sehen würden. Thea war verblüfft. »Nein«, sagte sie, »du weißt doch, dass ich damit nichts mehr zu tun habe. Mein Kollege kommt vorbei. Ich fahr zum Recyclinghof, wegen der neuen Richtlinien ... private Mischabfälle ... du weißt schon.« Aus den Augenwinkeln registrierte sie, dass Rainer sie genau beobachtete.

»Ich hätte aber gern, dass du herkommst«, sagte Daniel bestimmt.

»Worum geht's denn?«

»Das muss ich dir persönlich sagen.«

»Na ja ...« Hilflos sah sich Thea nach Rainer um. »Ich schau mal, was ich machen kann.«

»Danke, Thea. Dann bis nachher.« Daniel legte auf.

»Was?«, fragte Rainer. In dem Moment trat Steffen Scheufler zu ihnen. »Ich pack's dann mal«, sagte er.

»Daniel Seiler möchte, dass ich zur Pressekonferenz komme«, sagte Thea.

»Wir sind hier nicht beim Wunschkonzert«, schnaubte Rainer.

»Was denn jetzt?« Steffen war sichtlich empört.

»Wir könnten ja zusammen gehen«, schlug Thea vor. Aber Rainer sagte: »So weit kommt's noch!«

»Heißt das jetzt, ich fahr zum Recyclinghof, oder was?«, fragte Steffen Scheufler, und als Rainer nicht schnell genug widersprach, sagte er: »Mal ehrlich, Leute, dass ist doch alles völlig unseriös. Unter diesen Umständen ist qualitativ hochwertige Journalismus nicht machbar.« Er sagte, er habe sich nun mühsam in den Fall Jürgen Degener eingearbeitet und durch Hintergrundrecherchen endlich das Koordinatensystem zur Hand, das ihm überhaupt erst ermögliche, das Geschehen einzuordnen, und jetzt …

»Du fährst zum Recyclinghof«, unterbrach ihn Rainer, »und Thea geht zur Pressekonferenz. Wenn der ermittelnde Kommissar das so will, dann wird das so gemacht. Basta. Schließlich wollen wir auch weiterhin gut mit der Polizei zusammenarbeiten.«

Steffen Scheufler schien zutiefst verletzt zu sein. Wortlos drehte er sich um und verließ den Raum.

»Eieiei«, sagte Thea, die sich irgendwie schuldig fühlte.

»Hoffentlich vergisst er sein Koordinatensystem nicht«, knurrte Rainer. »Mach dir keinen Kopf, Thea, der beruhigt sich wieder.«

Post by amanschlag at 8:34 am

Die Lügenpresse und Charlie Hebdo. Das sagt der renommierte Journalist Walter van Rossum im Interview mit Jens Wernicke von den Nachdenkseiten dazu:

»Wenn am 7. Januar in Paris zwei vermummte Typen mit MP aus dem Auto springen, ›Allah Akbar!‹ oder Ähnliches brüllen und anschließend eine ganze Zeitungsredaktion niedermetzeln, dann müsste jeder Qualitätsjournalismus mit der Feststellung beginnen, dass die Täter ganz offenbar Islamisten darstellen wollten – was zugleich heißt, dass es auch Täter gewesen sein könnten, die genau diesen Eindruck erwecken wollten ohne deswegen zwingend auch Islamisten zu sein. Denn selbst wenig reflektierte Kollegen sollten allmählich verstanden haben, dass gewisse Sachen nur geschehen, um einen bestimmten Anschein zu erwecken: ob das verkleidete deutsche Soldaten am 1. September 1939 in Polen waren oder ob es sich um kuwaitische Babys handelt, die von der irakischen Soldateska angeblich aus den Brutkästen gerissen und dann getötet worden sind. Oder ob es eine vietnamesische Dschunke betrifft, die eine amerikanische Fregatte im Golf von Tonkin angegriffen hat. Dass journalistische Qualität die Instrumentalisierung der Öffentlichkeit verhindern und nicht erst ermöglichen sollte, das ist eigentlich so trivial, dass man es kaum auszusprechen wagt. Leider muss man es aber.«

Wer weiterlesen möchte: http://www.nachdenkseiten.de/?p=24698

Post by misteryöz at 9:32 am

»Dass journalistische Qualität die Instrumentalisierung der Öffentlichkeit verhindern und nicht erst ermöglichen sollte«

Ausschneiden und jeder Pressehure über den Schreibtisch hängen!

Post by gerhardboeden at 3.36 pm

Hier ein Artikel zur Instrumentalisierung der Anschläge von Paris:

»Nach den Anschlägen in Paris werden wie nach 9/11 weitreichende Grundrechtseingriffe durchgepeitscht.«

»Die nun im Eiltempo durchgedrückten Maßnahmen haben eine ähnliche Dimension wie die »Anti-Terror-Gesetze« nach dem 11. September 2001. Mittlerweile ist das ganze Ausmaß von Gesetzesänderungen, Datensammlungen und neuen Zusammenarbeitsformen sichtbar geworden. Die meisten bewegen sich in einer rechtlichen Grauzone:«

Es folgt eine Auflistung aller Maßnahmen. Hier geht's zum Artikel (»Die neuen europäischen Überwachungsmaßnahmen« von Mathias Monroy): http://www.heise.de/tp/artikel/44/440 13/1.html

Unbedingt lesen. Es ist bestürzend!

Post by nanotermite at 4:47 pm

Und wo bitte kann man das in den Mainstreammedien nachlesen???

VI

Obwohl die Pressekonferenz vom Besprechungszimmer unter dem Dach in den größten Raum verlegt worden war, den das Polizeipräsidium Wartenburg zu bieten hatte, musste Thea lange suchen, um noch einen Platz zu bekommen. Der Andrang überraschte und verwirrte sie. Der SWR hatte ein Fernsehteam geschickt, RTL ebenfalls. Außerdem schienen nicht nur sämtliche regionalen, sondern auch die meisten überregionalen Tageszeitungen vertreten zu sein. Überall im Raum wurden geistvolle Köpfe so dicht zusammengesteckt, dass Thea fürchtete, die Hornbrillen könnten sich verhaken. Die Stimmen waren gedämpft, die Farben der Sakkos gedeckt und die Luft stickig. Vermutlich weil die angereisten Alphajournalisten achtzig Prozent des zur Verfügung stehenden Sauerstoffs für sich beanspruchten. Hier waren die Meinungsmacher bei der Arbeit. Thea fühlte sich eingeschüchtert. Was hatte sie, die Lokalreporterin mit der halben Stelle, unter all diesen Medienprofis verloren? Sie versuchte, sich möglichst unbemerkt an den Kollegenkörpern vorbeizudrücken, doch schon nach wenigen Metern hatte sie das Gefühl, dass die Gespräche verstummten und sich alle Blicke auf sie richteten. Logisch. Wie hatte sie auch nur einen Moment lang glauben können, dass sie, eine der wenigen Frauen im Raum, noch dazu mit Motörhead-Augenklappe, nicht wahrgenommen werden würde? Je mehr sie sich beobachtet fühlte, desto unsicherer wurde sie, und noch immer schien der einzige freie Stuhl in unerreichbarer Ferne zu sein.

Sie war froh, als Daniel und Staatsanwältin Tanja Urban endlich den Raum betraten und die Aufmerksamkeit auf sich zogen. Alle nahmen ihre Plätze ein. Daniel und die Staatsanwältin hießen die Medienvertreter willkommen. Wer Daniel nicht so gut kannte, musste seinen Auftritt als routiniert empfinden. Thea aber bemerkte sofort, dass er nervös war. Auch für ihn war das große Medieninteresse ungewohnt. Nachdem die Staatsanwältin – Kostüm, Perlenohrringe, eingefrorenes Lächeln – mit rauer Whiskeystimme, die so gar nicht zu ihrem unterkühlten Wesen passte, eine paar allgemeine Sätze über das »Tötungsdelikt zum Nachteil des Jürgen Degener« gesagt hatte, gab sie das Wort an Daniel weiter.

Der Besuch bei ihrem Vater und Bennis Verschwinden hatten das Wochenende über ihre Aufmerksamkeit so sehr beansprucht, dass sie die Ereignisse in Bielafingen erfolgreich hatte verdrängen können. Aber die ersten Minuten von Daniels Ausführungen reichten aus, um ihr die schrecklichen Bilder vom vergangenen Freitag wieder vor Augen zu führen. Daniel referierte zunächst die Ergebnisse, die die Obduktion gebracht hatte. Degener war – Überraschung! – tatsächlich an den Folgen einer der schweren Stichverletzungen gestorben.

»Der Täter oder die Täterin hat mehrfach zugestochen beziehungsweise zugeschlagen«, fasste er den Tathergang zusammen.

Thea musste unwillkürlich daran denken, wie es in dem Haus in Bielafingen ausgesehen hatte, und sie fröstelte. Das viele Blut überall, die abgeschlagene Hand, der zerfetzte Körper, auf den offenbar blindwütig eingedroschen worden war – das alles sah nicht nach einem kaltblütigen Mörder aus, der seine Tat von langer Hand geplant hatte. Eher nach einem Verrückten, der in sinnlosem Hass wieder und wieder zugestochen hatte. Das konnte aber auch daran liegen, dass der Täter offenbar keine Übung im Umgang mit der Waffe gehabt hatte, wie Daniel jetzt ausführte. Einige Schläge waren abgeglitten und hatten nur Streifwunden hinterlassen. Andererseits waren sie mit großer Wucht ausgeführt worden. Davon zeugte auch die abgetrennte Hand: Vermutlich hatte sich Degener instinktiv schützen und den Schlag mit dem Arm abfangen wollen.

Degener hatte nicht nur eine große Sammlung von Stichwaffen in seinem Haus aufbewahrt. Darüber hinaus hatte man diverse nicht registrierte Schusswaffen im Keller des Hauses sicherstellen können, die laut Gutachten höchstwahrscheinlich aus dem ehemaligen Jugoslawien nach Deutschland geschmuggelt worden waren. Da war sie wieder, die enge Verbindung nach Kroatien. Alles deutete darauf hin, dass Degener tatsächlich im Bürgerkrieg gekämpft und bei der Gelegenheit gewisse Geschäftskontakte geknüpft hatte.

Aber das war erst der Anfang. Offensichtlich war am Wochenende eine Menge passiert, wovon Thea nichts mitbekommen hatte. Die nachbarschaftliche Kontrolle in Bielafingen funktionierte erwartungsgemäß gut: Aufgrund von Zeugenaussagen hatte man vier Männer identifizieren können, die Degener ein paar Tage zuvor besucht hatten, darunter ein Franzose und ein Kroate.

Thea horchte auf. Das klang doch sehr nach den alten HOS-Kampfgefährten. Sollten diese Männer tatsächlich in Bielafingen gewesen sein?

Daniel fuhr fort: »Diese Männer sind gestern gegen siebzehn Uhr von unseren polnischen Kollegen am Grenzübergang Korczowa aufgegriffen worden. Sie waren wohl auf dem Weg in die Ukraine und werden derzeit vor Ort befragt.« Er äußerte ein paar lobende Worte zur guten Zusammenarbeit zwischen polnischer und deutscher Polizei und sagte, dass es das von seiner Seite gewesen sei. »Gibt es Fragen?«

Allerdings, fand Thea, aber wie sie feststellte, war sie nicht die Einzige. Kaum hatte Daniel seine Ausführungen beendet, wurde er mit Fragen nur so bombardiert. Welche Motive für den Mord konnte es geben? Hatte man Spuren im Haus gefunden, die den Verdacht gegen die Männer erhärteten? Bitte noch mehr Informationen zu den Männern, die in Polen verhört wurden! Gab es Fingerabdrücke auf der Tatwaffe?

Daniel tauschte einen schnellen Blick mit Staatsanwältin Urban, die prompt das Wort ergriff. »Dazu können wir uns aus ermittlungstaktischen Gründen derzeit nicht detaillierter äußern«, sagte sie mit ihrer rauen Stimme, »wir bitten um Ihr Verständnis.«

Da erhob sich einer der Alphajournalisten von der Hornbrillen-Sakko-Fraktion und sagte mit leiser und dennoch eindringlicher Stimme: »Nach unseren Recherchen handelt es sich bei einem der in Polen abgefangenen Männern um einen gewissen Raymond Leroux, einen ehemaligen HOS-Kämpfer, der rechtsextreme Freiwillige an das Regiment Asow vermittelt, das derzeit in der Ukraine gegen die russischen Separatisten kämpft.« Es war ganz still im Raum. Alle lauschten gespannt, als der Journalist weitersprach: »Welche Erkenntnisse haben Sie zu den Beziehungen zwischen Degener und Leroux?«

Schau an, dachte Thea, da hatte einer offenbar in dieselbe Richtung recherchiert.

Staatsanwältin Urban sagte wieder ihren Spruch von den ermittlungstaktischen Gründen auf und bat ein weiteres Mal um Verständnis. Aber jetzt gab es kein Halten mehr: »Ist es richtig, dass es sich bei Jürgen Degener um einen amtsbekannten Rechtsextremen mit internationalen Kontakten handelt?«, fragte ein kleiner, schmaler Herr und rückte sich nervös die Brille zurecht.

Daniel bemühte sich klarzustellen, dass es an dieser Stelle nicht um Degeners politische Gesinnung gehe, sondern darum, einen Mord aufzuklären. Jetzt brachen alle Dämme. »Hat die Polizei mal wieder die Gefahren von rechts unterschätzt?« Das kam von einem jungen Mann mit Karohemd und Wichtigtuerbart, halb so alt wie Thea, aber dreimal so selbstbewusst. »Es sieht doch ganz danach aus, als hätten wir es wieder mal mit einem rechten Netzwerk in der Region zu tun.«

Und plötzlich verstand Thea das große Medieninteresse an dem Fall. Man witterte einen neuen Skandal. Seitdem der parlamentarische Untersuchungsausschuss in Stuttgart die NSU-Verstrickungen im Land untersuchte, stand plötzlich die gesamte Polizei Baden-Württembergs unter Generalverdacht.

Thea konnte Daniel ansehen, wie er innerlich aufstöhnte. Nach außen hin blieb er aber ruhig und sagte: »Wir haben keinerlei Hinweise auf ein rechtes Netzwerk.«

Thea musste an das brennende Kreuz vor dem Flüchtlingswohnheim denken und fand, dass das unter diesen Umständen eine gewagte Behauptung war. Und auch der junge Reporter hakte nach.

»Was macht Sie da so sicher? Immerhin hat der Tote Waffen gebunkert. Ich gehe mal davon aus, dass hat er die nicht nur für sich gesammelt hat.«

»Eher für seine Kampfgenossen in der Ukraine!«, rief der schmale Herr.

»Es gab Kontakte vonseiten Degeners in den Bereich der organisierten Kriminalität. Davon sind sicher einige dem rechtsextremen Spektrum zuzuordnen. Aber dabei handelt es sich um Einzelpersonen. Ich würde hier nicht von einem Netzwerk sprechen.«

Aber der junge Mann mit dem Wichtigtuerbart ließ nicht locker: »Und was ist mit dieser Söldnertruppe um Leroux? Ist das etwa kein rechtsextremes Netzwerk?«

Offenbar war er entschlossen, Daniel ins Kreuzverhör zu nehmen. Der aber ließ sich nicht provozieren. »Noch einmal«, sagte er, »wir untersuchen hier nicht Degeners politische Ansichten, sondern seinen gewaltsamen Tod. Nur um das klarzustellen: Degener ist nicht der Beschuldigte, sondern der Geschädigte. Und wir wissen derzeit noch nicht, ob seine Verbindungen ins rechte Spektrum irgendetwas mit seinem Tod zu tun haben. Mehr kann ich Ihnen dazu im Moment nicht sagen, solange wir diesen Sachverhalt noch nicht ausermittelt haben.«

Hör mal einer an, dachte Thea erstaunt. Er hat eine andere Spur. Hundertprozentig. Sonst hätte er sich in diesem Punkt nicht so klar geäußert. Daniel war Profi genug, um zu wissen, wie schnell die Polizei in den Verdacht geriet, Spuren ins rechte Milieu nicht konsequent genug zu verfolgen. Wenn er sich hier so klar gegen einen Verdacht in Richtung rechtes Netzwerk in Stellung brachte, dann konnte das nur bedeuten, dass seine Ermittlungen in Wirklichkeit in eine ganz andere Richtung liefen.

Die restlichen Fragen betrafen Details, die Thea alle schon bekannt waren. Sie warf einen Blick auf die Uhr. Schon fast zwölf. Mist. Wenn die weiter so viel fragten, würde sie Bennis Exfreundin Julia Werner wohl nicht mehr in der Schule antreffen. Endlich waren alle Fragen beantwortet, und die Meute drängelte und schob sich in Richtung Ausgang, bis auf ein paar Pressefotografen, die zum Abschluss noch ein paar Bilder von den verantwortlichen Ermittlern schossen. Als auch das erledigt war, trat Daniel zu Thea. »Danke, dass du gekommen bist.«

»Gratuliere. Gelungene Vorstellung.« Sie schenkte ihm ein Lächeln. »Worum geht's denn?«

»Ich glaube, du könntest Informationen für mich haben, von denen du gar nicht weißt, dass sie für mich wichtig sind.«

Inzwischen hatten alle Presseleute den Raum verlassen. Das Stimmengewirr war leiser geworden und drang bloß noch als leises Hintergrundrauschen, wie das Summen eines Mückenschwarms, zu ihnen. Nur Staatsanwältin Urban war noch im Raum und verstaute ihren Laptop in einer Aktentasche. Daniel deutete auf die frei gewordenen Stuhlreihen. »Wollen wir uns setzen?«

Sie nahmen Platz, und Thea verspürte eine gewisse Genugtuung gegenüber all den Alphajournalisten, die sie jetzt garantiert um ihr exklusives Vieraugengespräch mit dem ermittelnden Kriminalhauptkommissar Seiler beneideten. Dreiaugengespräch, korrigierte sie sich, was die Genugtuung wieder ein Stück weit relativierte. Dann fragte Daniel: »Du warst am Samstag im Wohnheim in Haidthausen?«

Woher zum Teufel wusste er das schon wieder? Was für eine unsinnige Frage. Sie war in Wartenburg, wo immer alle alles voneinander wussten. Es wurde allmählich Zeit, dass sie sich daran gewöhnte.

»Du hast mit den Flüchtlingen gesprochen. Hast du da irgendetwas gehört, was du uns mitteilen müsstest?«

Thea runzelte die Stirn. »Ich denke, *du* leitest die Mordermittlung? Was hat die Haidthausen-Geschichte damit zu tun?«

Daniel tauschte einen schnellen Blick mit der Staatsanwältin. Die nickte leicht, wie um Daniel ihr Okay zu geben. Dann wandte auch sie sich zum Gehen.

»Pass auf, Thea, was ich dir jetzt erzähle, muss absolut unter uns bleiben.«

»Weißt du, wie oft ich das in letzter Zeit zu hören gekriegt habe?« Und am Ende wissen doch immer alle alles, dachte sie bitter. Aber Diskretion einzufordern gehörte offenbar zum Ritual.

»Wir vermuten, dass Degener an der Kreuzverbrennung beteiligt war.«

»Ist das ein Verdacht?«, fragte Thea überrascht. »Oder habt ihr dafür Beweise?«

»Die Obduktion hat ergeben, dass Degener Reste eines Brandbeschleunigers an den Händen hatte. Identisch mit dem, der auch in Haidthausen verwendet wurde.«

Thea brauchte einen Moment, um diese Information zu verarbeiten. »Das heißt, ... Degener war am Abend in Haidthausen, hat das Kreuz angezündet – und ist anschließend umgebracht worden.« Sie hatte also recht gehabt. Während er die Presse eifrig mit Fakten zu den Ukrainesöldnern gefüttert hatte, verfolgte Daniel daneben noch eine ganz andere Spur, die damit nichts zu tun hatte und von der die Öffentlichkeit nichts wissen sollte.

»Ich fasse mal zusammen, was wir bis jetzt wissen. Punkt eins: Mit an Sicherheit grenzender Wahrscheinlichkeit war Degener bei der Kreuzverbrennung dabei. Punkt zwei: Er war nicht allein.«

»Wisst ihr, wer die anderen waren?«

»Wir haben eine Reihe von Hinweisen, denen wir zurzeit nachgehen.«

Sie wussten es also noch nicht. Thea überlegte fieberhaft. War es möglich, dass Degener und Benni einander gekannt hatten? Doch sie kam nicht dazu, den Gedanken weiterzuspinnen, denn Daniel fuhr bereits fort: »Auf der Wiese hinter dem Wohnheim hat es einen Kampf gegeben. Die Spurenlage ist eindeutig. Mindestens sechs, vielleicht sogar mehr Personen. Wir gehen deshalb davon aus, dass Degener und seine Komplizen von Leuten aus dem Wohnheim entdeckt und gestellt worden sind.«

»Aber Degener ist doch eindeutig mit dem Schwert getötet worden?«

»Ich spreche ja auch nur von einer Prügelei. Mehr ist da auf der Wiese erst mal nicht passiert.«

»Aber trotzdem«, versuchte Thea die verschiedenen Fakten zusammenzuführen, »haltet ihr es für möglich, dass jemand aus dem Flüchtlingsheim Degener später umgebracht hat? Erst stellen sie Degener und verprügeln ihn. Dann flüchtet er, und sie folgen ihm in sein Haus, wo sie zur Waffe greifen und ihn töten.«

»Zumindest wäre das ein klares Motiv. Und es deutet ja auch einiges am Tatverlauf auf einen Racheakt hin.«

Thea schüttelte den Kopf. »Das kann ich mir nicht vorstellen.« Doch wenn sie an die fünf Männer vor dem Flüchtlingsheim dachte, an die selbst ernannte Bürgerwehr, war sie sich nicht sicher. Daniel spürte das. Er hakte so lange nach, bis sie ihm von ihrer Beobachtung erzählte. Daniel hörte zu, ließ sich die Männer beschreiben und machte sich Notizen. »Vielen Dank«, sagte er schließlich, »und warum warst du eigentlich dort?«

»Wo?«

»Na am Flüchtlingswohnheim?«

»Ach so, das … das war rein beruflich.«

Daniel blickte sie misstrauisch an. Er glaubte ihr nicht. Und er hatte recht, aber es half ja nichts, die Benni-Geschichte konnte sie ihm nicht erzählen. Plötzlich kam ihr ein Gedanke, und sie sagte: »Ihr habt doch keine Fingerabdrücke auf dem Schwert gefunden.«

»Ja, das ist so.«

»Und das würde bedeuten, dass es keine Affekttat war.«

»Auf jeden Fall muss der Umstand geklärt werden, warum wir keine Fingerabdrücke gefunden haben.«

»Aber wenn es die Flüchtlinge waren«, verfolgte Thea ihren Gedanken weiter, »dann wäre das doch eine klassische Affekttat. Man hat sich geprügelt, und das Ganze ist eskaliert. Oder glaubst du, die Flüchtlinge haben sich erst Handschuhe übergezogen, bevor sie zugestochen haben?«

»Du hast recht«, sagte Daniel, »das klingt nicht sehr plausibel. Aber es ist eine Spur, der wir nachgehen müssen.«

»Klar«, sagte Thea.

»Jedenfalls danke, dass du dir Zeit genommen hast. Du weißt, dass ich deine analytische Denkweise schätze.«

Thea sah Daniel misstrauisch an. Meinte er das ernst? »Ist mir ehrlich gesagt neu. Das letzte Mal hatte ich nicht den Eindruck, dass du besonders scharf auf meine Mitarbeit warst.«

Daniel grinste und sagte: »Lass es mich so formulieren: Ich schätze deine analytische Denkweise sehr, solange du mir nicht ohne Sinn und Verstand durch meine Tatorte stolperst.«

Das Sophie-Scholl-Gymnasium lag auf der Südseite des Flusses, am Rande des Gewerbegebietes, in das es sich optisch nahtlos einfügte. Der flache Betonbau aus den Siebzigerjahren kauerte wie ein lang gestreckter Bunker an dem steilen Hang. Eine breite Treppe führte von der Hauptstraße hinauf zum Eingang. Thea konnte sich noch gut daran erinnern, wie es sich angefühlt hatte, Morgen für Morgen hier hinaufzusteigen. Selbst jetzt noch, so viele Jahre später, stellte sie erstaunt fest, dass sich der Druck auf ihren Magen von Stufe zu Stufe verstärkte.

Sie hatte eben das Gebäude betreten – es roch wie früher, auch der rostbraune Fußbodenbelag schien noch derselbe zu sein –, als die Pausenklingel ertönte. Die Türen rechts und links wurden aufgestoßen, und eine aufgeregte Schülermasse brandete über den eben noch ausgestorbenen Flur. Wie um Himmels willen sollte sie hier Julia Werner finden?

Die Schüler strebten dem Innenhof zu, und da Thea nichts Besseres einfiel, folgte sie ihnen. Drei Mädchen, so um die zwölf Jahre alt, gingen neben ihr her. Plötzlich rammten sie einander die Ellbogen in die Rippen, tuschelten und kicherten. Sie hatten die Augenklappe entdeckt. Die Erkenntnis, dass über sie gelacht wurde, traf Thea mehr, als sie vermutet hätte. Vielleicht lag es am Schulgebäude, an seinem Geruch, an der Farbe des Fußbodens und den damit verbundenen Erinnerungen, dass es den Mädchen gelang, Thea derart zu verunsichern. Sie war die mit der Augenklappe. Die Außenseiterin. Sie blieb stehen. Die drei Mädchen wandten jetzt die Köpfe nach ihr um. Sie betrachteten Thea wie ein exotisches Reptil, unentschlossen, ob sie fasziniert oder abgestoßen sein sollten. Ein paar Sekunden lang suhlte sich Thea im Selbstmitleid. Es fühlte sich nicht mal schlecht an, doch dann kam die Wut, und das war deutlich besser.

»Mädels! Wartet mal kurz!«, rief sie und ging den dreien nach. Sie waren stehen geblieben und sahen Thea, die sich vor ihnen aufbaute, unsicher an.

»Ihr hattet euren Spaß«, sagte Thea, »jetzt hab ich was gut bei euch, oder?«

»Hä?« Die kleinste der drei, blonde strähnige Haare, Pfannkuchengesicht, sah sie herausfordernd an.

»Kennt jemand von euch Julia Werner aus der Elften?«

Das größte Mädchen nickte schüchtern, aber bevor es antworten konnte, verschränkte der Pfannkuchen die Arme vor der Brust und sagte: »Und wenn?«

»Dann wäre es super, wenn ihr mir sagen könntet, wo ich sie finde.«

Der Pfannkuchen wechselte einen Blick mit den anderen beiden. Er schien sich von Minute zu Minute überlegener zu fühlen. »Okay«, sagte er, »aber nur, wenn Sie uns verraten, was mit Ihrem Auge los ist.«

Sie wollten Krawall. Sollten sie haben.

»Ich erzähle es euch«, sagte Thea und beugte sich zu den Mädels hinunter, die sie gespannt ansahen. »Ich bin selbst hier zur Schule gegangen. Ich war ziemlich genau in eurem Alter, als eines Tages, etwa um diese Zeit …« Thea tat so, als versuchte sie sich zu orientieren. »Etwa hier … nein, sogar *genau* hier, wo wir jetzt stehen. Hier stand ich damals mit zwei Freundinnen.« Thea machte eine Pause. Die Mädels hingen an ihren Lippen. »Da kam eine fremde Frau den Gang entlang auf uns zu. Keine Lehrerin. Wir hatten sie hier noch nie gesehen. Sie kam von außerhalb und sah irgendwie behindert aus. Wir haben über sie gelacht und getuschelt. Dann hat sie uns angesprochen, hat sich ein bisschen vorgebeugt, wie ich jetzt, und plötzlich schoss ihre Hand auf mich zu, und sie riss mir mit ihren spitzen Fingernägeln das Auge aus dem Gesicht.«

Die Mädels sahen sie fassungslos an. »Boah, scheiße«, flüsterte die Mittlere schließlich, »und dann?«

»Dann hat sie das Auge in ihre Handtasche gesteckt und ist gegangen. Zeigt ihr mir jetzt bitte, wo ich Julia Werner finde?«

Thea ließ den Blick über die verstörten Gesichter der Mädels schweifen und war sehr zufrieden mit sich.

»Na, wie sieht's aus?«

»Julia ist wahrscheinlich auf dem Hof«, sagte das größte Mädchen mit kaum hörbarer Stimme.

»Dann lass uns doch mal nachsehen.« Thea lächelte dem Mädchen unternehmungslustig zu. Widerstrebend folgte es ihr in Richtung Hof, ängstlich darauf bedacht, genügend Abstand zu halten. Die beiden anderen blieben zurück, froh, noch einmal davongekommen zu sein.

Der Hof hatte sich verändert, sehr zu seinem Vorteil. Die bedauernswerten Krüppelbäumchen, die zu Theas Zeiten gepflanzt worden waren, hatten sich zu stattlichen Kastanien entwickelt, deren Kronen das Schulgebäude überragten und dem Bunkerbau viel von seinem Schrecken nahmen. Verdammt, dachte Thea, während sie am Baumstamm entlang nach oben schaute, wo sich bereits die ersten Blüten entfaltet hatten, bin ich wirklich schon so alt? Sie erinnerte sich daran, wie der damalige Hausmeister mit dem Klumpfuß, Wenderoth hatte er geheißen, die zarten Kastanienpflänzchen mit grobem Seil an selbst gezimmerten Holzverschalungen festgebunden hatte, mit denen er die Pflanzen vor dem Zugriff bösartiger Schüler zu schützen versuchte. Die Kastanienbäumchen hatten ausgesehen wie zum Tode Verurteilte, denen der Strick bereits um den Hals gelegt worden war, und den grauen Schulhof noch trister erscheinen lassen. Aber offensichtlich war Herrn Wenderoths Maßnahme erfolgreich gewesen.

»Dahinten steht sie«, sagte das Mädchen und zeigte auf eine hübsche junge Frau mit blonden Locken, die eine braune Lederjacke trug. »Das ist Julia Werner.«

»Super. Wie heißt du eigentlich?«

»Josefine.«

»Danke, Josefine. Ich bin Thea.«

Josefine blickte sie prüfend an. Dann sagte sie: »Das mit der fremden Frau und dem Auge, das war Quatsch, oder?«

»Ja«, sagte Thea. »Ich geh dann mal zu Julia.«

»Alles klar«, sagte Josefine, drehte sich um und ging zurück zu ihren Freundinnen. Julia war in ein intensives Gespräch mit einem jungen Mann verwickelt. Wie so oft in diesem Alter schien es um Leben und Tod zu gehen, und Thea tat es beinahe leid, die beiden stören zu müssen.

»Julia? Julia Werner?«, sagte sie und streckte ihr die Hand entgegen. »Ich bin Thea Dombrowski vom Anzeiger. Können wir kurz reden?«

Während Julia Theas Hand schüttelte und ziemlich überrumpelt dabei aussah, überlegte Thea fieberhaft, ob sie Julia duzen oder siezen sollte. Sie hatte keine Erfahrung mit Menschen zwischen Kindheit und Erwachsensein. Kurzerhand entschied sie sich für die Mischform: »Julia« und »Sie«.

»Worum geht's denn?«, fragte Julia, nachdem sich ihr Gesprächspartner zurückgezogen hatte.

»Um Benni Ullreich.«

Julia legte die Stirn in Falten, was ihr gut stand.

»Was ist mit Benni?«

»Er ist seit ein paar Tagen verschwunden. Seine Mutter hat keine Ahnung, wo er sein könnte. Sie hat … unter uns gesagt, ich habe das Gefühl, sie weiß überhaupt nicht, was ihr Sohn so treibt. Sie weiß nicht, was er für Freunde hat, mit wem er seine Zeit verbringt. Sie konnte mir nur sagen, dass Sie und er …«

»Wir waren mal zusammen, ja. Ist aber schon eine Weile her.«

»Ich weiß.«

»Und was haben Sie mit Benni zu tun? Schreiben Sie was über ihn? Für den Anzeiger?«

»Nein. Ich bin privat hier. Die Ullreichs sind unsere Nachbarn. Ich versuche nur zu helfen. Bennis Mutter ist total verzweifelt, wie Sie sich wahrscheinlich vorstellen können.«

»Sie dürfen gern Du sagen.«

»Danke. Alles klar.«

»Wie lange ist er denn schon weg?«

»Drei Tage.«

Julia sah sie schweigend an. Wenn Thea ihren Blick richtig deutete, wirkte sie beunruhigt.

»Ich hatte gehofft, du hast vielleicht eine Idee, wo Benni sein könnte.«

Julia hob die Schultern, als wollte sie ihren Kopf einziehen, und senkte sie gleich darauf wieder. »Ich hab seit einem halben Jahr überhaupt keinen Kontakt mehr zu ihm.«

Thea meinte, Bedauern herauszuhören.

»Aber du weißt doch sicher, mit wem er zu tun hat.«

»Allerdings.« Das klang fast ein wenig verächtlich. »Einer davon beobachtet uns schon die ganze Zeit.« Julia machte eine Kopfbewegung in Richtung eines Jungen, der etwa zwanzig

Meter entfernt auf der Treppe zu einem der Nebeneingänge saß. Er trug ein rotes Basecap, weiße Turnschuhe und eine Angeberlederjacke, die die Tatsache, dass er ein schmächtiges Kerlchen war, nicht zu kaschieren vermochte.

»Wer ist das?«

»Max. Mein Jahrgang. Wir machen nächstes Jahr zusammen Abi.«

»Hat er auch einen Nachnamen?«

»Herrmann.«

Thea überlegte, aber der Name Herrmann sagte ihr nichts. Der Junge hatte sein Basecap tief ins Gesicht gezogen, sodass Thea seine Augen nicht sehen konnte. Er schien einen Fleck auf seinen Turnschuhen entdeckt zu haben, den er nun mit dem Daumen bearbeitete. Thea wandte sich wieder Julia zu. »Du meinst, er könnte wissen, wo Benni steckt?«

Wieder das verlangsamte Achselzucken, das mehr ein Kopfeinziehen war. »Denke schon. Er gehört jedenfalls zu der Clique.«

»Was für eine Clique?«

»Na ihr Geheimbund oder was das ist. Irgend so 'ne Jungskacke.« Da ertönte die Schulglocke.

»Ich hab gleich Mathe«, sagte Julia. »Ich muss noch mal in meinen Ordner gucken.«

»Kann ich dich vielleicht noch mal anrufen?«, fragte Thea. Julia zögerte, doch dann zog sie einen Stift aus der Innentasche ihrer Jacke. »Haben Sie ein Stück Papier?«

Nach einigem Suchen fand Thea in ihrer Jackentasche eine alte Tankquittung. Während Julia ihre Handynummer darauf notierte, blickte sich Thea nach Max um, aber der war verschwunden. Mist. Julia gab ihr die Tankquittung mit ihrer Handynummer darauf zurück.

»Danke«, sagte Thea. »Weißt du vielleicht, wo Max wohnt?«

»Nee. Ich glaube, in irgendeinem Kaff im Umland. Ich hab mit dem nix zu tun.«

»Du magst ihn nicht besonders?«

Wieder verschwand Julias Kopf zwischen ihren Schultern. »Ich hab einfach nix mit ihm zu tun.« Die Schultern senkten sich und ließen den Kopf frei. »Ich muss jetzt echt …«

»Klar«, sagte Thea, »ich melde mich bestimmt noch mal.« Sie wedelte mit der Tankquittung in der Luft herum. Julia tippte sich grüßend an die Stirn und ging auf das Gebäude zu, doch nach zwei Schritten kehrte sie noch mal um und zeigte unauffällig auf einen groß gewachsenen Mann um die vierzig, der am Eingang des Schulgebäudes stand und mit den Schülern scherzte, die ins Innere des Gebäudes strömten.

»Das ist der Friese«, sagte Julia. »Deutsch und Geschichte. Bei dem hat Benni Abi gemacht. Sie waren ziemlich dicke. Vielleicht weiß der ja was.«

»Danke«, sagte Thea und sah Julia nach, die im Schulgebäude verschwand. Sympathisches Mädchen. Warum sich Benni wohl von ihr getrennt hatte?

»Tag. Darf ich mal fragen, was Sie hier machen?«

Thea fuhr herum. Vor ihr stand Herr Friese. Schlank, dunkle Locken, Dreitagebart. Ein gut aussehender Mann. Aber ein misstrauischer.

»Fall Sie nicht zu einem unserer Schüler gehören, muss ich Sie bitten, das Gelände zu verlassen.«

»Das passt ja! Mit Ihnen wollte ich sprechen!« Thea strahlte Herrn Friese an.

»Mit mir?« Er wirkte ziemlich verwirrt.

»Es geht um Benni Ullreich. Ich bin seine Nachbarin.« Thea erzählte ihm die gleiche Geschichte wie Julia. Herr Friese hörte interessiert zu, dann sah er auf seine Armbanduhr und sagte: »Es tut mir leid, aber ich habe gleich Unterricht. Aber wenn Sie wollen, können wir das Gespräch gern heute Nachmittag fortsetzen.« Er kramte ein Portemonnaie aus seiner Hosentasche und reichte Thea eine Visitenkarte. »Ab fünfzehn Uhr bin ich zu Hause. Kommen Sie einfach vorbei.«

Thea bedankte sich und steckte die Visitenkarte ein. Sie verabschiedeten sich, und Thea ging durch das Schulgebäude zurück zum Haupteingang. Das war wieder ausgestorben, und als Thea die Tür mit der verkratzen Glasscheibe aufschob, hatte sie gute Laune. Wie früher, als sie nach Schulschluss endlich das Gebäude verlassen durfte. Sie zündete sich eine Zigarette an und ging die Treppe hinunter zu ihrem Auto.

Zurück im Wagen, schaltete sie ihr Handy ein. Elf Anrufe in Abwesenheit. Alle aus der Redaktion. Fünf Mal Janina, sechs Mal Rainer. Thea rief zurück. Rainer nahm sofort ab. »Wo steckst du, verdammt?« Seine Stimme überschlug sich. Er klang, als wäre er völlig außer sich. Im Hintergrund meinte Thea, Schluchzen zu hören.

»Was ist denn los bei euch?«

»Komm sofort her!«

»Rainer?«

Tut-tut-tut. Er hatte aufgelegt. Thea spürte, wie ihr Herz klopfte. Sie warf das Handy auf den Beifahrersitz und startete den Motor. Es herrschte kaum Verkehr. Sie brauchte exakt sechs Minuten bis zur Redaktion. Als sie den Wagen einparkte, sah sie, wie die Eingangstür des Redaktionsgebäudes aufgestoßen wurde. Janina stürzte heraus. Thea konnte gerade noch erkennen, dass ihr Gesicht tränenüberströmt war, dann wandte sich Janina ab und hastete den Bürgersteig entlang in Richtung Zentrum. Thea ließ das Fenster herunter und rief ihr nach, aber Janina hörte sie nicht oder wollte sie nicht hören und verschwand um die Ecke. Thea überlegte kurz, ob sie ihr hinterherfahren sollte. Sie war mitten im Einparkmanöver. Der Wagen stand noch halb auf der Straße. Aber dann entschied sie sich, erst hochzugehen und mit Rainer zu reden. Als sie die Redaktionsräume betrat, war von Rainer allerdings nichts zu sehen. Dafür saß ein ihr unbekannter Mann vor Steffen Scheuflers Computer und bearbeitete die Tastatur. Um seinen kahlen Schädel herum wucherte ein grau werdender Haarkranz, eine wahre Löwenmähne. Er trug eine runde Nickelbrille, hatte eine Zigarette zwischen den Lippen und sagte, ohne von der Tastatur aufzusehen: »Hi, ich bin Tom.«

Das musste Thomas sein, der IT-Spezialist.

»Thea, hallo. Wo ist denn Rainer?«

»Sekunde«, murmelte Tom und hämmerte in die Tasten. Zigarettenasche fiel auf das Keyboard, aber Tom schien das nicht zu bemerken. Oder es störte ihn einfach nicht. Thea stand ein wenig verloren im Raum und überlegte, ob sie Rainer suchen sollte, als Tom plötzlich von der Tastatur abließ und sich im Bürostuhl zurücklehnte. »Den Rainer hab ich rausgeschickt, keine Ahnung, wo der ist. Der hat mich wahnsinnig gemacht.«

»Kann ich mir vorstellen, am Telefon kam er mir auch ziemlich nervös vor.«

»Nervös? Der Mann ist ein einziges Nervenbündel. Ich sage: Rainer, es geht hier nicht um die Server der NASA oder des Stromversorgers von New York City. Das ist die Website des Wartenburger Anzeigers …«

»Was ist denn passiert?«, fragte Thea. Aber Tom antwortete nicht. In einer fließenden Bewegung führte er seine zusammengelegten Handflächen zum Mund. Den Kopf legte er leicht schief und schaute Thea prüfend an. Er wirkte ein wenig wie ein betender Mönch.

»Was ist mit deinem Auge?«, fragte er schließlich.

Thea war überrumpelt. Sie war so daran gewöhnt, dass die

Leute über ihre Versehrtheit hinwegsahen und -redeten, dass sie gar nicht mehr damit rechnete, dass jemand das Naheliegende tat und sie direkt darauf ansprach. Eigentlich fand sie das ja ganz sympathisch, trotzdem war es ihr unangenehm.

»Ein Jagdunfall«, murmelte sie, »nichts Wildes.«

»Hast du auch so 'ne richtige Piratenaugenklappe, mit Totenkopf und so?«

»Ja.«

»Cool.«

Vom Flur her drang das Rauschen der Klospülung zu Thea. »Ich glaube, da ist Rainer. Bis später, ja?« Sie drehte sich um und verließ schnell den Raum. Sie hatte einfach keine Lust mehr, über ihr Auge zu reden. Manchmal war das andersherum. Manchmal, wenn die Leute betont so taten, als wäre es völlig normal, mit einer Augenklappe durch Wartenburg zu spazieren, wünschte sie sich regelrecht, sie würden ihr das, was sie sonst heimlich hinter ihrem Rücken tuschelten, direkt ins Gesicht sagen. Und wenn es dann einer tat, war es ihr auch nicht recht. Vielleicht lag es ja an ihr, überlegte Thea. Vielleicht hatte sie ganz einfach immer noch nicht den selbstverständlichen Umgang mit ihrer Behinderung gefunden, den sie sich so wünschte. Als sich die Toilettentür öffnete und Rainer auf den Flur trat, kam Thea zu einem anderen Schluss: Es lag nicht an ihr, und es lag auch nicht an den anderen, es lag einfach daran, dass es nicht normal war, nur ein Auge zu haben. Das war einfach scheiße. Mehr gab es dazu nicht zu sagen. Und jetzt genug des Selbstmitleids.

»Was ist hier los, Rainer?«

»Komm, wir setzen uns nach vorne, an den Empfang. Da stören wir Tom nicht.« Er schien sich wieder einigermaßen gefangen zu haben. Nachdem sie sich hingesetzt hatte und eine Tasse Kräutertee in der Hand hielt, den sich Rainer zur Beruhigung gemacht hatte, erfuhr Thea endlich, was vorgefallen war. Janina war in ihrem Eifer weit über das Ziel hinausgeschossen und hatte nicht nur das Video, sondern versehentlich die gesamte Website des Wartenburger Anzeigers gelöscht.

»Ein Desaster!«, stöhnte Rainer.

»Tom hat auf mich nicht so gewirkt, als könnte er den Schaden nicht beheben«, sagte Thea.

»Wenn einer das wieder hinkriegt, dann Tom.«

Thea erfuhr, dass Tom im Silicon Valley mit zwei Kompagnons eine Firma gegründet hatte, die Algorithmen entwickelte, die die Gewohnheiten von Menschen so präzise bestimmten, dass Anbieter Produkte verschicken konnten, die ihre Kunden zwar nicht bestellt hatten, aber sehr wahrscheinlich haben wollten. Ein Riesengeschäft. Die Firma war stetig gewachsen und machte Milliardenumsätze. Doch als der Druck der amerikanischen Sicherheitsbehörden immer größer geworden war, mit ihnen zusammenzuarbeiten, hatte Tom seine Anteile verkauft und war zurück nach Deutschland gekommen. Er hatte sich irgendwo in der Einöde hinter Wartenburg einen Bauernhof gekauft und ausgebaut. Mittlerweile wartete er die Server verschiedener mittelständischer Firmen im Umkreis. Er tat das eher als Hobby, denn Geld verdienen musste er nicht mehr.

»Wenn Tom so ein Crack ist, dann ist doch alles nicht so schlimm, oder?«

»Ja«, sagte Rainer zögernd, »scheint so.« Aber richtig glücklich wirkte er nicht. Irgendwas war da noch im Busch.

»Was ist los, Rainer?«, fragte Thea.

»Ich fürchte … ich habe mich ziemlich danebenbenommen.« Er erzählte, dass Janina etwa eine halbe Stunde herumgebastelt und dann, weil Steffen immer noch bei seinem Termin auf dem Recyclinghof war, einen Hilferuf an Rainer gesandt hatte, der leider überhaupt keine Ahnung von IT hatte. Janina war völlig aufgelöst gewesen und hatte immer wieder beteuert, sie habe doch nur das Video löschen wollen, genau wie abgemacht. Als Rainer festgestellt hatte, dass die Website tatsächlich weg war, war er ausgerastet.

»Ich weiß nicht, was da in mich gefahren ist, ich hab die arme Janina völlig zur Sau gemacht.«

»Ich habe sie gesehen, als sie unten aus der Tür kam. Sie war total verheult.«

»Ich habe sie rausgeschmissen. Ich habe ihr gesagt, dass ich sie nie wieder sehen will.«

Einen Moment lang saßen sie schweigend voreinander. Thea wusste nicht, was sie sagen sollte, und nippte an ihrem Kräutertee. Arme Janina.

»Mist«, sagte Rainer schließlich. »Ein Chef muss sich besser im Griff haben. Das war richtig Mist.« Er wirkte ehrlich zerknirscht. Wahrscheinlich gab es nicht viele Chefs, die einsahen, dass sie Mist gebaut hatten, und das dann auch noch vor ihren Mitarbeitern zugaben. Rainer hatte seine Macken, aber eigentlich war er echt okay, dachte Thea.

»Kannst du vielleicht nach Janina sehen und ihr sagen, dass es mir leidtut?«

»Warum machst du das nicht selbst?«

Rainer senkte den Blick und rührte in seinem Kräutertee. »Ich denke nicht, dass sie mit mir reden wird.«

Außerdem wolle er hier lieber die Stellung halten, bis Tom die Lage wieder unter Kontrolle gebracht habe.

»Also gut. Ich werd gleich mal versuchen, mit ihr zu reden. Schon irgendeinen Verdacht, wer das Video online gestellt hat?«

»Nein«, sagte Rainer, offensichtlich froh, das Thema Janina damit an Thea abgeben zu könnten. »Rätselhafte Geschichte.«

»Vielleicht sollten wir Tom mal dazu befragen«, schlug Thea vor.

»Hab ich schon gemacht. Er sagt, das kann jeder mit entsprechenden Computerkenntnissen gemacht haben.«

»Na super.«

»Und wenn der Täter nicht ganz so clever war, lässt sich sogar herausfinden, von welchem Computer aus die Videos hochgeladen worden sind.«

»Kann Tom das machen?«

»Ja, kann er. Aber ich habe ihm gesagt, dass er sich erst mal um unsere Website kümmern soll.«

»Ja, das soll er mal«, sagte Thea. Dann gingen sie an die Arbeit und bereiteten die Dienstagsausgabe vor. Thea fasste die neuesten Erkenntnisse zum Mord in Bielafingen zusammen, und Steffen, der inzwischen ebenfalls von seinem Termin zurück war, schimpfte wie ein Rohrspatz, dass er demnächst anbauen müsse, wenn er die neuen Mülltrennungsregeln befolgen wolle.

»Ich krieg die ganzen Eimer und Tonnen und Kartons jetzt schon nicht mehr in meine Garage. Die ticken ja wohl nicht ganz sauber.« Aber er verlor kein Wort mehr zu seiner morgendlichen Auseinandersetzung mit Rainer.

Kurz nach fünfzehn Uhr trat Rainer an Theas Arbeitsplatz und sagte: »Den Rest schaffen wir alleine. Geh du mal zu Janina.«

Bevor sie sich auf den Weg machte, schaute sie noch einmal an Steffens Arbeitsplatz vorbei. Tom, Zigarette im Mundwinkel, saß noch genauso da wie vorher und hämmerte auf die Tastatur ein.

»Und?«, fragte Thea.

»Wird.«

»Rainer hat dir von dem Video auf unserer Website erzählt?«

»Ja.«

»Er sagt, du kannst rausfinden, von welchem Computer aus das hochgeladen worden ist?«

»Ich kümmer mich drum, sobald die Website steht.«

Thea kritzelte ihre Handynummer auf ein Blatt Papier und legte es neben die Tastatur.

»Gibst du mir Bescheid, wenn du was rausgefunden hast?«

»Alles klar. Warte mal!« Er fischte eine Visitenkarte aus der Brusttasche seines Hemdes und reichte sie Thea. »Wenn mal irgendwas ist, IT-mäßig. Meld dich einfach.«

»Super«, sagte Thea. »Ich geh dann mal.«

»Sorry, wenn ich vorhin zu direkt war wegen des Auges«, sagte Tom, ohne von der Tastatur aufzusehen. »Deine Jagdunfälle gehen mich ja eigentlich nichts an.«

»Schon okay«, sagte Thea. Toms unverkrampfte Art gefiel ihr. »Schönen Tag noch.«

»Cheerio.«

Zehn Minuten später hatte Thea das Fachwerkhaus in der Altstadt erreicht, in dem Janina wohnte. Es stand direkt neben dem Papa's, der griechischen Kneipe, in der Thea schon während ihrer Jugend abgehangen hatte. In Wartenburg hatte es damals weder Jugendtreffs noch eine Disco noch sonst etwas gegeben. Blieb nur das Papa's. Thea fand das Namensschild – J. Trockenbrodt – und drückte den Klingelknopf. Nichts passierte. Thea klingelte noch einmal. Da wurde oben unter dem Dach ein Fenster geöffnet, und Janina streckte den Kopf heraus. Ihre blond gefärbte Haarpracht sah aus wie eine grotesk aufgetürmte Barockperücke und füllte das gesamte Fenster aus.

»Machst du mir auf?«, rief Thea nach oben.

Keine Antwort. Janinas Kopf verschwand, das Fenster wurde geschlossen. Ratlos starrte Thea nach oben, aber das Fenster blieb zu. Was sollte das jetzt? Sie klingelte noch mal. Wieder wurde das Fenster geöffnet, wieder schaute Janina heraus, wieder sagte sie nichts.

»Janina!«, rief Thea. »Mach doch mal bitte auf, was soll denn das?« Sie registrierte, dass die ersten Passanten auf sie aufmerksam wurden.

»Ich kann hier nicht so rumbrüllen«, rief Thea, »hast du nicht wenigstens eine Gegensprechanlage, wenn du schon nicht aufmachst.«

»Doch, hab ich«, schrie Janina von oben, »aber ich will nicht sprechen.« Ihr Kopf verschwand, das Fenster wurde geschlossen.

Allmählich wurde Thea sauer. Was für ein Kindergarten! Sollte Rainer doch selbst zusehen, dass er die Sache wieder in Ordnung brachte. Eigentlich hätte er hier stehen und die Fachwerkfassade anbrüllen müssen, nicht sie. Apropos Kindergarten. Siedend heiß fiel ihr ein, dass sie ja Mari abholen musste. Und noch war nicht absehbar, wie lange das hier dauern würde. Also rief sie Ute an, die sich zum Glück bereit erklärte, einzuspringen. Wenigstens das war also geregelt. Sie schluckte ihren Ärger herunter, atmete tief durch und klingelte erneut. Einen Wimpernschlag später ertönte der Türsummer. Thea, die sich auf lange und zähe Verhandlungen eingestellt hatte, war so überrascht, dass sie die Tür nicht rechtzeitig aufbekam und noch mal klingeln musste.

Das Treppenhaus roch nach altem Holz, und die ausgetretenen Stufen knarzten bei jedem Schritt, ganz so, wie es sich für ein fünfhundert Jahre altes Haus gehörte. Janina stand in der Wohnungstür und erwartete sie bereits. Nicht nur ihre Frisur, alles an ihr wirkte zerzaust.

»Ich bin so froh, dass du da bist«, sagte sie, fiel Thea um den Hals und begann zu weinen. »Komm rein.«

Janinas Wohnung hatte so niedrige Decken, dass Thea instinktiv den Kopf einzog. Die Einrichtung war gemütlich, vorausgesetzt, man mochte es voll, bunt und plüschig. Lila und Rot schienen Janinas Lieblingsfarben zu sein. Und sie sammelte Kühe in allen Varianten. Janina führte Thea in die Küche. Auf den Stühlen lagen Sitzkissen in Kuhfellmuster.

»Setz dich«, sagte Janina. »Kaffee oder Tee?«

»Lieber Kaffee«.

»Ich bin so doof«, sagte Janina und begann, Kaffee aufzusetzen.

Thea erzählte ihr, dass Rainer sein Verhalten inzwischen furchtbar leid tue. »Er weiß genau, dass er Mist gebaut hat. Deshalb bin ich ja hier.«

»Warum du und nicht er?«

»So ganz hab ich's auch nicht kapiert. Ich soll dich jedenfalls herzlich grüßen. Er möchte in Ruhe mit dir über alles sprechen. Ich glaube, ich bin so 'ne Art diplomatische Vorhut«, so zumindest interpretierte Thea ihre Rolle, »ich soll quasi vorfühlen, ob von deiner Seite aus Bereitschaft besteht, die Sache zwischen euch zu klären.«

Janina sah sie groß an, dann sagte sie verächtlich: »Boah ey, Männer!«, nahm die Espressokanne vom Herd und schenkte sich und Thea ein. »'ne einfache Entschuldigung hätte es auch getan, oder? Aber das kriegen sie nicht hin.«

Thea fand, dass sie recht hatte. Andererseits hatte ihre Mission insofern ihren Sinn, als Janinas Laune von Minute zu Minute besser wurde. Ihr schien eine tonnenschwere Last von den Schultern zu fallen, Thea konnte ihr gewissermaßen beim Fallen zusehen, und das machte ihr selbst gute Laune. Sie hatte gerade einen Menschen glücklich gemacht. Was gab es Schöneres? Als der Kaffee getrunken war, hatte Janina so gute Laune, dass sie mit der flachen Hand auf den Tisch schlug und sagte: »So, und jetzt brauch ich was Härteres!«

Sie ging zum Kühlschrank und holte eine eiskalte Flasche Genever heraus.

»Was ist das denn?«, fragte Thea, die in ihrem Leben schon vieles getrunken hatte, aber Genever noch nie.

»Was ganz Leckeres«, sagte Janina und schenkte ein. »Schwarze Johannisbeere.«

»Passt jedenfalls farblich gut in deine Wohnung.«

»Ja, nicht wahr?« Janina strahlte und hielt ihr Glas in die Höhe. »Salute!« Sie stießen an. Plötzlich wurde Janinas Gesicht ernst. Sie lehnte sich konspirativ zu Thea hinüber und sagte: »Jetzt hatte ich so einen Ärger und weiß immer noch nicht, warum. Habt ihr inzwischen rausgefunden, was es mit diesem blöden Video auf sich hat?« Thea schüttelte den Kopf. Bis jetzt hatte keiner eine Idee, was das Ganze sollte. Es gab einfach keine vernünftige Erklärung dafür, warum jemand in fremde Häuser eindrang, um solche Filme zu drehen und sie ins Internet zu stellen.

»Noch ein Gläschen?«, fragte Janina.

Beim ersten Glas hatte Thea noch ein wenig mit dem unbekannten Getränk gefremdelt, das zweite schmeckte schon richtig gut, irgendwie gesund, ein bisschen wie der Rotbäckchen-Saft, den Ute ihr als Kind immer eingeflößt hatte, um ihre Abwehrkräfte zu stärken. Als das zweite Glas leer war, sagte Thea: »So, und jetzt würde ich gern mal dein Hochbett sehen.«

Janinas Gesicht wurde schlagartig so ernst, dass Thea erschrak. Die Hochbett-Geschichte war ein wenig heikel. Sie hing mit Andi zusammen, dem Feuerwehrmann, der eigentlich Möbeltischler war. Thea hatte sich in Andi verliebt – oder nein, verknallt traf es besser –, es war auf jeden Fall etwas Unreifes, denn dass Andi nicht der richtige Mann für sie war, hätte ihr schneller klar sein müssen, als es dann tatsächlich der Fall gewesen war. Jedenfalls hatte Thea Andi und Janina bekannt gemacht, weil sie wusste, dass Janina sich sehnlichst ein Hochbett wünschte. Und da Andi Möbeltischler war, war es naheliegend, die beiden zusammenzubringen. Das hatte besser geklappt, als Thea es sich gewünscht hatte. Die beiden hatten sich prompt so gut verstanden, dass sie Thea am Abend ihres Kennenlernens einfach allein sitzen gelassen hatten und in Janinas Wohnung verschwunden waren, wo sie vermutlich sofort mit dem Hochbettbau begonnen hatten. Thea hatte Janina nie gefragt, wie und ob es eigentlich mit Andi weitergegangen war. Zum einen weil Andi sie nicht mehr interessierte, zum anderen aber, weil sie sich tief in ihrem Innern von ihnen verletzt gefühlt hatte. Einmal mehr war sie, die Frau mit dem Handicap, die Unattraktive, sitzen gelassen worden. Dass sie das so empfunden hatte, gestand sie sich selbst erst jetzt, nach zwei Gläsern Genever, ein. Aber egal – jetzt war die Sache gegessen. Zeit, sich das Hochbett anzusehen.

»Komm mit«, sagte Janina und führte Thea ins Schlafzimmer. Auch hier waren, wie in der ganzen Wohnung, die Decken sehr niedrig, und alles war lila, bis auf die Kuhfellbettwäsche. Aber das Bett war völlig normal, ein bisschen schief vielleicht, aber keinesfalls ein Hochbett.

»Ich dachte, Andi hat dir ein Hochbett gebaut?«, fragte Thea verblüfft.

»Hat er auch. Aber meine Decken sind so niedrig, dass ich dauernd mit dem Kopf angestoßen bin.«

»Und warum ist es jetzt kein Hochbett mehr?«

»Weil's mir irgendwann zu blöd war und ich die Füße abgesägt habe.«

Thea erinnerte sich, dass ihr die Idee, ein Hochbett in ein mittelalterliches Fachwerkhaus zu stellen, von Anfang an verwegen vorgekommen war. Aber weil sie nicht besserwisserisch daherkommen wollte, sagte sie nur: »Aber Andi hat doch gesagt, er könnte das Problem lösen?«

»Was der nicht alles gesagt hat.« Janinas Stimme klang hart. Thea beobachtete sie genau. Ihr Gesicht war merkwürdig starr.

»Ist nicht gut gelaufen?«, fragte Thea.

Janina machte eine Handbewegung, als wollte sie eine Fliege verscheuchen oder jemandem mit dem Handrücken ins Gesicht schlagen.

»War's so schlimm?«

»Ja. Noch ein Gläschen?«

Als sie wieder am Küchentisch saßen, versuchte Thea Janina aufzuheitern und sagte: »Ich habe neulich in einer Statistik gelesen, dass sechsunddreißig Prozent der Männer Angst vor starken Frauen haben.«

»Und ich hab irgendwo gelesen, dass vierzig Prozent aller Bienenzüchter Bärte tragen«, sagte Janina und nahm einen Schluck Genever.

»Wahnsinn«, sagte Thea, »das ist ja fast jeder Zweite.«

Ihr Mund fühlte sich mittlerweile von dem ganzen Genever an wie verklebt. Und sie hatte einen Riesendurst. Sie warf einen Blick aus dem Küchenfenster und hatte das Gefühl, dass es draußen bereits dunkler geworden war. Konnte aber auch täuschen. Sie hatte jegliches Zeitgefühl verloren. »Wollen wir mal schauen, ob das Papa's schon auf hat?«, schlug sie vor.

Das Papa's war tatsächlich geöffnet, und auch Jürgen, der Stammtrinker mit dem Seehundschnauzbart, saß bereits am Tresen. Er nickte Thea und Janina zu und wischte sich ein wenig Bierschaum aus dem Gesicht. Erika, ganz in Schwarz und grell geschminkt wie immer, stand hinter dem Tresen, als wäre es das Selbstverständlichste der Welt, und fragte: »Was derfess sein?« Thea bestellte ein Bier und Janina einen Retsina, und während Jürgen von Janina wissen wollte, wie alles so lief und woher sie die schicken Kuhfellclogs hatte, drehten sich Theas Gedanken um Erika. Sie fragte sich, ob Rudi Redel immer noch eine Affäre mit ihr hatte. Das konnte sie sich kaum vorstellen. Das Risiko, entdeckt zu werden, war viel zu groß für ihn. Aber das Risiko war von Anfang an da gewesen, und trotzdem hatte sich Rudi darauf eingelassen. Unglaublich. Wahrscheinlich hatte er sie mit viel Geld ruhiggestellt. Vielleicht hatte er ihr ein Haus in Griechenland gekauft oder gleich eine ganze Insel. Thea beobachtete Erika, die in aller Seelenruhe das Bier zapfte und dabei einen Kaugummi bearbeitete. Was Rudi an dieser Frau finden mochte? Aber das waren Gedanken, die nirgendwohin führten, und als Erika ihr das Bier auf den Tresen knallte, »Prrrosst!«, lächelte sie ihr freundlich zu und ließ es dabei bewenden. War schließlich Rudis Problem und nicht ihres.

Sie hatte das erste Bier noch nicht ganz ausgetrunken, als ihr einfiel, dass sie ja mit Bennis Lehrer Herrn Friese verabredet gewesen war. Das hatte sie in der Aufregung um Janina völlig vergessen. Mist.

»Wie spät ist es?«, erkundigte sie sich.

»Ich schätze, so vier«, sagte Janina.

»Nein, später«, sagte Jürgen, und Erika, die Theas Frage gehört haben musste, tat so, als ginge sie das nichts an, und polierte Gläser. Es war, wie Thea schließlich mit einem Blick auf ihr Handy feststellte, kurz nach sechs. Nach einigem Suchen fand sie die Visitenkarte, die Thomas Friese ihr gegeben hatte, und rief ihn an. Das Gespräch verlief etwas irritierend und klärte sich erst, als Thea feststellte, dass sie statt Frieses Visitenkarte die von IT-Mann Tom erwischt hatte, der zwar auch Thomas hieß, aber nicht derjenige war, den sie sprechen wollte. Diese ganzen Visitenkarten immer! Beim zweiten Versuch klappte es. Sie erwischte Thomas Friese auf dem Handy und entschuldigte sich tausendmal, ihr sei etwas dazwischengekommen, viel Hektik in der Redaktion. Sorry. Zu ihrer Erleichterung war Herr

Friese sehr freundlich und sagte, das sei überhaupt kein Problem, nur jetzt sei er unterwegs, und so verabredeten sie sich für den kommenden Nachmittag. Erleichtert legte Thea auf und steckte das Handy weg. Als sie wieder aufblickte, sah sie in die fragenden Gesichter von Janina und Jürgen.

»Privat«, sagte Thea und lächelte unschuldig. Janina zog eine Augenbraue hoch, und Jürgen sagte: »Prost.«

Zwei Bier später hatte Thea das Gefühl, dass es für heute genug war. Janina versuchte gerade, Jürgen davon zu überzeugen, dass »Die Tigerkralle« keinesfalls Bruce Lees zweiter Film, sondern ein sehr viel späterer war. Sie wirkte jedenfalls wieder vergnügt. Insofern hatte Thea ihre Mission erfüllt und konnte nach Hause gehen. Da fiel ihr ein, dass ihr Auto ja noch bei der Redaktion stand, was aber, wenn sie darüber nachdachte, nicht schlimm war, da sie heute sowieso nicht mehr Auto fahren sollte. Trotzdem zögerte sie einen kurzen Moment, doch dann siegte die Vernunft, und sie sagte: »Erika, rufst du mir bitte ein Taxi?«

Erika und Jürgen sahen sie ungläubig an.

»Gibbt koi Taxi«, sagte Erika.

»Hier fährt doch keiner Taxi«, erklärte Jürgen, »hier fährt jeder seinen Wagen und basta.« Er meinte sich zu erinnern, dass es irgendwann mal ein Taxiunternehmen in Wartenburg gegeben habe, das sei aber sofort wieder pleite gewesen. Thea konnte es kaum glauben.

»Kann doch nicht sein, dass man hier kein Taxi kriegt! Hier gibt's doch auch Betriebsfeiern, wo die Leute was trinken. Wie kommen die denn alle nach Hause?«

»Werden von Frrrau abgeholt«, sagte Erika.

»Man kann natürlich schon Taxis rufen«, lenkte Jürgen ein, »aber das muss man vorher ankündigen, die kommen dann aus Schwäbisch Hall oder so. Da bist du zu Fuß schneller.«

Thea begann sich bereits damit abzufinden, dass sie zu Fuß nach Hause gehen musste, als Janina energisch sagte: »Das ist doch alles Quatsch! Da oben ist doch ein Taxistand!«

»Wo oben?«, fragte Jürgen.

»Na oben, am anderen Ende von der Hauptstraße.«

Gibt koi Taxi.« Erika blieb unerbittlich.

»Niemals«, sagte Jürgen. »Vielleicht früher mal.«

»Ich bring dich jetzt zum Taxi«, sagte Janina und knallte einen Zwanzigeuroschein auf den Tresen. »Zahlen bitte.«

Als sie aus dem Papa's traten, war es bereits dunkel. Obwohl die Geschäfte längst geschlossen hatten, war die Fußgängerzone voller Menschen. Über fünfzig Leute, schätzte Thea, hatten sich vor dem Rathaus versammelt. Einige hatten Deutschlandfahnen dabei, ein paar Transparente waren zu sehen, deren Aufschrift Thea nicht entziffern konnte. Es war nicht klar ersichtlich, was die Leute da eigentlich taten. Sie standen einfach beieinander. Sie waren … *Wagida*, schoss es Thea durch den Kopf. Logisch. Petra Singer.

»Was ist denn hier los?«, fragte Janina. »Die Geschäfte sind doch schon zu.«

»Ich glaube, das ist Wagida«, sagte Thea.

»Wagida?«

»Wartenburger gegen die Islamisierung des Abendlandes. Diese Montagsdemofriedensmahnwachenspaziergänge, du weißt schon.«

»Aha«, sagte Janina und sah sich verwirrt um. Ein kleines Mädchen mit Pippi-Langstrumpf-Zöpfen fuhr auf seinem Dreirad so dicht an ihnen vorbei, dass es um ein Haar mit Janinas Kuhfellclogs kollidiert wäre. Hinten am Sitz war eine Deutschlandfahne befestigt, die lustig im Fahrtwind flatterte. Thea ließ ihren Blick über die Menge schweifen und entdeckte Petra Singer. Sie hielt in der einen Hand eine Kerze mit Windschutz und mit der anderen ein Pappschild in die Höhe, auf dem geschrieben stand: »SOUVERÄNITÄT FÜR DEUTSCHLAND! JETZT!«. Ein paar Meter von ihr entfernt entdeckte sie die Greiners, Freunde von Ute. Unglaublich. Thea fragte sich, was Menschen wie die Greiners hierher trieb. Sie machten sich doch wohl nicht ernsthaft Sorgen um eine angebliche Islamisierung eines sogenannten Abendlandes, was immer das heißen sollte. Was aber war dann ihre Motivation, hier mitzumischen? Thea war drauf und dran, zu ihnen zu gehen und sie zu fragen, doch dann entdeckte sie, ein wenig abseits stehend, Thomas Friese, Bennis ehemaligen Lehrer, mit dem sie gerade noch telefoniert hatte. Er war im Gespräch mit zwei jungen Männern. Einen der beiden erkannte sie an seinem roten Basecap und der Angeberlederjacke: Max Herrmann. Den Jungen, der neben ihm stand, kannte sie nicht. Er war groß, blonde Haare, sportliche Figur. Die drei schienen in eine angeregte Diskussion verwickelt zu sein.

»Tsss«, machte Thea und zückte ihr Handy.

»Was hast du vor?«, fragte Janina. »Rufst du die Polizei?«

»Nee, ich mach ein paar Fotos. Steffen hat recht. Wir müssen darüber berichten. So viele Leute. Das kann man nicht ignorieren.«

Doch kaum hatte sie angefangen, Fotos zu machen, spürte sie, dass die Wagida-Leute in ihrer Nähe unruhig wurden. Es wurde getuschelt. Man steckte die Köpfe zusammen und machte sich gegenseitig auf Thea aufmerksam. Schon begannen die ersten zu skandieren: »Lü-gen-pre-sse!, Lü-gen-pre-sse!« Vereinzelt wurde geantwortet: »Halt die Fresse!« Die Rufe wurden lauter und lauter. Ein Plakat wurde in die Höhe gehalten. »SYSTEMJOURNALUNKEN!« stand darauf.

»Ich glaube, wir sind enttarnt«, flüsterte Janina. »Was machen wir jetzt?«

»Keine Ahnung. Mit ihnen reden?«

»Die sehen aber nicht so aus, als wollten sie reden.«

Janina hatte recht, fand Thea. »Lügenpresse, halt die Fresse!« schallte es durch die Fußgängerzone. Deutschlandfahnen wurden geschwenkt. Es war gespenstisch. Thea fühlte sich, als hätte der Genever nicht nur ihren Mund, sondern auch ihr Hirn verklebt. Sie wusste einfach nicht, wie sie am besten reagieren sollte. Da packte Janina sie am Arm und sagte: »Lass uns abhauen.«

Wahrscheinlich war das im Moment tatsächlich die beste Lösung. Jedenfalls fiel Thea keine bessere ein, weshalb sie sich von Janina mitziehen ließ. Während sie sich zurückzogen, versuchte Thea nochmals einen Blick auf Thomas Friese und die beiden Jungs zu erhaschen, aber sie konnte sie nirgends mehr entdecken. Entweder waren sie in der Menge verschwunden, oder sie hatten sich davongemacht.

»Lü-gen-pre-sse!, Lü-gen-pre-sse!«, skandierte die Menge. Die feindselige Atmosphäre war mit Händen zu greifen. Als Thea und Janina in eine Seitengasse abgebogen waren, brandete Applaus auf. Offenbar wurde ihr Rückzug als Sieg über die gleichgeschaltete Systempresse gefeiert. Doch dann erkannte Thea, dass der Applaus nicht ihnen gegolten hatte, sondern Petra Singer, die jetzt auf der Bühne vor dem Rathaus stand und mit leicht zittriger Stimme zu reden begann: »Liebe Freunde, liebe Mitbürger, erinnert ihr euch an das Attentat von Paris?«

»Ja!«, rief die Menge.

»Sechzehn Menschen wurden niedergemetztelt, und die Attentäter riefen dabei immer wieder *Allahu Akbar*. Gott ist groß!«

Empörung in der Menge, Pfiffe, Buhrufe.

»Und was war die Reaktion unseres Innenminister Thomas de Maizière? Er sagte allen Ernstes: ›Die Anschläge von Paris haben nichts mit dem Islam zu tun.‹«

Gelächter, erneut laute Buhrufe, Pfiffe. Immerhin, bemerkte Thea erleichtert, schienen die Leute das Interesse an ihnen verloren zu haben. Thea atmete durch. Auf der Bühne fuhr Petra Singer fort: »Und was macht die Presse? Direkt nach dem Attentat faselt sie davon, dass auch im Abendland Hass auf die Lügenmedien anzutreffen ist, der in Gewaltfantasien mündet. Das war natürlich auf Pegida gemünzt.«

Lautstarke Empörung. Mit leicht überschnappender Stimme fuhr Petra Singer fort: »Macht euch das mal klar: Einen Tag nach einem barbarischen islamistischen Terroranschlag ziehen diese Schmierfinken eine Parallele zu einer friedlichen Bürgerbewegung! Die setzen uns mit den Islamisten gleich!«

Nun brachen sich Wut und Empörung Bahn. »Lügenpresse, halt die Fresse!« wurde skandiert, und auf der Bühne schrie Petra Singer ins Mikrofon: »Die sind so abgehoben, die merken gar nicht mehr, wie weit weg sie von dem sind, was ein großer Teil des Volkes denkt. Und nur weil sie Angst vor uns kriegen, weil sie merken, dass sich die Menschen nicht mehr länger für dumm verkaufen lassen, schreiben sie solchen Blödsinn. Wir müssen diese Hetze stoppen.«

Und die Menge antwortete mit »Lügenpresse, auf die Fresse«, einer schrie: »Amis raus! Deutschland muss endlich souverän werden!«, und erntete großen Beifall dafür.

Sie hatten inzwischen wieder Janinas Haus erreicht. Janina schloss die Haustür auf. »Möchtest du noch mal mit hochkommen?«, fragte sie, aber Thea lehnte dankend ab. Sie hatte genug für heute. Sie wollte nach Hause. Janina fiel ein, dass Jürgen und Erika möglicherweise doch recht hatten und der Taxistand, den sie am Ende der Hauptstraße wähnte, gar nicht in Wartenburg, sondern in Leipzig war, wo sie herkam, aber vielleicht wäre es ja eine gute Gelegenheit, das zu überprüfen. Doch Thea wollte nicht. Sie hatte keine Lust, noch einmal den selbst ernannten

Rettern des Abendlandes zu begegnen, und fand die Vorstellung, zu Fuß nach Hause zu gehen, inzwischen sogar ganz reizvoll. Sie verabschiedete sich von Janina und machte sich auf den Heimweg

Während sie die steile Treppe hinauf ins Wohngebiet am Südhang stapfte, gingen ihr die heutigen Erlebnisse durch den Kopf. Sie dachte an das Gespräch mit Julia auf dem Schulhof. Von einer Clique, einem Geheimbund, hatte Julia gesprochen. Sie musste herausfinden, was es damit auf sich hatte. Und welche Rolle spielte Lehrer Friese dabei, den sie mit Max Herrmann, einem Mitglied des Geheimbundes, bei der Wagida-Veranstaltung gesehen hatte? Thea wunderte sich, dass ein Lehrer, ein Staatsbeamter mit Vorbildfunktion, offenbar keine Berührungsängste mit dieser dubiosen Bewegung hatte. Aus Überzeugung? Hatte der Terroranschlag von Paris sein Hirn vernebelt, oder war er sich einfach seiner Verantwortung nicht bewusst? Auf der Treppenstufe vor dem Haus der Greiners saß eine Katze, die sich langsam erhob, als Thea den Fuß auf ihr Territorium setzte. Träge blinzelnd verschwand sie im Garten. Die Greiners! Ob Ute wusste, dass sich ausgerechnet die Greiners für Wagida engagierten?

Oben angekommen, war sie völlig außer Puste. Sie blieb stehen und blickte schwer atmend hinunter auf die Stadt. Und siehe da: Der Mond war in den Talkessel gefallen und obendrein viereckig. Hoppla, dachte Thea, aber dann war's doch nur das beleuchtete Firmenschild am Baukran neben dem Finanzamt.

Als Thea das Haus betrat, saßen Ute und Mari bereits beim Abendessen. Es gab Kartoffelpuffer mit Apfelmus. Kaum hatte sich Thea an den Tisch gesetzt, berichtete Mari derart aufgeregt von ihrem Tag im Kindergarten, dass Thea befürchtete, sie würde an ihrem Kartoffelpuffer ersticken.

»Langsam, Schatz. Erst essen, dann erzählen.«

Ute betrachtete Thea prüfend. »Na?«, sagte sie schließlich. »Haben wir getrunken?«

Thea warf ihrer Mutter einen Blick zu, der wütend sein sollte, aber zu ihrem Bedauern eher schuldbewusst ausfiel, was sie noch wütender machte. Konnte sich Ute nicht einmal in Maris Anwesenheit Kommentare zu ihrem Lebenswandel verkneifen?

»Wer hat was getrunken?«, fragte Mari mit vollem Mund.

»Ich ... ich war mit Janina aus der Redaktion noch was trinken«, versuchte Thea abzulenken, »wir hatten einen ziemlich verrückten Tag heute, da gab es einiges zu besprechen.«

»Noch jemand einen Nachschlag?«, fragte Ute.

Nachdem Mari einen weiteren Kartoffelpuffer mit ganz viel Apfelmus verdrückt und Ute Gute Nacht gesagt hatte, ging Thea mit ihr nach oben. Sie war nicht bei der Sache, als sie Mari ein Kapitel aus »Mr Gum und das geheime Geheimversteck« vorlas, und musste selbst mehrmals im Text nachschauen, um ihrer Tochter die vielen Fragen beantworten zu können, die sich nach der Lektüre auftaten. Dann küsste sie Mari auf die Stirn, wünschte ihr eine Gute Nacht und löschte das Licht.

Als sie zurück ins Wohnzimmer trat, hatte Ute es sich auf dem Sofa gemütlich gemacht und schaute fern. Auf dem Couchtisch stand eine geöffnete Flasche Rotkäppchen. Ute trank Sekt, um ihrem Kreislauf etwas Gutes zu tun, aus medizinischen Gründen also, und sie tat dies, wie immer, wenn sie allein war, aus einem Wasserglas, weil es besser in der Hand lag. Sektgläser fand Ute affig. Mehr Schein als Sein und obendrein passte nichts rein. Thea holte sich auch ein Wasserglas, schenkte sich einen Schluck ein und setzte sich neben Ute aufs Sofa. Im Fernsehen lief ein Krimi mit einer jungen Kommissarin, die – so viel ließ sich mit Sicherheit sagen – nach neunzig Minuten den

Fall gelöst und die Ordnung der Dinge wiederhergestellt haben würde. Beneidenswert, dachte Thea.

»Zum Wohl«, sagte sie zu Ute und hielt ihr Glas in die Höhe.

»Prost.«

»Worum geht's?«

»Um einen Mord.«

»Danke.« Thea nahm einen großen Schluck aus dem Wasserglas. »Ich fänd's übrigens toll, wenn du mich vor meiner Tochter nicht wegen meines Trinkverhaltens kritisieren würdest.«

»Das war keine Kritik, sondern eine Feststellung.«

»Dann stell bitte künftig nichts mehr fest. Wenigstens nicht vor Mari.«

»Der mit der Mütze war's auf keinen Fall.« Ute verfolgte konzentriert das Geschehen auf dem Bildschirm, wo ein junger Mann die Kommissarin anschrie. »Der war schon ab Minute fünfzehn verdächtig.«

»Sagt dir der Begriff ›Wagida‹ was?«

»Vagina? Ja, hab ich mal gehört. Ist aber schon lange her.«

»Mama!«

Der junge Mann stürmte aus dem Raum und knallte die Tür hinter sich zu. Die Kommissarin sah ihm pikiert hinterher, was daran zu erkennen war, dass ihre rechte Augenbraue in die Höhe schnellte.

»Du weißt, wovon ich rede. Etwa fünfzig Leute in der Fußgängerzone. Die Greiners waren auch dabei.«

»Schau mal an«, sagte Ute.

»Wusstest du das?«

»Nein. Aber es überrascht mich nicht.«

»Es scheint dich aber auch nicht besonders aufzuregen.«

»Wieso soll ich mich aufregen? Hier herrscht zum Glück Meinungsfreiheit. Die Greiners können auf die Straße gehen, wofür oder wogegen sie wollen.«

Ein Schuss fiel, ein gut aussehender Mann im Anzug brach zusammen. Der Täter, der eine Sturmhaube trug, flüchtete.

»Ich tippe auf den Exfreund«, sagte Ute.

»Den Exfreund von wem?«

Aber anstatt zu antworten, schenkte sich Ute Sekt nach, ohne den Blick vom Bildschirm zu wenden. Thea war klar, dass sie heute keine tiefen Gespräche mit ihrer Mutter mehr würde führen können. Auch nicht über die Greiners. Also schenkte sie sich ebenfalls nach und lehnte sich zurück.

Die Kommissarin erschien am Tatort. »Wer hat ihn gefunden?«, fragte sie.

»Die Putzfrau«, antwortete ihr schmucker Assistent, »sie wartet nebenan.«

»Gut«, sagte die Kommissarin und ging in den Nebenraum. Der Assistent sah ihr rehäugig nach.

Beneidenswert, dachte Thea wieder und nahm einen Schluck Sekt.

Post by amanschlag at 5:53 pm

Hier ein paar Sätze von unserem Bundesgauckler, abgesondert auf der Münchner Sicherheitskonferenz am 31.01.2014. Liest sich witzig, wenn man weiß, dass die USA da schon jahrelang gefoltert haben:

»Die Achtung der Menschenrechte ist nicht nur der Kern des Selbstverständnisses westlicher Demokratien. Sie ist eine ganz grundsätzliche Bedingung für die Garantie von Sicherheit, ja für eine friedliche und kooperative Weltordnung. ... Lassen Sie uns ... universelle Werte weder vergessen noch verlassen oder gar verraten, sondern gemeinsam mit Freunden und Partnern zu ihnen stehen, sie glaubwürdig vorleben und sie verteidigen.«

»Glaubwürdig vorleben und verteidigen«. Der Mann macht Laune!

Post by nanotermite at 5:58 pm

@amanschlag, du gemeiner Kerl! Jetzt muss ich unser Staatsoberhaupt aber mal in Schutz nehmen: Dass die USA foltern, konnte er zu dem Zeitpunkt echt noch nicht wissen, der Folterbericht ist doch erst im Dezember erschienen. (Nur komisch, dass die anderen achtzig Millionen die ganze Zeit schon Bescheid wussten.)

Post by amanschlag at 6:04 pm

Zum Folterbericht hat er dann einfach gar nichts gesagt. Weil's besser ist.

Post by gerhardboeden at 6:09 pm

Das hat ja dann die Bundesregierung in Gestalt von Steffen Seibert auf der Pressekonferenz am 11. Dezember 2014 übernommen, und zwar in der angemessenen Schärfe und Deutlichkeit:

Seibert: »Ich denke, diese Erkenntnis und die jetzt durch den Senat betriebene Aufarbeitung zeigen doch sehr deutlich: Amerika bekräftigt seine Werte und will aus diesen Fehlern lernen. Dafür haben wir Respekt. Das ist alles, was ich dazu jetzt als deutscher Regierungssprecher, glaube ich, zu sagen habe.«

Aber die Qualitätsjournalisten lassen nicht locker, sie stellen sogar noch mehrere scharfe »Zusatzfragen« an Herrn Schäfer vom Auswärtigen Amt.

»Zusatzfrage: Herr Schäfer, Sie sprechen oft von ›wertebasierter Außenpolitik‹. Im Koalitionsvertrag steht ja, dass sich Deutschland seiner internationalen Verantwortung stellt und dass wir die globale Ordnung aktiv mitgestalten wollen. Wie passt das damit zusammen, dass die deutsche Regierung nicht sagt ›Menschen, die für Folter verantwortlich sind, müssen angeklagt und zur Verantwortung gezogen werden‹?

Schäfer: Ich habe dem, was Herr Seibert gerade für die Bundesregierung gesagt hat, gar nichts hinzuzufügen.

Zusatzfrage: Warum nicht?

Schäfer: Weil alles gesagt ist.«

Post by amanschlag at 6:20 pm

Dazu passt noch das hier vom Bundesgauckler, aus derselben Rede:

»Es gab für die Nachkriegsgenerationen gute Gründe, misstrauisch zu sein – gegenüber der deutschen Staatlichkeit wie gegenüber der deutschen Gesellschaft. Aber die Zeit dieses ganz grundsätzlichen Misstrauens, sie ist vorüber.«

Ha-ha!

VII

Kaum hatte sie Mari im Kindergarten abgeliefert, begann das Aspirin zu wirken. Es gab Erfindungen, die die Menschheit wirklich vorangebracht hatten, fand Thea. Eine davon war Aspirin. Über dem Kindergarten kreiste ein Raubvogel. Ziemlich großes Vieh, dachte Thea. Sie zündete sich eine Zigarette an, lehnte sich an die Beifahrertür des Volvos und beobachtete ihn, während sie rauchte. Elegant sah er aus, elegant und bedrohlich. Aber Thea trug die Augenklappe mit der Kalaschnikow, die sie stark und sicher machte, und jetzt, da die Kopfschmerzen nachließen, war sie wild entschlossen, sich von niemandem einschüchtern zu lassen, auch nicht von einem Raubvogel. Sie warf die Zigarettenkippe weg und fuhr los.

Als sie das Redaktionsgebäude betreten wollte, stellte sie fest, dass sie Hunger hatte. Sie hatte den ganzen Morgen noch nichts zu sich nehmen können außer Kaffee, aber jetzt knurrte ihr Magen. Also ging sie rüber zum Detmold, holte sich ein Croissant und aß es im Gehen. Kauend betrat sie die Redaktionsräume. Als hätte sie auf sie gewartet, stand Janina auf dem Flur und sah sie mit einem Gesichtsausdruck an, der Thea sofort alarmierte.

»Komm mal mit«, sagte Janina.

»Guten Morgen, darf ich erst noch meine Sachen ablegen?«

»Nee, komm gleich mal mit.« Sie stöckelte voran auf Rainers Schreibtisch zu, wo Rainer und Steffen Scheufler bereits vor dem Computer saßen.

»Morgen«, sagte Thea. Ihre Kollegen schauten auf. Auch sie wirkten merkwürdig ernst.

»Morgen, Thea«, sagte Rainer, »setz dich mal hin.«

Steffen Scheufler stellte einen Stuhl neben Rainers Bürosessel und nickte Thea aufmunternd zu. Er selbst sah dabei alles andere als munter aus, eher wie jemand, der gerade von einer unheilbaren Krankheit erfahren hatte.

»Was ist denn los?«, fragte Thea.

»Kaffee?«, fragte Janina, aber Thea winkte ab.

»Danke, ich will keinen Kaffee, ich will wissen, was hier los ist.«

Rainer klopfte auffordernd mit der flachen Hand auf die Sitzfläche des Stuhls neben ihm. »Komm her.«

Thea nahm Platz. Steffen Scheufler und Janina blieben hinter ihr stehen und schauten ihr über die Schulter, was sie noch nervöser machte, als sie ohnehin schon war.

»Bist du bereit?«, fragte Rainer.

Thea nickte, ohne zu wissen, wozu sie eigentlich bereit sein sollte. Rainer legte seine dicken Finger auf die Maus und startete ein Video auf dem Bildschirm. Das Bild war zunächst so dunkel, dass Thea kaum etwas sehen konnte. Plötzlich setzte wieder die aggressive Heavy-Metal-Musik ein, die sie bereits von dem seltsamen Wohnungsbegehungsvideo vom Vortag kannte. Aber jetzt waren statt des Lofts Männer zu sehen, die alle die gleichen roten Overalls trugen, und Masken, die aus einem Horrorfilm zu stammen schienen, eine schrecklicher als die andere. Das Filmmaterial war schlecht, offenbar handelte es sich um Amateuraufnahmen von einem Livekonzert. Als die Kamera aufzog, war eine riesige Menschenmenge zu erkennen. Arme schossen in die Höhe, als der maskierte Sänger ein auf der Bühne errichtetes Podest bestieg. Er stand bewegungslos da, die weiße Maske mit den fratzenhaft verzerrten Gesichtszügen wirkte wie ein blutiger Totenschädel, und die Menge huldigte ihm. Das Ganze sah eher wie ein absurder Reichsparteitag aus als wie ein Konzert. Dann folgte ein Schnitt, die Musik lief weiter, aber statt der Bilder des Konzertes war nun, undeutlich und verwackelt, ein Paar Schuhe zu erkennen, das auf einem gefliesten Boden stand. Kinderschuhe. Also doch, dachte Thea, wieder das Innere eines Hauses. Die Kamera schwenkte durch den Raum. Eine Diele offenbar. Die Diele sah aus wie … Thea stockte der Atem. Der Spiegel an der Wand, die Garderobe, der Läufer auf dem Boden, die Kinderschuhe – das war Utes Haus. Und es waren Maris Schuhe gewesen. Thea spürte, wie es ihr eiskalt den Rücken hinunterlief. Ein weiterer Schnitt, zurück zum Konzert: Die Band heizte die tobende Masse an, aber Thea wollte nicht die Band mit ihren furchterregenden Masken, sondern die Bilder aus Utes Haus sehen, auch wenn sie ihr Angst machten. Sie musste wissen, wie es weiterging. Endlich kam der Schnitt. Die Kamera bewegte sich zielstrebig voran. Wohnzimmer, Küche, das gesamte Erdgeschoss, vertraut und unheimlich zugleich. Und plötzlich baute sich wieder der Schriftzug über dem Video auf, das in blutroten Buchstaben geschriebene »Watching you!« Wiederum blieb die Schrift stehen, während die Kamera jedes Zimmer erfasste, in jeden Winkel kroch, die Treppe hinauf, den Flur entlang, auf Maris Zimmer zu. Entsetzt beobachtete Thea, wie sich die Tür öffnete, das Bücherregal kam ins Bild, das Kinderbett, die Kamera verharrte einen Moment auf Maris zerschlissenem Stoffhasen. Dann brach die Musik schlagartig ab, das Bild wurde schwarz. Das Video war zu Ende. Thea saß da wie vom Donner gerührt und starrte den Bildschirm an.

»Das ist doch bei euch zu Hause?«, fragte Rainer schließlich. Seine Stimme klang belegt.

»Ja«. Thea nickte. Einen Moment lang herrschte Schweigen im Raum, bis Janina sagte: »Puh. Horror.«

»Die Band auf dem Video heißt jedenfalls Slipknot«, sagte Steffen Scheufler, »zu Deutsch: Henkersknoten.«

»Das muss sofort verschwinden«, sagte Thea gepresst. Der Gedanke, dass jemand Fremdes in ihrem Haus gewesen war, ohne dass sie etwas davon mitbekommen hatte, war unerträglich.

»Ich hab Tom schon angerufen. Er kommt, so schnell er kann.« Rainer kratzte sich am Kopf. Er wirkte ziemlich ratlos.

»Kann natürlich auch einfach nur ein blöder Scherz sein«, gab Steffen Scheufler zu bedenken.

»Ein Scherz!« Thea fuhr herum und blickte ihn böse an. »Jemand ist bei uns eingebrochen und war in jedem einzelnen Zimmer, sogar im Zimmer meiner Tochter. Jemand bedroht uns. Wo ist da der Witz?«

»'tschuldigung«, sagte Steffen Scheufler kleinlaut.

»Sollen wir die Polizei einschalten?« Rainer sah sie unsicher an. Überhaupt sahen alle sie an, als erwarteten sie von ihr eine Entscheidung darüber, wie es nun weitergehen sollte. Aber Thea war unfähig, irgendetwas zu entscheiden. Die gewalttätige Musik, das bedrohliche »Watching you!«, das Eindringen in ihre Privatsphäre, Maris Stoffhase. Sie hatte das Gefühl, körperlich angegriffen worden zu sein. Was nun? Sie wusste es nicht. In ihrem Kopf herrschte Leere.

Reiß dich zusammen, verdammt noch mal, denk nach.

Bisher hatte ein Unbekannter zwei Videos ähnlichen Inhalts auf die Website des Anzeigers hochgeladen. Um wen es im ersten Video ging, wessen Appartement dort zu sehen war, war unklar, aber im zweiten ging es ganz konkret um sie. Einen Moment lang überlegte Thea, ob es denkbar war, dass das Video sich an Ute richtete oder gar an Mari. Doch Mari schloss sie aus; um ein sechsjähriges Mädchen zu verstören, würde man andere Mittel wählen. Dass es um Ute ging, war theoretisch denkbar, aber Thea hielt es für sehr unwahrscheinlich. Sie war sich ziemlich sicher, dass man ihr, Thea, eine Botschaft senden wollte. »Watching you!«, wir beobachten dich. Aber um das besser einschätzen zu können, musste sie herausfinden, an wen das andere Video gerichtet war. Sie musste mit Daniel sprechen.

»Haben wir das Video von gestern noch?«, wandte sie sich an Steffen.

»Das hat Tom uns auf einen Stick gespielt. Kann ich dir geben.«

»Kriegst du das mit dem zweiten auch hin?«

»Hm«, machte Steffen und kratzte sich am Kinn. »Müsste gehen.«

»Gut«, sagte Thea. Steffen machte sich an die Arbeit, und Thea vereinbarte mit Rainer, dass sie sich gleich persönlich mit der Polizei in Verbindung setzen würde. Der schien erleichtert zu sein.

»Und jetzt«, wandte sich Thea an Janina, »könnte ich doch einen Kaffee vertragen.«

Sie hatte Glück. Daniel war in seinem Büro. Michi saß am Empfang, und nachdem Thea ihm erklärt hatte, dass sie Daniel dringend in einer persönlichen Angelegenheit sprechen musste, wurde sie anstandslos zu ihm vorgelassen. Immerhin.

»Thea. Schön, dich zu sehen.« Daniels Lächeln wirkte bemüht und konnte nicht darüber hinwegtäuschen, wie abgespannt er war. Kein Wunder. Die Mordermittlungen im Fall Degener liefen auf Hochtouren. Trotzdem nahm er sich Zeit für sie.

»Ich habe leider keine neuen Infos für dich…«, setzte Daniel an, aber Thea unterbrach ihn: »Ich brauch deine Hilfe.«

Er musterte sie prüfend. »Was ist los?«

Thea erzählte ihm in knappen Worten von den Videos, und Daniels Miene wurde schlagartig ernst.

»Setz dich doch erst mal«, sagte er und bot ihr einen Stuhl an, aber Thea winkte ab. »Danke, ich hab heute schon genug gesessen.« Sie reichte ihm den Stick mit den beiden Videos. Zuerst öffnete er das von Utes Haus.

Thea lehnte sich an die Schreibtischkante und behielt, während er sich das Video ansah, sowohl sein Gesicht als auch den Bildschirm im Blick. Nachdem die aggressive Musik verklungen und das Bild schwarz geworden war, sagte er nur: »Hast du eine Ahnung, wann das aufgenommen worden sein könnte?«

Thea fand seine Stimme unangemessen nüchtern.

»Nein«, antwortete sie knapp.

»Hast du's dir ganz genau angeschaut? Vielleicht kannst du anhand von kleinen Details rekonstruieren, wann das war. Vielleicht liegt irgendwo was rum, was dir …«

»Jemand war in unserem Haus, Daniel!«

Er blickte auf und sah sie fragend an.

»Du musst was unternehmen, ich habe Angst.«

»Das verstehe ich. Aber bevor ich was unternehmen kann, muss ich mir erst mal ein Bild verschaffen. Ist was geklaut worden? Vermisst ihr was?«

Thea schüttelte den Kopf. »Nicht, dass ich wüsste.«

»Okay«, sagte Daniel und startete das zweite Video. Die krachige Musik setzte ein, und erstaunlicherweise reagierte Daniel nun deutlich stärker als beim ersten Mal. Die Finger seiner rechten Hand begannen nervös auf die Armlehne seines Bürostuhls zu trommeln, was er nicht zu bemerken schien. Thea sah ihn verwirrt an. Das erste Video, das bewies, dass jemand in Utes Haus und somit in die Privatsphäre von Theas Familie eingedrungen war, hatte ihn relativ kaltgelassen, aber das zweite, das das Interieur eines unbekannten Appartements zeigte, beunruhigte ihn sichtlich.

»Weißt du, wo das ist?« Thea zeigte auf den Bildschirm, wo Daniel das Video eben noch einmal gestartet hatte. Die Kamera geisterte durch das Wohnzimmer, nahm den Flachbildfernseher ins Visier. »Kennst du diese Wohnung?«

»Nein«, sagte Daniel, ohne Thea anzusehen, und in diesem Moment erschien es ihr, als hätte sich ein Graben zwischen ihnen aufgetan, der gleichermaßen unsichtbar wie unüberbrückbar war. Sie glaubte ihm nicht. Sie war überzeugt davon, dass er log, sie war überzeugt davon, dass er das Appartement auf dem zweiten Video kannte, dass er es sogar gut kannte, anders war seine Reaktion nicht zu deuten. Gleichzeitig war sie derart verwirrt und verunsichert, dass sie sich selbst und ihrer Wahrnehmung nicht mehr traute. Warum sollte Daniel sie belügen? Das ergab überhaupt keinen Sinn. Einen Moment lang erwog sie, ihn mit dem Verdacht zu konfrontieren, doch dann war der Moment verflogen, und sie schwieg. Sie sah aus dem Fenster auf den tristen Innenhof des Polizeireviers, wo ein Streifenwagen in Richtung Straße rollte und das Blaulicht einschaltete. Die ganze Situation kam ihr mit einem Mal grundfalsch vor. Sie war in der Hoffnung hierhergekommen, von Daniel Antworten zu erhalten, stattdessen stellten sich nur neue Fragen. Den Rest des Gesprächs nahm sie wie durch einen Nebel wahr. Daniel bat sie, eine Kopie der Videos machen zu dürfen. Während ein Kollege die Daten überspielte, schien Daniel sich wieder zu fangen. Er brachte sogar ein Lächeln zustande, das wohl ermutigend sein sollte. »Wir nehmen das in die Hand, Thea, keine Sorge.«

»Ich mache mir aber Sorgen. Was ist, wenn der wiederkommt?«

»Ich analysiere das mit meinen Leuten und melde mich, okay?« Er erhob sich. Das Gespräch war beendet. Thea hatte das Gefühl, dass Daniel sie so schnell wie möglich loswerden wollte. Sie spürte Wut in sich aufsteigen.

»Du analysierst das jetzt in aller Ruhe, ja?«

»Ja.«

»Mit Michi und all den anderen Spezialisten hier.«

»Thea, bitte, lass mich einfach meinen Job machen.«

Da kam der Kollege mit dem Stick zurück und reichte ihn Thea. »Analysiert euch bloß nicht zu Tode.« Sie warf den Stick in ihre Handtasche, drehte sich um, und während sie aus dem Büro rauschte, freute sie sich über das Geräusch ihrer Cowboystiefel auf dem erbärmlichen Linoleumboden. Klang irgendwie entschlossen. Sie empfand so etwas wie Genugtuung.

Als die schwere Eingangstür hinter ihr ins Schloss fiel, steckte sie sich schnell eine Zigarette an, um den muffigen Geruch des Polizeigebäudes aus der Nase zu bekommen. Rauchend ging sie hinunter zum Fluss und sah ihm beim Träge-Dahinfließen zu. Insekten schwirrten umher, über der Uferböschung tanzten zwei weiße Schmetterlinge, Kohlweißlinge womöglich, was sie in diesem Moment gar nicht nervig, sondern sogar ganz schön fand und an Michael Endes »Der Lindwurm und der Schmetterling« denken ließ, das eine Zeit lang Maris Lieblingsbuch gewesen, inzwischen aber in Vergessenheit geraten war. Sie hatte es lange nicht mehr gesehen, aber irgendwo in Maris Zimmer musste es liegen.

Maris Zimmer. Der Stoffhase. Die Kamera, die sich langsam auf ihn zubewegte. Sie fröstelte, obwohl die Maisonne warm auf sie niederschien, und überlegte, ob sie Ute von dem Video erzählen sollte. Es war Utes Haus. Sie hatte ein Recht, von dem Vorfall zu erfahren, oder nicht? Andererseits widerstrebte es Thea, ihre Mutter unnötig zu beunruhigen. Vielleicht war es besser, abzuwarten, bis sie mehr wusste. Ja, entschied sie schließlich, abwarten fühlte sich richtig an. Sie warf die Zigarettenkippe fort und ging zurück in die Redaktion.

Janina erwartete sie bereits und sah sie mitfühlend an. Ihr

Lidschatten war grünmetallic. »Bist du okay?«, fragte sie. »Kann ich irgendwas für dich tun? Möchtest du reden?« Süß. Aber Thea wollte nicht reden. Sie wollte ihre Ruhe. Deshalb nickte sie Janina lächelnd zu und sagte: »Danke, vielleicht später, aber ich muss erst meinen Wagida-Artikel schreiben.« Nachdem sie und Janina Rainer von ihrem gestrigen Erlebnis berichtet hatten, war auch er der Ansicht, dass man das nicht weiter ignorieren konnte.

»Wann immer du willst, ich bin da«. Jania drückte Theas Arm.

»Du bist super!«, sagte Thea und meinte es genau so. Sie setzte sich an ihren Arbeitsplatz, fuhr den Computer hoch und rief die Website des Anzeigers auf. Tom hatte das Video in der Zwischenzeit gelöscht. Gut. Sie fühlte sich erleichtert, auch wenn ihr bewusst war, dass es sehr wahrscheinlich noch irgendwo in der Tiefe des Internets existierte und jederzeit an einem anderen Ort wieder auftauchen konnte. Sie musste wachsam sein. Bevor sie sich an den Artikel machte, griff sie zum Telefon und rief Thomas Friese an, um einen Termin für ihr Treffen auszumachen. Aber sie erreichte nur die Mailbox. Thea sah auf die Uhr. Kurz vor eins. Wahrscheinlich war er noch im Unterricht. Sie bat um einen Rückruf und legte auf.

Dann versuchte sie, sich auf den Artikel zu konzentrieren, aber der Gedanke an die beiden Videos und an Daniels merkwürdige Reaktion ließen ihr keine Ruhe. Immer wieder blitzten einzelne Bilder auf, die fürchterlichen Masken, Maris Schuhe in der Diele. Schließlich kramte sie den Stick aus ihrer Handtasche, steckte ihn in den Rechner und startete das Video. Obwohl sie es jetzt zum dritten Mal sah, wirkte es noch genauso schockierend wie heute Morgen. Als die Musik endete und das Bild gefror, raste ihr Puls. Sie konnte ihr Herz schlagen hören.

Um zu verstehen, worum es hier eigentlich ging, musste sie den Adressaten des zweiten Videos identifizieren. Und wenn Daniel ihr – aus welchen Gründen auch immer – nicht dabei helfen wollte, dann musste sie es eben selbst herausfinden.

Sie startete das zweite Video und folgte der Kamera noch einmal in das unbekannte Appartement. Wie ein Einbrecher fühlte sie sich, wie ein Voyeur; die Kamera war ihr Auge, das nun durch das fremde Wohnzimmer schweifte und auf dem Flachbildfernseher verharrte. An der Wand darüber hing ein Ölbild. Thea stoppte das Video und sah sich das von einem schwarzen Holzrahmen eingefasste quadratische Gemälde genauer an: In einem leeren, dunklen Raum, der sich ins Unendliche auszudehnen schien, kniete, mit dem Rücken zum Betrachter, eine Frau auf dem Boden. Die Tür zu ihrer Rechten war einen Spaltbreit geöffnet und ließ einen Lichtstreifen ins Zimmer. Die Frau trug einen grünen Rock und hielt ein Kind im Arm, von dem nur der Haarschopf zu sehen war. Das Bild strahlte in gleichem Maße Verlorenheit wie Geborgenheit aus und berührte Thea zutiefst.

Endlich löste sie sich von seinem Anblick und drückte wieder auf Start. Die Kamera glitt am Bücherregal vorbei auf das schicke graue Sofa zu, das vor der Fensterfront stand. Auf dem gläsernen Couchtisch lagen Zeitschriften, Brigitte und brand eins. Daneben ein dickes gebundenes Buch. »Der Distelfink« entzifferte Thea den Titel. Alles in dem Raum wirkte ordentlich, wie für ein Einrichtungsmagazin hergerichtet. Welche Schlüsse ließen sich aus diesen Details ziehen? Offensichtlich lebten in diesem Haus keine Kinder, nirgendwo lag Spielzeug herum, es gab keinerlei Anzeichen für kindertypisches Chaos. Wer immer hier wohnte, schien ein ordnungsliebender Mensch zu sein, und falls mehrere Personen zu dem Haushalt gehörten, war eine davon eine Frau. Jedenfalls hatte Thea bislang noch keinen

Mann kennengelernt, der sich die Brigitte kaufte. Die Kamera wackelte, zeigte einen Moment lang den Boden, dunkles Industrieparkett, sah schick aus. Am Kamin vorbei ging es in den hinteren Teil des Wohnzimmers, wo der moderne Holztisch stand, eine weiße Lilie darauf, sonst nichts. Über einem der Stühle hing ein Kleidungsstück, eine blaue Jacke, achtlos über die Lehne geworfen, ein Störfaktor in der sonst so ordentlichen Umgebung. Weiter ging es auf die Küche zu …

Halt! Die Jacke!

Thea stoppte das Video und suchte nach der Einstellung, die die Jacke am besten zeigte: Sie war dunkelblau, mit Ton-in-Ton-Karomuster. Genau so eine Jacke hatte Daniel am Tatort getragen. War es seine? Hatte er so merkwürdig auf das Video reagiert, weil er dieses Appartement kannte, weil er vielleicht sogar schon dort gewesen war? Was hatte er zu verbergen?

Thea war hin- und hergerissen. Einerseits hatte sie das Bedürfnis, sofort bei Daniel anzurufen und ihn mit der Entdeckung zu konfrontieren, andererseits hatte sie Angst. Was, wenn er sie wieder anlügen und sich der Graben zwischen ihnen weiter vertiefen würde? Trotzdem. Sie musste wenigstens versuchen, die Sache aus der Welt zu schaffen. Also griff sie zum Telefon und wählte Daniels Nummer, aber der nahm nicht ab, und auf die Mailbox sprechen wollte sie nicht. Sie probierte es auf dem Revier, wo man ihr sagte, Herr Seiler sei nicht mehr im Haus. Mist. Was jetzt? Sie entschied, es später noch einmal zu versuchen, jetzt musste erst einmal der Artikel geschrieben werden, dann war Thomas Friese dran, und anschließend hatte sie einen Ortstermin bei den Kleintierzüchtern abzuhaken, den ihr mal wieder Scheufler aufs Auge gedrückt hatte.

Als sie den Wagida-Artikel endlich geschrieben und fertig formatiert hatte, war es Viertel nach zwei. Thomas Friese hatte sich immer noch nicht gemeldet. Nachdem sie noch einmal vergeblich versucht hatte, ihn auf dem Handy zu erreichen, beschloss sie, bei ihm vorbeizufahren.

Der Peter-Rosegger-Weg lag in einem Neubaugebiet. Verkehrsberuhigter Bereich einem Schild zufolge, aber weit und breit nichts, was es zu beruhigen gäbe. Schon gar keinen Verkehr. Hier sah alles gleich aus: Wohnstraßen, Reihenhäuser, keine Menschen, keine Bäume, dafür etliche Baugruben. Aus Gründen, die sich Thea nicht erschlossen, schienen noch mehr Menschen hier bauen und leben zu wollen. Thea spähte aus dem Fenster und suchte die Nummer 15 b. Sie entdeckte die 9, die 11, da vorn musste es sein. Immerhin gab es hier keine Parkplatzprobleme, jeder hatte seine eigene Garage. Sie stellte den Volvo hinter einem blauen BMW ab, der blitzte, als käme er direkt aus der Waschanlage. Vielleicht war er aber auch einfach neu. Thea drehte den Rückspiegel zu sich und kontrollierte den Sitz ihrer Augenklappe, dann öffnete sie das Handschuhfach und suchte nach ihrem Handy. Sie wollte eben aus dem Auto steigen, als sie aus dem Augenwinkel eine Bewegung wahrnahm. Die Haustür der 15 b war aufgerissen worden, und ein Mann stürmte heraus. Er trug eine braune Jack-Wolfskin-Jacke, überquerte eilig die Straße und ging auf den BMW zu. Er wirkte irgendwie außer sich, und seine Miene war so merkwürdig verzerrt, dass Thea ihn erst erkannte, als er den Wagen schon fast erreicht hatte: Es war Herr Ullreich. Er stieg in den BMW, ohne Thea wahrgenommen zu haben, startete den Motor und fuhr mit quietschenden Reifen davon, viel zu schnell für die verkehrsberuhigte Zone.

Was war das denn jetzt?, fragte sich Thea. Sie atmete durch, und als der BMW hinter der Kurve verschwunden war, stopfte sie das Smartphone in ihre Handtasche und stieg aus. Es war bedrückend still, keine spielenden Kinder, keine Stimmen aus der Nachbarschaft, nicht einmal ein Rasenmäher. Thea fühlte sich wie in einer Geisterstadt, oder besser: wie in einer Reihenhausgeistersiedlung. Während sie die Straße überquerte und auf die 15 b zuging, stellte sie fest, dass die Haustür noch immer offen stand. Unschlüssig blieb sie vor der Schwelle stehen und spähte in den Eingangsbereich. Eine antike Kommode, ein Spiegel mit verschnörkeltem Goldrand darüber, Landhausdielen auf dem Boden, gekalkte Wände, alte Holztüren. Thea meinte, ein geschmackvoll hergerichtetes provenzalisches Bauernhaus vor sich zu haben und den zarten Duft von Lavendel in der Nase. Der Kontrast zwischen außen und innen hätte stärker nicht sein können. Um sich zu vergewissern, dass sie hier richtig war, schaute sie auf den Namen an der Klingel. Friese. Sie war richtig.

»Hallo?«, rief sie. Keine Antwort.

Sie drückte auf den Klingelknopf, ein warmes Dingdong ertönte, das an die Türglocke eines Tante-Emma-Ladens erinnerte, aber auch darauf blieb die Reaktion aus. Also trat Thea ins Haus und schloss die Tür hinter sich. »Hallo!«, rief sie noch einmal, während sie auf das gegenüberliegende Zimmer zuging. Es war das Wohnzimmer. Auch hier herrschte mediterrane Landhausgemütlichkeit in so hohem Maße, dass man hinter den Fenstern wilden Wein, sanfte Hügel und das Mittelmeer erwartete und herb enttäuscht wurde, weil da nur ein kümmerliches Stück Rasen und Reihenhausrohbauten zu sehen waren, so weit das Auge reichte. Etwas knirschte unter Theas Füßen. Glasscherben. Und dann entdeckte sie das Blut, das auf dem dunklen Holzboden schwer zu erkennen war. Es waren einzelne, dicke Tropfen, die in erstaunlicher Regelmäßigkeit eine Spur bildeten, die wieder hinaus in die Diele führte. Thea folgte der Spur durch die Diele und einen schmalen Flur entlang. Plötzlich meinte sie, ein Geräusch zu hören. Sie hielt inne. Es klang wie das Rauschen von Wasser aus einem Wasserhahn. Dann herrschte Ruhe. Kurz darauf wurde eine Tür geöffnet, und Thomas Friese, einen Waschlappen auf die linke Wange gepresst, trat auf den Flur. Er erschrak, als er Thea erblickte.

»Entschuldigung«, sagte Thea schnell, »ich hatte geklingelt, aber …«

»Kommen Sie, wir gehen ins Wohnzimmer.« Er ging ihr voran, und Thea achtete darauf, nicht in die Blutspur zu treten.

»Was ist denn passiert?«, fragte Thea, aber Friese schüttelte nur abwehrend den Kopf.

»Möchten Sie einen Schluck Tee?«, fragte er und bedeutete Thea, auf dem Sofa Platz zu nehmen. »Ich hatte gerade welchen gemacht, als … der müsste inzwischen gut durchgezogen sein.« Dafür, dass er gerade eins auf die Nase bekommen hatte, wirkte er merkwürdig gefasst. Entweder er stand unter Schock, oder er wollte die Peinlichkeit der Situation überspielen oder beides.

»Gern«, sagte Thea und setzte sich. Sie würde schon noch rausfinden, was passiert war.

Thomas Friese verschwand in die Küche und kam kurz darauf mit einem Tablett zurück, auf dem eine Teekanne samt Rechaud und zwei Tassen standen. Nun, da sein Gesicht nicht mehr vom Waschlappen verdeckt wurde, konnte Thea die Spuren der Verwüstung deutlich sehen. Die linke Wange war bereits heftig angeschwollen, und unter seiner Nase hatte sich eine Blutkruste gebildet. Thea verzog instinktiv das Gesicht und sagte: »Autsch.«

»Allerdings«, sagte er und grinste, aber nur kurz, denn offenbar bereite ihm das Schmerzen. Er stellte das Tablett auf den Tisch und verteilte die Tassen.

»Nicht, dass die Nase gebrochen ist«, sagte Thea. »Sollten Sie vielleicht mal nachschauen lassen.«

Thomas Friese betastete vorsichtig seine Nase. »Fühlt sich okay an«, sagte er schließlich. Sein Blick fiel auf das zersprungene Glas auf dem Boden.

»Verzeihen Sie«, sagte er, »ich muss das erst mal wegmachen.« Er holte einen Handfeger aus der Küche, und während er die Glassplitter vom Boden aufkehrte, sagte Thea: »Hat offenbar einen harten Schlag, der Herr Ullreich, was?«

»Sie kennen den?« Thomas Friese blickte erstaunt auf.

»Das ist unser Nachbar. Was wollte er denn von Ihnen?«

»Bin gleich wieder da.« Er ging mit dem Handfeger in die Küche. Thea hörte es klirren, als die Glasscherben in den Mülleimer fielen. Kam es ihr nur so vor, oder wich er ihren Fragen aus? Als er aus der Küche zurückkam, setzte er sich ihr gegenüber in den Sessel. »Sie haben ein paar Fragen zu Benni?«

»Ja. Aber erzählen Sie mir erst mal, was sein Vater von Ihnen wollte.«

»Das war ein Missverständnis. So was gibt's immer mal zwischen Eltern und Lehrern, nichts Wildes.«

»Nichts Wildes? Er hat Ihnen fast die Nase gebrochen.«

»Sieht schlimmer aus, als es ist, ehrlich.« Thomas Friese nippte an seinem Tee und lächelte Thea zu.

Was war mit dem los?, dachte Thea. Irgendwas stimmte da nicht. »Okay«, sagte sie, »jetzt mal Butter bei die Fische: Ihr Schüler Benni ist verschwunden …«

»Exschüler«, unterbrach Friese.

»Ihr Exschüler Benni ist verschwunden, und sein Vater hat Ihnen fast die Nase gebrochen. Das klingt nicht nach einem normalen Eltern-Lehrer-Missverständnis.«

Einen Moment lang sah Friese sie schweigend an, dann stellte er die Tasse auf den Tisch und sagte mit leiser Stimme: »Er dachte, ich weiß, wo Benni ist.«

»Und?«

»Ich weiß es nicht.«

»Das hat er Ihnen aber nicht geglaubt, oder?«

»Nein.«

»Und warum nicht?

»Das müssen Sie ihn fragen.«

»Warum geht er davon aus, dass Sie das wissen müssten?«

»Ich habe keine Ahnung.«

»Was für ein Verhältnis haben Sie zu Benni?«

Thomas Friese erhob sich und ging zum Fenster. Schweigend stand er da und schien in die Betrachtung der trostlosen Rohbauten versunken zu sein. Schließlich sagte er: »Ganz ehrlich: Ich habe keine Lust, mich von Ihnen verhören zu lassen. Entweder Sie kriegen irgendwie die Kurve, oder wir beenden das jetzt.«

Klare Worte. Und irgendwo hatte er recht. »Entschuldigen Sie bitte, das kam vielleicht falsch rüber, aber ich bin einfach verwirrt, und ich mache mir Sorgen um Benni.«

»Ich auch«, sagte Thomas Friese und setzte sich wieder. Thea hatte das Gefühl, sein Vertrauen erst wiedergewinnen zu müssen, und so begann sie zu erzählen, wie verzweifelt Frau Ullreich an jenem Abend vor ihrer Tür gestanden hatte. Wie sie sie zunächst um ihre Mithilfe gebeten und kurz darauf einen Rückzieher gemacht hatte und dass Thea nun einfach gehofft hatte, mit seiner Hilfe Licht ins Dunkel zu bringen oder zumindest einen Ansatzpunkt zu finden, was es mit Bennis Verschwinden auf sich haben könnte. Sie berichtete so offen und ehrlich, wie sie konnte, und schließlich sagte sie: »Was ich überhaupt nicht verstehe, ist, warum Bennis Eltern nicht endlich zur Polizei gehen. Mittlerweile ist er schon vier Tage verschwunden. Stattdessen taucht sein Vater bei Ihnen auf und verprügelt Sie. Was soll das?«

»Wie gesagt: Ich weiß es nicht.« Wieder nippte er an seiner

Tasse, und Thea befürchtete bereits, dass er es bei diesem Satz belassen würde. Aber dann begann er doch zu erzählen. Er hatte Benni in den letzten beiden Schuljahren nur im Nebenfach Geschichte unterrichtet, allerdings hatte Benni freiwillig die von Friese angebotene Geschichts-AG besucht und außerordentlich engagiert mitgearbeitet. »Benni war ein aufmerksamer und interessierter Schüler, ein prima Typ«, sagte er, »mit solchen Leuten in der Klasse macht die Arbeit Freude. Leider sind nicht alle so.«

»Sagt Ihnen der Name Max Herrmann etwas?«

»Ja. Der ist aktuell bei mir in der Geschichts-AG.«

»Bennis Mutter scheint keine Ahnung zu haben, mit wem ihr Sohn seine Zeit verbringt. Sie hat mir nur den Namen seiner Exfreundin nennen können.«

»Julia Werner.«

»Genau. Sie kennen sie?«

»Nicht näher. Ich habe sie nie unterrichtet. Ich weiß nur, dass sie eine Weile mit Benni zusammen war.«

»Julia hat mir etwas von einem ›Geheimbund‹ erzählt …«

Friese sah sie fragend an. »Ein Geheimbund? Was meinen Sie?«

»Ich dachte, Sie wissen vielleicht etwas drüber. Sie meinte, dass Benni, Max und noch ein Dritter …«

»Wahrscheinlich meint sie Lorenz Hübner. Der hat zusammen mit Benni Abi gemacht, die drei waren alle in meiner Geschichts-AG und haben viel Zeit miteinander verbracht. Sie hatten einfach ähnliche Interessen, aber ›Geheimbund‹ klingt mir ein bisschen arg theatralisch.«

»Bennis Mutter hat mich in sein Zimmer gelassen.« Thea holte das Smartphone aus ihrer Handtasche. »Dort hingen merkwürdige Schwarz-Weiß-Fotos, die irgendwie alle kein richtiges Motiv hatten.« Sie zeigte Friese das Foto vom Cannstatter Wasen. »Sorry, das Display ist ein bisschen klein, aber ich hoffe …«

»Ja, das kenne ich«, sagte Friese sofort. Er hatte nur einen flüchtigen Blick darauf geworfen.

»Das sagt Ihnen was?«

»Kommen Sie mit.« Er stand auf und führte Thea über den Flur in sein Arbeitszimmer. Der Raum war groß. Vor dem Fenster, durch das man auf eine Schneise zwischen den Reihenhäusern blickte, stand, auf Löwentatzen und reich mit Schnitzereien verziert, ein mächtiger Schreibtisch. Ein aufgeklappter Laptop darauf. Rechts ein Bücherregal, das bis zur Decke reichte, vollgepackt mit Büchern, DVDs, Videokassetten und Zeitschriftenschubern. Links ein nüchternes Metallregal mit Aktenordnern, ansonsten war die gesamte linke Wand tapeziert mit Fotos und Zeitungsausschnitten zur RAF, zum Mord an Siegfried Buback, zum Oktoberfestattentat. Ein großformatiges Farbfoto zeigte das Hochsicherheitsgefängnis Stammheim im Abendlicht. Soweit Thea das überblickte, ging es bei all diesen Dokumenten um Terrorismus – und dazwischen hingen Abzüge von Bennis Schwarz-Weiß-Fotos. Die unscheinbare Doppelhaushälfte, die Burgruine, das Backsteingebäude mit den Graffiti, der Schotterplatz im Wald und natürlich die Stelle vor dem Daimler-Testgelände auf dem Cannstatter Wasen. Es waren exakt die gleichen Fotos, die in Bennis Zimmer hingen.

»Bitte«, sagte Thea mit belegter Stimme, »erklären Sie mir das. Was haben diese Fotos zu bedeuten?«

»Sie als Journalistin haben doch sicher einige der Motive erkannt.«

Thea nickte und deutete auf das Foto vom Cannstatter Wasen. »Hier an dieser Stelle ist Florian Heilig gestorben. Richtig? Und das …«, sie zeigte auf das Foto des Backsteingebäudes mit den Graffiti, »ist das Trafohaus auf der Theresienwiese in Heilbronn, wo am 25. April 2007 Michèle Kiesewetter erschossen und ihr Kollege Martin Arnold durch einen Kopfschuss schwer verletzt wurde.«

»Richtig«, sagte Thomas Friese.

»Was hat Benni damit zu tun?«, fragte Thea. »Warum hat er diese Orte fotografiert?«

»Die Jungs haben sich sehr für den Polizistenmord in Heilbronn interessiert. Kein Wunder, das ist ja alles hier um die Ecke.«

»Heißt das, die anderen Fotos haben auch alle damit zu tun?«

»Mehr oder weniger, ja. Dieses Haus«, er zeigte auf das Foto des unscheinbaren Reihenhauses mit der Satellitenschüssel auf dem Dach, »steht in Hardthausen.«

»Das ist doch auch hier in der Nähe, oder nicht?«

»Die übernächste Autobahnausfahrt. Dort hat Tino Brandt, Gründer des rechtsradikalen Thüringer Heimatschutzes und V-Mann des Verfassungsschutzes, 2004 diese Doppelhaushälfte gekauft. Sie hat ihm bis 2008 gehört. Er soll dort aber nie gewohnt haben.«

»Aber was hat Benni mit diesen Fotos bezweckt? Wieso hat er die Aufnahmen gemacht?«

»Ich glaube, er wollte eine Ausstellung in der Schule machen, hatte auch schon einen Titel dafür: »Heimat«. Er wollte etwas dagegen tun, dass all die Dinge, die gewissermaßen in seiner Nachbarschaft passiert sind, in Vergessenheit geraten. Aber soweit ich weiß, ist das nie zustande gekommen. Die Fotos sind nie öffentlich gezeigt worden.«

»Und was ist mit dem hier?« Thea zeigte auf das letzte und rätselhafteste Foto: der Waldparklatz. Das Bild war offenbar im Winter aufgenommen worden, die Bäume trugen keine Blätter.

»Das ist der Waldparklatz ›Abgebrannte Eiche‹ zwischen Eberstadt und Cleversulzbach, an der A 81 östlich von Heilbronn. Dort wurde im Januar 2009 die verbrannte Leiche des achtzehnjährigen Arthur Christ gefunden. Er lag neben seinem Wagen. Spuren eines Brandbeschleunigers wurden entdeckt, aber der Fall ist bis heute nicht aufgeklärt. Es ist unklar, ob es sich um Mord oder Selbstmord handelte. Arthurs Eltern halten Selbstmord für ausgeschlossen, genau wie die Eltern von Florian Heilig. Überhaupt ist die Ähnlichkeit mit dem Fall Florian Heilig frappierend.«

»Und wo ist da die Verbindung zum Polizistenmord in Heilbronn?«, fragte Thea. »Denn das ist es doch, was all diese Fotos verbindet, wenn ich das richtig sehe.«

»Es existiert das Gerücht, dass Arthur Christ ein Augenzeuge der Tat gewesen sein könnte oder zumindest etwas darüber wusste, genau wie Florian Heilig.«

»Und deswegen sollen sie beide aus dem Weg geräumt worden sein?«

»Eine Zeugin hat kurz vor der Tat einen Jungen Mann am Trafohäuschen gesehen. Ihre Beschreibung trifft exakt auf Arthur Christ zu. Und bei Florian Heilig weiß man, dass er in dem Fall eine Aussage machen sollte.«

Während sie sich jedes einzelne Foto nochmals ansah, sagte Thea: »Bennis Mutter hat behauptet, nichts über diese Fotos zu wissen. Er hat offenbar nie mit ihr darüber gesprochen. Obwohl ihm das Thema so wichtig war, wie Sie sagen. Das ist doch merkwürdig.«

»Dass ein Junge in dem Alter seinen Eltern nicht allzu viel erzählt, finde ich ehrlich gesagt nicht außergewöhnlich.«

»Ihnen hat er dafür umso mehr erzählt. Ihnen hat er sogar Abzüge seiner Fotos gegeben.«

»Was wollen Sie damit sagen?«

»Sie wissen viel über Benni. Sie scheinen ziemlich vertraut zu sein, aber sie wissen nicht, wo er sich aufhalten könnte.«

»Ich kann's nicht ändern.« Thomas Friese verschränkte die Arme über der Brust und sah sie trotzig an.

Theas Blick wanderte über die Zeitungsausschnitte an der Wand und blieb an einem Foto hängen, das sie bisher noch nicht wahrgenommen hatte: Auf regennassem Asphalt lag etwas Dunkles, das aussah wie verkohltes Holz, erst auf den zweiten Blick erkannte sie, dass es sich um einen verbrannten Torso handelte, einen menschlichen Körper, dem Arme und Beine abgerissen worden waren. Es war eine Seite aus dem Stern zum Oktoberfestattentat 1980. Das Foto zeigte, wie Thea dem Text entnehmen konnte, die sterblichen Überreste des mutmaßlichen Bombenlegers Gundolf Köhler.

»Was für ein grauenhaftes Bild.«

»Der Selbstmordattentäter Gundolf Köhler«, kommentierte Thomas Friese, »der sich aus Frust über eine verhauene Uniklausur in die Luft sprengt und dreizehn Menschen mit in den Tod reißt. Vierunddreißig Jahre lang hat man der Öffentlichkeit erzählt, dass Köhler der verwirrte Einzeltäter war. 2014 hat die Generalbundesanwaltschaft endlich entschieden, das Verfahren wieder aufzunehmen.«

»Sie glauben nicht an die Einzeltäter-These?«

»Daran habe ich keine Sekunde geglaubt. Arthur Christ, Florian Heilig, Gundolf Köhler. All diese jungen Männer, die sich aus Liebeskummer oder Unifrust umbringen. Es ist eine Zumutung, was wir alles glauben sollen!« Er klang wütend.

Allmählich dämmerte es Thea: Offenbar hatte sie es hier mit einem verbeamteten Verschwörungstheoretiker zu tun. Der Mann glaubte an die ganz großen Zusammenhänge.

»Mit was für Themen haben Sie und die Jungs sich denn in der Geschichts-AG befasst?««

»Mit diesen hier«, sagte Thomas Friese und zeigte auf die Wand mit den Fotos und den Zeitungsauschnitten. »Ich bin Historiker und Lehrer. Ich habe es mit jungen Leuten zu tun, die Fragen stellen und die versuchen, die Welt zu verstehen, in der sie leben. Sie wachsen in einer Zeit auf, in der die westliche Welt sich im Krieg gegen den Terrorismus befindet, und gleichzeitig leben sie in einem Land, dem es wahrscheinlich noch nie so gut ging wie heute. Aber sie spüren diese Schizophrenie. Und sie haben das diffuse Gefühl, dass etwas nicht stimmt.«

»Etwas?«

»Sehr viel.«

»Wie hilft da die Beschäftigung mit Oktoberfestattentat und RAF?«

»Und dem NSU«, ergänzte Thomas Friese, »das sind die drei großen Komplexe, mit denen wir uns befassen. Zum einen steckt die Überlegung dahinter, dass es in Zeiten des *war on terror* wichtig ist zu verstehen, was Terrorismus eigentlich ist, und da konzentrieren wir uns eben auf den Heilbronner Polizistenmord von 2007 und das Karlsruher Attentat auf Siegfried Buback 1977, beides hier um die Ecke. Und beide Tatorte haben wir besucht, und wir waren auch in Stammheim, wo bis Ende 2012 der Prozess gegen Verena Becker geführt worden ist. Und plötzlich haben die Jungs gemerkt, wir reden nicht von Dingen, die abstrakt sind, weil sie irgendwo in entlegenen Winkeln der Welt passieren, sondern direkt vor ihrer Haustür.«

»Also Terrorismus als Heimatgeschichte plus Wandertag?«

»Wir untersuchen die Reaktion der Medien damals und zeigen Parallelen zu heute auf. Da hilft es, wenn die Anschläge schon ein bisschen zurückliegen. Der aufgewirbelte Staub, der bei jedem Terroranschlag erst einmal die Sicht vernebelt, hat sich dann gelegt, und je weiter das Geschehen zurückliegt, desto mehr

Quellen hat der Historiker zur Verfügung. Letztlich geht es um Medienkompetenz.«

»Lassen Sie mich raten«, unterbrach Thea. »Ihre Untersuchungen ergeben: Alles war ganz anders, und die Medien lügen, richtig?«

»Das ist ein bisschen verkürzt, aber man könnte es so zusammenfassen.« Thomas Friese grinste sie frech an. Seiner Nase schien es besser zu gehen. Schön für ihn. Thea spürte, wie Wut in ihr aufstieg. Bilder der Wagida-Demonstration schossen ihr durch den Kopf. Die aufgebrachte Menge, die »Lügenpresse, halt die Fresse« skandierte.

»Und Sie glauben, dass Sie auf diese Weise Medienkompetenz vermitteln?«

»Es war noch nie so wichtig wie heute, den jungen Leuten klarzumachen, dass die Dinge komplex sind und dass sie selbst nachforschen müssen. Sie dürfen sich nicht auf die etablierten Medien verlassen. Das, was man uns dort präsentiert, ist nur die Oberfläche. Die wahren Sachverhalte liegen darunter im Verborgenen, wie in einem tiefen dunklen See. Um die Zusammenhänge zu begreifen, reicht es nicht, am Ufer stehen zu bleiben. Man muss eintauchen, im Schlamm wühlen, den Dingen auf den Grund gehen. Dank des Internets geht das auch.«

Thea war kurz davor, zu explodieren. Ging ihr der Typ auf die Nerven, mit seinem Pathos und seiner Selbstgerechtigkeit. Aber sie bemühte sich, ruhig zu bleiben.

»Das heißt, Sie warnen Ihre Schüler vor der gleichgeschalteten Presse und gehen mit ihnen zu islamophoben Demos. Werden Sie so Ihrer Verantwortung als Lehrer gerecht?«

Thomas Friese blickte sie feindselig an. Dann sagte er: »Und was ist mit Ihrer Verantwortung als Journalistin? Wann habe ich im Anzeiger jemals etwas über die Ungereimtheiten beim Polizistenmord gelesen? Oder über den Fall Florian Heilig. Warum bleiben Sie da nicht dran? Seit der Ukrainekrise jammert die gesamte Journaille herum, dass man ihr nicht vertraut. Aber wie soll man euch denn vertrauen, wenn ihr seit Jahren eure Verantwortung als vierte Gewalt nicht wahrnehmt? Seit Nine Eleven erzählt ihr uns Schwachsinn und redet den Mächtigen nach dem Mund, die uns von einem Krieg in den nächsten treiben und unsere Bürgerrechte einschränken. Wo kann ich die Maßnahmen nachlesen, die als Reaktion auf den Charlie-Hebdo-Anschlag von unseren Außenministern durchgepeitscht worden sind? Aber ihr seid ja alle persönlich angegriffen worden und immer noch Charlie, weil ihr die Pressefreiheit so mutig verteidigt. Da hat man keine Zeit, uns Bürgern mitzuteilen, dass unsere Rechte gerade noch weiter eingeschränkt werden und wir noch besser überwacht werden sollen. Ich kann gar nicht so viel essen, wie ich kotzen möchte.« Seine Nase hatte wieder zu bluten begonnen, wovon er aber nichts mitzukriegen schien. Er blitzte Thea wütend an. »Es ist ganz einfach: Macht endlich euern Job. Oder haltet die Fresse.«

Was für ein selbstgefälliger, blöder … Idiot. Thea vibrierte innerlich. Wie kam er dazu, sie dermaßen vor den Kopf zu stoßen und zu beleidigen! Und das Schlimmste war – ihr fiel nichts ein, was sie ihm hätte entgegnen können. Sie hätte ihm so gern mit einem lockeren Spruch sein ganzes Wagida-Empörungsgeschwurbel um die Ohren gehauen, aber in ihrem Kopf herrscht Leere wie in einem frisch geräumten CIA-Foltergefängnis. So ein arroganter Arsch! Wie sie Leute hasste, die die Wahrheit gepachtet hatten und wussten, wie die Welt funktionierte. Als hätte sie sich noch nie über solche Dinge Gedanken gemacht. Sie war Pressesprecherin beim Roten Kreuz gewesen. Sie hatte das Leid der Menschen live erlebt, während er fett in seiner schwäbischen Doppelhaushälfte gesessen und sein Beamtengehalt eingestrichen hatte. Aber sie würde sich nicht auf eine Diskussion mit ihm einlassen. Er war es nicht wert. Sie würde … Da stellte sie fest, dass sich ein dicker Tropfen Blut aus seiner Nase löste und auf den Boden klatschte, und freute sich. Möge ihm doch die ganze Verschwörungsgülle aus dem Hirn rinnen, dachte sie und reichte ihm ein Papiertaschentuch.

»Einmal die Nase abwischen«, sagte sie, und während er ein wenig verdattert das Taschentuch unter seine Nase presste, kam ihr eine Idee.

»Jacke anziehen! Mitkommen!«, kommandierte sie.

Er glotzte sie an, aus seinem zerschlagenen Gesicht zwischen blutgetränktem Papiertaschentuch und traurig baumelnden Locken. Jämmerlich wirkte er, der Weltversteher, und Thea fühlte sich warm durchflutet von so niederen Instinkten wie Rache und Schadenfreude. Wie gut sich das anfühlte! Bevor er etwas sagen konnte, war sie schon auf dem Flur und ging in Richtung Haustür.

Sie hörte ihn »Was soll denn das?« und »Wo wollen Sie hin?« rufen, aber sie reagierte nicht, sondern trat aus dem Haus. Gierig sog sie die frische Luft ein. Aus der Ferne drang Baulärm zu ihr.

»Warten Sie doch mal!«

Zielstrebig, ohne sich nach ihm umzudrehen, überquerte Thea die lächerlich gepflasterte Wohnstraße in diesem verkehrsberuhigten Besserwisserghetto und nahm zufrieden zur Kenntnis, dass er hinter ihr die Haustür abschloss. Sie stieg in den Volvo, kurz darauf nahm er auf dem Beifahrersitz Platz und schnaufte: »Erklären Sie mir jetzt bitte …« Aber Thea dachte überhaupt nicht daran, ihm irgendwas zu erklären. »Anschnallen«, sagte sie und gab Gas. Während sie mit siebzig durch den Peter-Rosegger-Weg bretterte, die beschissenste aller Wohnstraßen dieses Landes, ach was, der Welt, und der große Thomas Friese, der Geistesriese mit der blutigen Nase, neben ihr im Sitz immer kleiner wurde und keinen Piep mehr von sich gab, fühlte sie sich so gut wie lange nicht.

Fünf Minuten später hatte er sich wieder gefangen und unternahm abermals einen Vorstoß. »Wir sind doch beide vernünftige Menschen …«

»Sie vielleicht«, unterbrach ihn Thea, »aber ich bin die Lügenpresse, und ich halt die Fresse. Ist doch in Ihrem Sinne, oder nicht?«

»Puh«, machte Thomas Friese.

Den Rest der Fahrt schwiegen sie.

Das Vereinsheim der Wartenburger Kleintierzüchter stand eingeklemmt zwischen Einfamilienhäusern und Schrebergärten auf einer Wiese und wirkte von außen wie eine Fabrikhalle, die beim letzten Sturm hierhergeweht und dann vergessen worden war. Als Thea den Wagen abschloss, war es siebzehn Uhr. Sie befürchtete bereits, zu spät zu sein, doch als sie die Tür der Halle öffnete, herrschte darin noch reges Treiben.

»Was machen wir hier?« Thomas Friese sah sich ungläubig in der Halle um.

»Sie schauen sich jetzt die Lügenpresse bei der Arbeit an«, sagte Thea, während sie nach dem Zettel kramte, auf dem sie sich den Namen des Vereinsvorsitzenden notiert hatte. »Und danach unterhalten wir uns weiter.«

Ein strenger Geruch nach Heu, Bier, Grillfleisch und Tierfäkalien lag in der Luft, eine Mischung, die gewöhnungsbedürftig, aber nicht ohne Reiz war. Innen schien die Halle weit weniger groß zu sein, als es Thea von außen vorgekommen war, was, wie sie schnell erkannte, daran lag, dass sich alle Besucher im vorderen Drittel drängten, das mit Bierbänken zugestellt war. Der Rest der Halle war den Käfigen vorbehalten, die, jeweils zwei aufeinander, in dichten Reihen standen. In der Mitte der Halle wurden die Käfigreihen durch einen breiten Gang unterteilt, von dem zahllose Gassen abzweigten, sodass der interessierte Kleintierfreund die Kaninchen, Enten, Tauben und so weiter von vorn und hinten begutachten konnte. Aus den Lautsprechern tönte Schlagermusik, zwei Biertische schunkelten mit. Offensichtlich war man bereits zum gemütlichen Teil des Nachmittags übergegangen.

Nachdem sie eine Weile gesucht hatte, gab sie es auf und wandte sich an einen rotgesichtigen Mann am Grill, der gerade eine Bratwurst wendete. Sie sagte, sie komme vom Anzeiger, und fragte ihn nach einem Ansprechpartner.

Der Mann sah sie skeptisch an. »Aber sonst kommt doch immer der Scheufler.«

»Ja«, sagte Thea, »der kann aber heute nicht.«

»Dachte ich mir schon. Sonst wär er bestimmt gekommen.«

»Bestimmt.«

»Dann gehen Sie mal zu Dieter. Der macht das.«

»Wer ist Dieter?«

Der Rotgesichtige sah sich suchend um, schien Dieter aber nicht zu finden, also brüllte er in den Saal: »Wo ist denn Dieter?«

Über einem Käfig in der zweiten Reihe tauchte ein Kopf auf. Schulterlanges Haar, Boxernase, Schnauzbart. »Was denn?«, rief Dieter.

»Der Anzeiger ist da!«

»Komme!«

Dieter war quadratisch und schaukelte im Seemannsgang heran. Er war einen Kopf kleiner als Thea und streckte ihr seine Pranke entgegen. »Tag. Was ist denn mit dem Scheufler los?«

»Der kann nicht.«

»Hätt er ja mal Bescheid geben können. Ich bin Dieter.«

»Thea. Und das«, sie wies auf Thomas Friese, der noch immer wie Falschgeld neben ihr stand, »ist Thomas, unser Praktikant. Der möchte mal ein bisschen reinschnuppern.«

»Na dann ist er hier richtig«, sagte Dieter. »Zu schnuppern gibt's bei uns 'ne Menge.« Er wandte sich an einen pickligen Jungen, der gerade mit einem Tablett unterm Arm an ihm vorbeihastete. »Machsch bitte dreimal volles Programm.«

Der Junge nickte, eilte zu dem improvisierten Tresen neben dem Eingang und gab die Bestellung an den Mann hinter der Zapfanlage weiter. Dieter musterte unterdessen kritisch Thomas Frieses Gesicht, dann wanderte sein Blick hinüber zu Thea. Plötzlich begann zunächst seine Oberlippe zu flattern, und einen Moment später prustete er los. Er kriegte sich nicht wieder ein. Thea wechselte einen irritierten Blick mit dem Lehrer, und in dem Moment wurde ihr klar, was Dieter so belustigte: Sie mit der Augenklappe und Thomas Friese mit dem zerschlagenen Gesicht gaben tatsächlich ein tolles Paar ab. Das letzte Aufgebot gewissermaßen. Thea wollte Dieter eben klarmachen, dass sie nicht den ganzen Abend warten könne, bis er sich beruhigt habe, als der Junge mit den Getränken zurückkam. Er stellte drei Halbe und drei Gläser Schnaps auf einen freien Biertisch. Als hätte irgendwer einen Schalter umgelegt, hörte Dieter auf zu lachen und hielt das Schnapsglas in die Höhe: »Wohlsein!«

Sie prosteten einander zu und stürzten den Schnaps hinunter. Thea schüttelte sich wohlig und sagte. »Boah, das passt jetzt aber gut!«

»Wie die Faust aufs Auge«, ergänzte Dieter und blickte Thomas Friese herausfordernd an. Aber der presste sich wieder ein Papiertaschentuch unter die Nase und reagierte nicht. Aus den Lautsprecherboxen tönte »Born To Be Wild«, Dieter bestellte noch eine Runde Schnaps und sagte: »So, und jetzt zum Geschäftlichen.« Sie setzten sich an den Biertisch, Dieter griff in die Innentasche seiner Lederjacke und holte einen mehrfach gefalteten Zettel hervor, den er Thea wie ein Geheimdokument zuschob. »Steht alles drauf, was du wissen musst. Wenn du mir deine Mailadresse gibst, schick ich's dir gern noch elektronisch, dann musst du's nicht abtippen.«

Thea entfalte den Zettel und überflog ihn. Es war der ausformulierte Entwurf des Artikels, den sie morgen über die Veranstaltung schreiben sollte, samt detaillierter Auflistung sämtlicher Preisträger.

»Super«, sagte Thea, schrieb Dieter ihre E-Mail-Adresse auf und erntete einen missbilligenden Blick von Thomas Friese, so schien es ihr jedenfalls. Alter Miesepeter!

Die nächste Runde Schnaps kam, sie stießen an, und nachdem sie das Glas geleert hatte, hatte Thea das Bedürfnis, ein paar Dinge klarzustellen. Mehr zu Thomas Friese als zu Dieter sagte sie deshalb: »Natürlich übernehme ich nur die Fakten, also die nackten Zahlen, der Rest wird umformuliert und gemäß eigener Recherche …«

»Schoklar«, sagte Dieter. »Proscht!«

»Nicht dass du denkst, ich übernehme hier ungeprüft irgendwelche PR oder so«, sagte Thea zu Thomas Friese. »Auf keinen Fall. Das ist hier nämlich seriöser Journalismus.«

»Schoklar.«

Sie stießen mit ihren Biergläsern an, dass es klirrte, und während sie trank, fiel Thea auf, dass sie Thomas Friese gerade geduzt hatte. Es fühlte sich merkwürdigerweise sogar gut an. Was heißt gut? dachte sie. Okay irgendwie. Angemessen. Nach der dritten Runde Schnaps sagte Thea: »So, Dieter, jetzt führst du uns mal bisschen rum, was?«

»Awwa!«, sagte Dieter. »Steht doch alles im Artikel.«

»Das ist noch nicht der Artikel, Dieter«, sagte Thea betont deutlich, damit Friese, der noch immer mit seiner Nase beschäftigt war, es auch mitbekam. »Das ist allerhöchstens die Basis, auf die sich der noch zu schreibende Artikel anlehnen … äh, auf den er sich aufbauen … Du weißt schon.«

Dieter starrte Thea schweigend an. Er schien scharf nachzudenken. Dann leerte er sein Bierglas in einem Zug und stand auf. »Ich zeig euch jetzt mal Mecki«, sagte er, und es klang sehr entschieden.

»Born to be wei-hei-heild«, grölte der Nachbartisch.

Mecki war ein Deutscher Widder, wildgrau, ein Rammler mit Spitzenpunktzahl in allen Kategorien, wie Dieter stolz erklärte. Und auch in diesem Jahr hatte er den ersten Platz gemacht. Dieter sah Mecki durch die Käfigtür hindurch an wie einen Sohn, der gerade das entscheidende Tor in der Jugendmannschaft geschossen hatte. »Du bist einfach der Beste, gell, Mecki«, sagte er.

Möglicherweise war er der Beste, der Schönste war er mit Sicherheit nicht, fand Thea. Aber für sein Aussehen konnte er nichts, es war seiner Rasse geschuldet. Mecki war der Mops unter den Kaninchen, wulstig und gedrungen, seine herabhängenden Ohren ließen ihn traurig aussehen. Sie wusste, dass sie jetzt etwas Anerkennendes sagen musste, aber ihr fiel nichts ein. Zum Glück bekam Thomas Friese in diesem Moment einen Niesanfall und zog Dieters Aufmerksamkeit auf sich. Zwischen zwei Niesattacken krächzte Friese: »'tschuldigung, das ist das Heu.«

Dieter warf ihm einen Blick voller Mitleid und Verachtung zu. Thomas Friese, das war klar zu erkennen, war bei ihm unten durch. Er öffnete die Käfigtür, machte »Mecki-Mecki-Mecki« und holte den Preisgekrönten mit geübtem Griff aus der Box. Er nahm ihn in den Arm, streichelte ihn und sah dabei derart selbstvergessen und uneingeschränkt glücklich aus, dass Thea ganz warm ums Herz wurde.

»Reizend«, sagte sie, und Dieter strahlte. »Willst du auch mal? Er ist ganz zahm.«

Thea wollte nicht, aber da hatte ihr Dieter den Rammler schon in den Arm gedrückt.

»Ha-ha«, machte Thea, »ist der weich. Und warm ist er auch.«

»Warm sollte er schon sein«, sagte Dieter, »sonst hab ich ein Problem.«

Als Thea eine Viertelstunde später neben Thomas Friese auf ihren Wagen zuging, fühlte sie sich gut, obwohl es zu regnen begonnen hatte. Von der Halle wehten gedämpft die Klänge von ABBAs »Super Trouper« zu ihnen herüber, und Thea dachte gerührt an Dieter und Mecki. Wie liebevoll Dieter mit seinem Kaninchen umgegangen, wie stolz er auf das Tier gewesen war. »Es ist immer toll«, dachte sie laut, »wenn Menschen von einer Sache begeistert sind. Das macht einfach Freude.«

Thomas Friese blieb abrupt stehen. Thea wandte sich nach ihm um und blickte in sein finsteres Gesicht.

»Was denn?«, fragte Thea. Hatte sie irgendwas Falsches gesagt?

»Es ist ja schön, dass sie Freude an den Kaninchen hatten. Aber warum mussten Sie mich mitschleppen?

»Waren wir nicht schon beim Du?«

»Sie vielleicht.«

»Was sind *Sie* denn für ein schlecht gelaunter Mensch? Das war doch lustig eben, oder nicht?«

»Ich fand es nicht lustig.«

»Jedenfalls wissen Sie jetzt aus eigener Anschauung, was die Lügenpresse so treibt. Die Desinformation steht dann morgen in der Zeitung.«

»Ha-ha.«

»Sie haben aber auch gar keinen Humor.«

»Doch«, sagte Thomas Friese. Sein Mund war ein schmaler Strich, die Hände hatte er in die Hosentaschen vergraben, und Thea war überzeugt davon, dass sie zu Fäusten geballt waren. Ein trotziger Junge. Irgendwie rührend. Aber humorlos.

»Na kommen Sie«, sagte Thea versöhnlich, »ich fahr Sie nach Hause.«

»Sie wollen in Ihrem Zustand aber nicht Auto fahren, oder?« Er schaute sie an, als hätte sie gerade vor seine Doppelhaushälfte gepullert.

In was für einem Zustand? Wovon redete der Mann?

»Sie haben dadrin«, er zeigte empört auf die Halle, aus der Helene inzwischen »Atemlos durch die Nacht« fischerte, »ein großes Bier und mindestens drei Schnäpse zu sich genommen«, zählte er mit buchhalterischem Furor auf.

»Sie doch auch«, sagte Thea.

»Ich will aber auch nicht mehr Auto fahren.«

»Müssen Sie ja auch nicht. Ich hab doch gesagt, dass ich Sie nach Hause …«

»Sie fahren ganz sicher nicht mehr.«

»Wollen Sie mich daran hindern?«, fragte Thea, der das Gespräch allmählich zu doof wurde. Sie schloss den Volvo auf und sah Thomas Friese provozierend an. »Ich bin stocknüchtern. Sie können sich jetzt entscheiden, ob Sie einsteigen oder zu Fuß gehen wollen.«

Der Regen wurde stärker. Thomas Friese blieb stehen. Er wirkte unentschlossen, sagte aber nichts.

»Einundzwanzig, zweiundzwanzig«, zählte Thea, und als er danach immer noch keine Anstalten machte, sich in Bewegung zu setzen, sagte sie »Dann eben nicht« und stieg ein. Sie ließ den Motor an und gab Gas. Im Rückspiegel sah sie Thomas Friese mit hängenden Schultern im Regen stehen. Er wirkte so hilflos, dass er ihr fast leidtat.

Während sie zur Redaktion fuhr, kreisten ihre Gedanken um Thomas Friese mit seiner Doppelhaushälfte, um Terrorismus und traurige, aber siegreiche Deutsche Widder, wildgrau. Sie musste dringend mit Herrn Ullreich sprechen, der Friese, warum auch immer, die Nase blutig geschlagen hatte, auch wenn sie bezweifelte, dass er ihr viel sagen würde. Er war nicht der gesprächige Typ. Aber warum hielt er es angesichts des Verschwindens seines Sohnes für angemessener, dessen ehemaligen Lehrer zu verprügeln, als endlich die Polizei zu verständigen? Und sie musste Daniel wegen seiner Jacke auf dem Video sprechen. Sobald sie in der Redaktion war, würde sie ihn noch mal anrufen. Da klingelte ihr Handy. Es war Ute, die sich erkundigte, wann sie zu Hause sein würde, sie habe doch bestimmt daran gedacht, dass heute wieder Tango sei.

»Natürlich, klar« sagte Thea, aber offenbar klang sie derart übermotiviert, dass Ute die Lüge sofort heraushörte. »Na dann ist ja gut«, sagte sie eisig. Thea sagte, sie beeile sich, und wollte das Gespräch gerade beenden, als ihr eine Idee kam. Klaus Leidolf, Utes Tanzpartner, war der hiesige Schulamtsleiter. Wenn jemand über Thomas Friese informiert war, dann er. »Mama?«

»Ja?«

»Ist Herr Leidolf schon bei dir?«

»Nein.«

»Aber er kommt vorbei, um dich abzuholen?«

»Das hoffe ich doch schwer.«

»Alles klar, ich beeile mich, okay?«

Nachdem sie aufgelegt hatte, fiel ihr ein, dass es noch eine weitere, nicht zu unterschätzende Baustelle gab: Sie hatte Ute nichts von dem in ihrem Haus aufgenommenen Video erzählt, um sie nicht zu beunruhigen. Außerdem wollte sie nicht, dass Mari etwas davon erfuhr. Bis jetzt hatte das funktioniert, aber mit jeder Stunde, die seit der Veröffentlichung im Internet vergangen war, stieg die Wahrscheinlichkeit, dass jemand aus Utes großem Bekanntenkreis, der das Video gesehen hatte, sie darauf ansprach. Was dann? Je länger die Veröffentlichung zurücklag, umso schwieriger würde es für sie werden, ihrer Mutter zu erklären, warum sie ihr nichts gesagt hatte. Sie konnte nur hoffen, dass sie damit durchkam. Die Scheibenwischer schmierten, sie musste die Wischblätter erneuern. Sie dachte an Thomas Friese, der wahrscheinlich gerade zu Fuß durch den Regen zu seiner Doppelhaushälfte ging. Für einen Moment hoffte sie, dass er auf die Idee gekommen war, sich ein Taxi zu rufen, doch dann fiel ihr wieder ein, dass es in Wartenburg keine Taxis gab.

Als sie kurz darauf in der Redaktion an ihrem Schreibtisch saß, gelang es ihr nicht, sich auf den Kleintierzüchterartikel zu konzentrieren. Sie war im Geiste bereits bei Klaus Leidolf und den Fragen, die sie ihm stellen wollte. Zum wiederholten Mal las sie Dieters Vorlage durch, bis sie schließlich fand, dass alle wichtigen Fakten drinstanden und sie es jetzt auch nicht besser hinbekäme. Dieter hatte ihr den Artikel, wie versprochen, bereits per Mail geschickt, »mit herzlichem Gruß, Dieter«. Also drückte sie kurzerhand copy, paste, layoutete das Ganze, und fertig war der Lack:

KLEINTIERZÜCHTER GANZ GROSS

Die Lokalschau der Kleintierzüchter mit über 200 Tieren im Wartenburger Vereinsheim war, zur Freude der Veranstalter, sehr gut besucht. Vorsitzender Dieter Rutschmann dankte den Züchtern fürs gute Vereinsleben und den vielen freiwilligen

Helfern für ihr Engagement. Er zeigte sich sehr zufrieden mit den Ergebnissen und übergab Preise und Auszeichnungen.
Erster und zweiter Vereinsmeister in der Sparte große Kaninchen wurde Dieter Rutschmann (Deutsche Widder, wildgrau, 387 Punkte, und Satin Elfenbein, 385,5 Punkte). Dritter wurde Walter Stier (Helle Großsilber, 384 Punkte). Bei den kleinen Kaninchen sicherte sich ebenfalls Dieter Rutschmann den ersten und dritten Platz (Zwerg-Widder, thüringerfarbig-weiß, 387 Punkte, und Zwerg-Widder, thüringerfarbig, 384,5 Punkte). Den zweiten Platz holte Ralf Burkert (Kleinchinchilla, 385,5 Punkte). Jungzüchter Thorsten Burkert (Thüringer, 385,5 Punkte) freute sich in der Sparte große Kaninchen über seinen Titel als Vereinsmeister.
Bei den großen Hühnern wurde Herbert Theurer (Welsumer, rostrebhuhnfarbig, 375 Punkte) Erster. Jugendvereinsmeister wurde auch hier Thorsten Burkert (Welsumer, rostrebhuhnfarbig, 377 Punkte). Als Vereinsmeisterin wurde bei den Zwerghühnern Anja Hornung (Deutsche Zwerghühner, goldhalsig, 381 Punkte), als Zweiter Rüdiger Hornung (Zwerg-Welsumer, orangefarbig, 379 Punkte) und als Dritter Fabian Münz (Zwerg New Hampshire, goldbraun, 379 Punkte) geehrt.
Markus Deininger wurde für seine Zuchterfolge bei den Tauben als Erster und Zweiter (Kölner Tümmler, weiß, 373 Punkte, und Coburger Lerchen, silbern, 372 Punkte) ausgezeichnet.
Die Sparte Wassergeflügel entschieden Vereinsmeister Fabian Münz (Zwergenten, silber, wildfarbig, 381 Punkte) und Joachim Münz (Fränkische Landgänse, blau, 379 Punkte) für sich.

Fakten, Fakten, Fakten, dachte Thea zufrieden, von wegen Lügenpresse, und schickte den Artikel ab. Dann versuchte sie noch einmal Daniel zu erreichen. Aber er ging nicht ran.

Kurz nach achtzehn Uhr parkte sie vor Utes Haus. Es hatte aufgehört zu regnen. Sie wollte gerade ihren Wagen abschließen, da klingelte ihr Handy. Zunächst dachte sie, Daniel würde zurückrufen, aber es war Thomas Friese. Er klang atemlos und fragte, ob Thea womöglich seinen Hausschlüssel in ihrem Wagen gefunden habe. Der sei nämlich verschwunden, und er vermute, dass ihm der Schlüssel aus der Jackentasche gerutscht sei. Thea versprach nachzusehen und fand den Schlüssel tatsächlich unter dem Beifahrersitz. »Und jetzt?«, fragte sie. »Jetzt stehen Sie vor der Haustür und kommen nicht rein, oder wie?« Aber Thomas Friese gab Entwarnung. Er hatte noch einen Ersatzschlüssel bei den Nachbarn liegen, würde also ins Haus kommen. »Dürfte ich Sie bitten, den Schlüssel morgen bei mir in den Briefkasten zu werfen?«, fragte er. »Das dürfen Sie«, sagte Thea, »und das mach ich auch. Kein Problem.« Thomas Friese bedankte sich höflich und wünschte ihr einen angenehmen Abend.

Tangomusik schallte durchs Haus, als Thea in die Diele trat und die Tür hinter sich schloss. Ute und Klaus Leidolf, die Thea nicht bemerkt hatten, pflügten im Tangoschritt durchs Wohnzimmer, und Thea musste zugeben, dass ihre Bewegungen graziöser und auch leidenschaftlicher aussahen, als sie sich das jemals hätte vorstellen können. Es sah richtig gut aus. Und es verwirrte sie ziemlich. Mari, die der Vorstellung vom Sofa aus zusah, entdeckte Thea als Erste. Sie sprang auf und rannte auf sie zu. »Mama!« Ute und Klaus Leidolf blieben abrupt stehen und sahen Thea an wie zwei Teenager, die beim Petting ertappt worden waren. Gab es dieses Wort noch? Machten Teenager so was heute noch, oder hatte sich Petting mit der Jahrtausendwende erledigt?, fragte sich Thea. Um die peinliche Situation zu überspielen, klatschte sie laut Beifall und rief: »Bravo! Ganz wunderbar!«

»Danke«, sagte Ute, »aber Euphorie ist fehl am Platz.« Klaus Leidolf murmelte mit rotem Kopf: »Guten Abend, Thea … es … wir hatten ein Problem mit dem Valentino.«

»Wer ist Valentino?«

»Beim Valentino hebt die Dame das Bein an und hält es im Knie um neunzig Grad angewinkelt …«

»Eine Tangofigur«, unterbrach Ute, »interessiert dich sowieso nicht. Deine Tochter hat bereits gegessen.«

»Pizza!«, rief Mari begeistert.

»Offenbar hat's geschmeckt, was?«, sagte Thea und wuschelte ihrer Tochter durchs Haar.

»Das wollen wir doch mal hoffen«, sagte Ute.

»Wann müsst ihr denn los?«, fragte Thea.

Ute sah auf die Uhr. »In einer halben Stunde. Auch ein Glas Wasser?«, rief sie in Richtung ihres Tanzpartners.

»Gern«, sagte Klaus Leidolf. Ute verschwand in der Küche. Das war die Gelegenheit. Thea wandte sich an ihre Tochter: »Wenn du willst, darfst du noch eine halbe Stunde Fernsehen gucken.«

Mari wollte, schnappte sich die Fernbedienung und machte es sich auf dem Sofa bequem, während sich Thea an Klaus Leidolf heranpirschte. Für Vorgeplänkel fehlte ihr die Zeit, aber da sie nicht ganz mit der Tür ins Haus fallen wollte, sagte sie: »Der Valentino sah gut aus.«

»Danke.« Klaus Leidolf lächelte bescheiden. »Aber ich fürchte, er hat noch ein paar Macken.«

»Sagt Ihnen der Name Thomas Friese etwas?«

Leidolfs eben noch so freundliches und offenes Gesicht wurde schlagartig ernst. Misstrauisch blickt er Thea an.

»Wie kommen Sie auf diesen Namen?«

Mist, dachte Thea. Sie hatte sich überhaupt nicht überlegt, was sie ihm sagen würde. Glücklicherweise trat in diesem Moment Ute zu ihnen und reichte Klaus Leidolf das Wasserglas. »Zum Wohl.«

Leidolf nickte ihr dankend zu. Das nun folgende Schweigen schien Ute zu verwirren, denn sie fragte: »Stör ich irgendwie?«

Sowohl Thea als auch Klaus Leidolf beeilten sich zu betonen, dass sie überhaupt nicht störe, fragten, wie sie auf so einen absurden Gedanken komme, und waren offenbar so leicht zu durchschauen, dass Ute nur sagte: »Alles klar, ich muss mich sowieso noch umziehen«, und verschwand.

Sobald sie außer Hörweite war, flüsterte Klaus Leidolf: »Was ist mit Thomas Friese?«

Thea entschied spontan, ihm die Wahrheit zu sagen. Aber sie musste sich absichern. Die Sache mit Benni durfte nicht nach außen dringen. Das war sie Frau Ullreich schuldig. »Versprechen Sie mir, dass Sie alles, was ich Ihnen jetzt sage, vertraulich behandeln?« Jetzt fing sie auch schon damit an.

»Natürlich.«

Thea berichtete ihm von Bennis Verschwinden und dass Frau Ullreich sie zunächst um Hilfe gebeten hatte, dies aber inzwischen aus unbekannten Gründen zu bereuen schien. Sie erzählte von ihrer Begegnung mit Bennis Exfreundin Julia Werner, die etwas von einem Geheimbund gesagt und angedeutet hatte, dass Thomas Friese mehr darüber wissen könnte, und sie schilderte, wie Herr Ullreich aus Frieses Haus gestürmt war und Friese mit blutiger Nase vor ihr gestanden und alles heruntergespielt hatte. Klaus Leidolf hörte konzentriert zu. Dann sagte er: »Gehen wir vor die Tür?«

Sie gingen in den Garten. Unter ihnen, im Tal, waren die Dächer Wartenburgs zu sehen. Alles sah friedlich aus. Aber Leidolfs Stimme passte nicht zur Idylle. »Ich verstoße gegen meine Amtspflichten, wenn ich mit Ihnen darüber rede, Thea. Wenn ich es trotzdem tue, muss ich mich darauf verlassen können, dass alles unter uns bleibt.«

»Versprochen.«

»Gut«, sagte Klaus Leidolf und nippte an seinem Wasserglas. »Ich kenne und schätze Thomas Friese seit Langem als guten Pädagogen und engagierten Lehrer. Allerdings liegen uns inzwischen Beschwerden über ihn vor. Von Eltern mehrerer Schüler.«

»Auch von den Ullreichs?«

»Allen voran von den Ullreichs. Man kann wohl sagen, dass die Ullreichs eine regelrechte Hetzkampagne gegen Thomas Friese initiiert haben.«

»Aber wieso?«

»Sexueller Missbrauch von Schutzbefohlenen. Ein schwerwiegender Verdacht. Den wir versucht haben, sehr diskret zu behandeln.«

Thea versuchte zu verstehen. »Das heißt, die Ullreichs glauben, dass Thomas Friese und Benni … was miteinander hatten?«

Leidolf nickte. »Und wir versuchen gerade herauszufinden, ob an den Vorwürfen etwas dran ist oder ob es sich um Rufmord handelt. Eine heikle Sache, denn auf der einen Seite müssen wir die Schüler natürlich unbedingt schützen …«

Könnte das ein Grund dafür sein, überlegte Thea, dass Ullreichs nicht zur Polizei gehen wollten? Fürchteten sie den Skandal, wenn die Sache an die Öffentlichkeit käme? Aber an die Schulleitung hatten sie sich ja offenbar bereits gewandt. Das passte nicht zusammen. »Wie sind Ullreichs denn vorgegangen?«, fragte Thea. »Sind sie mit dem Verdacht direkt und ganz offiziell zur Schulleitung?«

»Nein, im Gegenteil. Herr Ullreich tut alles dafür, dass die Sache unterm Teppich bleibt. Er ist mit dem Schulleiter befreundet und hat auf die Weise versucht, Einfluss zu nehmen. Der

Schulleiter hatte dann natürlich keine andere Wahl, als das Schulamt, sprich: mich darüber zu informieren. Und jetzt müssen wir der Sache nachgehen.

»Sie klingen, als hätten Sie Zweifel?«

»Wie gesagt: Ich kenne Thomas Friese als unbescholtenen und beliebten Lehrer. Es gab nie irgendwelche Probleme, bis … bis er mit seiner Geschichts-AG anfing. Von da an häuften sich die Gerüchte. Den Leuten hier waren die Themen zutiefst suspekt, die er mit den Schülern anging.«

»Sie meinen, es könnte sich bei dem Missbrauchsverdacht um Rufmord handeln, weil einzelnen Eltern Frieses politische Stoßrichtung nicht passt?«

»Ich muss das bei der Bewertung des Falles zumindest in Betracht ziehen.«

»Wie gehen Sie jetzt vor?«

»Morgen Nachmittag habe ich einen Gesprächstermin mit Thomas Friese. Danach muss ich entscheiden, was als Nächstes unternommen wird. Ich möchte erst einmal das Gespräch abwarten.«

»Kla-haus!« Utes Stimme von drinnen. »Wir müssen los!«

»Komme!«, rief Leidolf zurück. »Und es gibt noch was«, wandte er sich mit gedämpfter Stimme wieder an Thea. »Sagt Ihnen die ›Initiative Rechtsstaat‹ etwas?«

»Nein.«

»Klaus!« Wieder Ute.

»Dann googeln Sie das mal«, flüsterte Klaus.

»Thomas Friese soll damit was zu tun haben?«

»Ja. Kann aber auch einfach ein weiteres Gerücht sein.«

»Ist es verboten, sich an irgendwelchen Initiativen zu beteiligen?«

»Hier steckt ihr!« Ute streckte den Kopf durch den Spalt der Verandatür.

»Googeln Sie«, flüsterte Leidolf. »Einfach ›Initiative Rechtsstaat‹ eingeben. Tschüss, Thea.« Leidolf verschwand im Haus.

»Viel Spaß!«, rief Thea den beiden nach. Kurz darauf hörte sie die Haustür ins Schloss fallen, dann herrschte Stille – bis auf die gedämpften Stimmen aus dem Fernseher. Thea versuchte, von den Geräuschen auf die Sendung zu schließen, die Mari guckte. Sie tippte auf »Lauras Stern«. Plötzlich sah sie zwei Grundstücke weiter unten Frau Ullreich aus dem Haus treten, mit schleppenden Schritten durch ihren Garten gehen und schließlich vor dem Teich stehen bleiben. Thea erschrak. Sie wirkte um Jahre gealtert. Langsam und bedächtig, wie eine alte Frau, beugte sie sich nach vorn und starrte auf die Wasseroberfläche. Was war bloß bei den Ullreichs los?, fragte sich Thea. Seit ihrem Auftritt am Freitag war Frau Ullreich nicht mehr bei Ute aufgetaucht. Und das, obwohl sie sonst beinahe täglich auf ein Glas Aperol Spritz vorbeischaute. Ob Ute ihrerseits bei Frau Ullreich vorbeigegangen und sich nach ihrem Befinden erkundigt hatte? Thea wusste es nicht. Sie musste Ute fragen. Sie konnte die Freundschaften in Wartenburg nicht recht einschätzen. Wenn es den Leuten gut ging, waren sie gesellig, ging es ihnen schlecht, zogen sie sich zurück. Man schien hier nur mit guter Laune gesellschaftsfähig zu sein. Trauer und Kummer waren allenfalls im privaten Rahmen akzeptiert. Damit wollte man ungern belästigt werden.

Thea überlegte kurz, ob sie sich bei Frau Ullreich bemerkbar machen und noch einmal einen Versuch unternehmen sollte, mit ihr zu sprechen. Aber da drehte sie sich plötzlich um und ging zurück ins Haus. Diesmal aber wesentlich schneller. Als sich Thea gerade abwenden und zu Mari gehen wollte, sah sie, dass Frau Ullreich erneut in den Garten trat. Jetzt war ihr Mann bei ihr. Wenn sie das auf die Entfernung recht erkannte, hatte er einen Rechen in der Hand. Sie gingen auf den Teich zu. Frau

Ullreich deutete auf etwas, und ihr Mann stocherte mit dem Rechen im Wasser herum. Er förderte etwas zutage, was sie gemeinsam aus dem Teich hievten. Erst als Herr Ullreich den Gegenstand zurück zum Haus trug, erkannte Thea, dass es sich um einen Computer handelte. Bennis Computer, schoss es Thea durch den Kopf. War das möglich? Ja, überlegte sie. Es war sogar sehr wahrscheinlich. Aber wer hatte ihn dort im Teich versenkt? Herr und Frau Ullreich ja wohl kaum. Die schienen nichts davon gewusst, sondern den Computer selbst gerade erst entdeckt zu haben. Also musste es wohl Benni gewesen sein. Oder jemand anders, der in die Einliegerwohnung eingedrungen war. Aber wer klaute irgendwo einen Computer, um ihn dann im Gartenteich zu versenken? Das ergab keinen Sinn.

Thea war ziemlich verwirrt. Sie musste wieder an Klaus Leidolfs Worte denken. War es möglich, dass Bennis Verschwinden und das merkwürdige Verhalten seiner Eltern mit Thomas Friese zu tun hatten? Ging es letztlich um ein homoerotisches Verhältnis, um ein Liebesdrama? War das der Kern des Ganzen? Nach dem Gespräch mit Klaus Leidolf sah es ganz danach auf. Jedenfalls war es nicht verkehrt, sich noch eingehender mit Thomas Friese zu befassen. Aber eins nach dem anderen. Jetzt war erst mal Mari dran. Thea ging zurück ins Haus und schloss die Verandatür hinter sich.

»So, Schatz, jetzt mach mal Schluss«, rief sie ihrer Tochter zu.

»Jetzt kommt gerade Sandmännchen.«

»Okay«, sagte Thea, »Sandmännchen noch.« Sie setzte sich neben Mari aufs Sofa, und zusammen guckten sie Knetmännchen zu, die lustige Sachen machten. Eine Schnecke schien die Hauptfigur zu sein, sie veränderte ständig ihre Form, wurde mal platt gedrückt, mal lang gezogen wie eine Seil, und Mari lachte sich kringelig.

Nachdem sie ihre Tochter ins Bett gebracht hatte, versuchte sie zunächst, Daniel zu erreichen. Sie hatte noch immer nicht mit ihm über seine Jacke im Video sprechen können. Aber er ging nicht ans Telefon. Sie beschloss, ihn gleich morgen früh im Revier aufzusuchen.

Dann schenkte sich Thea ein Glas Wein ein und setzte sich an den Computer. Wie Klaus Leidolf ihr geraten hatte, googelte sie die »Initiative Rechtsstaat« und stieß auf ein gleichnamiges Blog, auf dem eine Fülle von Material zum Themenkomplex »Nationalsozialistischer Untergrund« zusammengetragen worden war. Darüber hinaus fand sie ein paar wenige – erstaunlich wenige – Presseartikel über die Initiative und einen knapp zehnminütigen Fernsehbericht. Aus alldem ging hervor, dass es sich bei der Initiative je nach Sicht der Dinge um einen Zusammenschluss engagierter Bürger (beziehungsweise gefährlicher Querulanten mit rechtsextremen Ansichten und möglicherweise geheimdienstlichem Hintergrund) handelte, die dem Aufklärungswillen staatlicher Stellen in Sachen NSU misstrauten und auf dem Blog eigene Ermittlungen anstellten (beziehungsweise gezielt desinformierten, um Chaos zu stiften und Unruhe in die seriösen Aufklärungsbemühungen sowohl des Staates als auch der Medien zu tragen).

Was die Sache interessant machte und das Blog von anderen Verschwörungsseiten abhob, war der Umstand, dass die Initiative im Besitz geheimer NSU-Ermittlungsakten war, die sie auf dem Blog veröffentlichte und kommentierte. Die entscheidende Frage war: Wie kamen die Leute an diese Akten? Ergänzend zum Blog gab es einen Chat, der nur mit Passwort angemeldeten Teilnehmern zur Verfügung stand, und ein Forum, in dem Material zu diversen Themen gesammelt und diskutiert wurde, die, jedenfalls aus Sicht der Initiative, eng mit dem NSU-Komplex verknüpft waren. Hier wurden Parallelen gezogen zu anderen

Terroranschlägen in der deutschen Nachkriegsgeschichte, vor allem zum Oktoberfestattentat und einzelnen, der RAF zugeschriebenen Morden, im Besonderen zur Ermordung Siegfried Bubacks und Alfred Herrhausens. Im Blick hatte die Initiative dabei jeweils die Rolle der Ermittlungsbehörden, zuvorderst die der Bundesanwaltschaft, der sie vorwarf, nicht ergebnisoffen zu ermitteln, sondern zu manipulieren und in die von staatlicher Seite – was in der Denkweise der Initiative immer gleichzusetzten war mit »von geheimdienstlicher Seite« – gewünschte Richtung zu lenken. Es gab aber auch Stränge zum internationalen Terrorismus, zu den Anschlägen auf Charlie Hebdo in Paris beispielsweise, und, natürlich, zur Rolle der Medien, die nicht gut wegkamen.

Es war zum Teil starker Tobak, was da aufgetischt wurde, und Thea hätte Tage gebraucht, um den Gehalt des zusammengetragenen Materials wirklich beurteilen zu können. Drei Stunden lang hatte sie sich bereits durch das Blog geackert. Jetzt schwirrte ihr der Kopf. Sie schnappte sich Kugelschreiber und Papier und versuchte, die großen Argumentationslinien der Initiative, die sie bis jetzt zu erkennen glaubte, in ihren Worten festzuhalten. Was den NSU betraf, war die Initiative der Ansicht, dass nicht hinreichend geklärt war, ob Böhnhardt und Mundlos die ihnen zur Last gelegten Verbrechen überhaupt begangen hatten. Die Initiative behauptete, es gäbe für die Täterschaft der beiden nicht einen einzigen stichhaltigen Beweis, womit dem Münchner NSU-Prozess, bei dem es um die Mittäterschaft von Beate Zschäpe und ihrer Mitangeklagten ging, das Fundament entzogen wäre.

Die »Initiative Rechtsstaat« meinte außerdem – und das war ihre zweite Argumentationslinie, die sich wie ein roter Faden durch die Blog- und Forenbeiträge zog –, sowohl beim NSU als auch beim Karlsruher Anschlag auf den Generalbundesanwalt Siegfried Buback und beim Oktoberfestattentat das Wirken von Geheimdiensten erkennen und gar belegen zu können. Ihre Theorie war, dass aus Gründen der Staatsräson unter allen Umständen verhindert werden musste, dass ein wie auch immer geartetes Mitwirken der Dienste an die Öffentlichkeit kam. Dieser Theorie lag die Überzeugung zugrunde, dass unter der Oberfläche des vermeintlich guten, wohlmeinenden und für alle sichtbaren Staates ein sogenannter Tiefenstaat existiere. Seine Macht wirke im Verborgenen, und seine Strukturen seien für den normalen Bürger in der Regel nicht erkennbar. Dabei berief man sich auf den amerikanischen Politikwissenschaftler Peter Dale Scott, dessen Name im Forum immer wieder auftauchte.

Wie auch immer – die Mitglieder der »Initiative Rechtsstaat« sahen sich offenbar als Widerstandskämpfer gegen den Tiefenstaat, der sich auch die Institutionen der Presse längst einverleibt hatte. Da die Medien nun in ewiger Dunkelheit im Verdauungstrakt des Tiefenstaates vor sich hin gärten und deshalb ihren Job als vierte Gewalt nicht mehr ausüben konnten, musste das die Initiative für sie erledigen. Durch Information und Aufklärung hoffte sie, den Tiefenstaat entlarven und einen Rechtsstaat alter Prägung wiederherstellen zu können. So in etwa interpretierte Thea die Motivation der Initiative.

Dieses Forum wirkte auf Thea wie ein Konzentrat aus alldem diffusen Unbehagen, das im Moment in der Gesellschaft zu spüren war. Sie musste an Pegida denken und an Wagida und HoGeSa und wie sie alle hießen, an ihre Unterschiede und Schnittmengen. Was ihnen allen gemein war, war das tiefe Misstrauen gegenüber dem Staat und seinen Institutionen, einschließlich der Presse. Manches davon konnte sie nachvollziehen, vieles nicht. Thomas Frieses Vorstellungen jedenfalls passten dazu wie die Faust aufs Auge. Gut möglich, dass er bei der

Initiative mitmischte. Wie auch immer man über ihn denken mochte, überlegte Thea weiter, eines war jedenfalls sicher: Er war ein Mann aus der Mitte der Gesellschaft. Er war kein Spinner, kein frustrierter Ossi, kein Ewiggestriger. Das bedeutete, dass der Staat ein ernstes Problem hatte. Denn letztlich ging es bei alldem, und das klang nur scheinbar banal, um Vertrauen und Glaubwürdigkeit. Der Bürger wollte seinem Staat, wollte und musste den von ihm gewählten Personen und Institutionen glauben können. Und das tat er offensichtlich nicht mehr.

Angenommen, Thomas Friese war tatsächlich bei der »Initiative Rechtsstaat« aktiv, überlegte Thea, dann waren die staatskritischen Äußerungen eher nicht das Problem. Das Problem war, dass auf dieser Plattform Akten veröffentlicht wurden, die nicht für die Öffentlichkeit bestimmt waren. Machte sich, wer das tat, strafbar? Wahrscheinlich. Sie musste das recherchieren. Jedenfalls war es für einen verbeamteten Lehrer sicher nicht gut, wenn herauskäme, dass er daran beteiligt war. Allerdings, das hatte Klaus Leidolf betont, handelte es sich sowohl bei Frieses Mitgliedschaft in der »Initiative Rechtsstaat« als auch bei dem angeblichen homoerotischen Verhältnis mit Benni um Gerüchte, nichts weiter. Trotzdem hatte Thea, je länger sie darüber nachdachte, immer mehr das Gefühl, dass Thomas Friese und seine Aktivitäten – welche das auch sein mochten – etwas mit Bennis Verschwinden zu tun hatten. Sie musste herausfinden, was. Während sie in die Küche hinunterging, um sich ein weiteres Glas Wein einzuschenken, überlegte sie, wie sie das anstellen sollte. Thomas Friese direkt zu fragen erschien ihr nicht besonders aussichtsreich. Falls an den Gerüchten etwas dran sein sollte, hatte er allen Grund, ihr nichts zu erzählen.

Sie holte die Weinflasche aus dem Kühlschrank und schenkte sich nach. Der Schlüssel fiel ihr plötzlich ein. Sie hatte Frieses Hausschlüssel! Zunächst erschrak sie noch über ihre eigenen Gedanken, doch nach dem zweiten Glas Wein erschien ihr die Tatsache, dass sie im Besitz des Schlüssels war, wie ein Wink des Schicksals. Ein Trumpf in ihrer Hand, den sie ausspielen musste, wollte sie der Wahrheit näher kommen. Eigentlich hatte sie, wenn sie es recht bedachte, gar keine andere Wahl. Sie ging in die Diele und griff in ihre Jackentasche, um sich zu vergewissern, dass der Schlüssel noch da war. War er. Gut. Sie könnte also morgen, während Thomas Friese im Unterricht war, in sein Haus eindringen und … dann? Das ganze Haus auf den Kopf stellen, in der Hoffnung, irgendetwas zu finden, das ihr bei der Suche nach Benni weiterhelfen würde? Das hatte keinen Sinn, das war ihr schnell klar.

Da fiel ihr der Computer ein, der in Frieses Arbeitszimmer stand. Um herauszufinden, ob Friese etwas mit der »Initiative Rechtsstaat« zu tun hatte, würde es ausreichen, seine Internetaktivitäten zu kennen. Und möglicherweise ließen sich auf dem Computer auch Hinweise dafür finden, ob Friese und Benni eine Beziehung hatten, die über ein normales Lehrer-Schüler-Verhältnis hinausging. Das war es: Sie musste an Frieses Computer herankommen. Am besten die gesamte Festplatte kopieren. Sie musste es einfach der NSA gleichtun, sie musste … Tom! Wenn hier einer wusste, was zu tun war, dann Tom. Thea stellte das Weinglas ab und ging abermals in die Diele. Nach langem Herumkramen fand sie Toms Visitenkarte in den Tiefen ihrer Jackentasche. Es war fast halb zwölf – wo blieb eigentlich Ute? Thea überlegte kurz, ob sie es wagen sollte, Tom um diese Uhrzeit noch anzurufen, dann dachte sie, was soll's?, wenn er schon schläft oder nicht gestört werden will, wird er sein Telefon schon ausgeschaltet haben. Tom nahm sofort ab.

»Ja?«

»Hallo Tom, ich bin's, Thea vom Anzeiger«

»Was gibt's?«

»Ich brauch deine Hilfe.«

»So was in der Richtung dachte ich mir.«

Mist, dachte Thea. Wie sollte sie Tom ihr Vorhaben erklären, ohne dass der sofort auflegte und, wenn es ganz schlecht lief, die Polizei verständigte? Immerhin hatte sie vor, in eine fremde Wohnung einzudringen und einen fremden Computer anzuzapfen, und das war, sofern man nicht zu einem der zahlreichen Geheimdienste gehörte, immer noch illegal.

»Das klingt jetzt vielleicht ein bisschen komisch«, setzte Thea an, »aber ich muss unbedingt wissen, was auf einem Computer drauf ist. Es geht um Leben und Tod.«

»Lass mich raten: Der Computer gehört nicht dir?«

»Richtig.«

»Hast du Zugriff auf den Computer? Ich meine, kommst du physisch an ihn ran?«

»Ja.«

»Wann willst du das machen?«

»Morgen Vormittag.«

»Alles klar. Ich bring's dir morgen früh in die Redaktion.«

»Äh … was?«

»Einen USB-Stick mit einem speziellen Importprogramm. Computer starten, reinstecken, Programm öffnen. Dann zieht die Software auf dem Stick eine exakte Kopie der Festplatte inklusive Browserverlauf. Ich pack dir 'ne Textdatei dazu, mit den Befehlen, die den Vorgang umkehren und die Daten auf deinen Rechner spielen. Dann kannst du von deinem Computer aus alle Aktivitäten nachvollziehen, die auf dem anderen Rechner stattgefunden haben. Ist es das, was du brauchst?«

»Äh … ja … ich glaube schon …«

»Gut. Sonst noch was?«

»Nö … eigentlich …«

»Alles klar, dann gute Nacht.«

Tom legte auf, und Thea starrte verwirrt das Telefon an. Aber sie hatte keine Zeit, länger über das Gespräch nachzudenken, denn nun wurde der Schlüssel im Schloss gedreht, und Ute trat in die Diele. Ein Blick in ihr Gesicht genügte Thea, um zu wissen, dass etwas vorgefallen war. Etwas Ernstes.

»Hallo«, sagte Thea, »wie war's?« Sie lächelte betont freundlich, aber es half nichts. Ute hängte ihren Mantel an die Garderobe und ging wortlos an ihr vorbei in die Küche. Thea schien es ratsam, ihr zu folgen. Ute riss die Kühlschranktür auf, holte die Weißweinflasche heraus und schenkte sich ein Glas ein. Als sie es zum Mund führte, zitterte ihre Hand derart, dass die Flüssigkeit überschwappte und auf den Fliesenboden tropfte.

»Was ist denn los, Mama?«, fragte Thea, die bereits ahnte, was passiert sein musste.

»Was weißt du über dieses Video?«

Na klar. Daher wehte der Wind.

»Oder willst du mir erzählen, dass du das nicht mitbekommen hast? Es stand immerhin auf eurer Website!«

»Natürlich habe ich das mitbekommen.«

»Natürlich. Und warum muss ich mir das dann von den Greiners berichten lassen?«

Die Greiners also.

»Wir sitzen nach dem Tango noch schön beim Wein zusammen, ich denke an nichts Böses, und dann muss ich mir von den Greiners erzählen lassen, dass sich jeder im Internet mein Haus anschauen kann, und zwar von innen! Und dass das Ganze wie eine Drohung wirkt. Sie waren fassungslos, als ich ihnen gesagt habe, dass ich nichts davon weiß. Findest du nicht, dass du mich sofort hättest informieren müssen?« Ute sah aus wie ein Raubtier auf dem Sprung. Sie war sehr, sehr wütend.

»Ich wollte dich nicht beunruhigen.«

»Ha!«

Um Zeit zu gewinnen, schenkte sich Thea ebenfalls nach. Verdammt. Es war einfach naiv von ihr gewesen, zu glauben, Ute würde nichts davon mitbekommen. »Setzen wir uns?«, fragte Thea.

Ute nickte. Sie nahmen ihre Gläser, gingen ins Wohnzimmer und nahmen auf dem Sofa Platz. Während der nächsten halben Stunde versuchte Thea, ihrer Mutter so ruhig und sachlich wie möglich zu erklären, was es nach ihrem bisherigen Wissensstand mit den Videos auf sich hatte. Ute hörte aufmerksam zu und sagte schließlich: »Du weißt also gar nichts.«

Nach kurzem Nachdenken musste Thea zugeben, dass Ute recht hatte. Sie wusste nichts. Und das wenige, was sie wusste oder vermutete, nämlich dass auf einem der rätselhaften Videos Daniels blaue Jacke zu sehen war, warf nur noch mehr Fragen auf. So viele, dass Thea die Jacke Ute gegenüber vorsichtshalber erst gar nicht erwähnte. »Auf jeden Fall kümmert sich die Polizei darum«, sagte Thea. »Es ist alles unter Kontrolle«, fügte sie noch hinzu, mehr, um sich selbst zu überzeugen. »Morgen früh gehe ich als Erstes aufs Revier und hake nach. Irgendwas müssen die inzwischen rausgefunden haben.«

»Hoffen wir's«, sagte Ute. Froh, so einfach davongekommen zu sein, erkundigte sich Thea, ob Ute in den letzten Tagen mit Frau Ullreich gesprochen hatte. Ute erzählte, sie habe einmal drüben geklingelt, aber Elke habe nicht geöffnet, obwohl sie zu Hause gewesen sei.

»Die Arme«, sagte sie, »was die gerade durchmacht. Wenn du nicht weißt, was mit deinem Kind passiert ist. Was Schlimmeres kann man sich kaum vorstellen. Ich verstehe nicht, warum sie nicht zur Polizei geht.«

»Weiß man das eigentlich in Wartenburg, dass Benni verschwunden ist?«

»Nicht von mir«, sagte Ute erschrocken.

»Ich meine generell. Wird darüber gesprochen?«

»Ich habe nichts mitbekommen.«

Bevor sie schlafen ging, schaute Thea noch einmal nach Mari. Friedlich lag sie in ihrem Bett. Im blauen Schein des Nachtlichts konnte Thea sehen, wie sich ihr Brustkorb bei jedem Atemzug hob und wieder senkte. Wie, überlegte Thea, würde sie sich verhalten, wenn ihre Tochter spurlos verschwinden würde? Sie würde wahrscheinlich ganz einfach wahnsinnig werden vor Kummer und Sorge.

Post by mysteriöz at 2:43 pm

Die Presstituierten vom Spiegel am 11.12.2014:

»Die Bundesanwaltschaft ermittelt wieder im Fall des Anschlags auf das Oktoberfest im Jahr 1980. Hintergrund sind Aussagen einer neuen, bisher unbekannten Zeugin. Bei dem rechtsextremistischen Attentat waren 13 Menschen getötet worden.«

hallo, spiegel: ob das ein rechtsextremes attentat war, ist nicht geklärt! Schon mal was von staatsterror gehört? Darum geht's hier nämlich

Post by gerhardboeden at 10:06 am

»Oktoberfest-Attentat. Bundesanwalt fordert Herausgabe von Geheimdienstakten«

ZEIT vom 04.01.2015: »Mehr als dreißig Jahre nach dem Oktoberfest-Anschlag sind die Zweifel an der Theorie vom Einzeltäter größer denn je. Nun sollen BND-Akten von 1980 neue Hinweise liefern.«

Post by nanotermite at 9:12 pm

»Die Bundesanwaltschaft **fordert**«. Weia. Da geht den Diensten jetzt aber richtig die Düse. Wetten, wie das ausgeht?

Post by amanschlag at 7:53 am

»Oktoberfest-Attentat. Bundesregierung hält Geheimdienstakten unter Verschluss.«

Na so 'ne Überraschung!

Annette Ramelsberger in der Süddeutschen vom 12.01.2015: »Die Bundesregierung will dem Bundestag keine Akten zum Oktoberfest-Attentat von 1980 aushändigen. Das Argument: Die V-Leute, die damals für die Geheimdienste die rechte Szene ausleuchten sollten, müssen geschützt werden.«

»Die V-Leute müssen geschützt werden.« Ja, nee, is klar. Schmeißmichwech.

Post by misteryöz at 9:38 am

Kapier das Rumgeeire nicht. Was wird schon drinstehen in den Akten? Was jeder ahnt, nämlich dass unsere und die sogenannten befreundeten Dienste ihre schmutzigen Sachen abgezogen haben, um die Bevölkerung zu manipulieren oder was weiß ich. Staatsterror halt. Nicht schön, aber das verkraftet die Bevölkerung schon. Was sie aber nicht mehr verkraftet, ist, permanent verarscht zu werden.

Post by amanschlag at 2:33 pm

Die Deutschen verkraften es ja auch problemlos, dass ihre Regierung sie in völkerrechtswidrige Kriege schickt, sie flächendeckend überwachen lässt und nichts Verwerfliches daran findet, wenn der strategische Partner USA massenhaft foltert und andere Verbrechen gegen die Menschlichkeit begeht. Alles locker. Alte Akten veröffentlichen, mit denen ein paar mehr derartige Verbrechen nachgewiesen werden, dürfte also kein Problem sein. Keiner wird deswegen auf die Straße gehen.

Post by mysteriöz at 2:47 pm

Andersrum formuliert: Was muss eigentlich noch alles passieren, damit wir denen da oben endlich die Gefolgschaft verweigern und auf die Straße gehen?

VIII

»Mama, Mama, ich hab dein Auge gefunden!« Mari kletterte auf ihr herum und drückte einen Gegenstand auf das Narbengewebe, den Thea zunächst nicht identifizieren konnte. Er fühlte sich glatt an und raschelte. Erst als ihr Mari damit vor dem gesunden Auge herumfuhrwerkte, erkannte sie, dass es ein Lolli der Industrie- und Handelskammer Tauffenbach war.

»Darf ich?«, fragte Mari und streckte ihr den Lolli entgegen.

»Nach dem Frühstück, okay?«

»Durchkitzeln!«

Thea kitzelte ihre Tochter durch und wählte danach die blaue Augenklappe mit dem freundlich lächelnden Fisch. Als sie eine halbe Stunde später zusammen mit Ute und Mari am Frühstückstisch saß und in den sonnendurchfluteten Garten blickte, spürte sie ihre Nervosität. Es fiel ihr schwer, den sprunghaften Erzählungen ihrer Tochter zu folgen, und außer Kaffee bekam sie nichts herunter. Sie dachte die ganze Zeit an Benni und vor allem an Thomas Friese. Was würde sie wohl auf seinem Computer finden? Würde sie überhaupt etwas finden?

Punkt neun Uhr erreichten sie den Kindergarten. Als sie aus dem Volvo stiegen, fuhr der schwarze Mercedes SUV heran und hielt direkt hinter ihnen. Thea freute sich. Sie und Claudia Redel, beide pünktlich. Wahnsinn! Erwartungsvoll ging sie auf den Mercedes zu, aber zu ihrem Erstaunen sprang Rudi heraus und grinste fröhlich. »Guten Morgen!«

»Was machst du denn hier?«

»Ich bringe Raimund in den Kindergarten, was denn sonst?«

Thea musste sehr ungläubig dreingeschaut haben, denn Rudi

ergänzte: »Moderne Väter machen so was.« Er wandte sich an Mari und sagte: »Na Mari, alles klar? Heute gibt's 'ne Überraschung!«

»Was'n?«, fragte Mari gespannt.

»Geheimnis«, raunte Rudi. Kaum war Raimund ausgestiegen, begannen die beiden Kinder eine Diskussion über den Inhalt ihrer Brotdosen, und Mari präsentierte Raimund stolz den silbernen Glitzerstreifen am Bündchen ihres neuen Pullis. Während sie alle gemeinsam auf den Eingang zugingen, fiel Thea ein, dass sie Rudi noch gar nicht von ihrer Begegnung mit Frau Singer erzählt hatte. Doch als sie dazu ansetzte, winkte Rudi ab und sagte: »Jetzt kommt erst mal die Überraschung!«

»Au ja!«, riefen Mari und Raimund.

Frau Oberle, die sich freute, dass heute alle so pünktlich waren, kündigte strahlend eine Überraschung an, und Thea dachte schon, ist ja komisch, haben die sich abgesprochen, oder woher wusste Rudi das? Sie hatte ihn bislang nicht als den großen Kindergarteninsider erlebt. Wenn sie es sich recht überlegte, war es heute das erste Mal, dass sie ihn überhaupt im Kindergarten sah. Und sofort hatte er sich in die erste Reihe auf einen der Kinderstühle gesetzt, was bei einem Mann seiner Körpergröße und seines Gewichts einfach kolossal albern aussah und Thea um den Stuhl fürchten ließ. Die Überraschung bestand darin, dass der Kindergarten endlich die lang ersehnten Musik- und Rhythmusinstrumente bekommen hatte, und Frau Oberle fand, dass diese den Eltern, denen es gelungen war, heute so ausnehmend pünktlich zu sein, vorgeführt werden sollten. Als Belohnung.

»Aber bevor wir anfangen, darf ich natürlich nicht vergessen, den Mann zu erwähnen, dem wir das alles zu verdanken haben. Einen ganz großen Applaus für unseren edlen Spender, den Herrn Redel!«

Alle klatschten Beifall, während sich Rudi von seinem Stuhl erhob und verbeugte. Mit einem Lächeln, das bescheiden wirken sollte, sagte Rudi: »Wie Sie alle wissen, bin ich kein Mann großer Worte. Deshalb rede ich nicht gern und schon gar nicht über Selbstverständlichkeiten.« In der folgenden Viertelstunde führte er detailliert aus, wie es ihm schließlich gelungen war, mit den entsprechenden Beziehungen – isch klar, gell, ha-ha – schließlich doch noch zu erreichen, was von Anfang an aussichtslos erschienen war, nämlich die Beschaffung von Musikinstrumenten auf dem normalen Verwaltungsweg. Ein Ding der Unmöglichkeit. Aber das war ja schließlich seine Spezialität: unmögliche Dinge möglich machen, da unterschied sich der Kindergarten nicht vom Weltmarkt.

Nach seiner Rede war Thea fix und fertig. Sie hielt es kaum noch aus in dem Raum. Sie musste unbedingt mit Daniel sprechen, und sie musste in die Wohnung von Thomas Friese, bevor der aus der Schule nach Hause käme, und sie musste … Nachdem sich Frau Oberle ein zweites Mal ausführlich bedankt hatte, sagte sie: »So, jetzt geht's aber los!« Die anderen anwesenden Mütter – außer Rudi waren tatsächlich nur Mütter da – klatschten Beifall, riefen »Toll!« und »Oh wie schön!« und nahmen, während Frau Oberle Tamburine, Rasseln, Triangeln und Blockflöten verteilte, ebenfalls auf den viel zu kleinen Kinderstühlen Platz.

Rudi trat zu Thea und raunte ihr zu: »Und?«

»Ich muss arbeiten«, raunte Thea zurück. Da schien sie aber die Einzige zu sein. Ihr Blick fiel auf Mari, die, ein Tamburin in der Hand, strahlend und erwartungsfroh zwischen den anderen Kindern stand. Ich kann jetzt nicht gehen, dachte Thea, unmöglich. Also winkte sie ihrer Tochter zu und blieb.

Es war furchtbar, und es ging ewig, und als es endlich vorbei war, waren alle so froh, dass sie frenetisch Beifall klatschten.

»Puuuh.« Rudi blies Luft durch die Backen. Das Konzert hatte auch ihm zugesetzt. Die Kinder verbeugten sich und waren stolz wie Bolle. Frau Oberle strahlte und sagte, da die Vorführung so gut angekommen sei, würden sie gern eine kleine Zugabe …

»Uiuiui«, flüsterte Thea, und Rudi sagte entschlossen: »Jetzt ist aber gut.« Synchron versuchten sie, ihren Kindern mit Gesten klarzumachen, dass sie jetzt losmüssten. Thea suchte in Maris Gesicht nach Anzeichen für eine Traumatisierung oder zumindest für eine Enttäuschung, mit der sie ihr ganzes Leben zu kämpfen haben würde. Thea malte sich aus, wie Mari ihr, zehn Jahre später und mitten in den Pubertätswirren, diesen Moment vorhalten würde. Mit Tränen in den Augen und verschmierter Wimperntusche würde sie vor ihr sitzen und mit zitternder Stimme sagen: »Du hast mein Leben ruiniert! Du bist vor der Zugabe gegangen und hast mich zurückgelassen, allein, mit meinem Tamburin und Frau Oberle. Wie willst du das jemals wiedergutmachen?«

Aber jetzt, hier im Kindergarten, sah Mari glücklich aus, fand Thea. Offenbar war es okay, wenn sie ging. So jedenfalls deutete sie die Kusshand, die Mari ihr zum Abschied zuwarf.

Draußen atmeten sie beide tief durch, und Rudi sagte: »Mannmannmann, da hab ich ja was angerichtet.«

»Ja«, sagte Thea, »Malbücher wären besser gewesen.«

Thea nutzte die Gelegenheit und berichtete so knapp wie möglich von ihrer Begegnung mit Petra Singer und deren Engagement bei Wagida. Rudi hörte zu, nickte und sagte: »Alles klar, Thea, danke.«

»Ich habe sie nicht ausgehorcht, nur damit du das weißt.«

»Natürlich.«

Da fielen ihr die zweihundertfünfzig Euro wieder ein, die Rudi ihr gegeben hatte. Mist, die hatte sie ganz vergessen.

»Das Geld kriegst du natürlich zurück«, sagte sie schnell.

»Welches Geld?« Rudi grinste breit.

»Dir ist klar, dass das Nötigung war?«, fragte Thea.

»Ich hab einen Termin«, sagte Rudi, »bis bald, Thea.«

Sie verabschiedeten sich. Thea setzte sich ins Auto, steckte sich eine Zigarette an und fühlte sich schuldig. Sie war überzeugt davon, dass Rudi aus den wenigen Informationen, die er von ihr bekommen hatte, etwas stricken würde, was Petra Singer den Kopf kosten würde. Wahrscheinlich war sie demnächst nicht nur den Betriebsratsposten los, sondern auch ihren Job bei Redel Enterprises.

Als sie den Wagen wenig später vor der Redaktion parkte und zu Fuß zum Polizeirevier ging, plagten sie noch immer Schuldgefühle.

Michi, der am Empfang stand, sagte, der Chef sei in einer wichtigen Besprechung und könne nicht gestört werden.

»Wie lange dauert die Besprechung denn?«

»Obenänd.«

»Was?«

»O-ben-änd!« wiederholte Michi, und als Thea noch immer nicht verstand, fragte er peinlich berührt: »Können Sie kein Englisch?«

»Doch«, sagte Thea, die sich plötzlich vorkam wie in einem absurden Theaterstück, »aber eigentlich wollte ich wissen, wie lange Daniels Besprechung dauert.«

»Ich weiß es nicht«, sagte Michi und sah sie besorgt an.

»Dann warte ich.«

»Wenn Sie meinen. Kann aber dauern, ist halt obenänd.«

Es gab Tage, fand Thea, an denen man sich im eigenen Leben nicht recht zu Hause fühlte. Sie setzte sich auf einen Stuhl im langen Flur des Polizeireviers und wartete. Eine halbe Stunde später wurde Daniels Bürotür geöffnet, und die toughe Staatsanwältin Tanja Urban kam den Flur entlang auf Thea zu. Ihre hohen Absätze machten einen Heidenkrach auf dem Linoleumboden. Sie ging an Thea vorbei, ohne sie eines Blickes zu würdigen. Während Thea noch überlegte, ob das ihrer Unsicherheit im Umgang mit Behinderten oder ihrem Standesdünkel geschuldet war, trat Daniel zu ihr: »Morgen.«

»War die schlecht gelaunt, oder ist die immer so?«

»Ich habe gleich den nächsten Termin, Thea.«

»Ich habe ein paarmal versucht, dich zu erreichen.«

»Was gibt's denn?«

»Ich muss mit dir über die Videos sprechen.«

»Können wir das ein andermal machen? Wir sind hier ziemlich unter Strom wegen des Tötungsdelikts und ...«

»Ich muss aber *jetzt* wissen, was deine blaue Jacke in der Wohnung auf dem Video zu suchen hat.«

Daniel erschrak. Also war es seine Jacke. Sein Gesichtsausdruck ließ keine andere Deutung zu. Einen Moment lang sah er sie stumm an, dann sagte er mit leiser Stimme: »Warte hier.« Er ging in sein Büro, und als er zurückkam, trug er seine Lederjacke. »Lass uns ein paar Schritte gehen.«

»Viertelstunde!«, rief er Michi zu, als sie am Empfang vorbeigingen.

Obwohl der Himmel schon wieder wolkenlos war und bloß noch ein paar Pfützen vom gestrigen Regen zeugten, saß nur ein alter Mann auf einer der Bänke am Fluss. Er hatte die Hände über den Knauf seines Stocks gelegt und schien in die Betrachtung der Natur versunken zu sein. Vielleicht döste er auch.

Daniels Reaktion hatte Thea verwirrt. Seit sie das Polizeirevier verlassen hatten, hatte er kein Wort gesprochen, aber Thea hatte das Gefühl, dass es besser wäre, ihn nicht zu drängen. Als sie den alten Mann auf der Bank hinter sich gelassen hatten, begann Daniel endlich: »Kann ich mich darauf verlassen, dass alles, was ich dir jetzt sage, unter uns bleibt?«

Meine Herren, dachte Thea, jetzt bin ich ja mal gespannt. »Ja klar«, sagte sie.

»Das ist eine … eine etwas heikle Geschichte«, setzte Daniel an, doch dann verstummte er wieder, und Thea wurde es zu bunt.

»Jetzt mal Klartext. Was ist das für eine Wohnung auf dem Video? Und was hat deine Jacke da zu suchen?«

»Die Wohnung gehört Staatsanwältin Urban … und meine Jacke hat da eigentlich nichts zu suchen.«

Thea brauchte einen Moment, bis sie es wirklich begriffen hatte: »Du hast eine Affäre mit der Staatsanwältin?«

»Affäre ist nicht das richtige Wort. Es ist mehr. Aber sie ist noch verheiratet. Es ist alles ziemlich kompliziert.«

Das fand Thea auch. Es war ein verwirrender Tag. Sie versuchte, Ordnung in ihre Gedanken zu bringen. Es dauerte eine Weile. Daniel und die Staatsanwältin. Thea musste zugeben, dass sie ziemlich geplättet war. »Ist es denkbar, dass euch jemand erpressen will?«, fragte sie schließlich.

»Wenn es nur das eine Video gäbe, wäre das denkbar. Wobei – dann hätte der Erpresser wahrscheinlich ein etwas expliziteres Motiv gewählt als meine Strickjacke.«

»Wahrscheinlich«, sagte Thea und versuchte den Gedanken zu vermeiden, wie das »explizitere Motiv« ausgesehen haben mochte.

»Aber«, fuhr Daniel fort, » es gibt ja nun auch noch das andere Video, das von eurem Haus.«

»Und wenn die gar nichts miteinander zu tun haben?«, überlegte Thea.

»Sehr unwahrscheinlich«, entgegnete Daniel, »die Machart

deutet doch sehr darauf hin, dass es sich um denselben Urheber handelt.«

»Habt ihr denn rausgefunden, von wo aus die Videos hochgeladen worden sind? Das muss sich doch nachvollziehen lassen.«

Daniel zögerte einen Moment, dann sagte er: »Bis jetzt haben wir das ehrlich gesagt noch nicht …«

Thea sah Daniel ungläubig an. War das möglich?

»Ihr habt das gar nicht weiter verfolgt?«

»Wir haben im Moment viel zu tun, Thea. Das ist eine Frage der Prioritäten.«

»Du willst das unterm Teppich halten! Du willst nicht, dass deine Affäre mit der Staatsanwältin publik wird.«

»Quatsch!«

»Jemand war in unserem Haus, Daniel! Jemand bedroht uns, verdammt noch mal!«

»Ich kann mich nicht zerreißen. Ich muss eines nach dem anderen angehen. Außerdem habt ihr beide keine Anzeige erstattet. Also gibt es für uns keinen offiziellen Grund, zu ermitteln.«

So lief das also! Thea war empört, nein: Sie war enttäuscht. Sie hatte Daniel immer für unbestechlich, für absolut integer gehalten, und jetzt lavierte er hier herum, um seine Affäre zu vertuschen. Schäbig war das. Schäbig und würdelos.

»Natürlich erstatte ich Anzeige!«, rief Thea. »Wenn ich gewusst hätte, dass ihr sonst gar nichts unternehmt, hätte ich das sofort gemacht. Hättest du mir auch einfach mal sagen können, wie das zu laufen hat.« Sie war fassungslos. Sie war fest davon ausgegangen, dass Daniel in der Sache ermittelte.

»Gerade wenn du was mit der Staatsanwältin hast, müsste dich doch besonders interessieren, wenn sie bedroht wird.«

»Tut es auch. Aber es gibt keinerlei Hinweise darauf, dass die Bedrohung über das Video hinausgeht.«

»Wie kannst du das sagen, wenn du dich mit der Sache gar nicht weiter befasst hast?«

»Ich habe mich mit der Sache befasst, Thea. Wir haben nur nicht offiziell ermittelt. Das ist der Unterschied. Aber du darfst mir glauben, dass ich das nicht auf die leichte Schulter nehme.«

Der skeptische Blick, den Thea ihm zuwarf, bewirkte, dass Daniel schnell weitersprach: »Wenn meine Annahme stimmt und beide Videos vom selben Täter gemacht worden sind, lautet die Frage, welche Verbindungen es zwischen den beiden Häusern beziehungsweise zwischen ihren Bewohnern gibt.«

»Also«, warf Thea ein, »wenn man meine Mutter und Mari mal außen vor lässt, heißt das: Was haben deine Staatsanwältin und ich gemeinsam?«

»Genau.«

»Das müsstest du eigentlich am besten beantworten können.«

»Ha-ha.«

»Nein, im Ernst.«

»Im Ernst«, sagte Daniel. »Ihr habt überhaupt nichts gemeinsam.«

»Ist das eine Beleidigung?«

»Eine Feststellung. Deshalb glaube ich auch, dass die Drohung nicht gegen euch als Privatpersonen gerichtet ist …«

»Vielleicht«, überlegte Thea, »hat es ja irgendetwas mit dem Degener-Fall zu tun? Immerhin habe ich den Toten gefunden – und deine …«, sie stockte und suchte nach dem passenden Ausdruck, »… *Freundin* ist die zuständige Staatsanwältin.«

»Und was sollte der Urheber des Videos damit bezwecken?«

»Er droht uns. Lasst die Finger von dem Fall.«

Daniel schüttelte den Kopf. »Wieso sollte sich der Mörder einem solchen Risiko aussetzen? Immerhin lenkt er damit die Aufmerksamkeit auf sich.«

»Jemand, der mit einem Samuraischwert um sich schlägt, handelt vielleicht nicht so logisch wie du«, gab Thea zu bedenken.

»Es gibt ein klares Indiz, dass gegen diese Version spricht. In der Nacht zum Freitag ist Degener gestorben. Ich weiß aber genau, wann ich bei Tanja war und meine Jacke dort vergessen habe. Das war drei Tage vor Degeners Tod.«

»Das heißt«, fasste Thea den Sachverhalt zusammen, »das Video ist vorher gedreht worden.« Daniel hatte recht. Damit war es äußerst unwahrscheinlich, dass die Videos im Zusammenhang mit dem Mord standen. »Aber was steckt dann dahinter?«

»Eine Möglichkeit wäre, dass es um eure gesellschaftliche Funktion geht, um euren Berufsstand. Tanja ist Staatsanwältin, du bist Journalistin.«

Vielleicht war an dem Gedanken was dran, überlegte Thea, vielleicht aber auch nicht.

»Gibt es für diese Vermutung sonst noch irgendwelche Anhaltspunkte? Außer der Tatsache, dass wir privat nichts gemeinsam haben?«

»Nein«, gab Daniel zu. »Ehrlich gesagt werde ich von Tag zu Tag unsicherer, ob meine Überlegung richtig ist.« Er wirkte jetzt so kleinlaut, dass er Thea fast schon wieder leidtat.

»Wieso?«

»Weil ich eigentlich erwartet hätte, dass mindestens noch ein weiteres Video auftaucht.«

»Wie kommst du darauf?«

Daniel erklärte Thea, dass er die Urheber der Videos in Kreisen vermutete, die der Wagida-Bewegung nahestanden. Er tippte auf Personen, die dem Staat und seinen Institutionen kritisch gegenüberstanden, die aber regional dachten und sich deshalb hiesige Vertreter der von ihnen gehassten Institutionen heraussuchten, um sie einzuschüchtern, die für Wartenburg zuständige Staatsanwältin also und Thea als Vertreterin der Wartenburger Lügenpresse. »Aber damit daraus eine einigermaßen schlüssige Theorie wird«, fuhr Daniel fort, »hätte ich eben erwartet, dass mindestens noch ein weiteres Video auftaucht, vielleicht vom Haus eines Lokalpolitikers. Irgend so was. Das ist aber nicht passiert, und deshalb bin ich mir einfach nicht sicher.«

Thea wusste überhaupt nicht mehr, was sie glauben sollte. Wie weit war es gekommen, wenn man das Einschüchtern von »Vertretern verhasster staatlicher Institutionen« für ein plausibles Motiv hielt? Die Machart der Videos deutete nicht unbedingt auf die »bürgerliche Mitte«, aus der sich die ganze Pegida- und Friedensdemobewegung angeblich speiste. Andererseits war es durchaus denkbar, dass sich in dieser merkwürdigen Sammelbewegung neben den ganzen Greiners, Frieses und Singers noch ganz andere, radikalere Gestalten tummelten. Immerhin war es in letzter Zeit auch in anderen Regionen immer wieder zu Drohungen gegen Journalisten und Politiker gekommen.

»Ich weiß nicht, Daniel«, sagte Thea. Mehr fiel ihr nicht ein. Daniel sah auf seine Armbanduhr. »Ich muss zurück. Wie sieht's aus, willst du Anzeige erstatten?«

»Ja«, sagte Thea, »na klar.«

Michi sah zwar nicht begeistert aus, als Thea wenig später vor ihm saß, aber er nahm die Anzeige gegen unbekannt umstandslos auf, reichte ihr den protokollierten Sachverhalt zum Gegenlesen und Unterschreiben. »Alles klar«, sagte er schließlich und heftete das Papier ab. »Dann wünsche ich Ihnen noch einen schönen Tag.«

Thea, die ganz und gar nicht das Gefühl hatte, dass nun »alles klar« war, sagte bloß »Ebenfalls« und verließ das Polizeirevier.

Am Empfang wurde Thea bereits von Janina erwartet. »Viele Grüße von Tom«, sagte sie und überreichte Thea eine kleine Plastiktüte. Ihre Miene verriet rasende Neugier, weshalb Thea sagte: »Das ist nur ein USB-Stick.«

»Kein Problem«, sagte Janina und lächelte. »Sie haben schon angefangen«, fügte sie noch hinzu und meinte damit, dass die Redaktionskonferenz bereits begonnen hatte. Thea steckte die Plastiktüte in ihre Handtasche, ging weiter ins Redaktionsbüro und setzte sich an den Konferenztisch. Als sie eine Stunde später wieder aufstand, hatte sie von dem, was besprochen worden war, nicht allzu viel mitbekommen. Sie war viel zu nervös gewesen und hatte immer wieder auf die Uhr gesehen, musste sie doch unbedingt in Thomas Frieses Haus, solange der noch in der Schule war. Und jetzt war es bereits halb zwölf. Immerhin hatte Thea erfolgreich alle Scheißjobs abgewehrt, wobei sie, wenn sie ehrlich war, gern auf das Feuerwehrjubiläum verzichtet hätte. Aber was soll's? Es gab Schlimmeres. Sie warf Janina zum Abschied eine Kusshand zu.

Thea parkte den Volvo am Rand des Neubaugebiets. Während sie die Straße überquerte und auf den Peter-Rosegger-Weg zusteuerte, hörte sie aus der Ferne Baustellenlärm, aber wie beim letzten Mal war weit und breit kein Mensch zu sehen. Gut so. Musste ja keiner mitbekommen, dass sie gleich in ein fremdes Haus eindringen würde. Falls doch wider Erwarten ein Nachbar auftauchte und unangenehme Fragen stellte, würde sie ihm einfach den Schlüssel vor die Nase halten und sagen, alles sei mit Thomas Friese abgesprochen, sie sei eine gute Bekannte und würde ihm nur ein paar Sachen vorbeibringen.

So jedenfalls hatte sie sich das vorher zurechtgelegt, und es hatte auch plausibel geklungen. Bis vor ein paar Minuten noch. Doch als sie jetzt den Peter-Rosegger-Weg entlangging, vorbei an den unbewohnt wirkenden Neubauten, wurde sie von Schritt zu Schritt unsicherer. Jetzt kam ihr das Vorhaben doch ziemlich verwegen vor. Und ziemlich illegal dazu. Egal, jetzt war es zu spät für Skrupel, sie hatte Frieses Haus erreicht. Möglichst unauffällig sah sie sich um, doch als sie weder auf der Straße, noch hinter den Vorhängen der benachbarten Häuser einen-Menschen entdecken konnte, holte sie den Schlüssel aus ihrer Tasche und ging so selbstverständlich wie möglich auf die Haustür zu. Nur der Baulärm und das entfernte Bellen eines Hundes waren zu hören. Sonst herrschte beklemmende Stille in dieser Geistersiedlung. Sie atmete tief durch, steckte den Schlüssel ins Schloss und drehte ihn herum.

Die Tür ließ sich geräuschlos öffnen. Thea schlüpfte ins Haus und schloss die Tür hinter sich. Sie blieb einen Moment lang regungslos in der Diele stehen und atmete durch. Hier drin kam ihr die Stille noch bedrückender vor. Wie in einem Mausoleum. Das einzige Geräusch war das regelmäßige Ticken der Standuhr im Wohnzimmer. Was, schoss es Thea plötzlich durch den Kopf, wenn Thomas Friese sich gestern auf dem Nachhauseweg durch den Regen erkältet hatte oder sonst wie krank war? Was, wenn er heute gar nicht in der Schule war, sondern hier, im Haus? Der Gedanke, er könnte sich in diesem Moment in einem der angrenzenden Räume befinden, trieb ihr den Puls in die Höhe. Was tun? Sie beschloss, in die Offensive zu gehen.

»Huhu!«, rief sie und versuchte ihre Stimme möglichst fest und unbefangen klingen zu lassen. »Ich bin's! Ich bringe Ihren Schlüssel zurück!«

Nichts. Nur das Ticken der Standuhr.

Nachdem sie noch einmal und noch etwas lauter gerufen hatte, war sie sicher, dass Thomas Friese nicht im Haus war. Also ging sie den Flur, diesen düsteren langen Schlauch, entlang zu seinem Arbeitszimmer. Die Tür war auch heute wieder offen, und der Laptop stand zugeklappt auf dem Tisch. Thea schaltete ihn ein und hoffte inständig, dass Friese genauso leichtsinnig war wie sie und keine aufwendigen Sicherheits- und Verschlüsselungstools auf seinem Rechner installiert hatte. Vielleicht, überlegte sie, hätte sie Tom für diesen Fall doch noch die eine oder andere Frage stellen sollen.

Sie hatte Glück. Der Rechner startete, ohne auch nur ein Passwort von ihr zu fordern. Janina wäre entsetzt gewesen. Thea fischte Toms Stick aus der Plastiktüte und steckte ihn in die entsprechende Öffnung, wobei sie feststellte, dass ihre Hand zitterte. Drin war er. Toms Programm nannte sich »FileCatcher«. Sie öffnete es, und sofort ploppte ein Fenster mit einem Balken auf, der ihr den Fortschritt des Kopiervorgangs anzeigte. Thea staunte. Das war schon alles? Wahnsinn. Jetzt hieß es nur noch abwarten.

Sie trat vor das Bücherregal, das die gesamte rechte Raumseite einnahm und bis zur Decke mit Büchern und Zeitschriftenschubern vollgestopft war. Sie überflog die Titel auf den Buchrücken: »Schmutzige Kriege«, »Die globale Überwachung«, »War on Truth.« Eine Regalreihe darunter stand Literatur zum Terrorismus in Italien, Aldo Moro, *Brigate Rosse*, Gruppo Ludwig, und schließlich, weiter vorn in Richtung Schreibtisch, zum Terrorismus in Deutschland: »Todesnacht in Stammheim«, »Wie starb Benno Ohnesorg?«.

Thea entdeckte »Der zweite Tod meines Vaters« von Michael Buback und nahm es aus dem Regal. Sie schlug es auf, wobei ein Zeitungsartikel herausfiel. Thea konnte ihn gerade noch auffangen. Es war ein Artikel über Gerhard Boeden, der, wie Thea nach kurzem Querlesen herausfand, in den Siebziger- und Achtziger-Jahren in leitender Position beim BKA tätig und später Präsident des Bundesamtes für Verfassungsschutz gewesen war. Hmmm. Sie überflog den Klappentext des Buches: »Wurden Erkenntnisse unterdrückt? Ermittlungsakten manipuliert? Ist es denkbar, dass Behörden seit Jahren über die Tathergänge genau Bescheid wussten? Dass sie ihr Wissen bewusst nicht weitergegeben haben, nicht an die Justiz und nicht an die Angehörigen? Kann es ein Interesse daran geben, den tatsächlichen Täter zu decken?«

Auf der Rückseite des Buches stand ein Zitat von Michael Buback: »Es war wie ein Samenkorn, aus dem der Zweifel wuchs und immer stärker wurde. Das Koordinatensystem, in dem ich mich bewegte, war verschoben und an wichtiger Stelle sogar zerstört. Einfach nicht mehr an das Attentat und an die Frage nach den wahren Tätern zu denken war jetzt nicht mehr möglich.«

Dieser Satz hätte auch von Thomas Friese stammen können, überlegte Thea. Nachdenklich stellte sie das Buch zurück ins Regal. Dann ging sie zum Rechner und überprüfte den Fortschritt des Kopiervorgangs. Sechsundfünfzig Prozent.

Ihr Blick fiel auf die Leitzordner in dem nüchternen Metallregal gegenüber. Zwei lange Regalreihen waren mit diesen Ordnern bestückt. Jeder einzelne war fein säuberlich beschriftet. »Rente«, »Versicherungen« und »Steuerunterlagen«. Wenn sie überlegte, dass alle Dokumente für sie und Mari in zwei Ordner passten, war das eine ganze Menge.

Sie zog den Ordner mit der Aufschrift »Haftpflicht« heraus und schlug ihn auf. Aber zu Theas Erstaunen stand auf dem grünen Deckblatt nicht etwa »Haftpflicht« oder etwas Ähnliches, sondern »Stregda«. Sie schlug das Deckblatt um. Auf der nächsten Seite waren unter der Überschrift »K.1.1. – Bilder« zwei Fotos zu sehen. Das obere war nicht recht zu erkennen, es sah aus wie eine mit Dreck oder Brandschutt bedeckte Teppichrolle, und auch beim zweiten Foto brauchte Thea einen Moment, bis sie wirklich begriff, was sie da sah – und dann drehte sich ihr der Magen um. Eine Gestalt, ein Mann offenbar, kauerte auf dem Boden, den Rücken an die Wand gelehnt, die rechte Hand zwischen den Beinen, die linke auf dem angewinkelten Knie ruhend. Der Mann trug graue Hosen und einen schwarzgrau gestreiften Pulli, einen Kapuzenpulli möglicherweise. Sein Kinn war auf die Brust gesunken, und Thea meinte zunächst, dass er eine Fastnachtsmaske trug, so grotesk überzeichnet waren seine Gesichtszüge, so unförmig der Kopf. Erst beim zweiten Hinschauen realisierte sie, dass der Schädel des Mannes in sich zusammengefallen war. Das gesamte Gehirn schien zu fehlen. Der Boden unter dem Mann war rot vor Blut, und die Bildüberschrift von geradezu brutaler Nüchternheit: »Auffindungssituation 2«.

Da erst verstand Thea, dass sie Fotos aus dem Wohnmobil des NSU vor sich hatte. Der auf dem Boden kauernde Mann war einer der beiden Uwes, der andere, auch das begriff sie erst jetzt, war auf dem Foto darüber zu sehen. Es war keine Teppichrolle, wie sie zunächst geglaubt hatte, sondern ein mit Brandschutt bedeckter Leichnam. Die Fotos waren derart grauenhaft, dass Thea weiche Knie bekam. Sie zog den Bürostuhl heran und setzte sich. Sie atmete tief durch, und als sie sich wieder einigermaßen gefangen hatte, blätterte sie weiter. Es folgten zunächst mehrere Fotos aus dem Wohnmobil, der Tisch, dessen Platte von der Hitze verformt nach oben stand und mit Brandschutt bedeckt war, eine Pistole, neben dem Klo auf dem Boden liegend, jedes Detail aus verschiedenen Perspektiven. Danach folgte eine ellenlange Auflistung der Asservate. Thea hatte keinen Zweifel daran, dass sie die Ermittlungsakten zum NSU-Prozess in Händen hielt. Sie klappte den Ordner zu und stellte ihn ins Regal zurück. Wahllos griff sie nach einem anderen. Darin ging es um die Explosion der NSU-Wohnung in der Frühlingsstraße 26 in Zwickau. Der ganze Ordner bestand aus Zeugenaussagen.

Eines der beiden Gerüchte um Thomas Friese stimmte also. Offensichtlich war er in der »Initiative Rechtsstaat« aktiv, und dass er sich nicht mehr Mühe gab, die Prozessakten zu verstecken, die immerhin illegal in seinem Besitz waren, verfestigte das Bild, das sich Thea von ihm gemacht hatte. Hier war ein Mann am Werk, der der festen Überzeugung war, für eine gute Sache einzutreten. Er kämpfte für Transparenz und Aufklärung. Sie hatte sich inzwischen informiert. Das Veröffentlichen von Akten zu einem laufenden Verfahren war eine Straftat, die mit einer Geld- oder Freiheitsstrafe geahndet wurde. Ob bereits der Besitz solcher Akten strafbar war, wusste sie nicht. Auf jeden Fall ging Friese ein erhebliches Risiko ein. Wobei natürlich denkbar war, dass er die Akten gar nicht selbst veröffentlichte. Das war, je länger Thea darüber nachdachte, sogar recht unwahrscheinlich, denn dann hätten die Behörden dem Treiben sicher längst ein Ende bereitet. Dass dieses Blog noch immer online war, sprach eher dafür, dass jemand aus dem Ausland die Akten ins Netz stellte, jemand, auf den deutsche Strafverfolgungsbehörden nicht so leicht Zugriff hatten. Die »Initiative Rechtsstaat« hatte auf jeden Fall mehrere Mitarbeiter. Thomas Friese war nur einer von ihnen. Anders wären diese Aktenberge auch gar nicht zu bewältigen. Thea stellte den Ordner zurück.

Plötzlich hörte sie ein Geräusch und zuckte zusammen. Mit angehaltenem Atem lauschte sie. Aber es war nur ein Baustellenfahrzeug, das draußen vorbeifuhr. Trotzdem musste sie hier weg. Sie war schon viel zu lange im Haus, und Thomas Friese konnte jederzeit zurückkommen. Schnell ging sie zum Schreibtisch und atmete erleichtert durch, als sie die Meldung »Kopiervorgang abgeschlossen« erblickte. Sie schloss das Programm, zog den Stick aus dem Laptop und schaltete ihn aus. Als sie den Stick in ihre Tasche steckte, fiel ihr Blick auf ein Stück Papier auf dem Boden. Das war ihr vorhin gar nicht aufgefallen.

Es war ein Foto, das mit der Rückseite nach oben auf dem Teppich lag. Sie hob es auf. Mit Kugelschreiber war etwas hintendrauf gekritzelt, was Thea als »Wer, wenn nicht wir?« entzifferte. Darunter stand der Buchstabe B. Sie drehte es um. Das Foto zeigte Benni auf dem Cannstatter Wasen vor der Daimler-Teststrecke. Er stand genau an der Stelle, wo Florian Heilig in seinem Wagen verbrannt war. Benni grinste in die Kamera und machte mit der rechten Hand das Victoryzeichen. Das Foto hatte etwas Obszönes. Benni war fast im gleichen Alter wie der Verstorbene. Aber während Florian Heilig auf ebenso grauenvolle wie mysteriöse Weise ums Leben gekommen war, stand hier ein junger Mann, der das alles als Spiel zu betrachten schien.

War das der Punkt?, überlegte Thea. Hatten sich hier ein paar Jugendliche in alterstypischer Unbekümmertheit an ein Detektivspiel gewagt, dessen Tragweite sie völlig unterschätzt hatten? Hatten sie auf eigene Faust versucht, Todesfälle aufzuklären, die im Zusammenhang mit der NSU-Geschichte standen? Die drei Fragezeichen im Kampf gegen Neonazis und Geheimdienste, befeuert und unterstützt von ihrem Lehrer? Hatte Benni Angst bekommen? War er deshalb verschwunden? Es gab nur eine Möglichkeit, auf diese Fragen eine Antwort zu bekommen, überlegte Thea. Sie musste mit Thomas Friese sprechen. Sie musste ihm all diese Fragen stellen. Mittlerweile war sie überzeugt davon, dass er mehr über Benni wusste, als er bis jetzt zugegeben hatte. Sie vermutete, dass das Foto aus dem Buback-Buch gefallen war, das sie vorhin aus dem Regal genommen und durchgeblättert hatte, also steckte sie es dorthin zurück. Dann kontrollierte sie erneut, ob sie den Stick auch tatsächlich eingesteckt hatte, und verließ den Raum, ohne sich noch einmal umzusehen.

Thea zog die Haustür hinter sich zu und schloss ab. Den Schlüssel warf sie, wie mit Friese verabredet, in den Briefkasten. Auch jetzt, als sie vom Haus her kommend auf den Bürgersteig trat, war kein Mensch unterwegs.

Kurz nach dreizehn Uhr parkte sie den Wagen unterhalb der Schule. Die ersten Schüler strömten aus dem Gebäude, und während Thea noch überlegte, ob es besser wäre, Thomas Friese auf dem Handy anzurufen oder im Schulgebäude abzupassen, sah sie ihn. Er stand, einige Meter vom Haupteingang entfernt, an der Ecke des Schulgebäudes und schien etwas zu beobachten. Was das war, konnte Thea aus ihrer Perspektive nicht erkennen. Sie überlegte kurz, ob sie aussteigen und ihn ansprechen sollte, aber sein Verhalten kam ihr merkwürdig vor, sodass sie es für besser hielt, sitzen zu bleiben und abzuwarten. Nach einigen Minuten setzte sich Thomas Friese in Bewegung. Er hastete die Treppe hinunter und stieg auf ein Mountainbike, das er offenbar vorher bereitgestellt hatte. Es war jedenfalls nicht abgeschlossen. Thomas Friese trat wie ein Wilder in die Pedale. Schnell ließ Thea den Motor an und folgte ihm.

Sie fuhren in westlicher Richtung aus Wartenburg hinaus. Links der Straße lag das Industriegebiet, rechts tröpfelte der Ort in Gestalt einer Autowaschanlage und einer Tankstelle aus. Dahinter begann der Wald. Obwohl Friese ausgesprochen schnell unterwegs war, musste Thea die Geschwindigkeit immer wieder drosseln und verärgerte dadurch die Verkehrsteilnehmer hinter ihr. Darauf konnte sie leider keine Rücksicht nehmen. Sie versuchte, einen einigermaßen komfortablen Sicherheitsabstand einzuhalten, um nicht von Friese entdeckt zu werden. Gleichzeitig musste sie aufpassen, dass sie ihn nicht aus den Augen verlor. Das Ortausgangschild von Wartenburg verschwand in ihrem Rückspiegel. Links Wiesen und Felder, rechts der Wald. Wo fuhr er hin? Und warum wirkte er so gehetzt? Insekten klatschten gegen die Windschutzscheibe und zerplatzten, so viele, mit so viel klebriger Flüssigkeit in sich, dass Thea ihnen mit allem zu Leibe rückte, was die Scheibenwischanlage zu bieten hatte. Das Resultat war ein entsetzliches Geschmiere. Thea konnte kaum noch etwas sehen, und als sie schließlich wieder freie Sicht hatte, war Thomas Friese verschwunden. Verdammt. Hektisch sah sie sich um. Etwa zweihundert Meter vor ihr machte die Landstraße eine scharfe Rechtskurve und überquerte dann eine weitere Straße. Ein Getränkelaster kam ihr entgegen. Der rote Opel, der Friese vorhin überholt hatte, fuhr eben um die Kurve. Wo war Thomas Friese? Thea fuhr langsamer. Jetzt bloß nichts übersehen. Ein Feldweg führte nach rechts in den Wald. War er dorthin abgebogen? Sie fuhr um die Kurve, und als sie oben auf der Brücke angekommen war, entdeckte sie auf der Straße unter sich Friese wieder. Sie wusste nicht, wie er dort hingekommen war. Er fuhr auf eine Siedlung zu. Das musste Thalhausen sein.

Die nächste Gelegenheit nutzte Thea, um nach links abzubiegen. Die Straße führte parallel zu der von Thomas Friese befahrenen in Richtung Thalhausen, aber sosehr sie sich auch bemühte, sie konnte ihn nicht mehr sehen. Büsche und Bäume verstellten den Blick. Ein Raubvogel kreiste über einem Feld. Von Westen her zogen dunkle Wolken auf. Mist. Sie hatte Friese aus den Augen verloren. Es blieb ihr nichts weiter übrig, als zu hoffen, dass sie ihn in der Ortschaft wiederfinden würde, und zwar bevor er sein Ziel erreicht hatte. Sie drückte aufs Gas, die Tachonadel schnellte in die Höhe. Was konnte in einem Kaff wie Thalhausen Frieses Ziel sein?, überlegte Thea. Plötzlich tauchte der Ort wieder auf, diesmal leider in ihrem Rückspiegel. Was war denn jetzt los?, dachte Thea. Offenbar führte die Straße gar nicht in den Ort hinein, sondern in einem weiten Bogen an ihm vorbei. Was jetzt? Sollte sie weiterfahren, in der Hoffnung, dass möglichst bald eine Abzweigung in Richtung Thalhausen kommen würde, oder war es besser, umzukehren? Obwohl sie nicht weit von Wartenburg entfernt war, kannte sie sich hier nicht aus. Es hatte nie einen Grund gegeben, hierherzukommen, als Kind nicht und auch nicht, seit sie wieder in Wartenburg lebte. Hier war nichts.

Sie verlangsamte das Tempo, und plötzlich, als sie einen erneuten Blick in den Rückspiegel warf, huschte ein Schatten durchs Bild. Thea trat auf die Bremse und fuhr rechts ran. Als sie sich umwandte, sah sie gerade noch, wie sich ein Fahrradfahrer auf ein Waldstück rechts der Straße zubewegte. Ob es sich dabei um Thomas Friese handelte, konnte sie nicht erkennen. Aber sie ging davon aus. Also wendete sie und fuhr zurück, bis sie den Feldweg entdeckte, der, von Thalhausen kommend, die Straße querte und weiter in Richtung Wald führte. Der Fahrradfahrer war nicht mehr zu sehen, er war offenbar bereits im Wald verschwunden. Thea bog in den Feldweg ein. In langsamem Tempo rumpelte der Volvo durch die vielen Schlaglöcher. Fieberhaft überlegte sie, was jetzt am besten zu tun war. Dem Fahrradfahrer weiter im Auto zu folgen war riskant, denn irgendwann würde er sicher auf sie aufmerksam werden. Das musste sie vermeiden. Also hielt sie an, kurz bevor sie den Waldrand erreicht hatte. Sie musste herausfinden, wo dieser Weg hinführte. Was konnte hier, in dieser Abgeschiedenheit, ein Ziel für Thomas Friese sein? Vorausgesetzt, er war es überhaupt, der auf dem Fahrrad gesessen hatte. Wenn es eine Situation gab, in der Google Maps eine tolle Sache war, dann diese, dachte Thea und holte ihr Smartphone aus der Tasche. Sie ließ, was sie sonst nie tat, alle Ortungsdienste zu und beobachtete gespannt, wie sich das Bild auf dem Display aufbaute. Das Waldstück vor ihr schien einigermaßen groß zu sein. Es reichte bis zur Bundesstraße nach Bad Mergentheim. Der Feldweg führte schnurgerade durch den Wald hindurch auf die Bundesstraße zu. Aber Thea konnte sich nicht vorstellen, dass Thomas Friese dorthin wollte. Das hätte er von Wartenburg aus einfacher haben können. Also musste sein Ziel irgendwo in diesem Wald liegen. Sie vergrößerte den Maßstab. Jetzt erkannte sie eine Unregelmäßigkeit im sonst so gleichförmigen Grün des Waldes. Es sah aus wie ein Loch, war dunkler als die Umgebung und hatte in etwa die Form einer Träne. Eine Rodung? Als sie noch weiter heranzoomte, erkannte sie, dass es ein kleiner See war, ein Tümpel eher. Er lag laut Karte etwa dreihundert Meter von ihrem Standort entfernt. Es war nur ein Gefühl, aber Thea glaubte, Thomas Frieses Ziel gefunden zu haben. Sie ließ den Wagen stehen und ging zu Fuß in den Wald.

Dem Weg war anzusehen, dass er nicht für Spaziergänger angelegt worden war, sondern für Waldarbeiter. Ein Forstweg, wie mit dem Lineal gezogen, eine in den Wald geschlagene Schneise. Vogelgezwitscher, Rascheln im Unterholz. Irgendwo hämmerte ein Specht. Thea blickte sich suchend um. Links des Weges ein riesiger Holzstapel, aber vom Fahrradfahrer keine Spur. Sie ging mit schnellen Schritten voran und hoffte, kein Detail zu übersehen, das auf den Verbleib des Lehrers hinweisen könnte. Ein Blick auf ihr Smartphone sagte ihr, dass der See schräg links vor ihr lag. Sie beschloss, noch so lange auf dem Weg zu bleiben, bis sie sich auf gleicher Höhe mit dem See befand, um dann geradeaus auf ihn zuzusteuern. Das Unterholz wurde dichter, so schien es ihr jedenfalls, es kostete mehr Mühe, den Überblick zu behalten. Plötzlich sah sie zwischen dem Grün der Büsche hindurch etwas Weißes schimmern. Sie verließ den Forstweg und kämpfte sich durchs Gestrüpp. Ein paarmal stolperte sie über Wurzeln und wäre fast hingefallen. Ein umgestürzter Baum versperrte den Weg. Überhaupt herrschte, je tiefer sie in den Wald kam, eine derartige Unordnung, dass sie sich fragte, was die Waldarbeiter eigentlich die ganze Zeit trieben. Zwischenzeitlich hatte sie ihr Ziel aus dem Auge verloren. Suchend drehte sie sich einmal um sich selbst, ging ein paar Schritte weiter und entdeckte es schließlich hinter einem Baum: ein weißes Mountainbike. Sie erkannte es wieder, sie hatte es vor der Schule stehen sehen. Es war das von Thomas Friese. Aber von Friese selbst keine Spur. Wo war er hingegangen?

Da entdeckte sie den See.

Er lag dunkel und still hinter den Bäumen. Thea ging darauf zu, langsam, Schritt für Schritt, und bemühte sich, dabei möglichst keine Geräusche zu machen. Wie sie vermutet hatte, war der See nicht besonders groß. Seine Oberfläche war glatt wie ein Spiegel, und die Bäume standen dicht bis zum Ufer. An einigen Stellen ragten ihre Wurzeln ins Wasser und sahen aus wie die erstarrten Gliedmaßen riesiger Insekten. Von dem Gewässer ging eine Kühle aus, die Thea eine Gänsehaut verursachte. Plötzlich hörte sie Stimmen. Schnell ging sie hinter einem Baumstamm in Deckung und lauschte. Sie konnte nicht verstehen, was gesagt wurde. Vorsichtig spähte sie hinter ihrem Versteck hervor. Zwei Männer standen am Ufer des Sees. Der eine war groß und hatte lockiges Haar. Obwohl er ihr den Rücken zuwandte, erkannte sie Thomas Friese. Er wirkte ziemlich aufgeregt und redete eindringlich auf einen jungen Mann ein. Thea musste zweimal hinschauen, um sicher zu sein, denn er sah völlig abgerissen aus. Seine Kleidung war verschmutzt, und er hatte dunkle Ringe unter den Augen, als hätte er lange nicht geschlafen. Aber es war eindeutig – Benni. Was ging hier vor? Hatte sich Benni hier, an diesem See, versteckt? Hatte

Thomas Friese die ganze Zeit gewusst, wo Benni sich aufhielt? Sie musste hören, worüber die beiden sprachen. Sie musste näher ran. Gerade wollte sie sich aus ihrem Versteck lösen, als sie hinter sich ein Geräusch vernahm. Noch bevor sie sich umdrehen konnte, bekam sie einen Schlag auf den Kopf, und ihr wurde schwarz vor Augen.

Post by amanschlag at 3:53 pm

Noch was vom Bundesgauckler, noch mal Sicherheitskonferenz:

»Denn Außenpolitik soll doch nicht eine Sache von Experten oder Eliten sein – und Sicherheitspolitik schon gar nicht. Das Nachdenken über Existenzfragen gehört in die Mitte der Gesellschaft. Was alle angeht, das soll von allen beraten werden.«

Post by nanotermite at 4:18 pm

Hab's immer gesagt: Der ist einer von uns, der Gauckler!

IX

Zunächst war da nur ein dumpfes Pochen hinter der Stirn. Als sie das Auge aufschlug, hatte die Welt ihre Farben verloren und bestand nur noch aus Schatten, aus Schwarz und Weiß in allen Facetten. Der dunkle Schatten musste der Stamm eines Baumes sein. Mit Mühe erkannte sie seine Äste und wie durch einen Nebel hindurch die Zweige, die Blätter. Ihr Kopf schmerzte furchtbar. Etwas klatschte auf ihre Stirn, sie erschrak – aber es war nur der Regen, der in der Zwischenzeit eingesetzt hatte. Da spürte sie einen Druck auf ihrem Oberschenkel. Sie drehte den Kopf nach links und sah eine Gestalt, die neben ihr kauerte. Es war Benni. Als er bemerkte, dass sie das Auge geöffnet hatte und ihn ansah, zuckte er zurück. Thea stützte sich auf dem Ellbogen ab, versuchte sich aufzurichten.

»Wir müssen hier weg!« Benni reichte ihr die Hand, offenbar wollte er ihr beim Aufstehen helfen. Die Kopfschmerzen waren höllisch.

»Ich weiß nicht, ob es geht«, sagte Thea.

»Es muss.«

Benni war magerer, als sie ihn in Erinnerung gehabt hatte. Seine Augen waren groß und voller Angst. Und er war völlig verdreckt. Falls er die letzten Tage und Nächte tatsächlich hier im Wald verbracht hatte, war das kein Wunder.

Thea griff nach seiner Hand und ließ sich aufhelfen. Der Boden schwankte unter ihren Füßen. Benni packte sie an der Schulter, um sie zu stützen.

»Geht's?« Seine Stimme klang besorgt.

Plötzlich hatte sie das Gefühl, ihr Schädel würde zerspringen. Sie tastete über ihren Hinterkopf, um sicherzustellen, dass alles heil geblieben war. War es aber nicht, ihre Hand war rot vor Blut. Immerhin: Die Farben waren zurückgekehrt.

»Was ist passiert?«

»Erzähl ich dir gleich. Erst mal müssen wir hier weg.«

Thea sah sich um, versuchte sich zu orientieren. Der Baumstamm, der See. Sie war immer noch an der Stelle, von der aus sie Benni und Thomas Friese beobachtet hatte. Hier war sie niedergeschlagen worden. Benni war bei ihr. Aber wo …

»Wo ist Thomas Friese?«, fragte sie.

»Bitte!« Benni klang verzweifelt. »Wir müssen hier sofort verschwinden, sonst …« Seine Stimme versagte.

»Wo ist Thomas Friese?«, wiederholte Thea.

Aber Benni antwortete nicht. Er sah sie nur flehend an. Was war hier los?

Denk nach, Thea.

An der Stelle, wo Benni und Friese vorhin gestanden hatten, lag etwas auf dem Waldboden und ragte in den See. Etwas, das Thea aus der Distanz nicht genau erkennen konnte, was sie aber gerade deshalb alarmierte. Sie ging darauf zu und hoffte, dass es nur ein Stück Holz sein würde.

»Nein!«, rief Benni mit gedämpfter Stimme. »Wir müssen raus aus dem Wald!«

Aber Thea ging einfach weiter. Sie hörte Bennis Schritte hinter sich. Es war kein Holz. Es waren Beine, die in einer braunen Cordhose steckten.

Sie ging schneller. Trotz der Kopfschmerzen.

Thomas Frieses Oberkörper lag im See, nur seine Beine ragten aus dem Wasser. Thea stürzte auf ihn zu, machte zwei Schritte in den See, der tiefer war, als sie erwartet hatte, und versuchte, Frieses Jacke zu fassen, um ihn herausziehen zu können.

»Hilf mir!«, rief sie. Benni war sofort bei ihr, doch anstatt ihr zu helfen, packte er sie an den Oberarmen und drehte sie mit erstaunlicher Kraft zu sich um. Er atmete schwer. Sein Gesicht war verzerrt, ob vor Angst oder vor Wut, war nicht auszumachen.

»Er ist tot«, zischte Benni, »und wir sind es auch gleich, wenn wir hier nicht sofort verschwinden.«

Verzweifelt versuchte Thea, ihre Gedanken zu ordnen. Thomas Friese war tot. Hatte Benni ihn umgebracht? Er hielt sie noch immer an den Oberarmen fest. Sie wusste, dass sie keine Chance gegen ihn haben würde. Sie musste ihn beruhigen. Und vor allem musste sie die Polizei rufen.

»Du tust mir weh, Benni.«

Sofort ließ er sie los. »Entschuldigung«, murmelte er.

»Was ist hier passiert?«

Keine Antwort. Er sah sie nur stumm an. Der Regen war stärker geworden, er prasselte auf die Blätter der Bäume.

»Du hast ein Auto?«, fragte Benni.

»Ja.«

»Dann los.«

Aber Thea griff in ihre Jackentasche und tastete nach dem Smartphone. Es war nicht da. Auch nicht in der anderen Tasche.

»Komm jetzt!«, rief Benni.

»Wo ist mein Handy?«

»Keine Ahnung«, sagte Benni, »lass uns endlich abhauen!«

War ihr das Handy aus der Tasche gerutscht, als man sie niedergeschlagen hatte? Dann musste es irgendwo auf dem Waldboden liegen, in der Nähe des Baumstamms, hinter dem sie sich versteckt hatte. Aber wo war das gewesen? Thea versuchte sich zu orientieren. Aber die Bäume sahen alle gleich aus. Plötzlich kam ihr ein weiterer Gedanke: Als sie aufgewacht war, hatte Benni neben ihr gekniet. Hatte er sie durchsucht und ihr das Handy abgenommen, weil er verhindern wollte, dass sie die Polizei rief?

Plötzlich brüllte Benni sie an: »Verdammt noch mal, komm jetzt endlich mit!« Sie musste jetzt sehr vorsichtig sein und genau überlegen, was sie sagte.

»Hast du ein Handy?«

»Nein.«

»Wir müssen die Polizei rufen, Benni. Wir können deinen Lehrer hier nicht einfach liegen lassen und abhauen. Das geht nicht.« Thea hoffte, ihre Stimme würde einigermaßen beruhigend auf ihn wirken.

»Auf keinen Fall!«, rief Benni.

»Auf keinen Fall was?«

»Wir dürfen auf keinen Fall die Polizei rufen!«

»Wieso? Hast du Thomas Friese umgebracht?«

»Nein.«

Thea sah ihn prüfend an. Er hielt ihrem Blick stand.

»Was spricht dann dagegen, die Polizei zu rufen?«

Aber Benni antwortete nicht. Er sah sie nur stumm aus seinen großen Augen an. Thea fiel ein, dass Thomas Friese ein Handy hatte. Also beugte sie sich zu ihm hinunter und suchte seine Taschen ab.

»Was machst du da?«, rief Benni.

Da war es. Thea hatte das Handy gefunden. Sie holte es aus Frieses Jackentasche. Es war völlig durchnässt. Sie wollte eben ausprobieren, ob es noch funktionierte, als Benni zu ihr stürzte und ihr das Handy wegriss.

»Lass den Scheiß!«, rief er und schleuderte das Handy in hohem Bogen in den See.

»Sag mal, spinnst du?«

»Ich hab dir doch gesagt, dass wir die Polizei nicht rufen dürfen!«

»Das mach ich aber nicht mit! Das ist Schwachsinn!«

»Nein«, sagte Benni, »ist es nicht …« Einen Moment zögerte er, dann sprach er mit belegter Stimme weiter: »Ich weiß, wer ihn umgebracht hat. Es waren zwei Männer. Sie haben Sturmhauben getragen. Ich bin mir hundert Prozent sicher, dass es Polizisten waren.«

Der Regen wurde immer heftiger. Große, schwere Tropfen. Die eben noch so glatte Oberfläche des Sees sah aus, als hätte sie Gänsehaut bekommen.

»Was redest du da, Benni?«

»Sie wissen, dass ich sie gesehen habe. Sie werden mich auch umbringen. Wir müssen endlich weg hier!« Er packte sie am Arm und zog sie ans Ufer. Erst jetzt realisierte Thea, dass sie die ganze Zeit im Wasser gestanden hatten. Ihre Füße waren klitschnass.

»Wo steht dein Auto?«, fragte Benni.

»Vorne … am Waldrand.«

»Gut.« Er drehte sich um und ging mit schnellen Schritten auf den Forstweg zu. Thea überlegte fieberhaft, wie sie sich verhalten sollte. Er konnte doch nicht ernsthaft erwarten, dass sie ihm die Geschichte mit den Polizisten glauben würde. Was versprach er sich davon, ihr so etwas aufzutischen? Andererseits blieb die Frage, warum Benni, falls er Thomas Friese umgebracht hatte, nicht einfach abgehauen war. Oder hatte er genau das vorgehabt? War sie in dem Moment wieder zu sich gekommen, als er ihr den Autoschlüssel abnehmen wollte, der sich in ihrer Hosentasche befand? Eines war jedenfalls klar: Zur Tatzeit war noch jemand hier am See gewesen. Und zwar derjenige, der ihr den Schlag auf den Kopf verpasst hatte. Es war also zumindest möglich, dass der oder die Unbekannten Thomas Friese umgebracht hatten.

»Was ist?« Benni war stehen geblieben und hatte sich zu ihr

umgedreht. Was, wenn er wirklich zwei Männer mit Sturmhauben gesehen hatte, überlegte Thea. Wenn er wirklich in Gefahr war? Im Moment, das wurde ihr jetzt klar, hatte sie keine andere Wahl, als Benni zum Auto zu folgen. Sie hatte eine Kopfverletzung, die wahrscheinlich behandelt werden musste, und sie hatte kein Handy. Hier im Wald konnte sie nichts ausrichten. Sie warf einen letzten Blick auf den toten Thomas Friese. Jetzt erst fiel ihr das gelbe Reflektorband über seinem rechten Knöchel auf, das verhindern sollte, dass seine Cordhose in die Fahrradkette geriet. Thea kamen die Tränen. Und sie fühlte sich unendlich erschöpft. Am liebsten hätte sie sich trotz des Regens hier neben Thomas Friese auf den Waldboden gesetzt und gewartet, bis Hilfe käme.

»Ey! Was ist los?« Bennis Stimme.

»Ich komme!«, rief sie und folgte Benni durch den prasselnden Regen. Jeder Schritt bereitete ihr Mühe. Die Kopfschmerzen wurden schlimmer, und irgendetwas stimmte immer noch nicht mit ihrem Auge. Und zwar mit dem sonst intakten. Ein Schleier hatte sich über ihr Sichtfeld gelegt. Schlieren bildeten sich, in denen sich das Licht brach wie in einem Kaleidoskop, und wenn sie den Blick auf den Waldboden richtete, schien dieser in Bewegung zu sein und unter ihren Füßen hin und her zu wabern. Erst wurde ihr schwindlig, dann übel, und sie musste sich übergeben.

Als sie das Auto erreicht hatten, waren sie bis auf die Knochen durchnässt. Benni sah sie prüfend an und fragte: »Geht's?«

Thea fühlte sich nicht in der Lage, Auto zu fahren. Sie fühlte sich zu gar nichts in der Lage.

Egal. Reiß dich zusammen! Finde raus, was hier los ist!

»Kannst du fahren?« Auch wenn sie ihm den Autoschlüssel niemals überlassen hätte, die Frage musste sie ihm stellen.

»Nein.« Benni schüttelte den Kopf.

Seltsam, dachte Thea, während sie den Wagen aufschloss, zu ihrer Zeit hatten alle mit achtzehn den Führerschein gehabt, um endlich aus ihren Käffern rauszukommen. Die Tatsache, dass er keinen Führerschein hatte, erklärte jedenfalls, warum Benni ihr nicht einfach den Autoschlüssel abgenommen und sie am See zurückgelassen hatte.

Thea setzte sich hinter das Steuer. Benni ließ sich neben sie auf den Beifahrersitz fallen. Thea startete den Motor und wendete. Sie fuhren über den Feldweg zurück in Richtung Thalhausen. Jedes Schlagloch verursachte ihr Schmerzen, und sie hatte das Gefühl, dass sich ihr Gesichtsfeld immer weiter verengte.

»Wo ist der Verbandskasten?«, fragte Benni plötzlich. »Deine Wunde muss versorgt werden.«

Thea kippte den Rückspiegel nach unten, um sich besser betrachten zu können, aber sosehr sie den Kopf auch drehte, es gelang ihr nicht, einen Blick auf die Wunde zu werfen. Sie stellte lediglich fest, dass sie zum Fürchten aussah.

»Ich glaube, im Kofferraum, unter dem Reserverad.«

»Okay«, sagte Benni, »bei der nächsten Gelegenheit. Aber erst mal müssen wir Land gewinnen.«

Vor ihnen tauchte jetzt die Landstraße auf. Links ging es nach Wartenburg, rechts in Richtung Autobahn.

»Ich halte es für das Beste«, begann Thea, »jetzt nach Wartenburg zu fahren und direkt zur Polizei zu gehen. Daniel Seiler, der Chefermittler, ist ein alter Freund von mir und wird dir helfen.«

»Hast du mir vorhin nicht zugehört?«

»Doch«, sagte Thea vorsichtig, »aber du musst vor der Wartenburger Polizei keine Angst haben.«

»Du hast doch keine Ahnung«, sagte Benni. Es klang ebenso verzweifelt wie abfällig. Sie hatten die Kreuzung erreicht.

»Nach rechts«, kommandierte Benni, aber Thea bog nach links ab.

»Ey!«, brüllte Benni. Er rammt Thea den Ellbogen in die Rippen, dass sie vor Schmerz aufschrie, und stieß sie zur Seite. Er hievte sich neben sie auf den Fahrersitz und trat auf die Bremse. Thea wurde nach vorn geschleudert und der Motor abgewürgt.

»Rechts hab ich gesagt!« Bennie schäumte vor Wut. »Scheiße!« schrie er und schlug mit der flachen Hand gegen die Beifahrertür, dass es knallte. Thea zuckte zusammen. »Du machst jetzt, was ich sage!«, rief Benni. »Dreh um.«

Theas Hand zitterte, als sie den Zündschlüssel im Schloss drehte und den Motor wieder startete. Sie legte den Rückwärtsgang ein, wendete und fuhr los, in Richtung Westen. Es dauerte eine Weile, bis sie sich wieder einigermaßen gefangen hatte.

Je näher sie der Autobahn kamen, desto dichter wurde der Verkehr.

»Wo fahren wir hin?«, fragte sie schließlich, aber Benni antwortete nicht.

Denk nach, Thea.

Vor ihnen tauchte jetzt ein Rastplatz auf.

»Ich fahr da mal raus.«

»Nein«, rief Benni, »du fährst weiter.«

»Ich kann nicht. Mein Auge … ich sehe kaum mehr was.« Als von Benni kein Widerspruch mehr kam, setzte sie den Blinker und fuhr ab. Der Rastplatz bestand aus zwei Holzbänken, zwei Mülleimern und zwei Birken. Thea stellte den Volvo hinter einem Lastwagen aus Tschechien ab. Benni sah sich misstrauisch um, aber außer ihnen und dem Lastwagen schien niemand hier zu sein. »Ich kümmere mich um deine Wunde«, sagte Benni. Er zog den Zündschlüssel ab, stieg aus dem Wagen und ging zum Kofferraum. Während sie ihn dort herumhantieren hörte, überlegte Thea, ob sie aussteigen, zum Lastwagen rennen und den Fahrer um Hilfe bitten sollte. Sie warf einen Blick in den Rückspiegel und erschrak, denn sie schaute direkt in Bennis Augen. Offenbar beobachtete er sie die ganze Zeit. Wahrscheinlich wäre er bereits bei ihr, bevor sie auch nur die Wagentür geöffnet hätte. Ein Knall in ihrem Rücken ließ sie zusammenzucken, aber Benni hatte nur den Kofferraum geschlossen. Als er wieder neben ihr auf dem Beifahrersitz Platz nahm, hatte er den Verbandskasten in der Hand. Er öffnete und durchsuchte ihn.

»Desinfektionsspray oder so was?«

»Das hier, glaub ich.« Thea zeigte auf eine weiße Plastikflasche.

»Alles klar.«

Er nahm eine Mullbinde heraus und riss die Verpackung auf. »Dreh dich um«, sagte er.

Thea wandte ihm den Rücken zu. Sie zuckte zusammen, als sie seine Hand auf ihrem Hinterkopf spürte.

»Nicht bewegen«, sagte er. Sie spürte, wie er sich durch ihre Haare wühlte, um zur Wunde vorzudringen. Als er es geschafft hatte, sprühte er das Desinfektionsmittel darauf. Es brannte. Sie biss die Zähne zusammen.

»Tut's weh?«, fragte er.

»Ist okay.«

Als er begann, die Wunde zu verbinden, sagte Thea: »Ich bin bereit, dir zu helfen, Benni, aber nur, wenn du mir erzählst, was passiert ist.«

»Hab ich doch schon«, sagte Benni trotzig.

»Du kannst aber nicht erwarten, dass ich dir das glaube. Weshalb sollten Polizisten Thomas Friese umbringen und hinter dir her sein? Und wenn, warum haben sie dich dann nicht gleich am See mit erledigt?«

»Arthur Christ, Florian Heilig und jetzt auch seine Exfreundin. Alle tot. Mitbekommen?«

»Ja, aber es ist doch überhaupt nicht erwiesen, dass …«

»Halt die Fresse!«, schrie Benni, so laut, dass Thea zusammenzuckte. »Ich erklär's dir doch gerade. Ich habe keinen Bock mehr, dass mir Leute, die keine Ahnung haben, erzählen, wie es wirklich war, oder dass ich ein Verschwörungstheoretiker bin.«

»Das hab ich doch gar nicht …«

Aber Benni unterbrach sie schon wieder: »Drei Jugendliche sind tot. Alle hier aus der Gegend. Zwei sind verbrannt, und eine hatte eine Lungenembolie. Alle hatten mit dem NSU zu tun, und du willst mir ernsthaft erzählen, dass alles mit rechten Dingen zugeht?« Energisch wickelte er den Verband um ihren Kopf.

»Au, nicht so fest.«

»Sorry«, sagte Benni. Und nach einer kurzen Pause: »Es sind ja nicht nur die drei. In Thüringen sollen sich zwei Polizisten, die mit den NSU-Ermittlungen befasst waren, umgebracht haben, und dann gab es noch einen V-Mann, der angeblich an einer unerkannten Diabetes gestorben ist, kurz bevor er aussagen sollte. Halt hier mal die Hand drauf.« Benni führte Theas Hand zu der Stelle an ihrem Hinterkopf. »Hier draufdrücken.« Sie hielt die Mullbinde fest, während er Schere und Pflaster aus dem Verbandskasten holte. »Es gibt jetzt zwei Möglichkeiten«, fuhr Benni fort, »entweder sagt man, alles ist in Ordnung, es gibt eben merkwürdige Zufälle …«

»Oder?«

»Oder diese Leute sind ermordet worden. Und wenn man sich so intensiv mit dem Fall befasst hat wie ich, kann man nur zu diesem Schluss kommen.« Er klebte ein Pflaster auf den Verband. Seine Finger berührten ihre Hand. Thea zog sie schnell weg. »Das bedeutet aber automatisch«, fuhr Benni fort, »dass die Ermittlungsbehörden in die Morde verwickelt sein müssen. Sonst ist nicht erklärbar, weshalb die Polizei zum Beispiel bei Florian Heilig so schnell von einem Selbstmord ausgeht. Dreh dich mal um.« Thea wandte sich um. Benni betrachtete sie kritisch, dann grinste er und sagte: »Schick.«

Es war das erste Mal, dass Thea ihn lächeln sah. Sie warf einen Blick in den Rückspiegel und erblickte eine Mumie mit Augenklappe. Es sah grotesk aus.

»Danke, Benni.«

»Fahr weiter.«

»Wohin?«

»Auf die Autobahn.«

»Und dann?«

»Du wolltest doch wissen, was im Wald passiert ist, oder nicht?«

Thea nickte.

»Dann fahr weiter, und ich erzähl's dir.«

»Okay. Unter einer Bedingung.«

Benni sah sie fragend an.

»Im nächsten Ort organisiere ich irgendwo ein Telefon und rufe die 110 an. Ich nenne meinen Namen nicht und sage kein Wort von dir. Ich berichte nur von der Leiche am See, okay?«

Benni schwieg.

»Wir sind inzwischen aus dem Wald raus, Benni. Du bist nicht mehr in Gefahr. Und bis die Polizei dem Hinweis nachgegangen ist, sind wir längst über alle Berge.« Nach einer kurzen Pause fügte sie noch hinzu: »Wir können Friese nicht einfach da liegen lassen. Das geht nicht.«

»Gut«, sagte Benni, »so machen wir's.«

Sie ließ den Motor an. Als sie an dem tschechischen Lkw vorbeifuhren, bemerkte Thea, dass die Fahrerkabine mit schwarzem Stoff abgedunkelt war. Offenbar schlief der Fahrer. Der

Verkehr auf der Landstraße schien ihr noch dichter geworden zu sein.

Das einzige Geschäft, das es im nächsten Ort gab, war ein Friseur. Da Benni auf keinen Fall gesehen werden wollte, stellte Thea den Volvo fünfzig Meter entfernt ab und ging zu Fuß zurück. Als sie etwa die Hälfte der Strecke zurückgelegt hatte, hörte sie Schritte hinter sich. Es war Benni.

»Was ist denn los?«, fragte Thea.

»Ich komme mit.«

»Ich dachte, du wolltest nicht gesehen werden.«

»Ich bleibe draußen stehen. Du gehst rein, borgst dir das Handy aus und kommst damit wieder raus zu mir. Ich will hören, was du sagst.«

»Wir machen es genau so, wie wir besprochen haben«, versuchte Thea ihn zu beruhigen. »Ich rufe nur den Notruf an und gebe ihnen keine weiteren Informationen. Du kannst mir vertrauen.«

»Ich will hören, was du sagst«, wiederholte Benni. Sie hatten das Friseurgeschäft erreicht. Benni blieb davor stehen.

»Wie du meinst«, sagte Thea und betrat das Geschäft. In einem der Stühle saß eine Frau mit lila Haaren und solariumgebräunter Haut und las in der Gala. Sie hatte viel Blech in den Ohrläppchen und trug ein Nasenpiercing. Thea schätzte sie auf Mitte vierzig. Zunächst hielt sie die Frau für eine Kundin, doch kaum war Thea eingetreten, sprang sie auf, sagte »Grüß Gott«, und sah Thea mit Dienstleistungslächeln an – das ihr aber schnell verging. Warum, verstand Thea sofort, als sie einen Blick in den Friseurspiegel warf. Und ihr wurde schlagartig klar, dass es keinen Sinn hatte, höflich zu fragen, ob sie mal bitte das Handy der Frau benutzen dürfte. Kein Mensch auf der Welt würde ihr sein Handy anvertrauen, so wie sie aussah. Sie musste also andere Methoden anwenden. »Helfen Sie mir!«, rief Thea also. »Ich hatte einen Unfall!« Sie tat so, als würde sie gleich zusammenbrechen, und hielt sich theatralisch an einer der herumstehenden Trockenhauben fest.

»Um Gottes willen«, sagte die Frau, »was kann ich denn …«

»Ich muss die Polizei anrufen. Haben Sie ein Telefon?«

»Natürlich.« Die Frau griff nach ihrem Handy, das auf einer Zeitschrift vor dem Spiegel lag und reichte es Thea.

»Danke.« Sie schnappte sich das Handy, gab 110 ein und stürmte aus dem Geschäft. Die Friseurin machte keine Anstalten, ihr zu folgen. Sie schien viel zu überrumpelt zu sein. Thea stellte sich zu Benni, der sie erwartungsvoll ansah. Nach einmaligem Klingeln wurde abgenommen. »Polizei-Notruf«, sagte eine männliche Stimme. So sachlich wie möglich meldete Thea den Leichenfund, gab auf Nachfrage so viele Informationen zum Fundort wie nötig und legte erst auf, als der Disponent nach ihrem Namen fragte.

»Gut«, sagte Benni und nickte ihr zu. Er schien zufrieden zu sein. Thea ging zurück in den Laden und gab der Friseurin, die noch immer genau so dastand wie eben, das Handy zurück.

»Danke«, sagte Thea. »Tschüss.« Und weg war sie.

Als sie wieder im Auto saß, stellte Thea fest, dass ihr Auge immer noch nicht funktionierte, wie es sollte. Sie warf einen Blick auf die Uhr am Armaturenbrett. Gleich drei. Es ging langsam in Richtung Feierabendverkehr. An der Ampel bog sie auf die Bundesstraße ab, die zur Autobahnauffahrt führte. Durch den Anruf hatte sie erst einmal Zeit gewonnen. Jetzt würde sie sich Bennis Geschichte anhören und dann entscheiden, wie es weitergehen würde. Im Zweifel würde sie bei nächster Gelegenheit Daniel anrufen.

»Die Ermittlungsbehörden selbst sind also in die Morde verwickelt«, nahm Thea den Faden wieder auf.

»Ja«, sagte Benni, »zusammen mit den Geheimdiensten.«

»Und die waren es auch, die Friese am See ermordet haben?«

Benni musterte sie von der Seite. »Du hältst mich für einen Spinner«, stellte er nüchtern fest.

»Überzeug mich vom Gegenteil.«

»Das ist schwierig. Du hast keine Ahnung von dem Fall. Wie soll ich dir das plausibel machen? Es klingt alles total absurd, das weiß ich. Aber das liegt am NSU-Fall und nicht daran, dass ich lüge.«

»Versuche es.«

Aber Benni winkte ab. »Ist eh scheißegal.«

»Nein«, sagte Thea, »es ist nicht egal.«

»Wieso nicht?«

»Weil ich im Moment noch davon ausgehen muss, dass du Thomas Friese umgebracht hast und das vertuschen willst. Das heißt, ich werde dich bei der nächsten Gelegenheit der Polizei ausliefern. Und früher oder später wird mir das auch gelingen, das weißt du genau. Das kannst du nur verhindern, indem du mir eine absolut plausible Geschichte erzählst. Wenn ich Gründe habe, dir zu glauben, dann hast du mich auf deiner Seite. Dann werde ich dir helfen. Aber nur dann.«

Benni wandte den Kopf zur Seite und blickte aus dem Fenster. Der Regen hatte nachgelassen, aber noch immer hingen die Wolken tief über dem Land. Thea hörte Bennis Kiefer knacken. Er gähnte. Wahrscheinlich war er völlig erledigt. Kein Wunder, wenn er die letzten Nächte im Wald verbracht hatte. Sie musste ihn dringend fragen, warum er überhaupt von zu Hause geflüchtet war. Das war noch immer völlig unklar. Aber sie verkniff sich die Frage fürs Erste. Sie hatte vorgelegt und ihm die Situation klargemacht. Jetzt war er dran. Vor ihnen tauchte die Autobahnzufahrt auf.

»Soll ich hochfahren?«, fragte Thea.

»Ja.«

Die Autobahn Richtung Heilbronn war voll, aber der Verkehr rollte, immerhin. Thea blieb auf der rechten Spur und fuhr hinter den Lastwagen her. Sie hatte keine Eile.

»Ich habe Hunger«, sagte Benni und gähnte wieder.

»Da vorne kommt gleich eine Raststätte.« Thea deutete auf das Schild am Straßenrand, das die Autobahnraststätte ankündigte.

»Okay«, sagte Benni.

Thea setzte den Blinker und fuhr von der Autobahn ab. Sie verlangsamte das Tempo und sah, dass direkt vor dem Tankstellenshop ein Parkplatz frei war. Auch jetzt wirkte Benni wieder nervös. Er sah sich nach allen Seiten um. Thea schaltete in den zweiten Gang und fuhr auf den Tankstellenshop zu.

»Fahr außenrum!«, rief Benni plötzlich und zog sich die Kapuze seiner Jacke über den Kopf.

»Was ist denn los?«, fragte Thea.

»Hier sind überall Kameras. Fahr nach hinten auf den großen Parkplatz!«

Thea vergewisserte sich im Rückspiegel, dass kein anderes Fahrzeug heranrauschte, und scherte wieder auf die Fahrbahn ein, die in einem Bogen um die Zapfsäulen und den Shop herumführte. Der Parkplatz hinter dem Gebäude war gut besucht.

»Fahr irgendwohin, wo nicht so viel Leute sind.«

Thea fuhr an den äußersten Rand des Parkplatzes und schaltete den Motor aus.

»Was jetzt?«, fragte sie. Benni wirkte völlig überfordert. Immer wieder blickte er sich um. Offenbar versuchte er gleichzeitig nachzudenken und die gesamte Parkfläche im Auge zu behalten.

»Ich dachte, du hast Hunger?«

»Schon …« Das klang ziemlich kläglich.

Und da begriff Thea: »Du hast ein Problem, stimmt's? Wenn

du in den Shop gehst, zeichnen dich die Kameras auf. Das willst du nicht. Wenn du mich schickst, kann ich die Polizei rufen. Das willst du auch nicht. Und wenn du mich begleitest, um mich daran zu hindern, erwischen dich wieder die Kameras. Doof, was? Das nennt man dann wohl Dilemma.«

Benni kaute auf seiner Unterlippe herum. Eine stämmige Frau bewegte sich langsam auf sie zu. Sie trug eine beige Jacke und führte offenbar ihren Hund aus. Obwohl die Frau offensichtlich kein Interesse an ihnen hatte, machte sie Benni noch nervöser, als er ohnehin schon war. »Fahr weiter«, zischte er Thea zu.

»Wenn du meinst.« Thea wollte schon den Motor starten, als ihr die ganze Situation plötzlich vollkommen absurd erschien. Das ging so alles nicht. »Aber ich müsste vorher dringend mal aufs Klo«, sagte sie.

Benni sah sie entsetzt an. »Aber nicht hier.«

»Willst du mich daran hindern?«

»Nein … du kannst überall aufs Klo gehen … aber nicht hier.«

»Kannst ja mitkommen«, sagte Thea und öffnete die Fahrertür. Da packte Benni sie am Arm und riss sie zu sich herum.

»Au!«, rief Thea. »Du tust mir weh!«

Aber Benni ließ nicht los. »Ich erzähle dir, wie es war. Ich will, dass du mir zuhörst und mir glaubst.« Nach einer kurzen Pause fügte er hinzu. »Und ich will, dass du mir hilfst.«

»Okay«, sagte Thea und schloss die Tür wieder, »ich hör dir zu. Und wann kann ich aufs Klo?«

»Danach.«

»Dann musst du dich aber beeilen.«

»Mach ich«, sagte Benni. »Fahr los.«

Während Thea den Wagen zurücksetzte, sagte Benni: »Lass

uns die nächste Abfahrt runterfahren und irgendwo was essen. Irgendwo, wo keine Kameras sind.« Als Thea sich wieder in den dichten Verkehr eingereiht hatte, begann er zu erzählen.

»Wir befassen uns jetzt schon ziemlich lange mit dem Polizistenmord in Heilbronn …«

»Wir?« warf Thea ein. »Ist das die Geschichts-AG von Thomas Friese?«

Einen Moment schien Benni zu zögern, doch dann nickte er. »Ja«, fuhr er fort. »Wir … wir hatten den Vorteil, dass wir die Ermittlungsakten zur Verfügung hatten. Wir konnten also die Ermittlungsschritte ganz genau nachverfolgen. Zeugenaussagen, Asservate, war alles da.«

Und plötzlich verstand Thea: »Die ›Initiative Rechtsstaat‹! Du gehörst dazu! Du, Thomas Friese und deine beiden Kumpels, die auch in Frieses Geschichts-AG waren, Max Herrmann und Lorenz Hübner. Ihr seid dort alle aktiv, richtig?«

»Ja.« Benni nickte.

Das war also der »Geheimbund«, von dem Julia Werner gesprochen hatte, überlegte Thea.

»Wir haben uns schon während der Geschichts-AG mit dem Polizistenmord beschäftigt. Jeder von uns kannte über ein paar Ecken jemanden, der Arthur Christ oder Florian Heilig kannte. Und als die Initiative dann vor über einem Jahr die Akten bekommen hat …«

»Illegalerweise. Und von wem eigentlich?«

»Ich weiß es nicht. Ganz ehrlich. Ich vermute, aus Ermittlerkreisen. Die waren doch alle angepisst, dass sie plötzlich dastanden wie die Deppen.«

»Ihr habt also Akten veröffentlicht, ohne zu wissen, wo die herkamen?«

»Es gibt einen kleinen Kreis von drei, vier Leuten. Das ist der harte Kern der Initiative. Von denen kennen wir die Namen, sonst nichts. Wir haben die Leute noch nie persönlich getroffen. Die haben die Akten erhalten, und die verteilen sie an die Arbeitsgruppen weiter.«

»Arbeitsgruppen?«

»Das ist 'ne Menge Stoff, Tausende von Seiten. Über jeden einzelnen Mord, der dem NSU zugeschrieben wird, gibt es eine Fülle an Material. Das ist nicht hinzukriegen, wenn man die Aufgaben nicht verteilt.«

»Aber euch war schon klar, dass es illegal ist, was ihr da tut?«, fragte Thea nochmals nach. »Dass das ein Straftatbestand ist und dass man dafür ins Gefängnis kommen kann?«

»Ja«, sagte Benni, »ist uns aber ehrlich gesagt scheißegal. Wenn man die Akten studiert hat, weiß man, dass in diesem Land Recht und Gesetz schon lange außer Kraft gesetzt worden sind. Es ist eher umgekehrt: Man würde sich schuldig machen, wenn man nicht zumindest versuchen würde, was zu tun. Wir dürfen nicht dabei zusehen, wie der Rechtsstaat vor die Hunde geht.«

»Das ist eure Mission: den Rechtsstaat zu retten, ja?«

»Ja«, sagte Benni.

Was für eine Anmaßung, dachte Thea. Aber zu Jungs in Bennis Alter passte das. Maßlose Selbstüberschätzung gepaart mit dem Glauben, dass es möglich ist, die Welt zu verändern. Eigentlich beneidenswert. Was die Jungs dazu trieb, bei so einer Sache mitzumachen, konnte sie nachvollziehen. Sie verstand sie sogar. Sie selbst hatte in dem Alter schließlich auch gegen jede wie auch immer geartete Ungerechtigkeit gekämpft. Aber dass ein Lehrer wie Thomas Friese die Jungs bei dem illegalen Treiben auch noch unterstützte, war ganz einfach unverantwortlich und völlig daneben.

»Man textet uns doch die ganze Zeit zu«, fuhr Benni fort, »von wegen Zivilcourage und dass man kritisch denken soll und so, aber wehe, man denkt in die falsche Richtung. Wehe, man tut wirklich was.«

»Dann wird man von der Polizei gejagt, oder was?«

Benni kaute schweigend auf seiner Unterlippe herum.

»Wie kommt ihr darauf, dass die Polizei hinter euch her ist?«

»Lässt du mich einfach mal erzählen?«

»Sorry.«

»Nicht ›die Polizei‹«, sagte Benni, »sondern bestimmte Kreise innerhalb der Ermittlungsbehörden.«

Nachdem sie also die Akten genau studiert hatten, erklärte Benni, stand für sie alle fest, dass die ganze NSU-Geschichte vorn und hinten nicht stimmte und dass Uwe Böhnhardt und Uwe Mundlos überhaupt nichts mit dem Polizistenmord in Heilbronn zu tun hatten. Es gebe dafür keinerlei stichhaltige Beweise, keine Fingerabdrücke, keine DNA-Spuren, nichts. Wie übrigens an allen anderen Tatorten auch nicht. Die ganze NSU-Geschichte sei auf Lügen und Manipulation aufgebaut. »Was uns am meisten erschüttert hat«, sagte er, »war die Erkenntnis, wie sehr die Medien bei der Manipulation mitspielen. Die machen das alles überhaupt erst möglich.«

Die Lügenpresse, dachte Thea, da war sie wieder. Aber sie hatte sich vorgenommen, Benni reden zu lassen, also hielt sie den Mund. Sie hörte sich Bennis Sicht der Dinge an. Einiges wusste sie bereits von Thomas Friese, einiges hatte sie gelesen oder gehört. Als es um die von Benni angenommene Beweismittelfälschung ging, hakte sie jedoch nach: »Sind nicht die Dienstwaffen der Polizisten im Wohnmobil gefunden worden?«, meinte sie sich zu erinnern. »Und eine blutverschmierte Jogginghose?«

»Wie wollen wir's machen?«, fragte Benni zurück. »Ich kann dir die Belege für meine Überlegungen raussuchen. Dank der ›Initiative Rechtsstaat‹ ist das alles im Internet einsehbar. Es ging nie darum, dass man unserer Interpretation folgen soll, sondern jeder soll sich die Akten anschauen können und seine eigenen Schlussfolgerungen ziehen. Vor allem Journalisten.«

»Okay«, sagte Thea, »nur um es für mich besser einschätzen zu können: Wie lautet eure Theorie zu den Dienstwaffen im Wohnmobil?«

»Die sind ihnen untergeschoben worden. Das geht aus den Akten hervor.«

»Ehrlich? Die Akten würde ich gern sehen.«

»Kann ich dir raussuchen. Aber zuerst erzähl ich dir die Heilbronn-Geschichte zu Ende.«

»Okay …«

Und plötzlich standen sie im Stau. Nichts ging mehr.

»Scheiße«, sagte Benni.

»Sehen wir's positiv – jetzt kannst du mir in aller Ruhe erklären, wie's wirklich gewesen ist.«

»Pschscht!«, zischte Benni. »Sei mal ruhig!«

Hinter ihnen, noch weit entfernt, waren Martinshörner zu hören. Thea lauschte. Sie kamen näher. Benni fuhr panisch herum und spähte durch die Heckscheibe, aber noch war nichts zu sehen. Im Rückspiegel konnte Thea erkennen, wie die Fahrzeuge hinter ihr versuchten, die Mittelspur freizumachen.

»Verdammt!«, flüsterte Benni.

»Es geht nicht um dich«, versuchte Thea ihn zu beruhigen, »da vorne ist wahrscheinlich ein Unfall passiert. Deshalb der Stau.«

Aber ihre Worte schienen Benni nicht zu erreichen. Während sie den Volvo so nah wie möglich an die Leitplanke steuerte, um den Rettungsfahrzeugen eine Gasse zu schaffen, starrte Benni unverwandt durch die Heckscheibe. Die Martinshörner wurden immer lauter, und schließlich fuhren eine Funkstreife und ein Krankenwagen an ihnen vorbei. Benni hielt sich die

Ohren zu und beugte den Oberkörper nach vorn. Hoffte er, sich auf diese Weise vor den vorbeifahrenden Polizisten verstecken zu können?

Obwohl Thea ihn mehrfach dazu aufforderte, schien Benni die Lust vergangen zu sein, ihr seine Theorie über den Polizistenmord von Heilbronn zu offenbaren. Er saß schweigend und mit düsterer Miene neben ihr. Das Warten im Stau zerrte auch an Theas Nerven. Es war mittlerweile fast halb fünf. Irgendwann würden Ute und Mari sich fragen, wo sie bliebe. Sie hoffte, dass Mari sich nicht zu sehr ängstigen würde. Ob die Polizei Thomas Friese inzwischen gefunden hatte? Auf der Fahrspur neben ihnen stand ein Passat älteren Baujahrs. Eine sympathisch aussehende Familie saß darin, zwei Mädchen auf dem Rücksitz, beide kurz vor der Pubertät, schätzte Thea. Die Mutter auf dem Beifahrersitz telefonierte mit ihrem Smartphone. Plötzlich stieg Benni wortlos aus, ging um den Wagen herum und klopfte an die Scheibe des Passats. Thea war so verblüfft, dass sie zunächst gar nicht daran dachte, das Seitenfester herunterzulassen, um das Gespräch verfolgen zu können. Als sie dann schließlich so weit war, hörte sie Benni gerade noch sagen: »Das ist total nett. Ich bring's Ihnen gleich wieder.«

»Kein Problem«, sagte die Frau im Passat, »abhauen können Sie hier ja nicht.« Beide lachten. Während Benni zurückging, warf die Frau Thea einen skeptischen Blick zu. Kein Wunder, sie und Benni mussten ein ziemlich seltsames Paar abgeben. Als er sich wieder neben Thea setzte, hatte er das Smartphone der Frau in der Hand.

»Ein Notfall«, sagte Benni grinsend, »wir sind Geschwister und müssen ganz dringend unserer Mutter Bescheid geben, die auf uns wartet.«

Aber er wurde sofort wieder ernst und sagte, während er auf dem Smartphone herumwischte. »Ich mach's jetzt ganz kurz.

Und dann entscheidest du, ob du mir glaubst oder nicht. Also: Die beiden Uwes haben mit dem Polizistenmord von Heilbronn nichts zu tun. Die Spuren, denen dringend nachgegangen werden muss, führen in Polizeikreise. Kann man alles in den Akten nachlesen. Es muss dringend ermittelt werden, welche Rolle die Kollegen der getöteten Polizistin bei der ganzen Sache gespielt haben.«

»Ihr glaubt, dass Michèle Kiesewetter von ihren eigenen Kollegen umgebracht wurde?«, fragte Thea fassungslos.

»Sicher ist, dass ihre Kollegen von der Böblinger Beweissicherungs-und-Festnahme-Einheit sehr früh am Tatort waren. Im Gegensatz zu der der beiden Uwes wurde ihre DNA dort gefunden. Offiziell hatten die aber alle frei. Trotzdem waren sie vor Ort. Warum, ist bis heute unklar. Dieser Mann«, Benni zeigte Thea ein Foto auf dem Smartphone, »ist einer von Kiesewetters Vorgesetzten. Er war im hiesigen Ku-Klux-Klan aktiv, das aber nur am Rande. Es gibt auf jeden Fall etliche Indizien, die darauf hindeuten, dass die Polizei selbst in irgendeiner Form verwickelt ist.« Benni machte eine kurze Pause, tippte aber weiter auf dem Smartphone herum. »Wir haben uns im Umfeld von Arthur Christ und Florian Heilig ein bisschen umgehört«, fuhr er schließlich fort. »Und was man da so mitbekommt, bestätigt die These: Alle haben Angst vor der Polizei. Deshalb hat sich die Familie von Florian Heilig auch an den Stuttgarter Untersuchungsausschuss gewandt. Sie wollen, dass unabhängige Stellen den Fall nochmals aufrollen. Weil sie der Polizei misstrauen. Für uns stand jedenfalls fest, dass die weiteren Ermittlungen dringend bei Kiesewetters Chef ansetzen müssen. Und dann sind wir auf dieses Foto gestoßen.« Er hielt Thea das Display vor die Nase. Das Foto zeigte den Vorgesetzten von Michèle Kiesewetter im Fußballtrikot. Und neben ihm stand – Daniel Seiler, ebenfalls im Trikot. Thea starrte das Foto an und versuchte verzweifelt zu begreifen, was das zu bedeuten hatte. Als sie danach zu Benni schaute, hatte sie das Gefühl, dass er sie ganz genau beobachtete.

»Gestern Abend«, sagte er, »hat sich Thomas Friese mit Daniel Seiler in Verbindung gesetzt und ihn zu seinem Kollegen befragt. Und jetzt ist Friese tot.«

Es war ganz ruhig auf der Autobahn. Die meisten Motoren waren ausgeschaltet. Nur ganz entfernt waren wieder Martinshörner zu hören. Diesmal aus der anderen Richtung.

»Kannst du jetzt verstehen, dass ich Angst vor der Polizei habe? Auch vor Daniel Seiler?« Benni sah sie flehend an. Er wischte wieder über die Oberfläche des Smartphones, offenbar löschte er seine Suchbegriffe. Dann stieg er aus und gab der Frau das Handy zurück.

Thea saß wie gelähmt in ihrem Sitz. Benni hatte schon lange wieder neben ihr Platz genommen, aber Thea hatte keine Ahnung, was sie sagen sollte. Schweigend saßen sie da. Sollte sie Benni glauben? Alles in ihr sträubte sich dagegen, aber sie musste zugeben, dass sein Vortrag Eindruck auf sie gemacht hatte. Er schien völlig überzeugt zu sein. In dem Fall schien es derart viele Unstimmigkeiten zu geben, dass offenbar nichts ausgeschlossen werden konnte. Schließlich sagte sie: »Du hast mir immer noch nicht erzählt, was am See passiert ist.«

Zögernd und mit leiser Stimme begann Benni seinen Bericht. Wie aus dem Nichts seien die beiden Männer mit den Sturmhauben aufgetaucht. Einer kam aus der Richtung, aus der Thea ihn und Friese beobachtet hatte. Er war derjenige, der Thea niedergeschlagen hatte, vermutete Benni. Der zweite Mann kam aus der entgegengesetzten Richtung. Offenbar wollten sie ihm und Friese den Fluchtweg abschneiden. »Ich habe den einen relativ früh gesehen«, sagte Benni, »und ich hab Friese noch gesagt, dass er wegrennen soll. Aber er ist einfach stehen geblieben.« Es klang, als könnte er noch immer nicht fassen, dass Friese seiner Aufforderung nicht gefolgt war. »Ich bin dann losgerannt. Der zweite Mann, den ich bis dahin nicht bemerkt hatte, ist mir sofort hinterher. Ich bin in Richtung Forstweg gerannt. Gab ja sonst keine Möglichkeit … und ich hab's irgendwie geschafft, ihn abzuschütteln. Ich hatte natürlich den Vorteil, dass ich mich im Wald inzwischen gut auskannte. Hab ja einige Zeit dort verbracht. Ich hab mich versteckt und abgewartet. Da war so ein entwurzelter Baum. Unter den bin ich gekrochen. Ich konnte sehen, wie mein Verfolger an mir vorbeigerannt ist.« Benni hielt inne. Dann sagte er mit leiser Stimme: »Es war furchtbar, ich dachte, ich sterbe. Ich habe gewartet und gelauscht, und irgendwann hab ich mich dann wieder aus meinem Versteck rausgetraut. Und als ich zum See zurückkam, lag Thomas … äh, lag Herr Friese da. Er war tot.«

Benni stiegen die Tränen in die Augen. Schnell sprach er weiter: »Dann hab ich dich gefunden. Zuerst hab ich natürlich gedacht, sie haben dich auch umgebracht, aber dann …« Er brach ab. »Den Rest kennst du.«

Ja, den kannte sie. Aber ihr schmerzender Kopf konnte all diese Informationen nicht mehr verarbeiten, geschweige denn einschätzen. Thea war nicht mehr in der Lage, Entscheidungen zu treffen. Der Schleier vor ihrem Auge machte sie wahnsinnig. Sie konnte und wollte nicht mehr. Sie kapitulierte. Sie beschloss, von jetzt an nur noch in ganz kleinen Schritten zu denken. Schritt eins: Sie würde, sobald der Stau sich auflöste, von der Autobahn abfahren. Schritt zwei: Sie würden für Benni etwas zu essen besorgen. Und dann würde man weitersehen. Thea blickte hinüber zum Passat, dessen Position sich verändert hatte. Die Rückbank mit den beiden Mädchen war nun auf ihrer Höhe. Beide waren mit ihren Handys beschäftigt. Sie schienen sich prächtig zu amüsieren. Benni fragte nicht, ob sie ihm die

Geschichte glaubte, er saß stumm in seinem Sitz und starrte aus dem Fenster. Thea war froh darüber. Sie hätte nicht gewusst, was sie ihm antworten sollte. Plötzlich fiel ihr etwas ein, und sie öffnete das Handschuhfach. Darin herrschte das übliche Chaos. Trotzdem fand sie, was sie suchte: eine Tüte Gummibärchen. Die Notration, die sie immer für Mari dabeihatte.

»Bitte.« Sie reichte Benni die Tüte. »Vielleicht hilft das schon mal.«

»Danke«, sagte Benni und nahm die Tüte in Empfang. Gierig stopfte er sich ein Gummibärchen nach dem anderen in den Mund.

Und endlich setzten sich die Fahrzeuge wieder in Bewegung. Langsam zunächst, im Schritttempo, bald aber schon erstaunlich schnell, als wäre nichts gewesen. An der Unfallstelle stand nur noch ein Polizeifahrzeug mit eingeschaltetem Blaulicht. Lediglich ein Bremsstreifen auf der Fahrbahn und die verbeulte Leitplanke kündeten davon, dass hier etwas passiert war. Der Unfallwagen war bereits abtransportiert worden. Thea rätselte einen Moment lang darüber, wie das möglich war. Einen Abschleppwagen hatte sie überhaupt nicht wahrgenommen. Es war ein weiteres Rätsel, das sie heute nicht mehr würde lösen können.

»Wir fahren jetzt runter, ja?«, sagte Benni, den Mund voller Gummibärchen.

Thea nickte. »Hast du überhaupt noch Hunger?«

»Und wie.«

Die nächste Ausfahrt war Tauffenbach. Thea fuhr von der Autobahn ab. Sie meinte sich zu erinnern, dass auf der anderen Seite der Autobahn ein McDonald's oder ein Burger King lag. Also fuhr sie unter der Autobahn hindurch. Gleich darauf sprang ihr das gelbe McDonald's-M ins Auge.

»Na, wär das was?«, fragte sie.

Aber Benni sah sich skeptisch um. Sie befanden sich in einem dieser trostlosen Gewerbegebiete, wie es in der Gegend einige gab. Alle sahen mehr oder weniger gleich aus: eine Tankstelle mit Waschstraße, ein McDonald's und wenige Meter weiter ein Burger King. Außerdem irgendein Lebensmitteldiscounter, ein Baumarkt und ein Dänisches Bettenlager oder ein Möbelgeschäft.

»McDonald's oder Tanke?«, fragte Thea.

Aber Benni reagierte noch immer nicht. Er schaute nur angestrengt aus dem Fenster.

»Ich dachte, du hast Hunger?«, sagte Thea irritiert. »Oder ist das hier nicht schick genug?«

»Hier sind auch überall Kameras«, sagte Benni.

Thea warf einen Blick in den Rückspiegel. Kaum Verkehr. Also setzte sie den Blinker und hielt am Straßenrand.

»Was machst du?«, fragte Benni misstrauisch.

»Du bleibst einfach im Auto sitzen, und ich hol dir was, okay? Und ich verspreche dir, dass ich nicht die Polizei rufe. Ich werde dich nicht verraten. Ehrenwort.« Sie meinte es ehrlich. Kleine Schritte. Jetzt war Essen für Benni dran. Er rang mit sich. Die Versuchung war offensichtlich groß, aber schließlich sagte er: »Fahr lieber weiter.« Es klang ziemlich unsicher.

»Du kannst mir vertrauen, Benni.«

»Bitte fahr weiter.«

Gut, dachte Thea, dann nicht. Sie legte den Gang ein und gab Gas. Wenig später kamen sie an eine Kreuzung.

»Rechts geht's Richtung Heilbronn«, sagte Thea.

»Das ist gut.« Benni nickte.

Thea bog ab. Die Straße führte parallel zur Autobahn Richtung Westen. »Hast du eigentlich irgendeinen Plan?«, fragte sie schließlich.

»Vielleicht gibt's irgendwo einen Döner oder so was. Irgendwas, wo keine Kameras sind.«

»Danach, meine ich. Wo willst du dann hin? Oder weißt du das gar nicht?«

»Ich will ins Ausland.« Benni klang plötzlich entschlossen. »Frankreich ist am nächsten, glaub ich. Ich muss irgendwohin, wo die Baden-Württemberger Polizei keinen Zugriff hat.«

»Wir sind in der EU, Benni, die Behörden arbeiten eng zusammen, es gibt Auslieferungsabkommen.«

»Aber doch nur für Straftäter. Ich habe nichts gemacht. Außer dass ich durch meine Recherchen gewissen Kreisen innerhalb der Baden-Württemberger Polizei zu nahe gekommen bin. Vor denen habe ich Angst. Und die kommen in Frankreich nicht mehr so leicht an mich ran. Darum geht's.«

»Und ich soll dich jetzt nach Frankreich bringen, oder was?«

»Eine Cousine von mir studiert in Paris. Da könnte ich erst mal hin. Wenn du mich hinter die Grenze bringst.«

Thea antwortete nicht. Sie wusste nicht, was sie sagen sollte. Es war einfach alles komplett verrückt. Hinter ihr rauschte ein tiefergelegter BMW heran und überholte sie. Nachdem sie eine Weile schweigend weitergefahren waren, bemerkte Thea auf der linken Straßenseite ein altes Fachwerkgebäude. »Gasthaus Kreuz« stand in großen Buchstaben über die gesamte Stirnseite geschrieben. »Da gibt's bestimmt keine Kameras«. Thea bremste und fuhr auf den Parkplatz neben dem Gasthaus.

»Ich hab höchstens noch fünf Euro«. Benni kramte in den Taschen seiner Jeans herum.

»Kein Problem«, sagte Thea, »ich habe Geld.« Weil sie sich aber plötzlich nicht mehr sicher war, schließlich war ihr Handy ja auch verschwunden, sah sie vorsichtshalber noch mal nach. Aber alles war okay: Ihr Portemonnaie steckte in der Innentasche ihrer Jacke, und das Geld war auch noch drin. Sie stiegen aus. Der Volvo war das einzige Auto auf dem Parkplatz. Weit und breit war kein Mensch zu sehen.

»Scheint ja ein echter Hotspot zu sein«, sagte Benni, während sie auf die Treppe zugingen, die zum Eingang hinaufführte. Thea drückte die Klinke. Die Tür ließ sich öffnen. Sie betraten den Gastraum und sahen sich um. Blau-weiß karierte Tischdecken auf den Holztischen, alte Fotos an den Wänden, ein großer Kachelofen. Gemütlich, fand Thea. Aber kein Mensch war zu sehen. Auch hinter dem Holztresen nicht. »Lass uns abhauen«, flüsterte Benni, »das bringt nichts.«

Aber Thea rief: »Hallo! Ist hier jemand?«

Plötzlich waren Geräusche zu vernehmen. Sie kamen aus der Küche, die durch eine geöffnete Tür mit dem Gastraum verbunden war. Es dauerte eine Weile, dann schlurfte eine Frau heran, die aussah wie eine alte Bäuerin. Sie trug eine blaue Kittelschürze und sah Thea und Benni an, als wären sie Aliens. Das Gesicht der Frau war wie ein Spiegel. Thea sah einen völlig verdreckten jungen Mann darin und sich selbst mit Kopfverband und Augenklappe und erwartete insgeheim, dass die Frau davonlaufen und um Hilfe rufen würde.

Aber nichts dergleichen geschah.

»Ja bitte?«.

»Wir würden gern etwas essen«, sagte Thea und versuchte, seriös zu wirken.

Aber die Frau sagte nur: »Wir haben geschlossen.«

»Aber die Tür war doch offen.«

»Wir haben trotzdem zu. In einer Stunde machen wir auf. Wenn Sie so lange warten wollen.« Thea und Benni waren sich einig, dass sie das nicht wollten. »Aber dürfen wir vielleicht mal ihre Toilette benutzen?«

»Auf dem Flur, vor dem Eingang«, sagte die Frau. Thea nickte ihr dankend zu. Sie verabschiedeten sich und verließen die Gaststube.

»Du hast mich vorhin angelogen«, sagte Benni, als sie die

Toiletten erreicht hatten. »Auf der Raststätte hast du gesagt, dass du aufs Klo musst. Aber du musstest gar nicht.«

Wow, dachte Thea, Stunden später. Benni war offenbar ein ganz heller Kopf.

»Aber jetzt muss ich«, sagte sie, »und du solltest dir mal das Gesicht waschen, sonst nimmt dich die Polizei fest, ohne dass ich dich verpfeifen muss.« Sie wollte eben in der Toilette verschwinden, aber Benni versperrte ihr den Weg. »Ich will nicht, dass du da alleine reingehst.«

Thea sah ihn ungläubig an. Er hielt ihrem Blick kaum stand. Es war ihm sichtlich unangenehm.

»Was glaubst du denn, was ich dadrin anstelle? Klopapier anzünden und Rauchzeichen senden? Das ist doch albern, Benni.«

»Sorry«, sagte er leise, »aber du hast mich schon mal angelogen.«

»Ich geh einfach nur pullern. Versprochen. Ehrenwort.«

»Bitte.« Das klang derart kläglich, dass Thea Mitleid bekam. Was soll's?, dachte sie, nach allem, was sie heute bereits durchgemacht hatte, konnte sie auch noch mit dem Nachbarsjungen auf die Toilette gehen. Darauf kam es jetzt auch nicht mehr an.

»Also dann«, sagte sie und ging an Benni vorbei. Er folgte ihr. Nach seinem Gesichtsausdruck zu urteilen, war ihm die Situation furchtbar peinlich. Beide nutzten die Gelegenheit, um sich halbwegs wiederherzustellen. Benni schrubbte sich das Gesicht, und am Ende grinste er und sagte. »Du hattest recht, das war echt mal nötig.«

»Nur gegessen hab ich immer noch nichts«, sagte Benni, während sie vom Parkplatz wieder auf die Straße fuhren.

»Früher oder später finden wir was«, sagte Thea.

Benni gähnte. »Früher wär besser.«

In der nächsten Ortschaft entdeckten sie einen Asia-Imbiss.

»Ist asiatisch auch okay?«, fragte Thea.

»Hauptsache, essen.«

»Dann los.«

Als sie den Imbiss betraten, stieg Thea der Geruch von gebratenen Nudeln in die Nase. Der Tresen erstreckte sich über die gesamte linke Seite des Raumes. Der Rest war mit Plastiktischen zugestellt, die allesamt unbesetzt waren, was ein wenig traurig wirkte. Auch hier waren sie die einzigen Gäste. An den Wänden hingen großformatige Fotos von Reisfeldern, großen Flüssen und Menschen in Holzbooten. Vor dem Fenster neben dem Eingang war ein Brett montiert worden. Davor standen zwei Barhocker, sodass man mit Blick auf die Straße essen konnte. Dort nahmen sie Platz. Hinter dem Tresen stand eine junge Asiatin, die jetzt ihr Smartphone zur Seite legte und sie freundlich anlächelte. Sie bestellten zwei Portionen Frühlingsrollen und Benni Ente, süßsauer. Dann schauten sie aus dem Fenster auf die Straße, wo rein gar nichts passierte. Als die Frühlingsrollen kamen, fragte Thea: »Warum bist du eigentlich von zu Hause abgehauen? Das hatte ja noch nichts damit zu tun, dass du Angst vor der Polizei hattest, oder?«

Benni kaute und sah aus dem Fenster.

»Benni?«

»Ich hatte Krach mit meinen Alten.«

»Weshalb?«

»Weil die sich immer eingemischt haben. In alles. Ich bin erwachsen, Mann.«

»Was heißt das, sie haben sich eingemischt?«

»Bin ich hier beim Verhör oder was?« Bennis Stimme klang plötzlich aggressiv.

»Nein, aber du sitzt mit mir in einem Asia-Imbiss und willst von mir nach Frankreich gebracht werden. Da darf ich auch mal ein paar Dinge fragen, finde ich.«

Wieder blickte er stumm aus dem Fenster. Schließlich begann er mit leiser Stimme zu erzählen: »Die fanden schon alles, was wir in der Geschichts-AG gemacht haben, scheiße. Klar, dass ich irgendwann überhaupt nichts mehr erzählt habe. Und dann ging's erst richtig los. Mein Alter hat sich da in irgendwas reingesteigert. Wahrscheinlich hat er geglaubt, ich bin schwul und der Friese missbraucht mich, und wir feiern irgendwelche Orgien, wenn wir uns treffen.« Benni lachte nervös. »Keine Ahnung, was der sich vorgestellt hat.«

Dann kam die Ente, und das Gespräch wurde unterbrochen.

»Guten Appetit«, sagte Thea.

Benni nickte nur und machte sich über das Essen her. Er schien völlig ausgehungert zu sein. Als Theas fand, dass sie ihm jetzt genug Zeit gelassen hatte, knüpfte sie an ihre letzte Frage an: »Habt ihr euch oft getroffen, Friese und du?«

»Schon.«

»Wo? Bei ihm zu Hause?«

»Auch, ja.«

»Hast du dich mit anderen Lehrern auch privat getroffen?«

»Was soll'n das jetzt?«

»Ich meine nur. Vielleicht ist es ja verständlich, dass dein Vater das irgendwie merkwürdig fand.«

»Es war aber nichts Merkwürdiges dabei. Wir hatten einfach die gleichen Interessen. Nichts weiter. Aber mein Vater hat mir das nicht geglaubt.«

Bennis Augen füllten sich mit Tränen. Schnell wandte er sich ab. Aus dem Augenwinkel beobachtete Thea, wie er sich verstohlen die Tränen von der Wange wischte.

Thea überlegte. Die Art und Weise, wie Benni über Thomas Friese redete, deutete darauf hin, dass das Verhältnis der beiden mehr war als ein reines von gemeinsamen Interessen geprägtes Lehrer-Schüler-Verhältnis. Auch wenn Benni das Gegenteil behauptete. Es war also durchaus denkbar, dass sie vorhin am See

Zeugin eines Beziehungsstreits gewesen war. Vielleicht hatte Benni Thomas Friese, geplant oder im Affekt, umgebracht. Kräftig genug war er, das hatte sie selbst zu spüren bekommen. Welche Rolle spielte aber dann die dritte Person, die ja ohne Zweifel noch am Tatort gewesen war? Denn Benni war mit hundertprozentiger Sicherheit nicht derjenige gewesen, der sie niedergeschlagen hatte. Es musste noch jemand dort gewesen sein. Aber wer? Und plötzlich fiel ihr ein, dass die Rolle von Bennis Vater bisher ebenfalls unklar war. Er hatte Thomas Friese bereits einmal tätlich angegriffen. Sollte er Friese zusammen mit seinem Sohn am See entdeckt haben, schien es Thea durchaus denkbar, dass er ein weiteres Mal die Beherrschung verloren hatte. Diesmal mit schlimmen Folgen. War es möglich, dass Bennis Vater der unbekannte Dritte am See gewesen war, der sie niedergeschlagen hatte? Dann wäre es jedenfalls plausibel, dass Benni sich die Geschichte von den Männern mit den Sturmhauben ausgedacht hatte. Er wollte damit seinen Vater schützen, auch wenn ihr Verhältnis offenbar nicht das beste war.

»Wir müssen dringend deinen Eltern Bescheid geben«, sagte Thea. »Die machen sich doch Sorgen.«

Aber Benni machte eine wegwerfende Handbewegung. »Später.«

»Oder wussten sie die ganze Zeit, wo du steckst?«, fragte Thea.

Benni sah sie erstaunt an. »Nein«, sagte er. »Ich melde mich bei ihnen, sobald ich in Frankreich bin.«

Thea biss in eine Frühlingsrolle und überlegte. Es gab viele verschiedene Möglichkeiten, was dort am See geschehen war. Sie hielt die Variante, dass Benni seinen Lehrer umgebracht haben könnte, für genauso plausibel wie die Möglichkeit, dass Bennis Vater der Täter war. Es war sogar denkbar, dass die Geschichte mit den Männern und den Sturmhauben stimmte, auch wenn Thea das für nicht sehr wahrscheinlich hielt. Vielleicht hatte Benni nur die falschen Schlussfolgerungen gezogen, und es waren eben keine Polizisten, wie er vermutete. Aber wer dann? Sie hatte im Moment keine Möglichkeit, zu überprüfen, welche Variante stimmte … oder doch? Der Stick! Sie griff in ihre Jackentasche und tastete nach ihm. Er war noch da. Sie war wie elektrisiert. Wenn sie irgendwo Informationen finden würde, die helfen könnten, Licht ins Dunkel zu bringen, dann auf der Festplatte von Thomas Frieses Computer, davon war Thea überzeugt. Und plötzlich wusste sie, was sie zu tun hatte. Sie durfte es jetzt nur nicht vermasseln. Benni durfte keinen Verdacht schöpfen.

»Schmeckt's?«, fragte sie.

Er nickte und kaute. Als er aufgegessen hatte, bezahlte Thea. Sie verließen den Imbiss und stiegen ins Auto. Sie hatten gerade das Ortsausgangsschild hinter sich gelassen, als Benni sagte: »Und jetzt auf die Autobahn.«

»Okay.«

»Du fährst mich echt nach Frankreich?« Seine Stimme klang hoffnungsvoll und skeptisch zugleich.

»Ja.«

»Das heißt, du glaubst mir?«

»Sagen wir so: Ich kann nicht zu hundert Prozent ausschließen, dass du die Wahrheit sagst. Und solange das so ist, helfe ich dir.« Thea hoffte, dass das überzeugend geklungen hatte. Offenbar war es so, denn ein Lächeln erschien auf Bennis Gesicht. Er lehnte den Kopf zurück und atmete tief durch. »Super«, sagte er leise. Zum ersten Mal, seit Thea ihm begegnet war, wirkte Benni halbwegs entspannt.

Kaum waren sie auf der Autobahn, schlief er ein.

Kurz vor Heilbronn verließ Thea die Autobahn wieder. Sie fuhr durch ein Industriegebiet mit den üblichen Fabrikhallen,

Baumärkten und Waschstraßen. Natürlich gab es auch hier ein McDonald's. Hinter dem Ortsschild Heilbronn begannen die ersten Wohnhäuser und Geschäfte. Thea spähte nach allen Seiten und entdeckte endlich, wonach sie gesucht hatte: ein Internetcafé mit dem schönen Namen Intern@treff. Thea bremste ab und parkte den Wagen ein paar Meter vor dem Haus. Bevor sie ausstieg, vergewisserte sie sich, dass Benni tief und fest schlief. So leise wie möglich schloss sie die Autotür und stellte verblüfft fest, dass es bereits dämmerte. Sie ging auf das zweistöckige Haus zu, in dem sich das Café befand. Es sah ziemlich heruntergekommen aus. Der graue Putz blätterte von der Fassade. Drei Häuser weiter war eine Bäckerei, gegenüber eine Schnellreinigung und hinter ihnen, in Richtung Autobahn, ein Gebrauchtwagenhändler. Eine typische Ausfallstraße, graue Fassaden, viel Verkehr, viel Lärm. Umso besser, dachte Thea. In so einer Umgebung fiel eine Einäugige mit verbundenem Kopf vielleicht nicht ganz so auf.

Eine Türglocke ertönte, als sie den Intern@treff betrat. Ein junger Türke mit kurz rasiertem Haar und gezupften Augenbrauen saß am Tresen und spielte ein Kriegsspiel auf dem Computer. Erst als er sein Ziel erfolgreich in die Luft gesprengt hatte, blickte er auf. »Hallo.« Er musterte Thea skeptisch, dann sagte er: »Isch tipp auf Sexunfall. Stimmt's?« Er brach in schallendes Gelächter aus, und als er sich wieder gefangen hatte, sagte er: »Sorry, aber Spaß muss sein.«

»Na klar«, sagte Thea. »Ich müsste mal an einen Rechner.«

»Die drei ist frei.«

Das, fand Thea, war eine interessante Formulierung, denn soweit sie das überblickte, war sie die einzigen Kundin im Café, das eigentlich mehr ein Kiosk war. Im vorderen Bereich gab es Getränke, Chips und Süßigkeiten zu kaufen, der hintere, in dem die Computer standen, war durch eine Holzwand abgeteilt, die sehr nach Eigenbau aussah. Es roch nach abgestandenem Rauch und als hätte sich im Lauf der Jahre bereits das eine oder andere Bier im Teppich festgetreten.

»Darf man hier rauchen?«, fragte Thea hoffnungsvoll.

»Klar«, sagte der Türke. »Kaffee dazu?«

»Gern«, sagte Thea und lächelte. Kaffee war eine richtig gute Idee.

»Isch bring«, sagte der Türke, und sie ging an ihm vorbei nach hinten. Vier Computerplätze, zählte Thea, alle waren frei. Sie entdeckte die Nummer drei und setzte sich davor. Der Computer war eingeschaltet.

Thea steckte sich zuerst eine Zigarette an, dann holte sie den Stick aus ihrer Tasche und steckte ihn in die Öffnung. Sie rief sich die Textdatei auf, in der Tom ihr die Befehle notiert hatte, mit deren Hilfe sie »FileCatcher« in umgekehrter Richtung laufen und eine Rückkopie von Frieses Computer laden konnte. Ein paar Klicks später hatte sie die gesamte Festplatte von Thomas Frieses Laptop vor sich wie ein geöffnetes Buch. Sie musste nur die richtigen Seiten finden. Also klickte sie sich durch die Dateien. Steuerdokumente, Schulkram, nichts Auffälliges. Dann ging sie ins Internet und öffnete das Blog der »Initiative Rechtsstaat«. Von dort aus klickte sie sich durch bis zum geschlossenen, mit einem Passwort geschützten Chatbereich. Es klappte: Toms Zauberprogramm hatte sämtliche im Browserprofil hinterlegten Benutzernamen und Passwörter mitkopiert. Thomas Friese, erfuhr sie, war gerhadboeden, das Passwort lautete »Niedergang2015«. Sie musste nur noch auf ENTER drücken und war drin.

Der Kaffee dauert aber ganz schön lange, dachte Thea, während sie die Chatbeiträge überflog. Schnell hatte sie drei weitere Namen ausgemacht, die hier offenbar das Geschehen bestimmten. Misteryöz, nanotermite, amanschlag waren neben gerhardboeden bei Weitem die aktivsten Teilnehmer. Thea vermutete, dass sich hinter diesen Nicknames Benni und seine Kumpel Max und Lorenz verbargen. Aber wer steckte hinter welchem Nickname? Thea klickte sich durch die Chatbeiträge. Gestern noch hatte gerhardboeden misteryöz und amanschlag eindringlich gebeten, ihm zu verraten, wo Benni steckte. Also handelte es sich bei nanotermite um Benni.

Ein Telefon klingelte.

Thea erinnerte sich daran, wie Friese ihr gesagt hatte, er wisse nicht, wo sich Benni aufhalte. Offenbar hatte er nicht gelogen. Er hatte es gestern tatsächlich noch nicht gewusst. Heute hingegen schon. Wer hatte es ihm verraten?

Das Telefon klingelte immer weiter.

Weder Lorenz noch Max hatten Thomas Friese geantwortet. Jedenfalls nicht hier im Chat. Was natürlich nicht ausschloss, dass sie ihm auf anderem Wege mitgeteilt hatten, wo sich Benni aufhielt. So sie es denn überhaupt wussten. Sie klickte sich zu den Tagen vor Bennis Verschwinden durch. Es schien erbitterte Diskussionen gegeben zu haben. Der Ton war rau. »Halt doch endlich mal die Fresse« stand da zu lesen, und »verdammter Klugscheißer!«. Das war alles an die Adresse von Thomas Friese gerichtet. Es klang nicht nach Friede, Freude, Eierkuchen. Thea versuchte zu verstehen, worum es eigentlich ging. Sie klickte weiter – und plötzlich erstarrte sie, denn sie las:

Post by mysteriöz at 3:23 pm

wir nehmen die dombrowski. end of discussion.

Und nanotermite hatte geantwortet: »okidoki. ich leg mich auf die lauer.«

Das Herz klopfte ihr bis zum Hals, während sie weiterlas in der Hoffnung, all die Informationen würden sich endlich zu einem Gesamtbild fügen, das einen Sinn ergab. Immer wieder entdeckte sie ihren Namen, auch den von Rainer las sie. Es klang, als wägten die Chatteilnehmer – Thomas Friese alias gerhardboeden war an diesen Debatten nicht beteiligt – Vor- und Nachteile ab. Nanotermite argumentierte: »bei dombrowski bin ich voll nah dran. wir wären bescheuert, wenn wir das nicht nutzen würden.« Amanschlag entgegnete: »kannst dich dadurch aber auch verdächtig machen. dann geht das alles nach hinten los.«

Erst als Thea auf den Namen der Staatsanwältin Tanja Urban und kurz darauf auf den Kommentar von misteryöz stieß: »jetzt mit slipknot, ist richtig geil geworden«, wusste sie, worum es ging: um die Videos. Es sah ganz danach aus, als wären Benni, Max und Lorenz in ihr Haus und in das der Staatsanwältin eingestiegen, um die Videos zu drehen. Thea entdeckte Chatprotokolle, in denen die Jungs sich ausgiebig darüber austauschten, welche Handschuhe für ihr Vorhaben am besten geeignet wären und wie sie am ehesten vermeiden konnten, Spuren zu hinterlassen. Weiter vorn prahlte misteryöz mit seinen Fortschritten im Umgang mit Einbruchswerkzeugen.

Wenn Thea die Äußerungen der Jungs richtig verstand, ging es ihnen mit der Videoaktion darum, »dem Staat und seinen Institutionen«, zu denen sie auch »die Lügenpresse« zählten, klarzumachen, dass es so nicht weitergehe. Amanschlag formulierte es so: »die müssen wissen, dass wir sie im blick haben, dass wir ihnen nichts mehr durchgehen lassen.« Daniel hatte also richtiggelegen mit seiner Vermutung. Aber die Frage, die auch er sich gestellt hatte, blieb unbeantwortet: Warum hatten die Jungs nach zwei Videos aufgehört? Alles, was Thea bis jetzt gelesen hatte, deutete auf eine groß angelegte Aktion hin, und tatsächlich entdeckte sie weitere Namen, die offenbar im Gespräch gewesen waren. Darunter war, genau wie Daniel vermutet hatte, ein bekannter Lokalpolitiker. Sogar Rudi Redel wurde als Kandidat gehandelt. Als Thea den Namen las, musste sie unwillkürlich grinsen. Sie nahm sich vor, Benni zu fragen, wie Rudi auf die Liste mit Leuten geraten war, die den Staatsapparat repräsentierten. Doch dann tauchte ein weiterer Name auf: Jürgen Degener. Was sollte das? Wieso Degener? Thea klickte sich weiter durch die Chatprotokolle, immer atemloser und mit wachsender Anspannung versuchte sie, die Gedankengänge der Jungs nachzuvollziehen – und plötzlich war ihr klar, was passiert war. Es gab keinen Zweifel.

Thea ließ sich in den Bürostuhl zurücksinken und steckte sich eine weitere Zigarette an. Nachdem sie einen tiefen Zug gemacht hatte, wusste sie, was jetzt zu tun war. Sie musste Daniel anrufen und ihm alles erzählen. Hier gab es ein Telefon, sie hatte es vorhin klingeln hören. Also los. Sie stand auf und ging nach vorn. Doch da war niemand mehr. Der Verkaufstresen war verwaist. Der junge Türke war verschwunden.

»Hallo?«, rief sie.

Keine Antwort. Sicherheitshalber sah sie hinter dem Tresen nach. Vielleicht hatte der junge Mann sich aus irgendeinem Grund versteckt. Aber auch dort war er nicht. Er musste das Internetcafé verlassen haben. Aber warum? Thea sah sich unsicher um.

Ihr Blick fiel durch die Scheibe auf die Straße, und sie hatte sofort das Gefühl, dass da etwas nicht stimmte. Auf der eben noch so befahrenen Ausfallstraße herrschte jetzt völlige Ruhe. Kein Auto fuhr, kein Mensch war zu sehen. Es war gespenstisch. Ein merkwürdiges Grauen erfasste Thea.

Sie machte zwei Schritte nach rechts, um zu überprüfen, ob wenigstens ihr Volvo noch da stand, wenn sonst schon kein Auto unterwegs war. Das tat er. Ob Benni noch im Wagen saß, konnte sie aus ihrer Perspektive nicht feststellen, ein Mülleimer, der an einer Laterne hing, verdeckte die Sicht. Thea versuchte, die aufkeimende Panik unter Kontrolle zu behalten. Sie musste jetzt Daniel anrufen, das war das Wichtigste. Das Telefon stand auf dem Verkaufstresen. Als sie nach dem Hörer greifen wollte, entdeckte sie eine bis an den Rand gefüllte Kaffeetasse. Das war bestimmt ihr Kaffee. Sie nahm die Tasse auf, nippte daran und stellte fest, dass der Kaffee kalt war. Der junge Türke hatte den Kaffee fertig zubereitet und dann einfach auf dem Tresen stehen gelassen. Warum? Noch einmal warf sie einen Blick aus dem Fenster. Auf der Straße war noch immer kein Verkehr. Kein Auto, kein Mensch weit und breit.

Und dann löste sich plötzlich ein Schatten aus der gegenüberliegenden Hofeinfahrt. Es war ein Mann, der in gemessenen Schritten die Straße überquerte und auf das Internetcafé zukam. Er trug eine Lederjacke. Es war Daniel. Thea traute ihrem Auge kaum. Hatte sie etwa noch immer Sehstörungen? Nein, es gab keinen Zweifel: Es war Daniel. Auf die Überraschung folgte Erleichterung. Gut, dass er da war. Doch dann kamen die Zweifel. Woher kannte er ihren Aufenthaltsort? Was war hier los?

Schnell, Thea, denk nach!

Sie war unsicher geworden. Hatte sie einen Fehler gemacht? Was, wenn Bennis Geschichte doch stimmte? Hatte sie irgendetwas übersehen? Waren wirklich alle Zweifel ausgeräumt? War Benni jetzt, da Daniel immer näher kam, in Gefahr? Sie wusste es nicht. Sie musste es herausfinden.

Sekunden später betrat Daniel das Internetcafé.

Ruhig, Thea, pass jetzt genau auf, was du sagst.

Sie setzte ein strahlendes Lächeln auf. »Hallo Daniel. Das ist ja mal ein Zufall.«

Daniel allerdings wirkte nicht besonders überrascht. »Hallo, Thea«, sagte er, aber er lächelte nicht. »Bleib bitte einfach so stehen und mach keine schnellen Bewegungen, okay?«

»Hä?«

»In diesem Moment sind sehr viele Waffen auf dich gerichtet. Deswegen wäre es gut, wir gehen das hier ganz behutsam an.«

Thea starrte erst Daniel an, dann blickte sie nach draußen, wo noch immer nichts zu sehen war. Sie versuchte zu verstehen, was hier los war, aber sie schaffte es nicht. Eine lähmende Angst kroch in ihr hoch.

»Will mich jemand erschießen?«, flüsterte sie.

»Nein, Thea, das will keiner.«

»Gut.«

»Am besten wäre es, du kommst jetzt einfach mit mir mit, und wir fahren zusammen aufs Revier. Und dort unterhalten wir uns.«

»Wieso denn?«

»Bitte, mach's nicht unnötig kompliziert.«

»Und wer richtet hier gerade irgendwelche Waffen auf mich?«

»Lass uns gehen, Thea.«

»Ich muss dir aber ganz dringend was zeigen. Lass uns mal hinten an den Rechner gehen, okay?«

»Schau, Thea, dass ich hier alleine mit dir rede, haben wir meinem Kollegen zu verdanken, der den Einsatz da draußen leitet. Sonst hätte er das mit seinen Leuten übernommen, und die reden gar nicht. Also stell jetzt keine weiteren Fragen, sondern komm einfach mit.«

»Wieso soll ich denn ...« Und da kam ihr ein neuer Gedanke, der auch ziemlich verstörend war. »Willst du mich festnehmen oder was?«

»Ja. Ich will dich festnehmen. Schön, dass du's begriffen hast.«

Leider hatte sie gar nichts begriffen. Er hätte ihr auch sagen können, sie hätte eine Schokoladenfabrik in Transnistrien geerbt.

»Weshalb willst du mich denn festnehmen?«

»Weil du verdächtigt wirst, Thomas Friese umgebracht zu haben.«

Einundzwanzig, zweiundzwanzig.

»Hä? Das ist doch Quatsch.«

»Hab ich auch gesagt. Aber du bist nun mal gesehen worden, wie du heute Vormittag in Frieses Haus eingedrungen bist, und dein Auto stand zur Tatzeit in der Nähe des Tatorts. Und die Frau, von deren Handy der Notruf kam, hat eine ziemlich genaue Personenbeschreibung geliefert. Das müssen wir jetzt überprüfen. Also komm bitte mit.«

Wenn es stimmte, was Daniel sagte, dann wären er und seine Kollegen also ihretwegen hier. Wussten sie vielleicht gar nichts von Bennis Anwesenheit? Jedenfalls schien Benni sie nicht sonderlich zu interessieren.

Und plötzlich wusste sie, was zu tun war. »Ich weiß, was passiert ist.«

»Gut«, sagte Daniel, »erzähl uns alles auf dem Revier.«

»Ich kann dir alles hier zeigen.«

»Thea, bitte. Wenn nicht mit mir, dann mit den anderen. Aber ich bin freundlicher zu dir. Ganz sicher.«

»Ich habe die Beweise hier. Hier hinten im Raum. Und ich zeige sie dir. Bitte.«

Daniel zögerte. Schließlich sagte er: »Okay.«

Sie ging am Tresen entlang in den hinteren Teil des Raumes.

»Alles klar, wir sind kurz hinten und kommen dann raus«, hörte sie Daniel mit gedämpfter Stimme sagen. Sprach er mit ihr? Verwirrt drehte sie sich zu ihm um und entdeckte in diesem Moment das kleine Kabel, das von seinem Ohr zum Nacken führte. Der Kragen der Lederjacke hatte es bisher komplett verborgen. Logisch, dachte Thea, Daniel war per Headset mit seinen Kollegen draußen verbunden. Die hörten jedes Wort mit, das hier gesprochen wurde.

Er folgte ihr zu den Computern.

»Aber erst musst du mir noch eine Frage beantworten.« Thea setzte sich und begann sofort, sich durch das Forum der »Initiative Rechtsstaat« zu klicken. Hier irgendwo musste das Foto sein. Daniel sah ihr über die Schulter. Sie spürte seine Ungeduld, was sie noch nervöser machte, als sie ohnehin schon war.

»Aber keine Spielchen, Thea. Die Situation ist ernst.« Seine Stimme ließ keinen Zweifel daran, dass es genau so war.

Endlich hatte sie das Foto gefunden, das Daniel zusammen mit dem Vorgesetzten von Michèle Kiesewetter zeigte.

»Wo hast du das her?«, fragte Daniel erstaunt.

»Wie gut kennst du den?«

»Merkwürdig. Das hat mich Herr Friese gestern auch gefragt.«

»Er war bei dir?«

»Ja. Ich habe erst gar nicht verstanden, was er von mir will, aber offenbar ging es um die Gerüchte, die im Internet im Zusammenhang mit der Ermordung der Kollegin in Heilbronn kursieren. Irgendwelche Hobbyermittler veröffentlichen da Akten aus dem laufenden Ermittlungsverfahren und spekulieren wild herum.«

»Das Foto stammt aus dem Forum dieser Hobbyermittler«, erklärte Thea. »›Initiative Rechtsstaat‹ nennen sie sich.«

»Das ist 'ne ziemlich böse Sache«, fuhr Daniel fort. »Die verdächtigen irgendwelche Leute und stellen sie mit Namen und Anschrift ins Netz. Das ist eine Art moderne Hexenjagd.«

»Wie gut kennst du den Kollegen auf dem Foto?«

»Flüchtig. Aus dem Polizeisport. Das Foto ist über fünf Jahre alt. Seither habe ich ihn nicht mehr gesehen.«

Thea hatte Daniel genau beobachtet. Sie glaubte ihm. Sie war überzeugt davon, dass er mit dem Kollegen, den die »Initiative Rechtsstaat« verdächtigte – ob zu Recht oder zu Unrecht, konnte sie nicht beurteilen –, nichts zu tun hatte. Jetzt, da er leibhaftig vor ihr stand, kam es ihr ziemlich absurd vor, dass sie das auch nur eine Minute lang geglaubt hatte. Aber die geheimen Akten, die ungeheuerlichen Vorwürfe, Thomas Friese und Bennis Geschichte – das alles hatte sie derart verwirrt, dass sie zwischenzeitlich alles für möglich gehalten hatte. Allmählich legte sich der Staub, der ihr den Blick vernebelt hatte. Sie konnte wieder etwas klarer sehen. Eine Frage war allerdings noch offen: »Woher wusstet ihr, dass ich hier bin?«

»Hast du schon mal davon gehört, dass man Handys orten kann?«, fragte Daniel.

»Ja, hab ich. Das Problem ist nur, dass ich mein Handy am See verloren habe. Ich habe es gar nicht dabei.« Wie zum Beweis klopfte sie auf ihre Jackentasche. Aber Daniel ließ sich nicht beirren: »Das kann nicht sein, Thea. Dein Handy hat uns hierhergeführt.«

»Unmöglich …«, setzte Thea an, doch dann fiel ihr ein, dass es vielleicht doch sein konnte. Falls nämlich Benni sie belogen und ihr das Handy am See abgenommen hatte. So musste es gewesen sein. Er hatte ihr Handy eingesteckt, um zu verhindern, dass sie die Polizei rufen konnte.

»Benni war es!«, rief Thea. »Der hat mein Handy.«

»Welcher Benni?«

»Benni Ullreich. Der Sohn unserer Nachbarn.«

»Und wo ist der jetzt?«

»In meinem Auto.«

»Nein.«

»Wie nein?«

»Er ist nicht in deinem Auto.«

»Woher willst du das denn wissen?«

»Das haben wir gecheckt. In deinem Auto ist niemand.«

Thea brauchte einen Moment, um sich zu sammeln, dann sagte sie: »Du musst dir das jetzt anschauen. Setz dich.«

Thea stand auf und ließ Daniel auf dem Bürostuhl vor dem Computer Platz nehmen. Sie selbst blieb stehen und klickte sich mit der Maustaste durch die Chatprotokolle, um ihm vorab die wichtigsten Stellen zu zeigen. Damit er sich besser orientieren konnte, schrieb sie ihm die Klarnamen auf, die hinter den Nicknames standen. Als Daniel die Namen gelesen hatte, sah er Thea erstaunt an.

»Die gehörten alle zu diesen Rechtstaatsspinnern? Die drei Jungs und Thomas Friese?«

»Ja«.

Daniel schüttelte den Kopf. »Unglaublich.«

Daniel übernahm die Maus von Thea und widmete sich den Chatprotokollen. Thea half ihm dabei. Nachdem sie ihn auf die Passagen hingewiesen hatte, die belegten, dass die Jungs bei ihr und der Staatsanwältin eingebrochen waren und die Videos gedreht hatten, sagte sie: »Und jetzt zeige ich dir, was die Jungs zu Jürgen Degener zu sagen haben.«

Daniel sah sie verblüfft an. »Was haben die mit Degener zu tun?«

»Sie hatten ihn im Verdacht, V-Mann des Verfassungsschutzes zu sein«, sagte Thea. »Schau mal hier.«

Thea zeigte ihm Chatbeiträge, die sich nur um das Thema Degener und Verfassungsschutz drehten. Immer wieder tauchte die These auf, dass es sich bei Jürgen Degener um einen klassischen »Honigtopf« handele, um eine vom Staat installierte Person, die alles anziehen sollte, was in der Region extrem rechts war. Oft fiel der Name Achim Schmid, der Anfang der 2000er-Jahre den Ku-Klux-Klan in Schwäbisch Hall gegründet hatte. Degener sollte die Arbeit von Achim Schmid weiterführen, vermuteten die Jungs. »Ich denke, du hattest recht mit deiner Theorie, dass noch mehr Videos geplant waren«, sagte Thea. »Sie glaubten, dass Degener für den Verfassungsschutz gearbeitet hat, und deshalb gehörte er logischerweise zum Staatsapparat. Und jetzt überleg mal weiter«, fuhr sie fort. »Angenommen, die Jungs sind tatsächlich in Degeners Haus eingedrungen, um es zu filmen, und angenommen, Degener hat sie dabei überrascht, dann ist es durchaus vorstellbar, dass einem der Jungs die Nerven durchgegangen sind.« Daniel nickte. »Nach allem, was ich bis jetzt über Degener weiß, war er nicht der Typ, der beim Anblick von drei Halbwüchsigen vor Angst in Tränen ausbricht. Wenn er sie in seinem Haus erwischt hat, hat er sie bestimmt zur Rede gestellt. Vielleicht hat er sie bedroht, vielleicht sogar angegriffen.«

»Benni ist noch in derselben Nacht abgehauen«, sagte Thea.

»Du meinst, Benni Ullreich hat das Blutbad angerichtet?« Daniel sah Thea zweifelnd an.

»Wenn er sich von Degener bedroht gefühlt hat. Vielleicht hat er Panik bekommen?«

Einen Moment lang klickte Daniel schweigend weiter, dann sagte er: »Und was ist mit Thomas Friese? Ich meine, wusste er die ganze Zeit, was die Jungs da treiben?«

»Vermutlich«, sagte Thea. »Im Chat wird deutlich, dass Friese sich aus den Planungen der Jungs weitgehend rausgehalten hat. Er hat höchstens mal beschwichtigend eingegriffen. Aber mitbekommen hat er alles. Aktiv ist er erst wieder geworden, als Benni bereits verschwunden war. Am Tag, nachdem wir Degener gefunden haben. Da war er plötzlich besorgt und hat nach Benni gefragt.«

»Logisch«, sagte Daniel, »er wusste von ihrem Vorhaben, in Degeners Wohnung einzudringen. Als Degeners Tod Stadtgespräch und Benni verschwunden war, brauchte er bloß eins und eins zusammenzuzählen.« Nach einer kurzen Pause fügte er noch hinzu: »Ich frage mich nur, warum er mit einem so klaren Verdacht nicht zur Polizei gegangen ist.«

»Ich glaube«, sagte Thea, »dass Thomas Friese sich erst klar werden wollte, was tatsächlich passiert ist. Aber Max und Lorenz haben stillgehalten. Friese ahnte natürlich, dass sie mehr wussten. Es war klar, dass sie Benni deckten. Ich bin heute Mittag hinter Friese hergefahren – und inzwischen bin ich mir sicher, dass er Max und Lorenz mit dem Fahrrad gefolgt ist. Die beiden haben ihn und mich, ohne es zu wissen, zu Bennis Versteck geführt.« So musste es gewesen sein. Thea hatte die beiden nur deswegen nicht bemerkt, weil sie so weit hinter Friese geblieben war, dass sie die vorneweg fahrenden Jungs nicht gesehen hatte. Thea erzählte Daniel kurz, was sie im Wald beobachtet hatte, dass sie niedergeschlagen worden war und was anschließend passiert war.

»Dann sind es wahrscheinlich Max und Lorenz gewesen, die dich im Wald niedergeschlagen haben«, warf Daniel ein. »Vielleicht ist es anschließend zu einem Streit gekommen. Und einer der drei hat dann Thomas Friese getötet.«

Thea schluckte. Sie konnte noch immer nicht ganz glauben, dass Benni, der Nachbarsjunge, möglicherweise ein Mörder war. »Es könnte auch nur ein Unfall gewesen sein, ein blöder Schubser mit schlimmen Folgen – und Benni hat sich anschließend die Geschichte mit den Polizisten ausgedacht, um sich und seine Jungs zu schützen. Mitglieder eines Geheimbundes lassen einander schließlich nicht im Stich, oder?«

Daniel schien auf einmal genug gehört und gesehen zu haben. Er nickte Thea zu und sagte: »Wie auch immer es tatsächlich abgelaufen ist, es gibt jedenfalls jede Menge neue Anhaltspunkte für unsere Ermittlungen. Danke, Thea.«

Und dann fügte er noch hinzu: »Festnehmen muss ich dich trotzdem.«

»Hä?«

»Aber ich gehe davon aus, dass nach der Vernehmung auf dem Revier der Tatverdacht gegen dich ausgeräumt sein wird«, sagte Daniel und grinste.

»Legst du mir jetzt Handschellen an?«

»Wenn du mir versprichst, dass du nicht abhaust, verzichte ich darauf.«

»Ich verspreche es dir«, sagte Thea.

»Dann lass uns gehen.«

»Und was passiert mit Benni?«

»Den suchen wir jetzt. Ich kann mir nicht vorstellen, dass es lange dauern wird, bis wir ihn haben.«

»Tu ihm nichts, okay?«

»Natürlich nicht«, sagte Daniel. »Situation unter Kontrolle«, sprach er in sein Headset. »Wir kommen jetzt raus.«

Als sie auf die Straße traten, war dort plötzlich eine Menge los.

Es wimmelte vor Polizisten in Kampfanzügen. Streifenwagen und Zivilfahrzeuge fuhren vor.

»Huiuiui.« Thea war beeindruckt.

Daniel grinste.

»Mal im Ernst«, sagte Thea. »Rückt ihr in solchen Fällen immer mit dem SEK an?«

»Das war das MEK. Bei unklaren Lagen schon, ja.«

»Was ist der Unterschied zwischen SEK und MEK?«

»Das M«, sagte Daniel.

Zwei uniformierte Beamte und ein Sanitäter traten zu ihnen. Daniel nickte ihnen zu, danach wandte er sich wieder an Thea. »Die Herrschaften kümmern sich um dich. Ich muss noch kurz was besprechen.«

»Alles klar.«

»Gibst du mir bitte deinen Autoschlüssel?«

Thea kramte den Schlüssel aus ihrer Hosentasche und reichte ihn Daniel. »Was passiert mit meinem Wagen?«

»Den kriegst du wieder, sobald die KTU damit durch ist.«

Daniel nickte Thea zu und ging zu einem Polizisten im Kampfanzug, dem Einsatzleiter offenbar. Einer der beiden Polizisten packte sie am Arm. Thea wollte dem Mann schon auf die Finger klopfen und ihn fragen, was das sollte, als ihr einfiel, dass sie ja festgenommen war und der Mann sich wahrscheinlich korrekt verhielt.

»Kommen Sie bitte mit«, sagte er.

In dem Moment kam der junge Türke auf Thea zu.

»Voll krass«, sagte er und warf Thea einen anerkennenden Blick zu. »Isch dachte schon, *Natural Born Killers* oder so 'ne krasse Scheiße.«

»Na so krass war's ja dann nicht«, beschwichtigte Thea.

»Sind Sie jetzt verhaftet?«

»Ich glaub schon.« Thea warf den beiden uniformierten Beamten einen fragenden Blick zu, aber die reagierten nicht.

»Haben Sie irgendwen umgebracht oder so?«

»Klar«, die Leiche liegt hinter Ihrem Tresen.«

Der junge Türke lachte. »Kaffee hab isch übrigens fertig gemacht, nicht dass Sie denken. Aber dann hat misch hier der Chef schon rausgeholt.« Er zeigte auf den Einsatzleiter.

»Kein Problem«, sagte Thea. »Den Kaffee zahl ich natürlich.«

»Quatsch!«, meinte der Türke. »Der geht aufs Haus.« Er klopfte Thea zum Abschied auf die Schulter und verschwand in seinem Laden. Thea ließ sich von den beiden Polizisten und dem Sanitäter zu einem Rettungswagen führen. Sie musste sich drinnen auf eine Liege legen. Der Sanitäter und ein Notarzt kümmerten sich um sie. Und es roch gut. So sauber. Überhaupt war es ein tolles Gefühl, dass man sich um sie kümmerte. Während der Arzt ihr ins Auge leuchtete und sie aufforderte, mit ihrem Blick seinem Zeigefinger zu folgen, versorgte der Sanitäter ihre Wunde am Hinterkopf. Am Schluss sagte der Arzt: »Sie haben eine Gehirnerschütterung. Ich würde Sie gern mitnehmen.« Aber Thea entgegnete: »Ich muss nach Hause, zu meiner Tochter. Also … wenn die Polizei mich nachher lässt, würde ich lieber …«

»Auf Ihre Verantwortung«, sagte der Arzt. »Aber dann lassen Sie sich morgen noch mal durchchecken. Und bitte halten Sie Ruhe.«

»Alles klar, danke.«

Die beiden Polizisten, die vor dem Krankenwagen gewartet hatten, führten sie zu einem Streifenwagen. Sie musste auf der Rückbank Platz nehmen. Einer der beiden setzte sich neben sie, sein Kollege blieb vor dem Wagen stehen. Ein paar Minuten später kam Daniel dazu. Er dankte seinen Kollegen und setzte sich hinters Steuer, während der Beamte, der neben Thea gesessen hatte, ihr zunickte und aus dem Wagen stieg.

»Willst du nicht nach vorne kommen?«, fragte Daniel.

»Dürfen Verhaftete denn vorne sitzen?«

»In Ausnahmefällen schon.« Daniel ließ den Motor an. Doch bevor er losfahren konnte, kam der junge Türke aus dem Laden und rannte auf sie zu. »Sie haben was vergessen!«

Es war der Stick. Daniel nahm ihn entgegen.

»Danke!«, rief Thea dem jungen Türken zu. »Passt schon!«, rief der und winkte ihnen nach.

Sie hatten noch nicht einmal die Autobahn erreicht, als Daniel die Nachricht erhielt, dass Benni gefasst worden war.

»Was passiert jetzt mit ihm?«

»Er wird vernommen. Und seine beiden Freunde auch.«

»Macht ihr das in Wartenburg?«

»Ja.«

Die Rückfahrt verbrachten sie weitgehend schweigend. Thea fühlte sich abgrundtief erschöpft. Sie hatte sich im Sitz zurückgelehnt, die Augen geschlossen und hing ihren Gedanken nach. Der Nachmittagsverkehr floss zäh. Auch in Richtung Nürnberg waren wieder unzählige Lkws unterwegs. Als Thea einen Raubvogel entdeckte, der über der Autobahn kreiste, fragte sie sich, ob es derselbe war, den sie auf dem Hinweg bereits bemerkt hatte, und wie er wohl den Lärm verkraftete, den die vielen Fahrzeuge machten. Vielleicht hörte er ihn schon gar nicht mehr. Sie machte sich dann noch ein paar generelle Gedanken zum Hörvermögen von Raubvögeln, meinte zu wissen, dass sie deutlich besser sahen als hörten, stellte schließlich fest, dass sie eigentlich keine Ahnung von Raubvögeln hatte, und nickte ein.

Sie erwachte erst wieder, als sie Wartenburg bereits erreicht hatten. Thea erkannte das Industriegebiet sofort.

»Morgen.« Daniel grinste.

»Hab ich geschlafen?«, fragte Thea und streckte sich.

»Auf mich hat's so gewirkt«, sagte Daniel. Thea erblickte ein großes Plakat mit dem Konterfei des ISS-Helden Alexander Gerst am Straßenrand, und in diesem Moment schoss ihr eine Frage durch den Kopf, die sie Daniel sofort stellen musste: »Hat Jürgen Degener eigentlich wirklich für den Verfassungsschutz gearbeitet? Oder haben sich die Jungs da nur irgendwas ausgedacht?«

»Ich weiß es nicht, ganz ehrlich«, sagte Daniel. »Aber es würde die Nervosität der Behörden erklären. Die waren nämlich ziemlich aus dem Häuschen.«

»Jetzt mal Klartext: Was glaubst du, war er ein V-Mann, ja oder nein?«

»Ja«, sagte Daniel.

»Und der Heilbronner Polizistenmord und die ganze NSU-Geschichte? Wie siehst du das als Polizist?«

»Meine persönliche Meinung?

»Ja.«

»Das stinkt zum Himmel, Thea.«

Sie fuhren über die Brücke und um das Polizeigebäude herum auf den Hof. Daniel führte Thea durch den Hintereingang ins Revier und übergab sie an Michi. Zum Abschied reichte er ihr die Hand. »Michi wird die Vernehmung durchführen. Ich muss mich um Benni und die beiden anderen kümmern. Mach's gut.«

Thea drückte ihm die Hand, aber dann fand sie das viel zu förmlich und umarmte ihn. »Mach's auch gut!«, sagte sie. Zunächst schaute er ein bisschen verdutzt aus der Wäsche, aber dann lächelte er schief und zog ab. Thea sah ihm nach. Er war ein Guter.

»Können wir?«, fragte Michi. Er führte sie in ein Vernehmungszimmer, was ihm offenbar unangenehm war, denn er sagte: »Ich würd das jetzt auch lieber im Café machen, gell.« Aber Thea beruhigte ihn und sagte: »Passt schon.«

Michi stellte seine Fragen, und Thea erzählte ihm ausführlich, wie alles gewesen war, und während sie erzählte, kam es ihr vor, als würde sie über etwas lange Zurückliegendes reden, dabei war das alles gerade mal ein paar Stunden her. Am Ende reichte Michi ihr das Protokoll, bat sie, es nochmals durchzulesen und dann zu unterschreiben. Das tat sie.

»Jetzt müssen Sie noch mal einen Moment hier warten, ja?«, sagte Michi und verließ den Raum. Dafür kam ein anderer Polizeibeamter herein und nickte Thea zu.

»Tag«, sagte er.

»Was passiert denn jetzt?«, fragte Thea.

»Der Kollege versucht herauszufinden, wie es mit Ihnen weitergeht.«

Thea wartete fast eine Stunde im Vernehmungsraum. Dann kam Michi zurück und sagte: »Alles klar. Sie können gehen.«

Er gab Thea ihr Smartphone, das die Spurensicherung im Handschuhfach gefunden hatte. Benni musste es dort hineingelegt haben, bevor er den Wagen verlassen hatte.

»Danke«, sagte Thea und verabschiedete sich von Michi.

Als sie kurz darauf über den Flur in Richtung Ausgang ging, entdeckte sie, auf zwei Stühlen an der Wand sitzend, das Ehepaar Ullreich. Thea wusste nicht, wie sie sich verhalten sollte, aber sie fand es nicht in Ordnung, einfach an ihnen vorbeizugehen. Also trat sie zu ihnen und sagte: »Hallo.«

Herr und Frau Ullreich sahen überrascht auf. Offensichtlich hatten sie Thea vorher nicht bemerkt. »Hallo Thea«, sagte Frau Ullreich, dann verzog sich ihr Gesicht und sie begann zu weinen, aber Thea konnte keine Tränen entdecken, vielleicht hatte Frau Ullreich keine mehr zur Verfügung. Herr Ullreich hatte den Kopf schnell wieder gesenkt. Er starrte auf den Fußboden und knetete seine Hände. Thea suchte fieberhaft nach etwas Tröstlichem, das sie ihnen sagen konnte, aber ihr fiel nichts ein. Deshalb war sie nicht undankbar, als in diesem Moment Michi zu ihnen trat und sagte: »So, der Herr Seiler wär jetzt so weit.« Die Ullreichs erhoben sich und folgten Michi den Flur hinunter. Herr Ullreich ging derart gebeugt und unsicher, dass Thea sich kaum vorstellen konnte, dass das derselbe Mann war, der Thomas Friese vor Kurzem noch die Nase blutig geschlagen hatte.

Thea verließ das Gebäude. Sie war froh, an die frische Luft zu kommen. Obwohl es bereits dunkel war, ging sie hinunter zum Fluss, setzte sich auf eine Bank und rauchte eine Zigarette.

Kaum hatte sie die Haustür aufgeschlossen, stürmte Mari auf sie zu. »Mama! Guck mal, wer da ist!«

Bitte nicht, bitte kein Besuch, dachte Thea. Alles, bloß nicht mehr reden müssen. Aber Mari hatte sie bereits an der Hand genommen und zog sie mit sich ins Wohnzimmer. Dort saß, auf dem Sessel, ihr Vater. Er war im Gespräch mit Ute, die auf dem Sofa saß, und als Thea vor ihnen stand, war dies, obwohl es aus einer fernen Zeit zu stammen schien, ein derart vertrautes Bild, dass Thea völlig überwältigt war. Es dauerte eine Weile, bis sie sich gefasst hatte.

»Papa«, sagte sie. »Was machst du denn hier?«

»Thea!« Ihr Vater erhob sich. Thea trat zu ihm und umarmte ihn.

»Ein Nachbar hatte hier zu tun. Er hat mich mitgenommen und holt mich nachher wieder ab. Ich dachte, ich nutze die Gelegenheit.«

»Geht gleich los«, sagte Mari. Sie baute das Mensch-ärgere-dich-nicht-Spiel auf dem Couchtisch auf.

»Schöne Idee«, sagte Thea zu ihrem Vater. Sie freute sich. Ehrlich. Sie freute sich richtig.

»Setz dich«, sagte Ute. »Wie war dein Tag?«

»Was ist mit deinem Kopf?«, fragte Theas Vater.

»Spielst du mit?«, wollte Mari wissen.

»Ich lege mich mal zu euch aufs Sofa, ja?«

Ute und Mari rutschten nach vorn, Thea schnappte sich eine Decke, krabbelte auf das Sofa und legte sich hin. Das tat gut. Ute wandte sich zu ihr um und sah sie skeptisch an. »Na?«

»Später erzähl ich dir alles, okay?«

»Wer die höchste Zahl würfelt, fängt an«, sagte Mari.

»Wo sind denn die Würfel?«

»Mann, Opa«, rief Mari lachend, »die liegen direkt vor dir.«

X

Als sie das Auge öffnete, schien ihr die Sonne direkt ins Gesicht. Thea brauchte einen Moment, um sich zu orientieren. Sie lag noch immer auf dem Sofa im Wohnzimmer, aber jemand hatte ihr ein Kopfkissen und eine Bettdecke gebracht. Sie tastete nach ihrem Handy, das auf dem Couchtisch lag, und sah auf die Uhr. Es war kurz nach neun. Mist! Thea fuhr hoch. Mari. Der Kindergarten. Frau Oberle. Kaum hatte sie sich aufgerichtet und auf die Sofakante gesetzt, spürte sie stechende Kopfschmerzen. Sie blieb einen Moment sitzen, streckte den Rücken durch und atmete tief ein. Das half ein wenig. Aus der Küche drangen Geräusche zu ihr. Thea stand auf und bemühte sich dabei, keine abrupten Bewegungen zu machen. »Mari!«, rief sie. »Wir müssen los! Wir sind schon wieder zu spät!«

Aber in der Küche war nicht Mari, sondern ihr Vater.

»Morgen, Thea«, sagte er. »Kaffee ist fertig.«

»Äh …«, machte Thea und versuchte zu begreifen, was hier los war. »Du bist noch da?«

»Ja.«

»Schön. Aber wolltest du nicht gestern mit deinem Nachbarn zurück nach Stuttgart?«

»Der hat gestern Abend noch angerufen. Er hat heute Morgen noch einen Termin hier. Wir fahren gegen Mittag.« Ihr Vater beugte sich über die Besteckschublade. »Deine Mutter hat mir netterweise das Gästezimmer hergerichtet.« Endlich hatte er gefunden, wonach er suchte. Stolz hielt er einen Kaffeelöffel in die Höhe. »Wir können gleich frühstücken. Gehen wir in den Garten? Es ist so schönes Wetter.«

»Ich muss erst Mari in den Kindergarten …«

»Ute macht das. Sie sind schon unterwegs.«

Das war eine gute Nachricht, die Thea beruhigte. Sie beobachtete ihren Vater, der gerade zwei Tassen auf ein Tablett stellte. Seine Bewegungen waren unsicher. Für jeden Handgriff benötigte er viel Zeit. In seiner gewohnten Stuttgarter Umgebung hatte er die Unsicherheit durch Routine überspielen können. Hier gelang ihm das nicht mehr.

»Ich helfe dir gleich«, sagte Thea, »ich muss nur schnell ein Telefonat machen.

»Gut«, sagte ihr Vater.

Nach dreimaligem Klingeln ging Janina ran. Thea meldete sich krank und wehrte Janinas besorgte Fragen ab. Sie versicherte ihr, dass sie sich im Laufe des Tages noch einmal melden und ausführlich berichten würde, was gestern passiert war. Janina wünschte ihr gute Besserung.

Kaum hatte Thea aufgelegt, schrillte die Türklingel. Thea öffnete die Haustür. Daniel stand vor ihr. Unter seiner Lederjacke trug er wieder die blaue Strickjacke mit dem Ton-in-Ton-Karomuster.

»Morgen«, sagte Thea.

»Ich wollte mal schauen, wie es dir geht.«

»Mein Kopf tut immer noch weh. Willst du reinkommen?«

»Ich muss gleich weiter, bei uns ist die Hölle los. Ich wollte dich nur wissen lassen, dass Benni und seine Kumpels gestanden haben.«

»Sie waren wirklich in Degeners Haus, ja?«

»Ja. Und Degener hat sie dabei überrascht und angegriffen. Benni hat die Nerven verloren, sich das Schwert gepackt und … den Rest kennen wir. Er war dann in Panik, meinte, er könne nicht nach Hause, und hat sich im Wald versteckt. Max und Lorenz haben ihn da draußen am See dann mit dem Nötigsten versorgt. Thomas Friese kam dahinter, ist ihnen gefolgt und wollte Benni dazu bewegen, sich der Polizei zu stellen.«

»Das war wohl die Situation, die ich gestern am See beobachtet habe.«

»Genau.«

»Aber warum habe ich nur Benni und Friese gesehen und die anderen beiden nicht?«

»Wie lange hast du die beiden denn beobachtet, bevor du niedergeschlagen wurdest?«

Thea versuchte sich zu erinnern. »Nicht lange«, sagte sie schließlich, »wahrscheinlich waren es nur ein paar Sekunden. Lange genug, um Benni und Friese zu erkennen. Und dann hat's schon geknallt.«

»Das kommt hin«, sagte Daniel nachdenklich. »Max und Lorenz haben erzählt, dass sie zunächst sichergehen wollten, dass niemand Thomas Friese gefolgt war. Sie haben sich also im Wald auf die Lauer gelegt.«

»Und dabei haben sie mich entdeckt?«

»Ja«, sagte Daniel, »es war wohl Max, der dich niedergeschlagen hat.«

»Und was ist dann passiert?

»Lorenz ist dann mit Friese in Streit geraten, hat ihn von sich gestoßen. Friese ist nach hinten gekippt und mit dem Kopf auf einem Stein im Wasser aufgeschlagen. Sie haben noch versucht, ihm zu helfen, aber es war zu spät. Wir werden das in den nächsten Tagen genau rekonstruieren. Aber so in etwa ist es abgelaufen.«

Sie standen einen Moment lang schweigend voreinander. Plötzlich drang ein lautes Klirren zu ihnen. Es kam aus dem Haus.

»Thea!« Die Stimme ihres Vaters.

Daniel sah sie fragend an.

»Mein Vater ist zu Besuch«, sagte Thea. »Ich glaube, ich sollte mal …«

»Mach das. Richte ihm Grüße aus.«

»Danke, Daniel.«

»Alles klar. Gute Besserung.«

Thea schloss die Tür hinter ihm und ging eilig ins Wohnzimmer. Ihr Vater saß auf dem gepflasterten Boden im Garten und hielt sich den Knöchel, um ihn herum lagen Scherben und Besteck. Offenbar hatte er die Schwelle übersehen und war mit dem Tablett gestürzt. Thea eilte zu ihm.

»O Gott, Papa!«

»Ist nicht so schlimm«, sagte ihr Vater.

Thea reichte ihm die Hand und half ihm beim Aufstehen.

»Schau mal, ob du auftreten kannst.«

Er versuchte, den Fuß zu belasten. Es schien zu gehen. »Alles gut«, sagte er, »nichts passiert.«

Thea führte ihren Vater zu einem der Gartenstühle. »Setz dich mal hin. Bin gleich wieder bei dir.« Sie holte Handfeger und Schaufel aus der Küche und während sie die Scherben aufkehrte, fragte sie: »Was genau ist mit deinen Augen los?«

»Makuladegeneration«, sagte er.

»Was heißt das?«

»Das heißt, dass ich langsam blind werde.« Und nach einer Pause fügt er noch hinzu: »Kann man nichts machen.«

»So ein Mist«, sagte Thea, weil ihr nichts Besseres einfiel. Sie warf die Scherben in den Mülleimer und deckte den Tisch im Garten. Während sie Brötchen, Butter, Marmelade und Schinken daraufstellte, beobachtete sie verstohlen ihren Vater, der stumm auf seinem Stuhl saß und in den Garten blickte. Wie viel er wohl noch erkennen konnte? Sie nahm sich vor, sich baldmöglichst über die Krankheit zu informieren.

»Ich kann mir nicht vorstellen, dass man nichts dagegen machen kann«, sagte Thea und nahm neben ihm Platz.

»Es hat mit dem Älterwerden zu tun, Thea. Es gibt einfach Dinge, gegen die man nichts tun kann.«

»Ich verspreche dir, dass ich mich darum kümmere«, sagte Thea.

»Danke«, sagte ihr Vater.

Plötzlich bemerkte Thea, dass zwei Grundstücke weiter unten Frau Ullreich ihren Garten betreten hatte. Sie hatte einen Plastikstuhl dabei, den sie in die Sonne stellte. Eine zweite Person folgte ihr. Es war Ute. Auch sie hatte einen Stuhl in der Hand und stellte ihn neben den anderen. Die beiden Frauen standen nebeneinander und blickten ins Tal. Dann legte Ute Elke Ullreich den Arm um die Schultern. Eine Weile standen sie so da, bevor sie sich auf die Stühle setzten. Frau Ullreich beugte sich nach vorn. Ute reichte ihr ein Taschentuch.

»Ich frage mich, wo Ute so lange bleibt?«, sagte Theas Vater und biss in ein Brötchen.

Thea war erschüttert, dass er Ute nicht sehen konnte. Sie traute sich nicht, ihm zu sagen, dass sie ganz in der Nähe war.

»Sie kommt bestimmt gleich«, sagte sie deshalb.

»Ich bin froh, bei euch zu sein«, sagte ihr Vater.

ENDE